Rapunzels Ende

Eva Klingler, in Gießen (Hessen) geboren, lebt heute als Autorin in Karlsruhe und Selestat (Frankreich). Sie studierte Germanistik und Anglistik in Mannheim, absolvierte ein Volontariat beim SWR in Baden-Baden, arbeitete als Journalistin für Tageszeitungen, als Bibliotheksleiterin und als Dozentin in der Erwachsenenbildung. Die meisten ihrer zahlreichen Veröffentlichungen – oft Krimis – spielen in Baden oder im Grenzgebiet zum Elsass. Eva Klingler war Stipendiatin der renommierten Philipp Reemtsma Stiftung für hochbegabte Nachwuchsschriftsteller.

EVA KLINGLER

Rapunzels Ende

DER BADISCHE KRIMI

emons:

Bibliografische Information der Deutschen Nationalbibliothek
Die Deutsche Nationalbibliothek verzeichnet diese Publikation in der Deutschen Nationalbibliografie; detaillierte bibliografische Daten sind im Internet über http://dnb.d-nb.de abrufbar.

FSC www.fsc.org
MIX
Papier aus verantwortungsvollen Quellen
FSC® C083411

Umschlagmotiv: © mauritius images/ib/Daniel Schoenen
Umschlaggestaltung: Tobias Doetsch
Gestaltung Innenteil: César Satz & Grafik GmbH, Köln
Druck und Bindung: CPI – Clausen & Bosse, Leck
Printed in Germany 2014
ISBN 978-3-95451-274-4
Der Badische Krimi
Originalausgabe

Dieses Buch widme ich meinem Mann Günter.
Ich danke ihm für seine Geduld und Unterstützung!

FREUDENSTADT. SCHWARZWALD. FAST DAS ENDE

Es war ihr Pech, dass sie keine Aufzüge mochte.

Es war früh am Morgen. Sie war sportlich. Liebte es, vor dem Frühstück schwimmen zu gehen. Um diese Zeit würde es dort unten menschenleer sein. Doch in dem alten, ehrwürdigen Hotel in Freudenstadt, ihrem Lieblingshotel, wo sie freudig und zugleich mit einem Gefühl tiefer Beklommenheit abgestiegen war, um auf *ihn* zu warten, führte nur ein kleiner, enger Aufzug vom ersten Stock in die Badewelten im Untergeschoss.

Neben dem Aufzug befanden sich zwei kleine, schmale Türen. Die erste gab den Blick auf eine enge, gewundene Treppe frei, die nach unten führte. Sie mochte in der guten alten Zeit für die dienstbaren Geister da gewesen sein, die für hochherrschaftliche Gäste auf den Fluren unsichtbar bleiben sollten. Jene erste endete in einem abgelegenen Teil des Erdgeschosses.

Die Treppe hinter der zweiten Tür führte hinunter in die Schwimmhalle. Insbesondere diese Treppe war ein wenig schmutzig, nicht renoviert, man sah, dass sie niemals mehr benutzt wurde. Es war warm und feucht und roch vom Schwimmbad her schwach nach Chlor. Das Linoleum auf den Stufen löste sich schon vom Untergrund. Es war wirklich rätselhaft, warum es diese Treppe überhaupt noch gab.

Es war aber ihr Pech, dass es sie noch gab.

Unten, am Ende der Treppe, wartete in der Dunkelheit nämlich jemand auf sie. Als sie die Gestalt sah und als sie sie erkannte, konnte sie nicht mehr umdrehen, der Treppenschacht war viel zu schmal.

Ihren verzweifelten und bald erstickten Schrei hörte hier niemand.

Sie war zu jung zum Sterben gewesen.

ETTLINGEN. ZU HAUSE

Ich saß im Wintergarten, vor mir ein Croissant und eine Tasse Kaffee sowie die Zeitung, und betrachtete das gepflegte Grün, das sich großzügig von der Terrasse zum Grundstücksende erstreckte. »Bist im Paradies zu Hause, Swentja!«, hatte meine italienische Mutter immer stolz gesagt. Ach *Mamma*!

Lebte sie noch, würde sie sich jetzt allerdings für mich schämen. Und damit nicht hinter dem Berg halten.

Gut, würde sie schimpfen, mit aufgebrachten dunklen Augen wie funkensprühende Kohlestückchen: Swentja, du magst es ja mit Arroganz und Hochmut in die ersten Kreise von Ettlingen gebracht haben. Sogar ein bisschen darüber hinaus. Das flüchtige Kapital deiner Schönheit – dass es flüchtig ist, weißt du heute noch nicht, aber glaube mir, es ist so – hast du klug, nein, sagen wir lieber schlau eingesetzt.

Du hast ausgewählt unter deinen Verehrern, hast reich und angesehen geheiratet und deine Pflicht, wenn auch nur in geringstem Maße, erfüllt und meine Enkeltochter geboren. Du besitzt, nein, du bewohnst ein herrliches Haus in der besten Wohnlage der Stadt, das natürlich von einer Haushälterin gepflegt wird. Und das alles in einer kleinen, reichen Stadt, in die dein Vater und ich einst als Fremde gezogen sind. Da er aus Schweden kam, ich selbst aus Italien, hatten wir beschlossen, uns in der ungefähren Mitte niederzulassen.

Auch sonst lässt du es dir gut gehen. Du kannst dir alles leisten, musst aber nicht dafür arbeiten. Du spielst Golf, natürlich Tennis, und versuchst, Bridge zu lernen, weil Bridge ab einem bestimmten Alter dazugehört. Wie langweilig, *mia figlia*.

Ich habe gehört, du giltst als bestangezogene Frau der Region, deine Gesellschaften sind legendär, vor allem für die, die nicht eingeladen sind, weil du sie irgendwann in der Stadt einmal mit einem T-Shirt erwischt hast, das aus einem Laden stammt, den du nicht betrittst. Du hast ein paar Freundinnen oder – sagen wir besser – du hast ein paar Frauen, die dich mit Küsschen begrüßen.

Aber es sind keine Küsschen, wie man sie bei uns in Italien kennt, herzlich und warm. Es sind Gesellschaftsküsschen, die in der Luft über geschminkten Wangen verpuffen.

Dein Mann, erfolgreich als Steueranwalt, ist natürlich bei den Rotariern, und du richtest ab und zu einen Damenkaffee für die Anhängsel der erfolgreichen Männer aus.

All das hast du zustande gebracht, aber jetzt benimmst du dich wie eine ganz gewöhnliche Schlampe aus den schlechteren Vierteln von Neapel.

Mamma!

Nix *Mamma*. Gehst du wenigstens regelmäßig in die Kirche? Du bist katholisch, gehst du zur Beichte?

Nein, *Mamma*, mache ich nicht, obwohl es guten Grund dafür gäbe.

Spätestens in diesem Moment verflüchtigt sich *Mamma* aus meinen Gedanken und aus meinem schlechten Gewissen. Kopfschüttelnd und etwas Italienisches murmelnd.

Ich habe tatsächlich Grund zur Beichte, denn ich unterhielt ein sogenanntes außereheliches Verhältnis.

Oh, wenn wir schon bei den Geständnissen sind: Es war durchaus nicht das erste Mal, dass ich mit einem anderen Mann als meinem Ehemann geschlafen habe. Denn zwischen meinem Mann und mir bestand seit Jahren ein gefährliches Ungleichgewicht: Ich habe seit unserer Hochzeit kaum ein Gramm zugenommen, pflege und hege mich den ganzen Tag, sehe immer noch attraktiv aus, doch mein Ehegatte bemerkte es nicht mehr. Seine gleichgültigen Augen, von denen ich übrigens nicht mal genau weiß, welche Farbe sie haben, spiegelten meine Schönheit nicht mehr wider.

Aber einer dieser raschen, kleinen Seitensprünge ist etwas anderes als ein andauerndes Verhältnis mit gemieteten Hotelzimmern, vorgetäuschten Wochenendreisen, mit Handytelefonaten, die leise auf der Terrasse geführt werden: »Schatz, das ist nur Marion. Ich geh mal raus. Irgendwie hab ich da besseren Empfang.« Mit Sehnsucht. Mit einem fremden Geruch am Körper, den man absichtlich nicht wegduscht, um ihm noch lange nachspüren zu können. Mit einem Lächeln auf den Lippen, das andere aus dem Geheimnis der vergangenen Stunden ausschließt. Mit manchmal müden Augen und einem Gesicht, das auf einem unschicklich zerwühlten Kissen gelegen hat.

Hagen und ich hätten nicht mehr länger warten dürfen. Mit dem Sex. Sonst wären die Erwartungen so groß gewesen, dass kein normaler Mensch sie hätte erfüllen können. So waren Neugier und Lust genau auf dem Höhepunkt gewesen, als wir das erste Mal den Kampf gegen Anstand und Sitte verloren.

War es anders als mit meinem Mann? Ja. Besser? Auch. War es, wie ich es erwartet hatte? Leider, auch das.

Ich ließ mich fallen in Arme, auf die eine Faust und das Gesicht von Che Guevara tätowiert waren. »Eine Jugendsünde, aber ein nacktes Weib wäre doch schlimmer, oder?« Hagen lachte, als ich ihn das erste Mal so sah. Er spannte die Muskeln an, und das Gesicht verzog sich zu einem fiesen Grinsen. Alles unvorstellbar in unseren Kreisen.

Hagen zu lieben bedeutete, in eine fremde Welt einzutauchen. Ich hielt mich in einer Wohnung auf, in der es wenige Bücher, dafür Asterix-Hefte, Wildwestfilme und eine Sammlung alter Playboy-Hefte mit vollbusigen Blondinen gab. »Mein Beruf lässt mir nun mal wenig Zeit für andere Hobbys.«

Und sonst?

Hagen Hayden ist Kripokommissar. Ein ironischer Mann, schlaksig, herausfordernd und frech, mit einem unverkennbaren und nicht zu leugnenden Draht zur Unterschicht. Einer, der in der Kneipe an der Bar steht und den Wirt dahinter kennt. Heute nennt man so einen Mann cool. Nicht veredelt, nicht gebildet, nicht kultiviert. Schlau und verwegen, das ja.

Er behandelte mich weder mit besonderer Hochachtung noch zart und voll Verehrung, sondern manchmal respektlos und immer mit einer gewissen Nonchalance, so als brauche er mich eigentlich nicht. Nicht mal für *das*! Er stellte keinen Champagnerkübel neben das Bett, sondern holte sich ein Bier aus dem Kühlschrank und gab mir vielleicht einen Schluck ab. Einmal schien er unermüdlich beim Sex, dann wieder ging er mit mir in die Türkenbude nebenan essen und schickte mich mit einem keuschen Kuss auf mein Haar nach Hause. »Heute nicht, meine Süße!«

Dann war ich wütend und beschloss, ihn links liegen zu lassen, und vermochte es doch nicht, weil ich unmerklich dabei war, süchtig zu werden nach seinen Umarmungen, die nie lau waren wie die meines Mannes, sondern immer warm und kraftvoll.

Und obwohl wir uns nun so nahe waren, hatte ich manchmal das Gefühl, dass ich ihn genauso wenig kannte wie davor. Es war etwas wie Distanz in seinem Blick, wenn er mich ansah. Selbst in den intimsten Momenten, selbst wenn er mich streichelte, wenn er mich lachend und spielerisch festhielt, wenn er auf mich herabsah.

Und das ärgerte mich. Eigentlich sollte blinde Verehrung in seinem Blick sein. Doch Hagen weigerte sich ganz einfach, mich blind zu verehren.

Wie könnte man es also zusammenfassen? Vielleicht so: Mein Mann war sich seiner Qualitäten als Liebhaber nie sicher gewesen. Und Hagen war sich *zu* sicher.

Dagegen sollte ich etwas unternehmen.

Doch ich hatte keine Kraft dazu.

ETTLINGENWEIER. HAGENS WOHNUNG

Ich weiß nicht, wie das diese angeblich so frivolen und mit Raffinesse fremdgehenden französischen Frauen machen, aber nach dem ersten Sex irgendwo in einem Hotelzimmer und nachdem der erste Hunger aufeinander einen Nachmittag lang gestillt worden war, stellten sich mir jedenfalls ziemlich alltägliche Fragen. Etwa: Wo treffen wir uns das nächste Mal? Wird das Hotel für den Liebhaber auf Dauer zu kostspielig und, wenn ja, tut es der Leidenschaft Abbruch, wenn *ich* es bezahle?

Noch mehr praktische Dinge waren zu klären. Nehme ich in Zukunft immer einen Ersatzslip mit, für den Fall, dass das zarte (und teure) Gewebe von La Perla Hagens Leidenschaft nicht gewachsen ist, und wie schaffe ich es, mich so zu frisieren und zu schminken, im schummerigen Licht eines billigen Dreisternehotelchens, dass mein Mann zu Hause nicht merkt, dass ich anders und strahlender aussehe?

Gut nur, dass Hagen Single war. Wir konnten uns also vorläufig bei ihm treffen.

Doch eigenartigerweise bekam Hagens Wohnung meinem Liebesleben nicht gut. Ich fühlte mich gehemmt und fremd in seinen Räumen. So, als gehöre ich da nicht hin. Immer hatte ich Angst, etwas von einer unbekannten Vorgängerin zu entdecken, was er zwar gut, aber doch nicht gut genug versteckt hatte.

Obwohl er niemals über vergangene Liebesabenteuer sprach, musste es sie doch gegeben haben.

Wir schliefen auf alle möglichen Weisen miteinander und überschritten immer wieder unsere Grenzen, doch mit seiner Bettwäsche und mit seinen Handtüchern wollte ich dennoch kaum in Berührung kommen. Der Alltag, sein eigentliches Leben, sollte draußen bleiben. Ich löschte das Licht so oft wie möglich, und ich ließ die Jalousien herunter, um nicht zu sehen, wie einfach und alltäglich er eingerichtet war.

Schließt man von der Wohnung auf den Charakter oder das Wesen des Menschen, so war ich eindeutig mit dem falschen Mann zusammen. Ich besitze nur Bettwäsche von Christian Fischbacher, wo ein Satinbettwäsche-Set schon mal sechshundertfünfzig Euro kosten kann. Doch aus Angst vor seinem beißenden Spott über mein Luxusdasein sagte ich nichts über seine Bettwäsche. Ich bemerkte nur die Kluft.

Unser Verhältnis schwelte fort, bis zu jenem Nachmittag im Frühling, kurz vor Pfingsten, an dem sich alles änderte.

Meiner Haushälterin Agnes hatte ich knapp mitgeteilt, ich stattete einen Krankenbesuch ab. Müsste Sachen ins Krankenhaus bringen. Das erklärte die Tasche mit Creme und Parfüm, die ich dabeihatte. Agnes ist ein dürres, unschönes Geschöpf, die sich sowieso nicht für mich, sondern nur für die Euros, die sie bei mir verdient, interessiert, doch sicher ist sicher.

Ich fuhr zu Hagen, der im kleinen und beschaulichen Ettlingenweier wohnte, parkte in gebührender Entfernung, sah mich um, stieg aus, bog um zwei Ecken und ging um das Haus herum zu der Einliegerwohnung, die die Gnade eines eigenen Eingangs besaß. Es war überdies ein Glück, dass die Wohnung über ihm derzeit unbewohnt war und im zweiten Stock eine Stewardess lebte, die oft in der Luft unterwegs war und sich nicht viel um uns kümmerte.

Einmal war ich ihr auf der Straße begegnet. Sie hatte mich nur kurz gemustert und Hallo gesagt. Sie mochte eigene Sorgen haben. Ihre sogenannte Armani-Handtasche aus Canvas und Lackleder (hundertneunundachtzig – wenn sie original ist, also ein richtiges Billigtäschle) war noch dazu ein – wenn auch gut gemachtes – Imitat, das sie wohl von irgendeiner Reise mitgebracht hatte. Damit war sie für mich erledigt.

Heute stand ich also wieder vor Hagens Tür. Mit dem schon vertrauten Herzklopfen. Vor Aufregung, Vorfreude auf seine Küsse und seine Hände, die mich so lange nur züchtig hatten berühren dürfen und denen ich jetzt nichts mehr abschlug. Glücklich war ich trotzdem nicht. Die Situation war mir peinlich. Und Scham ist kein guter Brandbeschleuniger für entspannten Sex.

Doch es sollte noch viel schlimmer kommen.

Als mir Hagen die Tür öffnete, in amerikanischen Jeans und einem blau-weißen Holzfällerhemd von zweifelhafter Qualität, fiel mir auf, dass er verändert wirkte. Normalerweise musterte er mich anerkennend von oben bis unten und zog mich dann mit einem siegessicheren Grinsen in die Wohnung.

Heute trat er nur wortlos zur Seite, so als spreche es für sich selbst, was ich gleich sehen würde. Der Grund dafür erschien hinter ihm, in ein Badetuch gehüllt. Lange rote Haare, ungeschminkt, blass zwar, aber nicht unattraktiv, ein bisschen dünn. Und jung. Sehr jung. Ich atmete tief ein, doch dann setzte sich mein Stolz durch.

Haltung, Swentja! Immer Haltung. Denk an dein großes Vorbild, die Queen. Nicht mal Diana, diese kleine Schlampe, hat ihr jemals die Haltung nehmen können.

»Guten Tag!«, sagte ich mit erhobenem Kopf und ganz, ganz kühl. »Kennen wir uns? Oder sollte ich eine Verabredung mit Ihnen übersehen haben?«

»Nein«, antwortete Hagen statt ihrer, die mich nur trotzig anstarrte, »sie stammt aus meiner Vergangenheit.«

»Ach ja?«, ließ ich es wie Hagelkörner von meinen Lippen tropfen. »Dann müssen Sie aber früh damit angefangen haben, meine Liebe, und haben immer noch nicht gelernt, wie man seine Fußnägel sauber lackiert? Nun, die Herren, mit denen Sie zu tun haben, werden weniger auf die *Füße* achten.«

Hagen schob mich mit der Hand ein bisschen nach vorn, und sein Griff war fester als sonst. Es war beinahe ein verdammter Polizeigriff. »Vorsicht, mein Liebchen. Das ist Helene, meine Tochter.«

Ich weiß nicht, was mich in dem Moment mehr schockierte. Dass Hagen eine Tochter hatte, die urplötzlich aus dem Nebel kam und die mit Sicherheit nichts als Ärger bedeuten würde, oder dass er mich beiläufig »Liebchen« nannte.

Hier stimmte jedenfalls etwas nicht in unserer Beziehung!

KARLSRUHE. AM TURMBERG

Es gab nur eine Person auf der Welt, die über die Affäre mit Hagen Bescheid wusste, und das war meine langjährige Freundin Marlies Rubenhöfer: gutmütig, leider nicht immer zu ihrem Vorteil gekleidet, ein klein wenig zu mollig, Familienmutter, Hundemama und wohnhaft oberhalb von Ettlingen im Albtal in einem Haus mit Garten und zwei Garagen für ein großes und ein kleineres Auto. Marlies gehörte aufgrund der Stellung ihres Mannes zwar zu unseren Kreisen, aber sie hangelte sich mehr am Rand des inneren Zirkels entlang und bestimmte dort nicht die Regeln. Nicht dass ihr das etwas ausmachte. Marlies war eine gutartige Mitläuferin.

Eigentlich wäre es mir allerdings lieber gewesen, überhaupt keine Mitwisser für mein Tun zu haben. Ich bin sowieso keine »Beste-Freundin-Frau«. Andere Frauen langweilen mich meistens mit ihren Geschichten von lieblosen Ehemännern, undankbaren Kindern, unzuverlässigem Hauspersonal und flüchtigen Flirts, die meistens nur Wunschdenken waren und in deren Zentrum der neue Tennistrainer oder der Physiotherapeut standen. Männer, die es gut verstehen, etwas reiferen Damen tief in die Augen und in den Geldbeutel zu schauen.

Mit Durchschnittsfrauen kann ich wenig anfangen. So habe ich etwa aus meinem Facebook-Account alle Damen gelöscht, die Hundebilder, kitschige Liebeserklärungen an ihre eigenen Kinder wie »Teile dies, wenn du stolz auf deinen Sohn bist« sowie Links zu minderwertigen Modelabels posten. Doch Marlies und ich hatten ein paar gefährliche Abenteuer miteinander bestanden, und bei der Suche nach Spuren und Motiven hatte sie sich als erstaunlich klarsichtig erwiesen. Ihr gesunder Menschenverstand war wie ein Vorhang, den man zur Seite zog, wenn ein Mörder versuchte, die Wahrheit zu verschleiern.

Außerdem, ganz prosaisch, brauchte ich sie als gelegentliches Alibi für meine Seitensprünge mit Hagen.

Mein Mann ist Steueranwalt, Steuerhinterziehungsanwalt, scherze ich gern, und er interessiert sich bekanntlich kaum für mich. Ich mache *bella figura* an seiner Seite in der Öffentlichkeit, plaudere mit Kunden und deren Frauen, gebe zu Hause kleine Gesellschaften und sehe nett aus, wenn ich im gepflegten *Garten* unter den Rosen sitze, neben mir die Katze, vor mir ein Getränk, in dem die angesagten Minzblätter schwimmen.

Ich dirigiere das Personal, wechsele es bei Bedarf selbsttätig aus und stelle mich beim Golf nicht übel an, wobei ich vor allem hinterher auf der Terrasse einen guten Eindruck mache. Das reicht ihm, denn das ist die Stellenbeschreibung für den Job der »Ehefrau« an seiner Seite. Und doch darf man meinen Mann nicht unterschätzen.

Er wusste von Anfang an, dass Hagen und ich uns näher waren als nur Zeugin und vernehmender Kriminalbeamter. Hagen hatte ihm sogar seine Absichten damals klar mitgeteilt, als er erstmals mit meinem Mann zusammentraf. Ich lag in einem Krankenhausbett, gerade einem Mörder entkommen, Hagens ansonsten schwer zu durchschauende Züge hatten die Erleichterung nicht verbergen können, dass ich noch lebte. Doch mein Gatte musste nicht wissen, wie weit wir inzwischen gegangen waren.

Seine eigene Affäre mit unserer seltsamen Nachbarin hatte ich ihm letztes Jahr großzügig verziehen. Im Gegenzug war auch er großzügig gewesen, und ich hatte eine recht hübsche mit Brillanten besetzte Uhr von Chopard aus der *Happy Diamonds Collection* bekommen. Feministinnen würden aufschreien. Ich nenne es eine angemessene Abfindung. Da ich an seiner Treue eigentlich sowieso nur am Rande interessiert war, stellte das Ührchen einen netten Nebeneffekt dar.

Ihre Gleichgültigkeit muss eine Frau teuer verkaufen.

Doch heute waren meine Gefühle echt. »Marlies, er hat eine *Tochter*!«

Marlies, ich sowie ihr zottiger und absolut nicht repräsentativer Hund unternahmen einen Spaziergang am Karlsruher Turmberg, um im teuren Nobelrestaurant nahe der Bergstation etwas Kleines zu essen. In meinem Fall ein Tomatensalat – bitte nur Essig und wenig Öl – und im Fall Marlies ein Wurstsalat mit Käse und Bratkartoffeln. Darin ist der Grund zu suchen, warum Marlies Größe vierundvierzig hat, ich hingegen eine stabile achtunddreißig tragen kann.

»Na und? Du hast doch auch eine. Auch wenn du wenig Mütterliches an dir hast, solltest du mir diese Bemerkung gestatten.«

»Was heißt mütterlich. Ich bin nur einfach keine Glucke. Ich habe außerdem das Recht, eine Tochter zu haben, denn ich besitze den Vater dazu. Ich bin verheiratet.«

Marlies kicherte. »Nun, das ist eine eigenartige Logik. Aber trotzdem: Hat er dir nie erzählt, dass er ein Kind hat? Was sprecht ihr denn, wenn ihr zusammen seid?« Ich wurde rot, sie sah mich an und gab sich die Antwort gleich selbst: »Okay, ich ziehe die Frage zurück.«

»Das Kind stammt aus einer Beziehung mit einer Frau aus Leipzig. Leipzig!, Marlies. Mir schwindelt, wenn ich an die Unterwäsche denke, die diese Person getragen haben mag. Ostschick. Vielleicht war es eine Kollegin, also: polizistengrün und grober Drillich.«

»Das war einmal. Und du hast nichts von dieser Frau gewusst? Er hat sie nicht einmal erwähnt?«

Ich schüttelte den Kopf. »Nein. Wir ... wir sind nicht so weit, dass wir über solche Dinge sprechen.«

Marlies kicherte wieder. »Merkwürdig. Ihr schlaft miteinander, bis die Erde bebt, aber ihr haltet eure jeweilige Welt voreinander geheim.«

Ja, dachte ich. Es ist merkwürdig. Und eigentlich traurig.

FRANKREICH. PLOBSHEIM BEI STRASSBURG

Abends waren mein Mann und ich mit einem Golffreund verabredet. Er hatte irgendetwas Geschäftliches mit *ihm* zu besprechen, und da man an einer angenehmen Gesprächsatmosphäre interessiert war, kam *das Frauchen* mit. Man traf sich mit dem Ehepaar in einem Sternerestaurant bei Straßburg, das unweit des Rheins mitten im Gelände eines Golfplatzes lag.

Gut Kemperhof ist ein absolut exklusiver Golfclub, eingebettet in eine verschwenderisch weitläufige Landschaft mit Seen, Pavillons, Brücken, Wegen, Hügeln, kleinen Wäldchen und Ruhebänken. Das Restaurant in einem kleinen verwinkelten Schlösschen inmitten des Parks war sehr schön und luxuriös, die Kellner wirkten an diesem Abend köstlich arrogant, und das Publikum bestand aus reichen Leuten aus aller Welt. Eine Gruppe farbiger Südafrikaner tafelte bestens gelaunt in einem kleinen Nebenraum. Wie Klone trugen sie allesamt unglaublich teure italienische Golfpullover. Ich hörte Hagen sprechen: »Für den Preis dieser Pullover könnte man bei denen zu Hause einem halben Dorf ein Jahr lang Schulgeld bezahlen.«

Das Ehepaar, mit dem wir uns trafen, kam aus der Freiburger Ecke. Auf den ersten Blick erschienen sie wie ein Spiegelbild von uns. Nur, dass sich die Frau nicht anzuziehen wusste. Sie trug eine rot-gelb-blaue Jacke zu schwarzer Hose und weißer Bluse. Labels unbekannt. Zumindest mir. Sie sah aus wie ein Clown. Warum konnte sie nicht die einfachste aller Regeln beherzigen? Schlicht bleiben. Weiß, Schwarz, Grün, Khaki, Beige. Körperbetonte Schnitte, mutige Accessoires. In einem Männer-T-Shirt in einer kleinen Größe hätte sie besser ausgesehen als in dieser bunten Kastenjacke mit Goldknöpfen und Troddeln. Dann noch ein geflochtener Gürtel, eine klassische Cartier-Uhr, und es wären sogar Jeans von J Brand Love Story schicker gewesen als ihre langweilige schwarze Hose.

»Leiden Sie auch darunter?«, fragte mich die Frau jetzt. Sie war eine sehr schlanke Brünette mit spitzer Nase, die als junge Frau wahrscheinlich auf eine kokette Art hübsch gewesen war. Jetzt hatte sie etwas Mokantes an sich, das ihr nicht stand.

»Worunter?«, fragte ich abwesend.

Ich dachte an Hagen. Seit ich seine Wohnung fast fluchtartig verlassen hatte – nach nur einem kurzen Anstandskaffee mit der rothaarigen Göre, die mir gegenübersaß und mich vielsagend betrachtete –, hatte ich nichts mehr von ihm gehört.

»Dass alle jetzt irgendwas zu *machen* scheinen.«

»Wie meinen Sie das?« Ich konnte mich nur schwer von den Gedanken an Hagen und die Begegnung mit seiner Tochter lösen. Es gab für so eine Situation keine gesellschaftliche Regel. Hätte ich freundlicher zu dem wildfremden Mädel sein sollen und, wenn ja, warum eigentlich?

Nicht genug, Hagen Hayden, dass du nur Polizist bist, dass du kein Abitur hast, dass du ein uraltes Auto fährst und einen Hund besitzt, der alles andere als sauber aussieht und sich ständig an unguten Stellen kratzt, dass du markenlose Socken trägst und nach absolut nicht angesagtem Old Spice riechst und … Was sagte diese Brünette mir gegenüber am Tisch? Es gehörte zu meinem Job als Ehefrau, ihr wenigstens zuzuhören.

»Nun, die eine von unseren Damen verkauft beispielsweise selbst gemachte Chutneys auf dem Markt in Baden-Baden. Nicht für Geld. Also nicht für *eigenes* Geld. Für einen guten Zweck natürlich.«

»Natürlich«, murmelte ich. »Für was auch sonst?«

»Und die andere unterrichtet Kinder aus diesen Familien … Sie wissen schon, solchen mit den Wurzeln …«

»Einwandererkinder? Migranten?«

»So sagt man wohl. Ich kenne mich da ja nicht so aus«, lachte sie kokett-verschmitzt und schwärmte ihren Mann und Geldesel an. »Glücklicherweise, muss ich sagen.«

»Gewiss.«

»Jedenfalls machen alle Damen *irgendwas*. Nur ich nicht. Aber ich werde jetzt bei uns im Krankenhaus Bücher zu den Bettlägerigen bringen. Man kann nur hoffen, dass die Leute überhaupt lesen. Jetzt, wo auch in den Zimmern der zweiten Klasse überall ein Fernseher steht. Und Sie?«

»Ich?«

»Ja, Sie? Was machen Sie?«

Mein Mann unterbrach sein Börsengespräch mit dem Geldesel. »Ja, Swentja, früher hast du dich immer beklagt, dass du keine Aufgabe hast. In letzter Zeit höre ich davon gar nichts mehr.«

Nun, mein Bester, weil ich die ehrenwerte Aufgabe habe, mit einem Kripobeamten möglichst oft auszuprobieren, was seine Bettfedern aushalten, dachte ich. Ich räusperte mich. »Ja, nun, ich würde …«

Der Geldesel schaltete sich ein: »Sie sehen immer so toll aus, Frau Tobler. Ich sag immer zu meiner Frau, die Frau Tobler hat Geschmack. Mit der gehste mal shoppen. Bisschen die Kreditkarte quälen. Warum schreiben Sie nicht einen Stilratgeber für Frauen, die es sich leisten können?«

»Gute Idee«, murmelte ich.

Frau Geldesel jubelte: »Oder Sie malen ein wenig. Malen kommt sehr gut an. Zur Not kann man auch Einlegearbeiten machen. Tische. Lampen.«

»Einlegearbeiten sind nichts für Weiber«, verkündete ihr borstenhaariger Mann, und damit war das Thema erledigt.

»Kellner? Kaffee, *s'il vous plaît.* Aber deutschen, wenn Sie haben. Eure französische Brühe bekommt mir nicht.«

»Sehr wohl!«, sagte der Kellner.

KARLSRUHE

Auch Hagen und ich trafen uns am anderen Tag zum Kaffee. In der belebten Amalienstraße, wo ein neuer stylischer und eigentlich ungemütlicher Laden mit kleinen Petits Fours und verschiedenen Espressosorten aufgemacht hatte.

Das kleine Lokal war gerade so alternativ, dass mich aus unseren Kreisen niemand hier vermuten würde. Ich saß Hagen an dem engen Bistromöbel gegenüber, doch wir vermieden sorgfältig die Berührung unserer Beine unter dem Tisch. So wie eine Zündschnur das Streichholz meidet, das sie in Brand setzt.

»Ich fand, dass du nicht besonders höflich zu Helene warst«, sagte Hagen fast versonnen, bevor ich entschieden hatte, ob ich es wenigstens wagen sollte, meine Hand nach seiner auszustrecken. »Zumal du dich wohl eine Zeit lang mit ihr arrangieren musst.«

»Wieso denn das? Ist sie nicht wieder fort?«

»Was bin ich für dich eigentlich«, erwiderte Hagen frostig, »ein Gigolo? Der Mann ohne Oberkörper? Sie ist meine Tochter, und sie wird für eine Weile bei mir wohnen.«

»Und wo sollen wir …?« Ich biss mir auf die Lippen.

Hagen lachte: »Sex haben? Macht dir das Sorgen? Das schmeichelt mir aber. Nun, sie ist ja nicht immer zu Hause, mein Kätzchen.«

»Danke! Soll ich mich jetzt etwa nach dem Terminplan einer Sechzehnjährigen richten?«

»Warum nicht? Junge Mädchen sind auch Menschen. Wir richten uns ja auch nach deinem Mann. Obwohl ich das im Grunde niemals wollte und dachte, dass ich das auch klargemacht hätte.«

Ja, dachte ich. Er hat es gesagt, ganz am Anfang.

»Ich bin kein Mann für nebenher.«

Und jetzt ist er es doch. Irgendwas ist hier schiefgelaufen.

»Das geht nicht, Hagen. Ich kann nicht zu dir kommen, wenn jeden Moment die Tür aufgehen kann und sie dasteht. Außerdem war sie nicht besonders freundlich zu mir, hat mich komisch angestarrt, und was ist überhaupt mit ihrer Mutter? Warum lebt sie nicht bei ihr?«

Hagen streckte sich fast genüsslich. »Die ist im Moment verhindert.«

»Ach, macht sie Schichtdienst? Mal wieder eine Politesse?«

»Nicht direkt.«

»Wo ist sie also?«

»Im Gefängnis.«

»Wärterin?«

»Justizvollzugsbeamte heißt das übrigens im 21. Jahrhundert, Swentja. Nein. Sie sitzt ein.«

Erst lachte ich, doch dann wurde mir klar, dass Hagen kein Typ war, der mit so etwas scherzte. Ich machte einen Knopf meiner sandfarbenen Escada-Bluse auf und hektisch wieder zu. Atmete tief durch und dachte einmal mehr an die Queen. Haltung, Swentja. *Stiff upper lip.*

»Im Gefängnis. Wegen was? Prostitution?«

Hagens Augen wurden wieder kalt wie Steine, über die ein eisiger Gebirgsbach plätschert. »Swentja, manchmal frage ich mich, was ich mit dir eigentlich an einem Tisch mache. Ich meine, außerhalb des Bettes. Gibt es keine anderen Straftaten, die dir einfallen, wenn du an eine Frau mit einem unehelichen Kind denkst?«

»Nicht viele. Solche Frauen brauchen doch meistens Geld, oder?«, erwiderte ich und sah ihm direkt in die Augen.

»Ein Schicksal, das sie mit vielen teilt, Swentja!«

»Hast du ihr denn keins gegeben? Und warum hast du sie nicht geheiratet?«

»Manche Frauen haben andere, selbstständige Lebenskonzepte«, erwiderte er mit schmalen Lippen. »Wollen sich nicht lebenslang binden. Oder sagen wir besser: verkaufen.«

»Willst du damit sagen, dass ich mich verkauft habe?«

»Hast du nicht?«

Ich stand auf. »Du bist unverschämt, Hagen. Ich werde jetzt aufstehen, meine Rechnung bezahlen und gehen. Und wir werden uns nicht wiedersehen. Jedenfalls nicht in nächster Zukunft.«

»Ach ja?«, fragte er und lachte wieder. »Das ist schade, denn ich habe heute Abend sturmfreie Bude. Helene ist bei ihrer Tante. Meiner Schwester. Sie hat den Hund so lange nicht gesehen. Ich dachte, du hast ein paar Stunden Zeit, um dir eine nette Ausrede auszudenken und haargenau um neun Uhr vor meiner Tür zu stehen.«

»Und wovon träumst du nachts? Ich werde selbstverständlich *nicht* kommen.«

Ich stand auf, bezahlte aber nicht und ging, ohne mich umzudrehen.

Natürlich gewann er dieses Spiel. Um zehn nach neun klingelte ich bei ihm.

»Komm«, sagte er nur. »Lass uns keine Zeit verschwenden.«

Während ich an diesem späten Abend in Hagens Wohnung in seinen Armen lag, starb gerade nicht allzu weit entfernt eine ältere Frau, weil ihr jemand mit mehreren wütenden Hieben den Schädel einschlug. Selbst als sie flüchten wollte, erwischte man sie noch. Und holte noch einmal aus. Nur, damit sie endlich ruhig war.

Und dann war sie ruhig. Und tot.

»Erzähl weiter«, sagte Marlies und nahm den Hund zur Seite, als zwei junge Mädchen uns hoch zu Ross entgegenkamen. Sie trugen den klassischen blasierten Look im Gesicht, den Mädels der besseren Kreise an sich haben, wenn man sie auf einen Gaul bugsiert. Doch es zahlt sich irgendwann aus. Diese Mädels lernen Typen aus guten Familien kennen, und die Typen sind stolz, dass Frauchen reiten kann.

»Helenes Mutter hat für Fußballspiele und Rockkonzerte gefälschte Eintrittskarten im Internet verkauft. Zusammen mit ihrem Bruder.«

»Sie sitzt also wegen Betrug?«

»Ja. Wenn auch geschickt aufgezogen. Schuld sind natürlich auch die Idioten, die solche Karten kaufen. Internetbetrug. Wie kann man nur so dumm sein? Ich rufe im Sekretariat meines Mannes an, und Laibchen bestellt die Karten bei unserem Serviceunternehmen in Karlsruhe.«

»Laibchen?«, gluckste Marlies.

»Frau Laib. Seine rechte Hand.«

Marlies drohte mir mit dem Finger. »Hört sich irgendwie leicht abwertend an, dieses Laibchen.«

Ja, dachte ich. Sie hat recht. So wie Kätzchen und Herzchen. Nachdenklich folgte ich mit dem Blick den Wiesen und Feldern bis zum Horizont. Ich liebte die frische und einfache Weite hier oben, wo man durchatmen konnte. Es war Pfingstsamstag und zu kühl für die Jahreszeit.

Ich hätte unter diesen Umständen nicht noch einmal in seiner Wohnung mit ihm ins Bett gehen dürfen, und wenn ... Mir kam eine Idee. Wenigstens nicht in *sein* Bett. Das stand nämlich in *seinem* Revier und gab ihm einen Heimvorteil.

Hagen und ich brauchten eine eigene kleine Wohnung. Eine, die ich geschmackvoll und dezent einrichten würde, sodass er sich ebenfalls darin wohlfühlen könnte.

Meine Güte, merkte ich denn nicht, dass ich dabei war, mir

einen Liebhaber zu halten, so wie die Männer aus den Romanen von Balzac früher eine Geliebte ausstatteten?

Und dass Hagen dafür nicht der Richtige war!

***

Einmal gedacht, war die Idee verlockend und ließ sich nicht mehr aus der Welt schaffen. Eigene vier Wände für Hagen und mich!

Mein Mann und ich besaßen natürlich ein paar Immobilien, aber die meisten waren in der Schweiz oder in den USA. In Karlsruhe hatten wir lediglich eine Vierzimmerwohnung, die an eine Firma und deren Außendienstmitarbeiter vermietet war. Um alles andere kümmerte sich ein Hausmeisterservice. Ich wusste nicht einmal genau, wo das Objekt war. Und vier Zimmer brauchten wir sowieso nicht. Nur ein schönes Bad und ein Bett.

Der Gedanke elektrisierte mich, als ich nun zu Hause in Ettlingen saß und ein kleines zweites Frühstück einnahm. Die Immobilienfrage stellte mich allerdings vor ein Problem. Wie findet man eine Wohnung, wenn man noch nie im Leben eine gesucht hat?

Mein Mann war nicht da, und Agnes wollte gerade gehen. Sie wartete an der Tür. Ich erlaubte ihr immer, die Tageszeitung mit nach Hause zu nehmen, denn ihr Mann war zu geizig, sich ein Abonnement zu leisten. Woran die Leute sparen! Diesmal behielt ich sie ein und legte sie demonstrativ neben meine Kaffeetasse. Agnes gab nach ein paar Sekunden auf und verschwand mürrisch.

Ich suchte die Immobilien-Seite. Wohnungen zu vermieten. Hier war gleich eine, die in Frage kam: »Hübsche Einzimmerwohnung in guter Lage in Karlsruhe zu vermieten.«

Ich wählte die Nummer, meldete mich als Regenold (keine Ahnung, wie ich auf den Namen kam, aber er klang gut, fand ich).

Die Frau am anderen Ende der Leitung fragte gleich zu Beginn: »Haben Sie ein festes Einkommen? Mailen Sie mir bitte Ihren eingescannten Personalausweis und Ihre letzte Verdienstbescheinigung zu.«

Wortlos legte ich auf.

Eine Swentja Tobler beantwortet keine Fragen von irgendwelchen Leuten. Swentja Tobler *stellt* Fragen. Abgesehen davon, dass ich keinen Personalausweis auf den Namen Regenold besaß.

»Willkommen im richtigen Leben«, kicherte Marlies später. »Wohnungen in Karlsruhe sind Mangelware. Schau lieber im Internet. Da hast du mehr Zeit, dir eine Geschichte zurechtzulegen.«

Im Grunde hätte ich zu diesem Zeitpunkt schon aufgeben sollen. Doch allzu plastisch stellte ich mir inzwischen unsere Wohnung vor, die von mir und Hagen. Unser Nest. Altbau. Holzdielen. Geschmackvoll und gemütlich. Mit den alten Möbeln ausgestattet, die mein Mann gar nicht mochte. Bei ihm gab es nur grauen und weißen und schwarzen Schleiflack mit Metall. Sein Lieblingsstück war der Steintisch in seinem Arbeitszimmer.

Aber bei Hagen und mir würde es mehr nach Landhaus aussehen. Mit hohen Fenstern und einem französischen Balkon. Und mit Kerzen und einem großen wurmstichigen Tisch aus altem Holz, an dem wir saßen und Käse und Rotwein …

Bei all den Träumen fiel mir gar nicht auf, dass Hagen sich nicht meldete.

Endlich hatte ich ein Ziel. Eine Aufgabe. Ein Liebesnest nach meinen Vorstellungen auszugestalten. Man könnte ja schon mal nach Möbeln Ausschau halten. Die vier Wände drum herum würden sich schon finden lassen. Es war alles eine Frage des Geldes. Wenn es nur teuer genug war, würde ich da finden, wo andere sich nicht mal das Suchen leisten konnten.

Ich warf mir einen Blazer von Kaviar Gauche – ein Designer, den ich sehr mag – über, trug meine Prada-Hornbrille gegen die Sonne und fuhr zu der Adresse, die ich seit einiger Zeit in meinem Adresskästchen als Geheimtipp hütete: die Alte Mühle bei Friedrichstal.

Dort gab es einen Möbelrestaurator, von dem man sich berichtete, er wisse offenbar nicht, was die Sachen wert seien, die er sammelte, herrichtete und verkaufte. Man könne ihm einen alten Kleiderschrank zum Preis eines Nachttischchens abschwatzen. Weichholz. Hundert Jahre alt.

Solche Dinge stellten die Damen in meinen Kreisen gern in ihre

Gästezimmer oder in ihre Keller. Amüsiert sagten sie dann: »Ganz nett für die Einliegerwohnung. Natürlich nicht in die Wohnräume. Da bleiben wir schon bei unseren bewährten Domicil-Möbeln. Und unserem Rolf-Benz-Sofa …«

FRIEDRICHSTAL. DIE MÜHLE

Es war der Dienstag nach Pfingsten. Man hatte das Pfingstfest ruhig und kultiviert in meinem Zuhause verbracht. Wir hatten ein paar Besucher empfangen und waren einmal im Theater gewesen. Auf Einladung eines befreundeten Zahnarztes und seiner dritten Frau, einer blonden Ungarin mit bemerkenswert dicken Augenbrauen. »Cosi fan tutte«. Nun ja.

Ich war froh, dass die Feiertage vorüber waren.

Mein neuer kleiner BMW – ich kümmere mich ja nicht groß darum, aber in regelmäßigen Abständen steht nun mal ein neues Auto vor meiner Tür – glitt durch aufblühende Felder, am Rhein entlang durch die lang gestreckten, aber freundlichen Straßendörfer Linkenheim, Eggenstein, Leopoldshafen und Hochstetten bis nach Dettenheim. Auf diesen beinahe leeren und mir meist unbekannten Landsträßchen gondelte mein Auto fast in Ferienlaune dahin, bis ich nach Friedrichstal gelangte. Vor dem Ort bereits wies ein hölzernes Schild nach links: *Alte Mühle, 1,5 Kilometer.*

Ich sah sie dann hinter der Kurve auftauchen, das heißt, der große Schornstein erschien über den Wipfeln hoher Bäume, und von einem der seltenen Sonnenstrahlen dieses Frühjahrs getroffen, schimmerten inmitten von kleinen Wäldchen und Wiesen die Gebäude der Mühle hervor.

Ich ahnte, dass ich dort keinen Parkplatz finden würde, und bog gleich nach links in das Industriegebiet ab, das wie ein Anachronismus gegenüber der Mühle lag. Ich parkte irgendwo in einer Seitenstraße des wie ausgestorben daliegenden Viertels. Überquerte vorsichtig die Straße. Was für ein friedlicher und heiterer Anblick, dachte ich noch, als ich auf das Ensemble aus Brücke, Fluss, Bäumen und verwitterten Gebäuden zulief. Und machte mich daran, ein Schnäppchen für meine Schäferstündchen zu entdecken.

Was ich aber entdeckte, war der Tod.

Der Tod in seiner gemeinsten Form.

Einmal mehr in Form von Mord.

Vor Jahren hatte unser exklusiver Tennisclub anlässlich des internationalen Mühlentages einen Ausflug zu dieser Mühle unternommen.

Ein Haufen Damen, in sportliche Kostüme gewandet oder in zum Anlass passenden Wildlederjacken gekleidet, enterten seinerzeit die Alte Mühle, kauften rustikales Brot und lachten gut gelaunt über sich selbst, weil sie so herrlich einfach auf Holzbänken vor dem einfachen Café hockten, und zwar mit Hintern, die sonst in Logen im Baden-Badener Festspielhaus saßen.

Natürlich gab es ein Programm. Es wurde im »Schulmuseum« irgendwo in einem Seitengebäude von einer mit langen Röcken verkleideten »Lehrerin« mit Zeigestock erläutert, wir mussten alle unseren Namen auf eine Schiefertafel schreiben – »Haben wir gelacht!« –, und ein ruhiger Herr mit Arbeitskittel und weißem Bart, der ihn etwas älter machte, als er vermutlich war, zeigte den verwöhnten Kundinnen sein Möbel- und Restaurationslager irgendwo unter dem Dach des Haupthauses. Mit meinem geübten Interior-Design-Blick hatte ich schon damals sofort bemerkt, dass der Mann hier Schätze hütete und zu einem lächerlichen Preis verkaufte.

Heute wollte ich mir genau dort für Hagens und meine Wohnung ein paar schöne Stücke aussuchen und bezahlen. Abholen lassen würde ich sie, wenn ich eine passende Immobilie gefunden hatte.

Ich balancierte über die wenig befestigten, gerölligen Kieswege, überquerte mittels einer kleinen Steinbrücke einen lebhaften, zwischen dichtem Gras und Büschen dahinpurzelnden Bach und betrat den großen, ungleichmäßig geschnittenen Innenhof.

Zu beiden Seiten erstreckten sich die alten Mühlengebäude und erhob sich das mehrstöckige Haus, in dem sich meiner Erinnerung nach das Möbellager befand. Manche der Gebäude waren eingerüstet. Links hörte man das schwere Schnaufen des Mühlrades, das in einem dunklen Schuppen seine archaisch anmutende Arbeit tat. Nach hinten erweiterte sich der Hof, man konnte Holzschuppen und kleinere Steingebäude erkennen, und schließlich lief der unfertig gepflasterte Weg in den Wald hinein aus.

Ich hatte keine Ahnung von Mühlen, außer dem, was ich aus dem Märchenbuch wusste, aus dem ich manchmal meiner Tochter hatte vorlesen müssen, um nicht als schlechte und kaltherzige Mutter dazustehen. Doch ich hatte den Eindruck, dies hier sei eine recht große Mühle gewesen. Heute versuchte man sichtlich, den Verfall aufzuhalten.

Vor manchen der steinernen Nebengebäude standen Betonmischer oder lehnten Leitern. Einige der Häuschen sahen bereits etwas freundlicher aus, so als habe man ihnen schon einen neuen Anstrich verpasst. Doch hier war noch viel zu tun. Wildes Grün wucherte überall aggressiv an den blinden, zersprungenen Fenstern hinauf. Ein großer, zotteliger Hund mit einem abgewetzten Halsband um den Hals näherte sich mir mit gutmütiger Neugier in den großen braunen Augen.

Er war natürlich ein Mischling, irgendwas mit Schnauzer mochte darin enthalten sein. Ich achtete darauf, dass er mich nicht berührte, als er anerkennend an mir herumschnupperte. Das Tier hatte offenbar eine gute Nase, denn noch niemals in seinem Leben mochte er Aqua Florale von Valentino gerochen haben, und er würde es vermutlich auch niemals mehr riechen.

»Pardon, aber ich mag lieber Katzen. Sie sind gepflegter und insgesamt eleganter«, teilte ich dem Hund mit.

Er schien das Wort Katze zu kennen. Nahm Abstand, als wollte er sagen: »Wir haben verstanden!« Dennoch folgte er mir trottelig in die Möbelwerkstatt, wo der ruhige Mann von damals fast in der gleichen Position und ganz bestimmt in den gleichen Kleidern wie damals herumwerkelte. Unfasslich. Seinerzeit war doch Sommer gewesen. Jetzt war Frühjahr. Unterschied er denn nicht nach Jahreszeiten bei dem, was er trug?

Ich selbst habe – das sei bei der Gelegenheit bemerkt – vier Kleiderschränke, die mit den saisonalen Outfits bestückt sind. Anders würde ich verrückt werden. Man stelle sich vor, es ist dreißig Grad, und ich finde keine lachsfarbene Seidenbluse zu der Dreiviertelhose von Rich&Royal.

»Jean-Philippe, hierher! Er ist neu. Sybille Hoppermann vom Seifenlädchen hat ihn aus dem Tierheim. Er ist heute unser Überraschungsgast und durfte den ersten Tag mit in die Mühle kommen. Ich glaube, er bringt die Gerüche noch durcheinander. Außerdem ist er sehr alt.«

»Das kann man sehen. Er wirkt nicht mehr frisch«, bemerkte ich kühl. Ein hochtrabender Name für ein solch struppiges Etwas.

»Würden Sie auch nicht, wenn Sie jeden Tag auf der Straße um ein Stück Brot und um Ihr Leben kämpfen müssten.«

Ich sah den Mann vernichtend an. Ich habe niemals um etwas kämpfen müssen. Alles kam einfach so zu mir. Vielleicht alles außer Hagen. Um den kämpfte ich tatsächlich. Manchmal auf verlorenem Posten.

»Schauen Sie sich gern um«, meinte der Kittelträger nun freundlich.

Sein Name sei Friedrich Herlan. »Typischer Hugenottenname«, erklärte er zwinkernd. »So wie Borell. Piston. Giraud. Alle häufig bei uns in der Gegend. Auch unser Pascal, der Pascal Leonhard vom Mühlencafé, zählt dazu, und wenn er gut gelaunt ist, merkt man es auch an der Art, wie er kocht. Hier lebt noch die Erinnerung an unsere gallische Herkunft.«

»Deshalb heißt auch der Hund so?«

»Ja. Ihm macht es ja nichts aus. Und wir freuen uns daran. Fast alle Hugenotten sind leidenschaftliche Hobbygenealogen. Es sind fünfzigtausend ausgewandert, damals 1685, doch sie waren fleißige Familiengründer, und heute gelten mindestens hundertfünfzigtausend Menschen in Deutschland als Nachfahren der Hugenotten. Viele wissen vielleicht nicht einmal davon. Wir haben uns bestens integriert.«

»Ach ja?«, erwiderte ich verbindlich. Wen interessierte das?

»Ja, aber nicht alle französischen Namen deuten auf Hugenotten hin. Es gibt natürlich auch Franzosen, die ihr Heil nach der Französischen Revolution in Preußen und den anderen deutschen Staaten gesucht haben. Und umgekehrt. Wussten Sie, dass Charles de Gaulles Ururgroßvater aus Karlsruhe-Durlach kam?«

»Nein.« Darüber hatte ich mir nie Gedanken gemacht. Ich selbst erwähnte meine italienischen Wurzeln nie. Ich beherrsche Italienisch, doch ich spreche es nicht. Wozu? In der Ettlinger Schickeria?

Nicht mehr ganz jung, aber mit intelligenten Augen, polierte

Herlan mit Hingebung an einer blinden Glasscheibe herum. »Sie können Möbel hier auch unrestauriert kaufen, dann sind sie natürlich billiger.«

Es knarrte unter meinen Füßen. Ich duckte mich unter mächtigen Balken hindurch. Es roch nach altem Holz, nach Staub, nach Lösungsmitteln und leicht nach Moder. Der Hund strich um die Möbel herum. Legte sich dann vor einer Truhe nieder. Wedelte mit dem Schwanz und schnüffelte.

Ich bin übrigens, das muss hier gesagt werden, normalerweise kein Freund von Flohmärkten und Secondhandläden und dergleichen. Damen wie ich stehen höchstens mildtätig hinter der Kasse herum, aber wir kaufen nichts in Geschäften, wo die abgelegten Lacoste-Polohemdchen der Sportsfreundin herumhängen. Doch wollte ich jene Wohnung, in der ich auf geordnete Weise unmoralisch und verdorben zu sein gedachte, bewusst anders ausstatten als mein vom Designer sorgsam und postmodern gestaltetes Zuhause. Mir schwebte etwas vor wie eine französische Wohnung in Paris im Ersten Arrondissement. Dekadent und ein bisschen verrucht mit alten Möbeln und schweren Vorhängen. »Der letzte Tango«. Eine Wohnung, in der die Welt draußen blieb und eine andere Moral galt.

Ich streifte das Szenario, bestehend aus Truhe und Hund, und mein Blick fiel auf einen Schrank hinter der Truhe. Schönes Buchenholz, leicht poliert. »Dieser Eckschrank da hinten würde mir gefallen.«

Der Mann nickte. »Sie haben einen guten Geschmack. Der ist um 1870. Aus Karlsruhe-Neureut. Eine Waldenserarbeit. Waldenser sind ja sozusagen unsere Brüder. Auch Glaubensflüchtlinge.«

Jetzt kam er mir auch noch mit Waldensern! Es gibt Menschen, die nur in der Vergangenheit leben. Ich habe immer sorgsam darauf geachtet, eine Deutsche aus Ettlingen zu sein. Alles andere war zu kompliziert. Zumindest hatte mein Mann von Anfang an darauf Wert gelegt.

Ich trat näher heran, wollte um den Schrank herumgehen, doch die schwere geschnitzte und ziemlich scheußliche Truhe versperrte mir den Weg. Eiserne Bügel griffen in mächtige Schließen. Herlan wuchtete an dem Ding herum, um es zur Seite zu schieben. Ein raschelndes Geräusch drang nach außen.

»Da ist irgendwas drin. Nichts Schweres, aber irgendwas, was nicht hineingehört. Sie hat eine Weile im Hof gestanden, der Deckel unverschlossen, die Leute öffnen sie dann einfach und werfen Papier oder Abfall rein. Manchmal sogar Brotreste oder halbe Würstchen. Ich muss sie rasch aufmachen. Nicht dass etwas darin verschimmelt.«

Der Hund erhob sich schwerfällig und trottete wieder schnüffelnd um die Truhe herum.

Ich wurde ungeduldig. Ich werde meistens ungeduldig, wenn irgendwas nicht gleich so klappt, wie ich es mir vorstelle. In einem ganz speziellen teuren Möbelhaus bei Bühl folgen sie uns durch die Abteilung, wenn ich mit einer betuchten Freundin Vorbesichtigung für ein Einrichtungsstück mache. Reise ich dann zusammen mit meinem Mann sowie seinem Scheckbuch an, dann bleibt der Chefverkäufer auch nach Ladenschluss noch da, wenn es sein muss. Diese Möbelverkäufer taten mir eigentlich immer leid. Wie konnte man so sein Geld verdienen? Mein Mann nörgelt üblicherweise an allem herum, drückt den Preis, will Prozente, und sie müssen immer noch höflich bleiben.

»Lassen Sie, dann nehme ich eben etwas anderes. Es ist nicht so wichtig. Haben Sie übrigens auch Betten?«

Der Mann richtete sich auf. »Ja, Betten habe ich auch«, sagte er. »Aber nein, nehmen Sie nichts anderes. Der Schrank passt irgendwie zu Ihnen. Ich muss nur kurz die Truhe zur Seite schieben und öffnen.«

Er will den Schrank bestimmt loswerden, dachte ich. Er selbst und diese unschöne Truhe stehen auch schon Ewigkeiten ungenutzt da herum.

»Gut«, erklärte ich kühl, »ich trinke unten im … wie nennen Sie es noch? … Mühlencafé einen Tee, und wenn Sie die Truhe weggeräumt haben, lassen Sie mich bitte holen.«

Er nestelte bereits an der Truhe herum. Jetzt mit leichtem Schweiß auf dem Gesicht.

»Ich krieg sie nicht auf. Die Schlüssel sind weg. Manche Leute, man glaubt es nicht, stehlen alte Schlüssel, weil sie sie sammeln oder bearbeiten lassen für ein geerbtes Möbelstück, an dem einer fehlt. Heute ist nichts mehr sicher. Sie klauen überall. Unsere

Blumenkübel und Farbtöpfe verschwinden. Letzte Woche ist sogar eine Leiter verschwunden.«

Ich zuckte unmerklich die Achseln. So sehr interessierten mich die Interna dieser Mühle nun auch wieder nicht. »Lassen Sie halt nicht so viel herumstehen.«

Leben kam in sein blasses Gesicht. »Wir sind immer in Bewegung hier in der Mühle. Es macht viel Arbeit, die Gebäudesubstanz aus dem 18. Jahrhundert zu erhalten. Mauerwerk, Putz, die Dachkonstruktion, all das Gebälk. Ich will vom Räder- und Hebelwerk gar nicht reden, und die historischen Müllereimaschinen …«

»Könnten wir dann zur Sache kommen?«, erkundigte ich mich kühl.

»Natürlich. Ich habe immer einen Ersatz für die Schlüssel in meiner Werkstatt«, verkündete er stolz, als sei dies eine Leistung. »Bin gleich da.« Und verschwand, die Hände an seinem Kittel abstreifend.

Ich sah auf die Uhr und begab mich eher widerwillig in das Mühlencafé. Es lag an einem Ende des Dreiecks von Backstube und Seifenlädchen. Im Inneren dieses Dreiecks waren Tische und Bänke aufgestellt. Im Hintergrund wies ein Schild zum »Historischen Kräutergarten«. Schemenhaft sah ich eine Gestalt darin werkeln. Wahrscheinlich die Besitzerin des struppigen Köters, der mir gefolgt war und jetzt schnaufend und schnuppernd mit der Nase am Boden Richtung Kräutergärtchen trottete.

Das sogenannte Café war natürlich sehr einfach, wie alles hier, aber angeblich gibt es ja Menschen, die so etwas mögen. Hoffentlich wuschen sich diese beiden Leute, Mann und Frau, die da hingebungsvoll in der winzigen Küche herumwerkelten, auch die Hände, bevor sie den Kuchen belegten. Der Mann sah nicht mal übel aus. Grauschwarzes Haar, dunkle Augen und ein gut geschnittenes, weiches, fast südlich anmutendes Gesicht. Eine Fliege schwirrte um den Apfelkuchen herum. Eine unschöne Szene.

Nebendran war der kleine Laden mit Honig und selbst gemachten Seifen. Die Besitzerin hieß laut Visitenkarten in einem Holzkästchen Sybille Hoppermann, hatte lange rote Haare, war zart und trug die in der Branche üblichen langen Schlabbergewänder aus Leinen. Ich lächelte, als ich die unbehauenen Seifenstücke in Klumpenform sah.

»Fenchelseife«, »Basilikumcreme«. Um Gottes willen. Naturkosmetik ist nichts für mich. Meine Eight Hour Creme von Elizabeth Arden riecht nach Chemie, *ist* Chemie, bestimmt, aber nichts glättet Fältchen wie sie. Und ich schmiere mir nun mal kein Gemüse aufs Gesicht. Mein Gesicht ist mein Kapital.

Vor einem Glas Tee und einem mir aufgedrängten Bienenstich, den ich nur kurz mit einem Blick streifte, wartete ich. Checkte mein Smartphone. Rief die Immobilienseiten auf. Hinterließ bei zwei Maklern Anfragen per Mail.

Seltsam. Ich hatte tatsächlich noch niemals in meinem Leben eine Wohnung gesucht.

Suchen müssen!

Meine Eltern hatten mir als Studentin eine Wohnung gekauft, in der ich meine verschiedenen Freunde empfangen hatte, bis mein Mann mich aus meinem Zweizimmerdasein holte und in eine Penthousewohnung in Ettlingens zweitbester Wohnlage verfrachtete. Als sich unsere Tochter anmeldete, ließ er von einem befreundeten Architekten jene elegante und stilvolle Villa entwerfen, in der ich seither waltete.

Bei Immobilienscout24 fand ich jetzt eine geräumige Einzimmerwohnung in Bahnhofsnähe in Karlsruhe und notierte die Telefonnummer. Später würde ich anrufen. Wie gesagt: Für das, was ich vorhatte, reichte im Grunde ein einziges Zimmer.

Gedanklich stellte ich mir die Szene vor und spürte fast schmerzhafte Sehnsucht nach Hagen. Nicht einen Moment lang kam mir der Gedanke, dass ich mich gerade anschickte, einen Schrank und einen Mann zu kaufen, um meine erotischen Nachmittage auszugestalten. Und dass ich mir den Falschen ausgesucht hatte. Jeder Mann begehrte mich schließlich so lange, wie ich es wollte. Warum sollte es diesmal anders sein?

Ich schob den Kuchen von mir, die Frühsommerfliegen stürzten sich sofort darauf. Rasch stand ich auf, lief zu dem großen Gebäude und kletterte die knarzenden Holztreppen hoch. Herlan – mein Gott, musste der Mann Zeit haben – rüttelte gerade schon wieder an der Truhe herum. Der Hund mit dem hochtrabenden Namen war mir gefolgt und ließ sich vor der Truhe nieder. Das alte Stück schien es ihm angetan zu haben.

»Ich hole rasch Öl.« Herlan richtete sich auf.

Hätte ich doch unten gewartet! Hätte ich nur etwas länger so getan, als äße ich diesen bröckeligen Vollkornmehl-Kuchen. Dann wäre ich nicht schon wieder ins Visier von Polizeiaugen geraten.

Aber Geduld war noch niemals meine Stärke gewesen. Das galt für alles. Ruhig warten, bis die Maus sich sicher wähnt, und dann zuschlagen, so wie es meine verwöhnte, wohlriechende Katze auf grausam-graziöse Weise tat, war nicht meine Welt. Ich wollte immer gleich wissen, woran ich war. Ich bückte mich und rüttelte selbst an den locker verkanteten Schlössern herum.

Vielleicht war es mein weicherer Griff gewesen, jedenfalls lösten sich nun sacht die Schließen, und die Truhe ging auf. Der Deckel war unendlich schwer. Ich stemmte ihn vorsichtig nach oben.

Aus dem Inneren drang ein übler Geruch. Und ein paar Sachen lagen darin. Unschön. Es roch schwach nach Leder. Ich zwang mich, etwas genauer hinzuschauen. Konnte eine Handtasche und ein paar Schuhe identifizieren.

Herlan kam wieder. »Seltsam«, murmelte er vor sich hin. »Die Truhe war doch leer, als sie angeliefert wurde. Wer steckt denn da einfach seine alten Klamotten rein?«

Er bückte sich und holte mit ratloser Geste zuerst die Damenhandtasche heraus. Die Tasche, ein schönes Stück von YSL, legte er zur Seite auf einen Tisch. Es war etwas wie eine Schmiere auf ihr. Eklig. Herlan wischte sich die Hand an seinem Kittel ab. Dann griff er nach den Schuhen. Es waren Lackschuhe in einem gewöhnungsbedürftigen Altrosa. Mein erfahrener Blick tippte auf Unützer. Herlan musterte die Schuhe, wendete sie fragend in seiner Hand.

Und dann sahen wir es beide gleichzeitig. Die Stelle an seinem Kittel, wo er sich die Hände abgewischt hatte, war bräunlich-rot verfärbt. Es gehört vielleicht zu den archaischen Dingen, die im menschlichen Gehirn verankert sind, dass man sofort weiß – dies ist keine braune Farbe. Dies ist Blut.

»Blut«, murmelte ich. »Das ist ja Blut!«

Der Hund jaulte, streckte sich nach dem Tisch, auf dem die

Tasche lag, und bleckte nach den Schuhen. Tänzelte herum. Er wurde jetzt ganz aufgeregt, das alte Viech. Stellte die Ohren auf, schnupperte. Jaulte und bellte. Lang verschollener Jagdinstinkt schien in ihm aufzukeimen. Dann schnappte er nach den Schuhen. Fast automatisch legte Herlan sie zu der Tasche nach oben auf den Tisch.

Der Hund winselte enttäuscht. Dann rannte er schnüffelnd zur Treppe, und wie betäubt folgte ihm Herlan. Ich blieb wie angewurzelt stehen, rührte mich nicht.

Später habe ich mich gefragt, warum ich dem Hund und Herlan nicht sofort gefolgt bin. Es war, als ahnte ich, was kommen würde, und diesmal wollte ich einfach nicht dabei sein.

Gebell erscholl von unten, erst noch deutlich, dann schwächer und irgendwie hohler. Ich hielt es nun doch nicht mehr aus, lief die Holztreppe nach unten, über den Hof.

Links hinten, zwischen dem Haupthaus und einem flacheren Gebäude, befand sich ein Bretterzaun, der nun offen stand. Dahinter lugte unglaubliches Gerümpel hervor, Bretter, Stacheldraht, Steine, ein verwilderter Garten. Früher war das wohl der Zugang zu dem weithin sichtbaren hohen Turm gewesen. Heute konnte man dort kaum laufen.

»Der alte Kamin«, murmelte eine nett aussehende dunkelhaarige Frau neben mir. An meinen ersten Eindruck von ihr kann ich mich kaum erinnern, außer, dass sie auffallend schöne Perlenohrringe trug.

Der Hund sprang auf eine von Rissen durchzogene Betondecke, die vor dem Aufgang zum Kaminturm dafür sorgte, dass das Gelände um den Turm herum überhaupt begehbar war. An manchen Stellen ragten rostige Kabeldrähte wie alte dürre Finger in die Höhe. Alte Zeltplanen, Eimer, Steine, Blechteile.

Herlan blickte nach oben. Inzwischen hatten sich einige Besucher, angelockt von der Aufregung und dem Gebell, neben mir eingefunden.

»Der Zugang zum Turm ist in zwei Metern Höhe. Es führt nur eine kleine, schmale und nicht sichere Treppe hinauf. Dann ist man in dem Vorraum zum Aufstieg. Aber da ist doch niemals jemand.«

Die junge Frau atmete schwer. »Was ist hier überhaupt los? Was ist mit Jean-Philippe? Sybille, dein Hund. *Viens ici*, Jean-Philippe!«

Ich antwortete nicht. Hunde sollten wirklich nicht solche Namen tragen dürfen.

Herlan zog seine Jacke aus und tastete sich mühsam über den Schotter und das Gerümpel bis zu der Betondecke. Er balancierte auf der brüchigen kleinen Steintreppe, zog sich den Rest der Strecke hoch und schwankte eine Weile. Dann verschwand er in dem Mauerloch, das die Tür darstellte. Man hörte es knarzen. Er lief wohl die hölzerne Treppe hoch. Wir alle standen außen, vor dem Holzzaun. Inzwischen waren weitere Schaulustige hinzugekommen.

»Im Vorraum nichts zu sehen!«, rief Herlan dumpf von innen nach außen.

»Was ist mit dem Raum unter dem Boden? Der kleine Kellerraum«, rief ein hinzueilender Mann in einer weiß-blauen Jacke. Er war klein, mager und hatte überhaupt keine Haare auf dem eiförmigen Kopf. Wenn er nichts gesagt hätte, hätte ich ihn glatt übersehen.

»Wer sind *Sie* denn?«, fragte ich kühl.

»Der Mühlenbäcker«, erwiderte der kleine Mann stolz, und ich meinte, einen winzigen Akzent herauszuhören. Oh Gott, neue Bundesländer. Und auch noch *so* aussehen! Der hätte nun wirklich auch drüben bleiben können.

»Der kleine Raum ganz unten? Dazu braucht man doch eine Leiter!«, rief der Koch, Pascal Leonhard, der sich mit langsamen Schritten aus seiner Küche genähert hatte. Er trocknete sich die Hände an einem bunt karierten Tuch ab. Ich roch ein ziemlich teures Herrenparfüm von Boss, das eigentlich nicht zu ihm passte.

»Eine Leiter liegt da unten. Es ist unsere eigene Leiter, die gestohlen wurde«, klang es hohl von Herlan aus dem Inneren des Turms. »Ich springe jetzt halt.«

»Komisch«, murmelte die junge Frau. »Das ist doch nun wirklich kein Ort für Liebespaare.«

»Der Hund muss eine Spur in der Nase gehabt haben. Und die führt in den kleinen Raum im Turm«, erklärte der Bäcker dem Koch, der starr in Richtung Turm sah.

»Den kennt doch keiner. Niemand geht dahin«, wiederholte die junge Frau. Und wie fragend, fast verzweifelt, drehte sie sich um und sprach in die Runde: »Niemand. Niemand außer *uns*!«

Man hörte aus dem Inneren des Turmes, wie Holzscharniere kreischten.

Dann nichts mehr. Auch der Hund war ruhig.

Er hätte das natürlich nicht tun dürfen. Er hätte die Leiche nicht nach draußen tragen dürfen, den Tatort nicht betreten, nichts verändern. Doch wer denkt nach, wenn er einen Körper findet, der inmitten von altem verkrustetem Blut in einem kleinen, dunklen und unzugänglichen Raum liegt?

Herlan und der kleine Mann, der nun erstaunlich behände über das Geröll zum Turmaufgang gerast war, trugen die Gestalt nach draußen und legten sie auf das Gestrüpp, das den Turmaufgang umgab. Inmitten von Gras und Dreck lag sie da, eine Frau, und als ich in ihr Gesicht sah, so glaubte ich in ihrem erstarrten Mienenspiel zu lesen: »Bin ich wirklich tot?«

ETTLINGEN. ZU HAUSE

Hagen wusste es natürlich schon, als ich ihn am Abend anrief.

Es galt, vorsichtig zu sein. Mein Mann war zu Hause. Ich musste mich fortstehlen, indem ich nach oben in sein Arbeitszimmer rief, einer Nachbarin ein ausgeschnittenes Rezept bringen zu wollen.

»Okay«, kam es wortkarg von oben.

Da sieht man, wie wenig mich mein Mann kennt. So etwas würde ich niemals tun. Wenn eine Nachbarin ein Rezept haben will, soll sie sich gefälligst die dazugehörige Zeitschrift holen. Wir sind doch nicht im sozialen Wohnungsbau. Die Leute, die hier oben am Vogelsang wohnen, haben fast alle genug Geld, um sich die gesamte Wochenauflage zu kaufen.

»Man sollte sich eigentlich von dir fernhalten«, sagte Hagen, und es klang nicht mal besonders ironisch. »Du bist offenbar eine wahrhaftige Göttin des Todes.«

»Schmeichelhaft. Immerhin eine Göttin!«

Ich war zu erschöpft, mit ihm zu streiten, und schon gar nicht am Handy, an einer Hausecke in Sichtweite meiner eigenen Villa.

»Es gibt bekanntlich alle Arten von Göttinnen«, versetzte er trocken.

Obwohl ich ja das Prozedere nach der Entdeckung einer Leiche bereits gekannt hatte, fühlte ich mich von der Fragerei ausgelaugt.

Dabei war es für mich persönlich diesmal einfacher gewesen. Es gab keinerlei Verdacht, der auf mich fiel, nur weil ich am Tatort anwesend war, denn die Frau war bereits seit ein paar Tagen tot. Vielleicht seit Pfingstsamstag oder sogar dem Freitag davor. Das war die erste Vermutung des mit einer wehenden Leinenjacke herangeeilten Mediziners, der mir das natürlich niemals persönlich verraten hätte. Ich hatte aber gehört, wie er es leise zu einem der Ermittler gesagt hatte. Ansonsten hatte er wichtigtuerisch herumgefuchtelt und mit Verschwörermiene verschlüsselte Begriffe in ein Diktiergerät gesprochen.

Diesmal war überhaupt alles anders. Ich hatte die Tote nicht gekannt, und es hatte keinerlei Verbindung zu ihr bestanden. Ich war lediglich zufällig in der Mühle gewesen, ihr nur leicht aufgedunsenes und bläulich schimmerndes Gesicht sagte mir glücklicherweise gar nichts. Nach meinem ersten Eindruck war sie keine junge Frau mehr gewesen.

Nicht einmal vor der leblosen Puppengestalt, die Herlan auf seinen zitternden Armen aus dem Turm heraus in den Hof trug, hatte mein professioneller Blick haltgemacht: ein sehr schöner kurzer Rock im Geometrielook sowie eine schwarze durchsichtige Bluse, deren Label ich nicht ganz genau bestimmen konnte. Die dünne schwarze, leicht schimmernde Strickjacke kannte ich. Sie stammte von H&M, und meine Tochter konnte sich trotz meines Tadels niemals von ihr trennen, weil sie so leicht war und in einer Handtasche Platz hatte. Na gut, meine Tochter war jung, da mag solch ein Teil von H&M erlaubt sein. Doch diese Frau mochte um die sechzig gewesen sein, und da ist so ein Jäckchen der letzte Versuch. Ich hätte sie dafür getadelt, wenn sie noch am Leben wäre.

Mehr wusste ich nicht von der Person, denn mehr sagen dir die Beamten am Tatort natürlich nicht. Keine Namen, keine Todesursache. Nicht einmal die würden sie dir mitteilen, auch nicht, wenn die Leiche mit einem Strick um den Hals vom Dachsparren baumelte. »Gehen Sie bitte weiter. Weitergehen, bitte!« Da ich das alles zur Genüge kannte, versuchte ich gar nicht erst, Rückfragen zu stellen. Es reichte, was ich gesehen hatte: Das Gesicht der unbekannten Toten war blutverkrustet gewesen. Ich vermutete, man hatte sie erschlagen.

Es beginnt dann ein ungleiches Spiel. Sie sagen dir nichts, wollen dafür aber minutiös wissen, warum du zu der Mühle gekommen bist, wie die Sache mit dem Schloss war und wie es aus dem Inneren der Truhe gerochen hatte. Wie die Sachen darin aussahen und wie Herlan geschaut hatte, als er den Deckel öffnete.

»Wirkte Herr Herlan also sehr überrascht?«

»Hatten Sie den Eindruck, er habe die Sachen schon einmal gesehen?«

»Wessen Idee war es, die Truhe beiseiteschieben zu lassen? Können Sie sich daran genau erinnern?«

»Hat der Hund von sich aus die Spur aufgenommen, oder wurde er dazu aufgefordert?«

»Hat Herr Herlan verwirrt gewirkt, als er aus dem Turm kam?«

»Haben Sie die Tote schon einmal gesehen?«

Um mich herum entfaltete sich die Polizeiarbeit in ihrer wenig spektakulären Routine.

Beamte, die weiße Einweg-Overalls, Handschuhe und Mundschutz trugen, da sie den Tatort nicht mit ihren Hautschuppen oder Kleiderfasern verunreinigen durften, hockten auf dem Boden. Einige hatten den Spurensicherungskoffer neben sich, holten Klebefolien, Tütchen, Ampullen heraus, machten sich mit Pinzetten und Lupen am Tatort zu schaffen.

Ich sah eine Beamtin, die mit einem Wattestäbchen hantierte. Sie würde die Blutspuren auftupfen. Deren Form, ob Tropfen oder Spritzer, würde Rückschlüsse auf den Tathergang zulassen. Überall auf dem Boden standen kleine Kärtchen mit Nummern, die verdächtige Objekte und eventuelle Spuren markierten. Man nannte dies das Leitziffernsystem. All dieses kriminalistische Halbwissen hatte ich in schwachen Stunden aus einem widerstrebenden Hagen herausgepresst.

Da er der Hauptzeuge war, sah ich Friedrich Herlan nicht mehr, bis ich entlassen wurde und trotz einschlägiger Polizeierfahrung wieder in meinem Auto saß und versuchte, meinen Armen und Beinen das Zittern zu verbieten. Eine junge Polizistin mit erkennbarem Migrationshintergrund hatte mich zum Wagen begleitet und mir sogar höflich den Schlag geöffnet. Dabei hatte sie das Auto mit einem respektvollen Blick gestreift.

Hübsche Person. Flüchtig dachte ich, dass unsere deutschen Mädels aufpassen mussten, und zwar egal ob sie der Oberschicht angehörten oder nicht. Südländische Frauen haben schönere Haare, tolle Augen und bekanntlich keine Cellulitisdellen in ihrer leicht gebräunten Haut. Sie kriegen von der Natur Dinge geschenkt, die bei unserer Kosmetikerin einen Haufen Geld kosten.

Klar, noch können sie sich im Allgemeinen keine wirklich guten Klamotten leisten, aber – auch das eine reife Erkenntnis – das ist Männern meistens egal. Sie *sehen* es einfach nicht, ob eine Bluse von Mango oder von Beck am Rathauseck in München stammt. Erst wenn du an ihrer Seite alt wirst oder alt werden darfst, bemerken sie derartige Details.

Zu diesen schützenden Gedanken klopfte mein Herz wie eine Art Hintergrundmusik. Ich hatte eine Leiche gesehen! Ich hatte schon wieder eine Ermordete gesehen. Wie war die Frau nur in diesen einsamen Schacht unter dem Schornstein geraten? Man steigt doch nicht aus Spaß in einen solchen stillgelegten, schmutzigen und unheimlichen Turm, begibt sich dort in einen winzigen Kellerraum, klappt die Luke zu und sagt zu jemandem: »So, jetzt bleibe ich mal hier drin, sagen wir, die zwei Feiertage, und dann sehen wir, ob ich noch lebe. Und wenn ja, schickt kurz nach Pfingsten jemanden vorbei, der mich erschlägt.«

Sie war natürlich zuvor umgebracht worden, irgendwo, vielleicht bei der Mühle, vielleicht woanders. Dann dorthin transportiert worden. Ihre Füße mochten hinter ihr her über den Boden geschleift sein. Dabei hatte sie die Schuhe verloren. Ebenso hatte sie ihre Tasche fallen lassen, als sie starb.

Der Mörder hatte die Sachen schnell in die Truhe gestopft, die im Hof stand. Aus irgendeinem Grund hatte er sie dann aber nicht mitgenommen, nachdem er die Leiche versteckt hatte und geflüchtet war. Das war eigenartig, denn nur durch diese Sachen in der Truhe bestand ja eigentlich die Gefahr der baldigen Entdeckung. Er hatte vielleicht überstürzt flüchten müssen. Aber warum?

Danach, vielleicht am Pfingstsamstag, war die Truhe nach oben geschafft worden. Und er oder sie hatte die Sachen nicht mehr holen können, da er keinen Schlüssel zur Werkstatt des Friedrich Herlan besaß. Das würde aber Herlan als Täter automatisch ausschließen, denn er hätte die verräterischen Gegenstände jederzeit herausholen können. Doch wohin schaffen? Sachen, an denen Blut klebt, sind schwer zu entsorgen. Er hätte sie verbrennen können. Im Wald.

Andererseits hatte er nicht wissen können, dass ich ausgerechnet heute an dieses Schränkchen hinter der Truhe wollte, dass der Hund der Kräuter-Alberta erstmals auf dem Hof sein und dem Geruch des Blutes folgen würde. Normalerweise wäre die Truhe für einige Zeit ein sicheres Versteck für die Accessoires der Toten gewesen. Doch Herlan hatte darauf bestanden, sie zu öffnen. Er schied also aus. Oder nicht? Hatte er sich gerade dadurch als unschuldig hinstellen wollen? Irgendwann wäre die Leiche ja sowieso entdeckt worden. Die Frau musste schließlich irgendwann vermisst werden. Es war Pfingsten. Vielleicht war sie verreist gewesen oder hatte als verreist gegolten.

Es galt herauszufinden, ob die anderen Mühlenleute einen Schlüssel zu Herlans Werkstatt hatten. Und wer kannte den Turm und das unterirdische Kellerversteck?

Mein Hirn machte sich Notizen über Notizen, obwohl ich wusste, dass es eigentlich sinnlos war, da die unverzüglich zusammengestellte Sonderkommission genau die gleichen Spuren verfolgen würde. Trotzdem konnte ich meine rasenden Gedanken nicht abstellen. Lebte Herlan eigentlich in der Mühle? Wohnte überhaupt jemand in der Mühle und wem gehörte sie? Wie mochte es hier nachts aussehen, brannten Lichter oder Laternen, um die Szenerie zu erhellen?

Mein Handy läutete.

»Krause Immobilien«, meldete sich eine sachliche Männerstimme. »Sie interessieren sich für die Einzimmerwohnung in der Nebeniusstraße?«

»Ja, ich würde die Wohnung gerne –«

»Zunächst schicke ich Ihnen online einen Selbstauskunfts-Bogen zu«, verkündete die Stimme nicht besonders entgegenkommend. »Bitte tragen Sie Ihre persönlichen Daten ein und fügen Sie vor allem einen Einkommensnachweis bei.«

»Ich …« Selten erwischte mich, die unangefochtene Meisterin in Überheblichkeit, jemand derart unvorbereitet. »Ich bin wohlhabend!«, sagte ich mit viel zu hoher Stimme. Es musste geklungen haben wie bei einem Kinde.

»Schön für Sie«, entgegnete Herr Krause trocken, »aber der Vermieter nimmt nur Bewerber mit regelmäßigem, festem Einkommen. Keine Studenten, keine Praktikanten.«

Sanft klickte ich auf den durchgestrichenen Hörer.

Ich hatte kein regelmäßiges Einkommen. Ich bekam also nicht mal eine eigene Wohnung. Und Herr Krause rief nicht zurück.

ETTLINGENWEIER. VOR HAGENS WOHNUNG

Hagen und ich saßen im Auto. Es war immer noch viel zu kühl. Die Scheiben beschlugen von innen.

Gerade eben erst hatte ich die Tür seiner Wohnung hinter mir zugeschlagen und war durch den Garten wieder auf die Straße gelaufen, nachdem das schreckliche KIND auf mich gedeutet und gesagt hatte: »Oh Mann, was will *die* Tussi denn schon wieder hier?«

Hagen war mir zwar gefolgt, doch erst nach einer kleinen Weile, und sein Gesichtsausdruck war ernst und nicht schuldbewusst, wie ich es erwartet hatte. »Sie wird sich schon an dich gewöhnen«, sagte er nur.

Ich schwieg, weil ich es besser wusste. Er war ein Mann und hatte keine Ahnung. Diese kleine Natter würde sich nicht an mich gewöhnen. Sie hatte jetzt ein Leben bei Daddy für sich entdeckt und würde es so schnell und kampflos nicht aufgeben. Sie würde sich ausbreiten, so wie sich junge Mädchen eben ausbreiteten. Hier ein Handyladegerät, dort eine Jogginghose, da eine Zeitschrift, da eine DVD.

Und wenn ich eine verdammte Wohnung *kaufen* musste: Wir brauchten einen Ort für uns allein. Ich sage es ungern, aber ich sehnte mich nach ihm. Nach Hagen, dem Mann.

Kann man Sex nach einer Weile ebenso brauchen wie das abendliche Glas Wein oder die Zigarette nach dem Essen? Bisher war Sex für mich kein Thema gewesen – schließlich gab es Handtaschen, die man stattdessen kaufen konnte –, doch jetzt fehlten mir seine Zärtlichkeiten. Sie fehlten mir so sehr, dass ich ihn sogar nur halbherzig über die Tote in der Mühle aushorchte.

»Swentja, du suchst erneut unter der falschen Laterne. Das ist mal wieder nicht unser Fall. Kripo Karlsruhe. SOKO Mühle. Die Routinearbeit läuft bereits auf vollen Touren. Wir von den Außenstellen sind lediglich aufgefordert, auf Ungewöhnliches zu achten und Hinweise entgegenzunehmen, sollten welche aus der

Bevölkerung kommen. Und selbst wenn ich etwas wüsste, ich kenne dich: Wenn ich dir auch nur das Geringste über diese Frau sage, auch nur einen Hinweis gebe, dann tauchst du vor ihrem Haus auf und mischst dich in die Ermittlungen ein.«

Und ob ich das gern täte. Nichts lieber! »Ja«, entgegnete ich daher, »zum Glück habe ich das bisher getan, das darf man doch sagen, oder?«

»Ja. Aber entscheidend ist: Es war eben Glück im Spiel. Mordfälle löst man in der Regel mit harter Arbeit. Wie hier und heute. Nicht nur das zwanzigköpfige Mühlenteam arbeitet auf Hochtouren, auch die Tatortspezialisten sind immer noch mit fünf Leuten vor Ort, die Gerichtsmedizin fährt eine Sonderschicht, und ich denke, das reicht. Es wird meinem verwöhnten Oberschichtspüppchen aus Ettlingen diesmal gewiss nicht gelingen, Hinweise zu einem weiteren Mord zu finden, die unseren Leuten entgehen.«

»Warum eigentlich nicht?«

Zwischen seinen Brauen bildete sich eine steile Falte. Sein Blick, der mein Gesicht und meinen Körper sonst mit lustvoller Vorfreude streichelte, wurde sachlich. »Weil du das Leben nicht herumkommandieren kannst wie deine Putzfrau, deinen Gärtner und deinen Steuerberater.«

Und jetzt sagte ich etwas ganz, ganz Falsches. »Ich brauche keinen Steuerberater. Ich habe ja meinen Mann.«

Nichts in seinem Gesicht rührte sich. Der Mann musste ein herausragender Pokerspieler sein. Nur so etwas wie eine Eisschicht legte sich über seine Augen.

Ich dachte zurück. Eigentlich hatte ich die beiden Male, von denen er sprach, die Morde nicht wirklich aufgeklärt. Im ersten Fall wäre ich fast Opfer geworden und hatte nicht die leiseste Spur einer Ahnung gehabt, wer mich da töten wollte, und im zweiten Fall hatte sich der Fall traurigerweise selbst aufgeklärt.

»Wann sehen wir uns wieder? Und vor allem wo?«

»Ich melde mich. Bald.«

Und jetzt küsste er mich, strich ganz kurz über meinen Oberarm, glitt zum Hals, umfasste mein Kinn und ließ dann seine Hand über meine Brüste flüchtig nach unten gleiten.

Das geht nicht, dachte ich. Das halte ich nicht aus. Ich will eine verdammte Wohnung für uns beide finden.

»Auf Wiedersehen«, sagte Hagen, und ich wusste nicht, wie wenig wörtlich ich seine Worte zu nehmen hatte.

FRIEDRICHSTAL. DIE MÜHLE

Wie an einer unsichtbaren, inneren Schnur gezogen, fuhr ich zwei Tage später durch sich nur zögerlich in ein sattes Frühlingsgrün verwandelnde Wiesen und Felder wieder hinaus zur Mühle.

Nichts kündete jetzt mehr von der scheußlichen Tat, die hier entdeckt worden war. Obwohl der Mord mehrfach in der Zeitung gestanden hatte (Marianne M., einundsechzig Jahre), konnte ich auch keine Schaulustigen entdecken. Es war kein Polizeiauto mehr zu sehen, keine Absperrung. Friedlich und archaisch wie seit Jahrhunderten lag das Gebäudeensemble inmitten eines Wäldchens an seinem kleinen Fluss. Pfinz hieß der Bach, das hatte ich auf der Karte nachgesehen. Dicke Quellwolken wanderten wie angelegentlich über die Sonne, die schon etwas Kraft hatte.

Eine Szene wie aus einem Bilderbuch, gäbe es da auf der Postkartenidylle nicht gegenüber auch das eher profane kleine Industriegebiet des Ortes. Nur dort konnte ich parken, also hielt ich vor einer kleinen flachen Fabrik an. Vor dem Haus standen Container mit Metallteilen, drinnen sah ich ein paar Männer in Arbeitskleidung herumlaufen.

Ich trug meine flachen Tod's in Nude und eine beigefarbene Jeans der Marke »7 For All Mankind«, bei der mich nicht etwa der Preis störte, sondern der etwas umständliche Name. Meine wirklich geliebte kamelfarbene kurze Strickjacke von J. Crew war ein Muss zu diesem Outfit. Da es immer noch kühl war, steuerte Iris von Arnim einen zweifarbigen leichten Schal bei. Der Shopper von L. Credi war ein bisschen billig, aber er passte farblich, und man war ja schließlich kein Snob, sondern nur immer gut angezogen.

Gleich rechts vom Eingang ging der Mühlenbetrieb weiter, als sei nichts geschehen. Der kleine haarlose Brotbäcker kam mit seinem Schieber heraus, trat durch die roh gemauerte Tür und bugsierte ein längliches kleines Brot auf das Gestell, wo bereits ähnliche Laibe lagen.

»Hallo«, grüßte ich mit reservierter Freundlichkeit.

»Oh, hallo … Trauen Sie sich wieder her?« Er sah mich nicht an, während er mit mir sprach. Offenbar lebte er nur für seine Aufgabe, Brote aufzuschichten.

»Ja, es war furchtbar«, erwiderte ich. »Dem Tod so nah zu sein!«

»Allerdings«, erklärte er gelassen, »aber der Tod gehört bekanntlich unausweichlich zum Leben. Auch die Reichen müssen gehen. Wenigstens am Ende sind sie auch mal dran.«

Man konnte es ja mal versuchen: »Aber doch nicht solch ein Tod? Der gehört nicht zum Leben! Kannten Sie die Frau? Haben Sie sie schon einmal gesehen?«

Er blickte mich durch seine runde randlose Brille an wie eine Eule. Komisch, dass man sich einen Bäcker eigentlich niemals mit einer Brille vorstellt. In keinem einzigen Kinderbuch hat der Bäcker eine Brille.

»Wir sollen nichts sagen«, murmelte er störrisch. »Sie wollen es nicht. Es stört die Ermittlungen.«

Bei dem war im Moment nichts zu machen. Ich deutete ein Lächeln an. »Gut, gut. Was ist das für Brot?«

»Zur Feier des Tages«, grinste er jetzt verkniffen, »ein Kräuterbrot aus Hefeweizenteig mit Butter, Ei, Zwiebeln, Kräutern und Quark. Eine Spezialität aus meiner Heimat. Wir haben viel mit Quark gemacht, verstehen Sie?«

Ich wandte mich zum Gehen. Unangenehme Ratte. Obwohl er so mickerig aussah und als Bäcker so etwas wie ein Sympathieträger war, hatte er etwas unterschwellig Aggressives an sich. Leute, die ihre Sätze mit »Verstehen Sie?« beenden, kann ich erst recht nicht leiden. Doch da war noch etwas anderes.

Zur Feier des Tages hatte er gesagt. Welches Tages? Des Todes einer Frau?

Ich wandte mich zum Gehen und betrat das große, unregelmäßige Viereck des Innenhofes der Anlage. Niemand war zu sehen. Doch dieser Friedrich Herlan würde bestimmt da sein. Der Laden da oben war sein Leben, das hatte ich gleich gespürt. Nein, mehr noch: Diese uralte und halb verfallene Mühle war sein Leben!

Ich bog im Hof links ab, durchquerte den halbdunklen großen Raum, in dem ein wildes Durcheinander an offenbar noch nicht bearbeiteten Gerätschaften, Trögen, Gewinden, alten Klavieren, unrestaurierten Schränken, Tischen sowie hölzernen Maschinen herumstand, und erklomm die schmale Holzstiege, die unter mir auf schon vertraute Weise knarrte.

Wenn mich jetzt mein Mann sehen würde, dachte ich ganz flüchtig. Die Frau, die im November schon mal schnell nach London und New York flog, mit Freundinnen, um Dekoration für Weihnachten zu kaufen, und vor deren verwöhnten Augen – außer dem traditionsreichen Harrods natürlich – nur glitzernde, durchgestylte Shoppingtempel Gnade fanden, kletterte eine alte schmutzige Treppe hinauf.

Es war still da oben, die Staubkörnchen tanzten im Licht der Fenster auf mich zu. Ich fürchtete schon, das Möbellager sei heute doch unbesetzt, aber dann hörte ich ein Geräusch.

Herlan war tatsächlich da, in einer der hinteren Ecken des Speichers stand er in seinem Arbeitskittel und hantierte mit der ihm eigenen Ruhe an einer Wiege herum.

»Herr Herlan?«

Er drehte sich um, richtete sich auf. Fröhlich sah er nicht gerade aus. Ich konnte mir lebhaft vorstellen, wie es für ihn gewesen war, als ein Schwarm von Tatortspezialisten und Polizisten, von Kripobeamten und Fotografen sein stilles Reich hier durcheinandergewirbelt hatte. Dennoch kündete nichts mehr von der schrecklichen Entdeckung, die wir hier gemacht hatten.

Oder doch. Da hinten in der Ecke, wo die Truhe gestanden hatte, bemerkte ich noch einen ganz schwachen Kreidestreifen auf dem Boden.

»Sie ist weg«, sagte er, als er meinem Blick folgte. »Sie haben sie mitgenommen. Sie war ja so schwer. Zwei junge Kerls mussten sie schleppen.« Fast klang es ein wenig stolz, dass er das Möbel an jenem Tag selbst zur Seite hatte schieben können.

»Spurensicherung«, sagte ich ruhig.

»Ja. Sie haben eine Quittung dagelassen, und eines Tages kriege ich sie wieder, aber«, und jetzt zog etwas wie ein Lächeln über sein Gesicht, »ich glaube kaum, dass ich die Truhe mit gutem Gewissen verkaufen kann.«

»Oder für einen sagenhaften Preis«, spielte ich sein Spiel mit. »Es gibt bestimmt durchgeknallte Amerikaner oder Engländer, die die

Mördertruhe liebend gerne in ihre Sammlung von Kuriositäten aufnehmen würden.«

»Vielleicht.«

Es herrschte einen Moment Schweigen. Das hieß, er schwieg, und ich schwieg mit. Kurzfristig dachte ich, dass ich das kaum kannte: Schweigen. Wenn wir, die Society-Ladies oder die Ehefrauen oder die Tennisdamen, beisammen sind, wird immer gesprochen. Geplappert. Stille würde ja bedeuten, man hätte sich nichts zu sagen, und das wäre ein gesellschaftlicher Minuspunkt.

»Kommen Sie mal mit«, sagte er plötzlich und winkte mir zu. Ich folgte ihm. Die Treppenstufen hinunter, über den Hof, vorbei an der Werkstatt der Seifensiederin, die uns unverwandt nachsah, vorbei am Mühlencafé, in dessen Küche Frau Leonhard unwirsch herumwurstelte, bis zum Kräutergärtchen, das hinter einer hoch wuchernden Hecke vom Rest der Mühlengebäude abgeschirmt war. Sein Schatten fiel auf einen länglichen Stein mitten im Kräuterbeet. Mich schauderte. Er sah fast wie ein Grabstein aus.

»Nur ein Findling«, lächelte Herlan sein zurückhaltendes Lächeln. »Er stammt vom Feld da hinten.«

Ein raschelndes Geräusch machte deutlich, dass wir nicht allein waren. Gebeugten Rückens sah ich im Hintergrund eine Frau an etwas herumzupfen. Sie trug ein wadenlanges, hoffnungslos unmodernes Kleid in Grasgrün, das sie zart und weiblich erscheinen ließ, und verschmolz so beinahe mit der Natur, die sie betreute.

»Guten Tag, ich bin Alberta«, stellte sie sich vor. »Kaum bin ich mit diesem Zünsler fertig, muss ich an die Brombeeren. Sie nehmen immer wieder überhand. Es ist, als versuchte die Natur, sich das Land zurückzuholen.«

»Schneiden Sie sie doch einfach ab«, meinte ich. »Oder reißen Sie sie heraus.«

Sie sah mir geradewegs in die Augen, Spott im Gesicht. »Sie haben sicher einen Gärtner, nicht wahr? Die Brombeeren ziehen unterirdische Kreise. Sie kommen überall, wo kein Beton ist, wieder ans Tageslicht. Diese stacheligen Zweige führen einen Kampf mit der Zivilisation, Auge in Auge. Aber gut – sie haben auch ein Recht zu leben. Nur nicht auf Kosten der anderen.«

Sie und Herlan tauschten einen schnellen Blick. Ein Blick,

der mir nicht gefiel. Diese beiden verband etwas, das sie nicht preisgeben würden.

Ich sagte nichts mehr dazu, streifte sie nur mit einem raschen Blick. Eine hübsche Frau eigentlich. Feingliedrig und auf eine sanfte Art weiblich. Modetechnisch allerdings ebenfalls Entwicklungsland. Mir schien, als hätte ich das bewusste grüne Kleid an ihr bereits gesehen. Ging die Frau nicht shoppen? Wusste sie nicht, dass es bei Breuninger derzeit zwanzig Prozent auf Joop gab?

Etwas kratzte mich am Fuß. Ich bückte mich, um danach zu schlagen, doch Herlans warme Hand hielt mich davon ab. »Nicht töten«, sagte er. »Das ist eine Heuschrecke.« Er nahm das nervöse Tier mit den langen Beinen sanft in seine hohle Hand.

Hier ist eine Frau getötet worden, dachte ich. Aber das scheint ihn nicht so sehr zu berühren wie das Schicksal einer blöden Heuschrecke.

»Es gibt hier in den Rheinniederungen rund um Friedrichstal und Dettenheim fünfunddreißig verschiedene Heuschreckenarten, und jede hat ihre eigene charakteristische Stimme. Wenn Sie nachts hier sind, so hören Sie ein vielstimmiges Konzert. Das zeigt, dass die Gegend ökologisch noch im Gleichgewicht ist.«

Na wunderbar, dachte ich. Es gibt wenige Wörter, die mich so langweilen wie ökologisch. Ich weiß, dass es unzeitgemäß ist, aber wie die Welt in zweihundert Jahren für meine UrurURenkel aussieht, ist mir heute egal. Wenn es sie überhaupt gibt, sollen sie sehen, wie sie zurechtkommen. »Sind Sie denn auch nachts hier in der Mühle?«, sagte ich deshalb nur.

Er schmunzelte. »Sie hören sich schon an wie die Kriminalpolizei. Die waren auch sehr interessiert an unserem nächtlichen Leben. Es gibt die zwei Laternen am Eingang, eine hier am Mühlencafé und noch eine hinten … da, schauen Sie, wo der alte Heuwagen steht. Ansonsten gehört die Mühle nachts den Eulen, den zahllosen Fledermäusen und meinen Turmfalken.«

»Und einem Mörder«, sagte ich.

Alberta verfolgte den Heuhüpfer, der freigelassen in ihre Kräuter sprang. Dann, als ob ich nichts gesagt hätte: »Da fühlt er sich wohl. Wo wäre dieses Insekt wohl in einer Stadt? Würde sich in einem Schlafzimmer am Vorhang festklammern und irgendwann von einer Hausfrau mit Sauberkeitswahn erschlagen werden. Unser Kräutergärtchen bietet eine Heimat für ihn und seinesgleichen.«

Und für dich, dachte ich. Du würdest alles für dieses Stückchen Land tun, oder? Und du verdrängst, dass das Blut einer Frau den Boden getränkt hat, in dem deine Kräuter so saftig sprießen.

Herlan lächelte und musterte mich mit der ihm eigenen Intensität. Und dann sagte er etwas Unglaubliches, etwas, das seit ewigen Zeiten niemand zu mir gesagt hatte, weil es seit ewigen Zeiten jeder wusste. »Ich finde, Sie sind immer recht hübsch angezogen.«

Ich starrte ihn an. Recht hübsch! Was war denn das für ein Ausdruck für meine perfekte Garderobe?

Doch Herlan konnte es noch besser: »Meine verstorbene Frau hatte auch dieses Talent: aus wenig viel zu machen. Sie hatte ein kleines Budget für Kleidung, und das hat sie niemals überschritten. Trotzdem sah sie immer sehr gepflegt aus.«

Ich konnte es nicht fassen. Kleines Budget! War der Mann blind? Allein meine Schuhe würden ihn durch einen ganzen Monat bringen.

Schließlich sagte ich so gelassen wie möglich: »Würden Sie mit mir einen Kaffee trinken gehen? Ich … lade Sie gerne ein!« Auf seinen eher erstaunten Blick hin erklärte ich: »Eine kleine Entschuldigung. Hätte ich diese Vitrine nicht kaufen wollen, so wäre Ihnen der scheußliche Fund erspart geblieben.«

»Kaum«, erwiderte er und wischte sich die Hände ab. »Irgendwann wäre der Geruch des Blutes an der Jacke vielleicht selbst durch diese massiv gearbeitete Truhe gedrungen. Im Sommer, wenn es warm ist. Gott sei Dank lag sie da nicht selbst drin. Wenn es warm ist, quillt die Leiche bestimmt auf, und es kommen vielleicht sogar Tiere aus ihr heraus, die sich in totem Fleisch bilden. In unserem Turm zieht die Luft nach ganz oben, zwanzig Meter weit, ab. Es ist schließlich ein Kamin. Dort lag sie wenigstens kühl.«

Na, klasse. Genau das richtige Thema, um Kaffee und Kuchen zu essen, und das noch dazu in dem – trotz halbwegs ansehnlichem Koch – eher primitiven Mühlencafé!

Das Betreiberpaar war wieder in der Küche und werkelte schweigend nebeneinanderher. Ich sah, wie sie mit eckigen Bewegungen irgendeine weiße Masse anrührte und wie er in einen kleinen Berg von gehackten Kräutern auf einem Holzbrett griff und sie mit großer Geste hineinstreute. Dann nickte er. Seine Frau warf ihm einen Blick zu, doch er sah weg. Hinüber zu mir. Und wenn ich mich nicht sehr täuschte, war das der etwas zu lange Blick eines Mannes, der seine eigene Frau satthat. Wenn ich nämlich einen Blick kenne, dann diesen.

»Pascals Spezialrezept. Kräuterquark aus dem Gärtchen. Köstlich. Sollten Sie probieren«, bemerkte Herlan. »Unser Pascal ist ein hervorragender Koch.«

Karla Leonhard kam jetzt heraus, stellte sich vor und musterte mich lauernd. Sie passte hierher. Ein nicht mehr ganz junges Gesicht mit hellen Augen wie ein Wolf und hinten im Nacken zusammengeschlungenem hennarotem langem Haar. Sie war nicht groß, und obwohl sie nicht dick war, wirkte sie seltsam schwerfällig. In ihren Zügen zeichnete sich eine gewisse Bitterkeit ab. Ich sah hinunter zu ihren Füßen. Hässlich. Knorzige Fußnägel und haarige Knöchel in Birkenstock. Das Pärchen passte nicht zueinander. Und nicht nur das. Ich konnte mich täuschen, aber sie war bestimmt Raucherin, und vielleicht trank sie sogar. Ich kenne diese tiefen Furchen, die sich zu früh in einem Gesicht eingraben.

»Friedrich, wir haben heute auch noch frischen Erdbeerkuchen«, verkündete Karla Leonhard an mir vorbei.

»Zweimal?« Herlan sah mich fragend an. Ich nickte ergeben. Hoffentlich war die Spülbrühe, in der sie die Teller wuschen, nicht mit Salmonellen verseucht. Das mag ein Vorurteil sein. Natürlich weiß man nicht, ob die Küche in Brenner's Park Hotel – um nur ein Beispiel zu nennen – sauber ist, aber verdammt noch mal, die Leute dort haben einfach mehr zu verlieren, wenn eine Kontrolle kommt.

»Ich frage mich nur, wie die Leiche in dieses Versteck gekommen ist. Wer kannte den kleinen Raum unter dem Turm? Bestimmt kein Fremder, oder?«, fragte ich bei dem geschmacksfreien Erdbeerkuchen mit fingerdicker Gelatine. Passte eigentlich nicht zu dem urigen Anstrich, den sich solche Orte wie dieser hier geben. Ich genieße mein Backwerk deshalb immer noch am liebsten beim feinen Konditor Endle in der Karlsruher Kaiserstraße. Ganz ohne hennagefärbte Naturgeschöpfe, dafür aber dreimal so teuer und zwölfmal so gut.

»Natürlich kennt ihn nicht jeder Fremde, der die Mühle einmal beiläufig besucht, aber eigentlich alle aus unserem Team wissen davon, und jeder, der auf einem Rundgang neugierig nach dem Turm fragt, bekommt umfassend Antwort. Viele Männer interessieren sich für die technischen Hintergründe des einstigen Mühlenbetriebs, während ...«, jetzt schmunzelte er, »die Frauen vorne Brot kaufen. Es gibt doch keinen Grund, die Räumlichkeiten der Mühle zu verschweigen. Im Gegenteil. Ich, wir sind stolz auf alles, was wir hier geschaffen haben und immer noch schaffen. Dieses Dach da drüben mit den Biberschwänzen. Sehen Sie das? Und die alte Hanfreibe vorn am Eingang. Das Haus ist unser Schmuckstück. So kann es die nächsten Jahrhunderte überdauern ...«

Ich streifte das halbwegs ordentlich aussehende kleine weiße Haus mit einem kurzen Blick. »Und Schuhe und Tasche? Wie gelangten diese Sachen in die Truhe?«

Er zuckte die Achseln. »Der Täter konnte sie eigentlich nur hineingelegt haben, als die Truhe noch für jeden zugänglich unten im Hof stand. Ich habe die Truhe aber bereits am letzten Samstag nach oben bringen lassen. Auch nach Ansicht dieses Arztes ist sie wahrscheinlich am Freitag ermordet worden. Als die Truhe schon oben bei mir in der Werkstatt stand, wäre es nicht so leicht gewesen, etwas dort hineinzulegen. Natürlich sind es keine hermetischen Schlösser, die wir im Haupthaus haben. Aber nach einem ... Mord ... hätte man ja keine Zeit, sich mit verschlossenen Türen abzumühen. Zuerst müsste man unten aufbrechen, dann die Treppe hoch und nochmals eine Holztür öffnen. Außer man hätte einen Schlüssel.«

»Außer man hätte einen Schlüssel«, wiederholte ich nachdenklich.

Herlan sah mich überrascht an. »Aber nur ich habe einen Schlüssel. Und einen bewahrt Alberta für mich auf. Die Polizei hat ihn sehen wollen, und sie hat ihn vorgezeigt. Er ist da.«

»Gibt es keinen anderen Zugang zu Ihrem Reich da oben?«

Er schmunzelte. »Danke, dass Sie *Reich* zu meinem Chaos dort sagen. Tatsächlich gibt es einen ziemlich unsicheren Zugang, und zwar vom Schulmuseum drüben in der alten Hanfreibe. Dort kann man durch eine ganz niedrige und schmale Tür direkt in den ersten Stock meiner Werkstatt gelangen. Die ist manchmal nicht abgeschlossen, aber es steckt eh nur ein uralter Schlüssel darin, den man leicht von außen umdrehen könnte. Davon wissen aber eigentlich nur die Leute vom Mühlenteam. Natürlich hat der eine oder andere Besucher die Klinke schon mal aus Neugierde runtergedrückt und in mein Reich gelugt. Also, es könnte durchaus ein paar Leute geben, die von der Tür wissen. Aber im Grunde nur jene, die schon mal zu einer Besichtigung hier waren.« Nachdenklich strich er sich übers Haar.

»War sie abgeschlossen in der Mordnacht?«

Jetzt wurde er verlegen. »Ich weiß es nicht«, murmelte er.

»Als die Polizei die Mühle in Beschlag nahm und alle Räume untersuchte, war sie da abgeschlossen? Hat jemand Sie bitten müssen, aufzuschließen?«

Herlan nahm seine Brille ab und putzte die Gläser umständlich. Es dauerte eine Weile, bis er antwortete. Seine Stimme klang rau. »Nein. Es sieht aus, als sei sie offen gewesen.«

Ein vielsagendes Schweigen breitete sich zwischen uns aus.

Fast trotzig fügte er an: »Wir sind hier nicht misstrauisch. Es ist auch niemals etwas vorgekommen in all den vielen Jahren.«

»Hat die Polizei gesagt oder zumindest durchklingen lassen, ob die Frau hier oder woanders ermordet worden ist?«

Herlan seufzte. »Es ist für uns alle kein schöner Gedanke, aber sie ist offenbar hinten beim Kräutergarten umgebracht und danach in den Turm geschleppt worden. Sie haben entsprechende Spuren gefunden. Tagelang waren sie hier. Mit Mikroskopen und mit Pinselchen und … Nur gut für die Leonhards. Die haben endlich mal wieder ein ordentliches Geschäft gemacht. Auch Polizisten haben Durst.«

»Läuft das Café denn nicht gut?«

Herlan seufzte wieder. »Nun, unter uns gesagt, die Leonhards müssten vielleicht eine breitere Auswahl an Gerichten anbieten. Es gibt keine Fleischgerichte bei ihnen, weil Karla ganz fanatische Vegetarierin ist. Manche Ausflügler möchten aber gerne ein Schinkenbrot. Oder ein Wienerle.«

Er senkte die Stimme. »Ich sollte das sicher nicht sagen, aber manche sind … waren dafür, ihren Pachtvertrag aufzulösen. Es gab eine Diskussion. Aber seit dem Mord sind viel mehr Leute gekommen. Das kann für Pascal wieder eine neue Chance sein.«

»Jetzt sind die Leonhards also erst mal gerettet.«

Friedrich Herlan nickte.

Da hatte man's mal wieder. Selbstständigkeit war nicht das Paradies. Manche Damen aus unseren Kreisen hatten es schon versucht. Kleine Lädchen eröffnet. Mit Dekosachen, Gewürzen oder mit Kindermode. Sie hatten alle die kleinen Lädchen bald wieder zugesperrt, und mancher Ehemann stand bei meinem Mann auf der Schwelle – wegen der Abschreibungen.

Ganz flüchtig nur trafen sich unsere Augen. »Der Mord wird also nur abends nach Einbruch der Dunkelheit oder nachts geschehen sein können«, folgerte ich.

Herlan schob seinen Teller zur Seite. »Wahrscheinlich. Sonst ist ja eigentlich immer jemand da. Und Pfingsten war hier viel los. Trotz des schlechten Wetters. Es hat ja abends und nachts immer geregnet.«

Ja, dachte ich. Und du, mein Lieber? Du kennst dich auch in der Nacht hier aus wie eine Katze in ihrem Revier.

»Die Kripo hat inzwischen alles genau untersucht. Nur die ganz genaue Todesstunde ließ sich wegen der Räucherkammer-Atmosphäre im Turm – wie die es nannten – nur schlecht auf die Stunde genau bestimmen. Heute ist Donnerstag. Am Dienstag wurde sie gefunden. Da war sie etwa vier Tage tot. Das Rätsel ist tatsächlich die Truhe. Am Freitag hätte jeder Beliebige etwas hineinlegen können, aber ab Samstag war sie oben in der Werkstatt eingeschlossen. Da hätte es dann wirklich nur …« Er hielt ein. »Da hätte es nur jemand sein können, der sich bei uns auskennt.«

»Schauen Sie nicht in die Möbel hinein, wenn sie angeliefert werden?«

»Doch«, erwiderte er still und versonnen, »natürlich. Nicht dass die Leute noch wichtige Sachen darin vergessen. Einmal hatten wir eine Katzenfamilie in einem Sofa … noch lebendig. Gott sei Dank. Die leben übrigens jetzt hier in der Mühle. So wie meine Fledermäuse und meine Turmfalken. Und die haben sogar derzeit Junge da oben im Möbellager. Die kleinen Kerle müssten bald flügge werden. Auf diesen Zuwachs bin ich richtig stolz. Falken brüten nur, wo es friedlich ist.«

Der neigt zum Fabulieren, dachte ich. Lebt wahrscheinlich allein und ist froh, wenn er den Leuten von seiner Mühle vorschwärmen kann.

Herlan kehrte kopfschüttelnd zurück in die Gegenwart. »Die Truhe war jedenfalls ganz gewiss leer, als sie ankam. Sie ist das Erbstück von einer alten Frau aus Philippsburg, die ins Pflegeheim musste. Vor etwa zehn Tagen sollte sie nach oben zur Bearbeitung. Es ist nicht gut, wenn die Sachen der Witterung länger ausgesetzt sind, zumal es in diesem Jahr so feucht war. Ich habe sie selbst nicht nach oben getragen, wegen meiner Bandscheibe, sondern zwei Helfer aus der Bäckerei. Die haben natürlich nicht darauf geachtet, ob etwas in der Truhe war. Haben vielleicht das Geräusch gehört, aber das war denen egal.«

Er atmete tief aus und strich sich über das schon fast weiße Haar. »Jedenfalls liegt eine Tote in unserem Kaminturm, und in meinen Möbeln lagern ihre blutigen Reste … All die gewalttätigen Jahrhunderte zuvor ist hier nichts Derartiges geschehen.«

»Wie gut«, sagte ich, um ihn zu beruhigen, »dass Sie die Frau nicht kannten. Und so kein Motiv hatten.«

»Oh«, erwiderte er mit einem bedauernden, etwas schiefen Grinsen. »Ich kannte sie. Wir alle kannten sie. Und fast alle von uns hatten ein Motiv.«

AM RHEIN BEI KARLSRUHE

Hagen und ich gingen wie früher am Rhein spazieren. Zu diesen verräterischen Zeiten, an denen nicht viele Leute unterwegs sind, und an Stellen, die nicht von meinen Freunden und seinen Kumpels, unter denen es natürlich Angler gab, aufgesucht wurden. Es waren stets heimliche Treffen, erfüllt von Scham und von einer Leidenschaft, die sich seltsam und falsch anfühlte, weil etwas in unserem Verhältnis nicht stimmte.

Später sollte ich mich an diesen Gedanken erinnern. Eine Beziehung ist wie die Bauanleitung für ein Möbelstück vom Baumarkt oder von Ikea. Die Teile passen aufeinander oder nicht. Bisher hatten sie irgendwie gepasst bei Hagen und mir. Heute nicht.

Ich war mürrisch, er nachdenklich. Seine Tochter hatte eine neue Freundin zu Besuch, und da war weder mein Kommen noch sein Bleiben erwünscht. Mein Verständnis war begrenzt.

»Hagen, du bist doch so etwas wie ein bekennender Macho. Zumindest verhältst du dich mir gegenüber gelegentlich so. Wieso lässt du dich von der Kleinen um den Finger wickeln?«

»Töchter sind die einzigen Frauen, die das bei uns Kerlen dürfen. Oder wie denkt *er* darüber?«

»Wer?«

»Dein Mann.«

Ich sagte nichts dazu. Mir gefiel der Ton nicht. Erstens war mein Mann kein Kerl, sondern ein Herr Tobler. Und über meinen Mann und seine Tochter, beziehungsweise deren Schnittmenge, hatte ich mir niemals viele Gedanken gemacht. Die beiden hatten eigentlich keine wirkliche Beziehung. Eine höfliche Koexistenz, bestenfalls. Heftige Streitereien wie in anderen Familien hatte es bei uns nie gegeben.

»Es sind mir einige Fakten über die Tote in der Mühle zugetragen worden.«

»Vom Wind oder was?«, fragte er sarkastisch. »Oh bitte, Swentja, halt mich nicht für dumm. Du bist mit Sicherheit in deinen vielen freien Stunden zur Mühle gefahren, hast dich dort umgesehen und den Restaurator, diesem weltfernen Träumer, so lange in deine dunklen Mittelmeeraugen schauen lassen, bis er weich wurde und dir alles erzählt hat. Der würde dir sogar die PIN-Nummer von seiner EC-Karte geben …«

»Du hast unrecht. Er hat es ganz freiwillig erzählt. Sie hieß also –«

»Swentja, ich will es nicht hören, denn ich weiß bereits, wie sie hieß. Einmal habe ich dich gerade noch in letzter Sekunde gerettet, bevor ein Mörder dir den hübschen Hals umdrehen konnte. Ein weiteres Mal zog sich eine Spur des Todes hinter dir her, als du dich in einen Mordfall eingeschaltet hast. Ich lasse dich offiziell verwarnen, wenn du nicht aufhörst, dich in diese Ermittlungen einzumischen. Mein Liebchen, ich meine es sehr ernst. Ich nehme Kontakt mit den Kollegen in Karlsruhe auf, und sie werden dich vorladen.«

»Keiner kann mir verbieten, mich in der Mühle aufzuhalten. Auch du nicht.«

»Man wird dafür sorgen, dass keine Person dort mit dir spricht.«

»Das ist lächerlich. Sie werden alle mit mir sprechen. Spätestens, wenn ich dort etwas kaufe, etwas trinke, etwas esse …«

»Geld. Immer Geld. Misch dich nicht aus eigener Langeweile in anderer Leute Arbeit ein. Das ist allmählich lästig!«

Ich sagte nichts mehr dazu.

Was er nicht wusste: Ich würde bald keine Langweile mehr haben, denn ich würde unsere Wohnung einrichten.

BADEN-BADEN. LICHTENTALER ALLEE.

Marlies war ebenso unwillig, sich einmal mehr Geschichten über ermordete Frauen anzuhören, wie Hagen. Spöttisch: »Was, schon wieder eine Weibsperson in deiner Gegenwart tot aufgefunden worden? Kann es nicht mal einen Mann erwischen?«

Ich fragte mich auch allmählich, warum in meinem Umfeld immer Frauen umgebracht wurden. Vielleicht rufen Frauen heftigere Leidenschaften hervor als Männer. Oder verfügen sie über andere, subtilere Machtinstrumente, die man anders nicht ausschalten kann?

Marlies war übrigens mittlerweile ebenfalls dem »Ich will noch einen Sinn im Leben«-Wahn wie die anderen Damen unserer Klasse verfallen. Jener Damen, die früher ganz zufrieden mit Blumenarrangieren, Brunchvormittagen, dem Planen von Abendgesellschaften, Shoppen und Piccolotrinken gewesen waren.

Angeblich langweilte sie sich inzwischen auch ein wenig, denn ihre Kinder wurden flügge, der Hund wollte nichts als seine Ruhe, etwas, was ihn übrigens in auffallender Weise mit Marlies' Ehemann verband. Doch anders als ich wählte sie den üblichen bourgeoisen Ausstieg. »Ich such mir vielleicht irgendeinen Job«, verkündete sie eher mürrisch, »etwas Sinnvolles natürlich. Ich mache es ja nicht für Geld.«

Natürlich nicht. Keine von uns machte *es* für Geld. Das überließen wir unseren Männern. Wir machten *es* zum Spaß. Für Geld hatten wir geheiratet. Das musste an Anstrengung reichen.

Mir war warm. Das Wetter hatte sich mit einem Riesenschlag verbessert, und sogleich fing Mittelbaden an, feucht und warm zu dampfen. Ich zog meinen Leinenblazer aus und musterte Marlies unfreundlich. Ich sollte also wieder eine Freundin an das sogenannte Arbeitsleben verlieren. Was fanden sie nur alle daran, kostbare Lebenszeit für diese Sache namens Sinn und lächerlich wenig Geld einzutauschen?

Marlies und ich hatten uns zum Essen getroffen. In meinem Lieblingsrestaurant in Baden-Baden, dessen Tische bis direkt in die

Allee hinausgingen. Die Speisekarte war interessant, als Appetitanreger gab es luftige italienische und wie zufällig zugeschnittene Brotscheiben, die man in Olivenöl tunkte, und am Ende streute man grobes Salz darüber. Sehr angesagt. Eine Renaissance des Brotes, dachte ich flüchtig. Und erinnerte mich an den Bäcker in der Mühle. Er hatte die Tote nicht leiden können, das war offensichtlich gewesen. Warum? Das galt es herauszufinden.

Was würde die Polizei üblicherweise tun? Ein Gespräch mit ihm führen. Alibi überprüfen. Ihn in den Computer eingeben und seine Vorstrafen prüfen. Doch hinter seine Fassade würden sie nicht schauen. Konnten sie auch nicht, denn er würde sie vorsichtig geschlossen halten. Und er war nicht der Einzige. Ich teilte Marlies meine Vermutung mit.

»Swentja, vielleicht schauen sie nicht hinter alle menschlichen Fassaden, doch ich bin grundsätzlich schon der Meinung, dass die Polizei dazu da ist, Mörder zu suchen und zu finden, und dass sie das im Allgemeinen auch gründlich machen.«

»Ja? Ich habe einen anderen Eindruck gewonnen. Sie sind wie mein Mann im Bett: Standardprogramm.«

Marlies hob die Augenbrauen. »Ist Hagen nicht auch Polizist? Bietet er denn mehr als das Standardprogramm?«

»Wir sprachen von polizeilichen Ermittlungen. Aber wenn du es genau wissen willst: Ja, er bietet deutlich mehr.«

Marlies seufzte. »Also gut. Du bist frisch verliebt, und deine Hormone arbeiten derzeit in drei Schichten …«

Ich stutzte. Frisch verliebt? Seltsam, dieser Ausdruck.

Nein, ich war nicht frisch verliebt. Das hatte ich schon manchmal erlebt, und es fühlte sich anders an. Aber wie fühlte sich *das* da an, das mit Hagen?

Marlies musterte mich argwöhnisch. »Swentja, komm zurück auf die Erde. Wer war also diesmal die Auserwählte? Jung, schön, tot? Du weißt doch bestimmt mal wieder Genaueres.«

»Es war nicht schwer. Nun, sie war nicht mehr so ganz jung, und als ich sie sah, war sie auch nicht mehr besonders schön, aber eindeutig mausetot. Marianne Mandel. Wohnhaft in Friedrichstal. Einundsechzig Jahre alt. Verheiratet. Von Kindern ist mir nichts bekannt.«

»Und?«

»Mehr wollte mir der freundliche Restaurator trotz meiner Charmeoffensive nicht verraten. Die Kripo wird ihn eingeschüchtert haben. Aber die Frau war in der Mühle bekannt. Es gibt nämlich dort einen Förderverein, der aus aktiven und passiven Mitgliedern besteht, und Frau Mandel war offenbar ein aktives Mitglied. Und nach meinem Eindruck wohl ein bedeutsames. Wieso, das habe ich nicht herausgefunden. Bisher.«

Marlies tunkte ihr Brot ein. »Wie ist die Frau denn zur Mühle gekommen? Ich meine, die liegt doch ziemlich außerhalb. Ich selbst war vor langer Zeit einmal mit den Kindern da, weil ich ihnen zeigen wollte, wie richtiges Brot schmeckt. Vergebliche Liebesmühe. Sie ziehen geschmacksneutrale Gummibrötchen von McDonald's vor. Vor allem wegen dem, was draufliegt. Burger!«

Ich runzelte die Stirn. »Ich habe Herlan kurz darauf angesprochen, aber – wie gesagt – er antwortet eher zurückhaltend. Ich wundere mich, dass er mir überhaupt Auskunft gibt. Es ist wohl kein Auto in der Nähe der Mühle gefunden worden.«

»Das würde aber bedeuten, sie ist mit ihrem Mörder zur Mühle gefahren. Das wiederum bedeutet, sie hat ihn gekannt, ihm vertraut.« Marlies fixierte mich. »So war es doch, oder?«

»Sieht danach aus.«

»Du verheimlichst mir etwas, Swentja.«

»Also gut. Das hat mir Herlan dann doch noch unter dem Siegel der Verschwiegenheit erzählt. Sie ist wohl am Abend ihres Todes mit ihrem Fahrrad zur Mühle gekommen. Es war noch da. Es stand hinter der Backstube, etwas geschützt unter einem kleinen Dach. Da stellen alle Besucher die Fahrräder hin.«

»Mit dem Fahrrad?« Marlies tippte sich an die Stirn.

»Ja, schon sportlich für eine Frau in ihrem Alter, hm? Es handelte sich allerdings um ein Elektrofahrrad.«

»Abends! Mit dem Fahrrad zu dieser Mühle. Im Hochsommer würde ich das ja noch verstehen. Aber jetzt?«

Ich hob die Schultern.

»Vor allem«, fügte Marlies stirnrunzelnd hinzu, »weil es regnete und für den Abend noch mehr Niederschlag angekündigt war.

Ich weiß das, weil wir eine kurze Regenpause abgewartet haben, um mit dem Hund zu laufen.«

Sie ließ den Satz in der Luft hängen und wartete, bis ich sagte, was wir beide dachten: »Das ist eigenartig, findest du nicht?«

Wir schwiegen.

Nachdenklich brummte ich: »Wenn ich überhaupt zu dieser Mühle fahren würde, dann tatsächlich nur mit dem Auto. Parken, rein, Brot kaufen und möglichst schnell wieder wegfahren.«

Marlies lächelte. »Du magst die Leute in der Mühle nicht, kann das sein, Swentja? Zu naturbelassen, zu wenig in den Shoppingcentern der dir bekannten Welt unterwegs.«

Ich dachte kurz nach. »Du hast recht. Es ist nicht nur, dass ich sie nicht mag. Ich verstehe sie nicht. Ich frage mich, warum Leute im besten Alter ihre Zeit damit verbringen, mühsame Arbeiten an einem verfallenen Gemäuer zu verrichten, die ihnen persönlich gar nichts bringen. Also ich meine, finanziell oder vom Ansehen her. Sie mahlen ja nicht mal mehr selbst dort. Das alles grenzt für mich an Fanatismus, und von da ist es zur Gewalt nicht weit.«

Marlies lachte. »Mein Gott, Swentja. Wenn alle so dächten, gäbe es nicht mal die Freiwillige Feuerwehr.«

»Na und? Brauchen wir überhaupt Freiwillige? Haben wir keine Feuerwehr, die wir ordentlich bezahlen können?«

Marlies schnaubte. »Swentja, die Mühle ist Hunderte von Jahren alt. Ein erhaltenswertes Kulturdenkmal für viele Leute. Aber egal. Jedenfalls musste der Mörder damit rechnen, dass die Frau irgendwann gefunden wird. Ganz abgesehen davon, dass man sie ja wohl vermisst hätte. Du kannst nicht einfach so verschwinden. Und selbst wenn: Irgendwann wäre diese Truhe geöffnet worden, und die Schuhe und die Tasche hätten ihre Identität preisgegeben. Warum hat er die Sachen nicht irgendwo im Wald oder in seinem Garten vergraben?«

»Marlies, ich habe diesbezüglich wenig Erfahrung. Wie du weißt, erledigt meine eigene Gartenarbeit der Gärtner. Ich kann mir aber vorstellen, dass es nicht so einfach ist, verdächtige blutige Gegenstände zu vergraben. Tief genug, dass kein Mensch und kein Tier sie ausbuddelt. Aber in dem Fall war es vielleicht ein

Zeitproblem. Der Täter musste das Zeug schnell loswerden. Er wurde vielleicht gestört.«

Kurzes Schweigen zwischen uns.

Schließlich drehte ich erbost an meinem Ehering herum. »Marlies, warum reden wir eigentlich immer von einem *Er*? Die Frau war nicht groß. Eher zierlich mit einem fast mediterranen Körperbau. Die hätte auch eine Frau erledigen können. Sagen wir also, dass er oder *sie* gestört wurden. Auf jeden Fall hat Frau Mandels Tod etwas mit der Mühle zu tun. Sie wurde in einem eher verschwiegenen Teil der Mühle gefunden, sie war Bestandteil des Mühlenteams … und ich habe den Eindruck, dass die Gefühle dieser Leute ihr gegenüber zwiespältig waren. Das könnte eine Spur sein.«

Ich dachte kurz nach. »Mühle. Mühlenteam … Marlies!« Ich lächelte meine Freundin an.

Die begriff erst langsam. »Nein, Swentja, nein!«

»Eben hast du noch nach einem sinnvollen Job gesucht. Und da gibt es sehr, sehr viel zu tun, Marlies.«

»Nein!«

»Und es macht, wie du mir ja selbst gesagt hast, richtig Spaß – manchen Leuten jedenfalls –, Spinnweben in alten Gemäuern wegzufegen. Verzeih, natürlich in alten Kulturdenkmälern. Ich würde dir also empfehlen, dort diese billige Hose von Brax anzuziehen. Die, die du heute anhast. Ja, genau. Die mit den ausgebeulten Knien, die etwas zu kurz ist.«

»Hosen von Brax sind nicht billig. Diese hier hat hundertneunundzwanzig Euro gekostet«, entgegnete Marlies verstockt.

Ich lächelte mitleidig – Brax ist oberspießig, sie schneidern Hosen für Erdkundelehrerinnen und zweite Sekretärinnen – und betrachtete liebevoll meine eigene Jeans von J Brand, die zufällig auch Jennifer Lopez trug, wobei ich persönlich sie mit einem schlichten weißen Blazer von Luisa Cerano kombinierte. Ein klassisches Outfit und schon für unter tausend Euro zu haben. Jedenfalls sah man ordentlich darin aus. Aber bitte *keine* Louboutins dazu. Das ist ordinär! Flache hellbeige Slippers von Natural Feet, das hat Stil.

»Nun, umso besser. Und vergiss nicht, mir ein Mühlenbrot

mitzubringen. Der Bäcker dort ist zwar ein unsympathischer ostdeutscher Glatzkopf, aber er versteht sein Handwerk wirklich. Dabei kannst du ihn gleich aushorchen, er hat die Frau Mandel nämlich auch nicht leiden können.«

»Swentja. Nein!«

Ich lächelte sie an und deutete auf die Speisekarte: »Nimm die Artischocke mit Vinaigrette, Marlies. Und … danke.«

ETTLINGEN. ZU HAUSE

Mein Mann saß mir am Frühstückstisch gegenüber.

Das heißt, eigentlich saß mir die Zeitung gegenüber, und die Hände, die sie hielten, gehörten meinem Mann. Ich betrachtete das, was ich von ihm sah. Kurz geschnittene Managerfrisur in flottem Grau oberhalb der Zeitung. Doch seine Hände waren gut. Für eine derart pragmatische und geistig eindimensionale Person hatte er schöne und sensible Hände. Schmale lange Finger und gepflegte Nägel. Er hatte sogar schönere Hände als Hagen, dessen Finger ein wenig zu kurz und zu breit waren.

Das Wetter hatte endgültig Kurs auf den Sommer genommen. Die Balkontür stand einen Spalt offen und ließ badische Wärme sowie den Geruch von frisch gesprengtem Rasen herein. Unsere, vielmehr meine, Katze spähte durch den Schlitz, warf einen blasierten Blick auf uns, drehte sich wieder um und verschwand irgendwo hinter den Rosen. Ich nahm mir vor, dem Gärtner zu sagen, dass er sich mehr um die Kräuter hinten rechts kümmern müsse. Sie sahen vertrocknet und etwas kraftlos aus.

Ich hätte das natürlich auch mal selbst machen können. Ich dachte an die Leidenschaft, mit der diese Frau in der Mühle ihr Kräutergärtchen betreute und hütete. Und der Natur damit ein Stück abtrotzte, das sie für ihre Zwecke nutzte. Ein winziger Anflug von Neid befiel mich wider Willen erneut. Wenn man sich einer Sache so widmen konnte, mit solchem Herzblut, das war vielleicht doch ein Zipfel vom Glück.

Überhaupt schienen diese Leute dort in Friedrichstal alle ein Stück ihres Herzens an die Mühle verloren zu haben. Ob auch Marianne Mandel so zutiefst leidenschaftlich in der Mühle engagiert gewesen war?

Ohne sie gekannt zu haben, glaubte ich es nicht. Selbst im Tod war ihr Gesichtsausdruck nicht der einer bescheidenen Wohltäterin gewesen.

»Na, das wird Raffael aber nicht gefallen«, murmelte mein Mann unerwartet.

Überrascht, ihn mir gegenüber einen Artikel aus den BNN kommentieren zu hören, blickte ich auf und kehrte in die Gegenwart meines Ehelebens zurück. Normalerweise regte der Herr Steueranwalt sich nur über Beiträge im Börsenblatt auf.

»Raffael?«

»Mein Neffe.«

Jetzt war ich noch überraschter. Mein Mann pflegte nämlich keinen gesellschaftlichen Kontakt zu seiner Halbschwester, und das schloss im Grunde auch deren Sohn ein.

Aloysia entstammte der zweiten, überstürzt geschlossenen Ehe meiner Schwiegermutter mit einem Mann, den die Familie in keinster Weise akzeptieren konnte. Irgendein Typ aus München, den sie beim Wandern in Tirol kennengelernt hatte. Ein bajuwarisches Urviech ohne echten Ehrgeiz, der einen unbedeutenden Lottoladen betrieb. Ein Mann, der für Kleingeld, festgehalten in Kinderhändchen, Schulhefte verkaufte, der die Bildzeitung und Tippscheine feilbot. Und das Ganze in breitem Bayerisch. Samstags saß diese Mesalliance im Hofbräuhaus herum und trug Krachlederne zum Frühschoppen. Was für eine peinliche Sache in den Augen einer alten Karlsruher Juristenfamilie, der stets eine gewisse Nähe zum Badischen Hof nachgesagt wurde.

Mein Mann, der die Schule nicht wechseln sollte, war damals als kleiner Junge bei seinen Großeltern geblieben, die ein großes Haus in der hochherrschaftlichen Hübschstraße in Karlsruhe bewohnten und ihn förderten und verwöhnten.

Doch es war noch schlimmer gekommen. Seine aus der bayerischen Verbindung entsprungene Halbschwester Aloysia hatte kaum siebzehnjährig einen operettenhaft aussehenden Polen aus Krakau geheiratet, der in einem drittklassigen Orchester in den Konzertmuscheln von Kurorten und Kurparks auftrat. Die Ehe war an Untreue, Geldnot und handgreiflichen Streitereien gescheitert, der Pole war zügig nach Amerika ausgewandert und für immer verschwunden.

Nichtsdestotrotz hatten wir früher den Sohn aus dieser Verbindung, Raffael, manchmal eingeladen, denn unsere Tochter war ein Einzelkind, und da schien es angebracht, zumindest die Illusion eines Cousins aufrechtzuerhalten. Kinder sind in dem

Punkt erstaunlich konservativ, wenn auch Raffael älter war als sie. Er musste jetzt um die dreißig sein.

Raffael Kusniewsky, der in einem höchst umständlichen behördlichen Verfahren den Namen seines Münchener Großvaters, nämlich Wiesinger, angenommen hatte, war mir als ausgesprochen hübscher Junge mit dunklen Locken in Erinnerung. Ein gefälliger und verschmitzter Charmeur mit etwas weichem, träumerischem Charakter. Aus Streitereien hatte er sich stets herausgehalten und unsere Tochter erstaunlicherweise zu Höflichkeit ermahnt. Mir war es immer so vorgekommen, als wollte er den Makel seiner Herkunft durch Wohlverhalten kompensieren.

»Was ist mit ihm?«

»Der Verlag, bei dem er seine Gedichte herausbringt ... und seine Kurzgeschichten. Oder was er halt so schreibt. Wie heißt dieser Verlag noch gleich? Wendelinus-Verlag. Die Verlegerin ist verstorben. Eigentlich müsste man ihn beglückwünschen. Kann er sich endlich mit seinem eigentlichen Beruf beschäftigen. Da liegt doch kein Geld drin. Verlage! Literatur!«

Ich war einigermaßen verblüfft. Doch dann fiel es mir wieder ein. Raffael hatte uns zu Weihnachten eines seiner kleinen Bücher geschickt.

Peinliches Geständnis: Ich lese nicht viel und nicht gern. Um ehrlich zu sein, beschäftige ich mich lieber mit meiner äußeren Hülle als mit meinem Inneren. Das Buch war also mehr oder weniger jungfräulich ins Regal gewandert. Ich wusste nicht einmal mehr, wo es stand. Zunächst wollte ich aber die Todesanzeige sehen.

»Marianne Mandel?«

Ich starrte auf den schwarz umrahmten Text.

»Marianne Mandel!«

Darunter standen verschiedene Namen, unter ihnen überwiegend Mandels. Ein Erich Mandel an erster Stelle, das musste ihr Mann sein. Ella Mandel. Verena Mandel. Josef Mandel. Ein Laurence Granville. Schwägerinnen? Schwiegereltern?

»Wie meinst du das?«, fragte ich abwesend.

Mein Mann setzte ein selbstgerechtes Gesicht auf. »Nun, wie bei meiner Schwester nicht anders zu erwarten, ist ihr Sohn ein

Traumtänzer, um das Wort Versager zu vermeiden. Oder sagen wir besser: Er ist wunderlich. Veröffentlicht Gedichte und kleine ... wie sagt man ... Texte und meint, dass die bessere Gesellschaft so etwas wahrnimmt.«

»Schriftsteller sind aber in manchen unserer Kreise durchaus angesehen«, merkte ich an.

»Nur, wenn sie echte Bestsellerautoren sind. Sachbuch. So was. Alles andere steht auf einer Stufe mit Eintänzern und Stehgeigern. Unterhaltungsfuzzis. Ich weiß definitiv aus der Kanzlei, dass wir noch nie einen Autor hatten, der so viel Geld hätte hinterziehen können, dass sich auch nur die Vorauszahlung unseres Honorars gelohnt hätte.«

»Es ist halt Kunst«, erwiderte ich.

Mein Mann runzelte die Stirn. »Die einzige Kunst, die es dabei gibt, ist die, nicht zu verhungern. Dabei war Raffael immer ein netter Kerl. Höflich. Und jetzt so was.«

Mein Mann machte eine kleine Pause. Nachdenklich: »Obwohl ihn mein Golfkumpel C. C. Krieger in letzter Zeit öfters mit Diana Mellenkamp gesehen hat.« Mein Mann lachte. »Und das würde beweisen, dass er die polnische Charmekarte vielleicht doch ganz klug einsetzt. Man bleibt doch immer, wer man ist, auch wenn man die Namen und damit den Stall, für den man läuft, wechselt. Einmal ein Kusniewsky, immer ein Kusniewsky.«

»Mellenkamp?«, fragte ich, hellhörig geworden.

»Ja, meine Beste. Von den Schmuck-Mellenkamps. Du hast mindestens drei Ringe und Kettchen von ihnen. Erinnerst du dich?«

Stimmt. Für je einmal Sex mit meinem Mann. Fast wurde ich rot bei dem Gedanken, wie ich aussehen würde, pflegte Hagen auch diese Tradition, nach jedem wirklich guten Sex ein Schmuckstück abzuliefern. Ich sähe aus wie ein Christbaum!

Ich bemühte mich, an die Alte Mühle zu denken. Seit ich mit Hagen zusammen war, verließ mich manchmal mein Talent, niemals ein Gefühl auf meinem Gesicht erkennen zu lassen.

»Wir sollten den jungen Mann vielleicht einmal einladen. Nichts Großes. Nur ein Abendessen.«

Mein Mann warf mir einen anerkennenden Blick zu. »Swentja,

eins hast du in der damaligen Bekanntschaft mit deinem windigen Kriminalkommissar nicht verlernt – die Weichen richtig zu stellen. Sollte die Sache mit der Mellenkamp klappen, dann ergibt sich damit vielleicht ein interessanter Kontakt. Möchte wissen, wer seine Steuer macht.«

Das war es, was ich an meinem Mann so verabscheute. Die Hochzeit seines Neffen war nur eine Sache, eine Ziffer in seinen Zahlenspielen. Die neue Verwandte nicht mehr als ein interessanter Kontakt in seinem sekretärinnengepflegten Outlook-Kalender.

Die Mellenkamps waren eine südwestdeutsche Schmuckdynastie. Sie hatten Geschäfte in allen größeren Städten in den besten Lagen. Beteiligungen an Autohäusern, Hotels und Weingütern. Mellenkamps standen für alles, was Spaß machte und womit man noch dazu Geld verdienen konnte. Der Seniorchef, der so titulierte *alte* Mellenkamp, war ein zäher Bursche. Ich hatte ihn ein- oder zweimal gesehen. Konservativ war er im besten Sinne. Liebte seine Frau, seine Kinder, seinen Laden und sich selbst. Die Reihenfolge blieb offen.

War es Raffael wirklich gelungen, sich bei Mellenkamps angenehm zu machen? Das wäre eine Leistung für einen Jungen wie ihn.

»Ich werde ihn anrufen«, stimmte ich zu. Er nickte zufrieden. Die Aufgabenteilung zwischen uns funktionierte immer noch reibungslos. Und darauf kam es doch an. Oder?

Abends schaltete ich leise den Computer im Lesezimmer ein und begann zu recherchieren.

Der Wendelinus-Verlag hatte bereits seit seiner Gründung nach dem Ersten Weltkrieg seinen Sitz in Friedrichstal/Baden gehabt. Damals gehörte er noch einem Ehepaar Hugo und Christine Vincent, die im Bild als ernste und ein bisschen missmutig dreinschauende Gestalten dargestellt waren. Es ging nicht aus der Webseite hervor, was aus ihnen geworden war. Heute fungierten »Bézier-Mandel-Niess« als Geschäftsführer. Durch Bindestriche getrennt, tauchten ihre Namen sachlich unter dem Verlagsnamen auf.

Ich klickte mit der Maus auf den Button »Programm«.

Der Verlag, nicht groß und doch offenbar keiner von den ganz Kleinen, gab optisch ansprechende Gedichtbände heraus, teilweise zweisprachig in Deutsch und Französisch – laut Werbetext gefördert von diesen deutsch-französischen Stiftungen, die ja hierzulande immer gut angesehen sind –, außerdem anspruchsvollere Romane, schön gestaltete Sachbücher und Bildbände sowie spezialisierte Reiseführer wie etwa »Literarische Wanderungen durch die Reben des Süd-Elsass«.

Der Verlag verstand sich selbst offenbar als hochklassig und fein, hatte laut Internet schon etliche Preise für Inhalt und Ausstattung gewonnen, veranstaltete Autorenlesungen und einmal im Jahr eine lange Schmökernacht in seinen Räumlichkeiten.

Ich klickte auf den Button »Historie« und fand so heraus, dass der Verlag ganz ursprünglich einem Baptiste Vincent gehört hatte, offenbar der kinderlose Onkel von Hugo Vincent. Letzterer hatte dann später wiederum seiner eigenen Nichte Jeannette Bézier das Unternehmen vermacht.

Marianne Mandel, die ursprünglich bei einem Jugendbuchverlag im Südbadischen gearbeitet hatte, und Dr. Niess, der als Herausgeber einer historischen Zeitschrift im Raum Heidelberg tätig gewesen war, waren als gleichberechtigte Partner ein Jahr später hinzugekommen. Jeder der drei Geschäftsführer war – ebenfalls laut geduldigem Internet – für seinen Programmbereich eigenverantwortlich zuständig.

Ich klickte »Für Autoren« an. Dort wurde mir mitgeteilt, dass ich mich mit Reiseführern, Sachbüchern und Historischem an Herrn Dr. Niess, mit allgemeiner Belletristik und Lyrik an Frau Mandel wenden solle, und hätte ich ein Manuskript zum Thema Hugenotten und Waldenser, so sei Frau Jeannette Bézier meine Ansprechpartnerin.

Es waren Telefonnummern, E-Mail-Adressen sowie Fotos der drei Verlagsinhaber zu sehen.

Das Ganze machte zwar keinen schlechten Eindruck, aber ich fürchtete, mein Mann hatte recht. Viel Geld steckte da wahrscheinlich nicht drin. Darauf deutete auch ein Hinweis am Ende: Wer ein Thema vorschlagen wollte, welches nicht sehr breit aufgestellt sei und erwartungsgemäß keine große Käuferschaft finden würde, der möge zu dem Exposé auch einen Finanzierungsvorschlag beilegen.

Gekaufte Ehre also.

Ich sah mir jetzt das Foto von Marianne Mandel genauer an. Nicht dass ich das gern tue. Es ist immer ein schlimmer Moment, wenn man als einziges Bild von einem Menschen das einer Leiche im Kopf hat, und dann sieht man ihn, wie er dreinblickte, als er noch nicht wusste, dass ihn jemand lange vor der Zeit töten würde.

Marianne Mandel war eine ausgesprochen schöne, reife Frau gewesen. So eine Art Mischung aus Iris Berben und Hannelore Elsner. Kastanienfarbenes Haar, voll und halblang. Große dunkle Augen. Gepflegt, schlank und attraktiv. Schön, aber nicht mehr taufrisch. Die Falten waren sorgfältig überschminkt, doch der Mund zog sich schon ein wenig zusammen, und der Hals wirkte wie gegerbt. Hinter diesem Gesicht lauerte das Alter. Gnadenlos und unaufhaltsam.

Beinahe sah ich mich selbst in nicht mehr ganz zwanzig Jahren. In weit weniger als zwanzig Jahren. Und ich erschrak.

KARLSRUHE. EIN HOTEL

Hagen meldete sich endlich wieder. Auf meinem Handy natürlich. Wo auch sonst. Doch er rief tatsächlich nur an, um sich abzumelden. Und der Grund seiner Abwesenheit verschlug mir den Atem.

»Auf Klassenfahrt?«, fragte ich ungläubig. »Mit dieser kl…«

»Mit meiner Tochter Helene, wolltest du bestimmt sagen. Ganz recht! Bullen werden gerne als Betreuer im Landschulheim genommen. Die Pfingstferien sind demnächst zu Ende und –«

»Das ist nicht dein Ernst. Mein Mann ist demnächst zwei Tage weg. Wir hätten das Haus eine ganze Nacht lang nur für uns gehabt. Und wenn nicht das Haus, so doch wenigstens Zeit, ohne immer auf die Uhr gucken zu müssen.«

»Was für ein Pech«, sagte er, und es klang nicht so, als meine er es. »Entschuldige, dass ich noch ein eigenes Leben habe. Aber ich habe bisher wenig genug für Helene gemacht, und das ist nun eine Gelegenheit, sie näher kennenzulernen.«

Es wird dir nicht gefallen, was du da kennenlernst, dachte ich. Darauf wette ich.

Mit gespielt zärtlicher Stimme fuhr er fort: »Aber Swentja, ich sehe ein: Zwei Wochen ist eine lange Zeit. Wir beide gehen morgen noch mal ausgiebig in unsere Lieblingsabsteige, und dann wirst du es schon vierzehn Tage ohne mich aushalten. Das heißt, eigentlich sind es achtzehn Tage, denn auf dem Rückweg besuchen Helene und ich noch ihre Mutter.«

»Im Knast?«

»Wieder getroffen. Sie ist jetzt im offenen Vollzug. Ich denke, wir können sogar alle einen Kaffee miteinander trinken.«

Eine Szene, die ich mir lieber nicht vorstellen mochte. Ein frecher Teenager, eine Gefängnisinsassin und Hagen. Eigentlich wäre jetzt genau der richtige Moment gewesen, um mit dieser Affäre Schluss zu machen.

Stattdessen ging ich am nächsten Tag mit ihm in dieses unsägliche Mittelklassehotel irgendwo in der Karlsruher Innenstadt, wo mir garantiert niemand aus meinen Kreisen über den Weg laufen würde, und stellte mich nach einigen leidenschaftlich verbrachten Stunden lange, sehr lange unter die warme Dusche. Ich hatte mein eigenes Duschgel von L'Occitaine mitgebracht, doch das war nicht der Grund, warum ich gar nicht mehr aufhören wollte, Wasser über meinen Körper laufen zu lassen.

Ich dachte an Lady Macbeth, eine Frau, für die ich im Englischunterricht als Einzige von uns allen eine heimliche Sympathie gehegt hatte, denn das war wenigstens kein unterwürfiges Mäuschen gewesen, sondern endlich mal eine Person, die wusste, was genau sie wollte. Dass es einen schottischen König dabei erwischt hatte, konnte man als Kollateralschaden bezeichnen. Doch solche Frauen haben es nicht leicht. Ganze Ozeane konnten nicht das Blut dieses Königsmordes von ihren Händen waschen.

Und bei mir reichte all das Wasser von Karlsruhe nicht, um ein unbestimmtes Gefühl von Scham und Erniedrigung wegzuspülen.

ETTLINGEN. ZU HAUSE

Raffael kam zu Besuch, doch ich hätte ihn beinahe nicht erkannt, als es klingelte und er fast verlegen lächelnd vor der Tür stand. Aus dem niedlichen, schelmischen Cherubim von damals war ein außerordentlich interessanter junger Mann geworden.

Jetzt war es mir fast peinlich, dass ich aus dem Repertoire meiner Bewirtungsmöglichkeiten nur den Standard 3 für eher unwichtige Leute herausgepickt hatte: ein badisches Büfett mit Schinken, Gürkchen, Tomaten und etwas Rahmkäse, garniert mit Zwiebelchen und Kümmel. Auf einem Holzbrett. Standard 3 passte nicht zu ihm. Für ihn wäre etwas Exquisiteres angebracht gewesen. Oder zumindest etwas Authentischeres.

Die einfachsten Spaghetti mit Muscheln oder simples Fladenbrot mit Lamm hätten besser gepasst. Ich biss mir auf die Lippen. Solche Fauxpas dürfen eigentlich nicht passieren, aber woher hätte ich wissen sollen, dass sich der nur geduldete Sprössling meiner gesellschaftlich unpassenden Schwägerin und ihres windigen Polen zu einem ernsthaften jungen Mann mit Charisma entwickeln würde?

Raffael deutete halb ironisch und damit genau richtig eine winzige Verbeugung an, sah mir in die Augen und überreichte dann eine kleine zartrosa Orchidee in einem grauen Topf. Sie sah sehr hübsch aus, war dem Anlass angemessen und sprach für Manieren und Kultur.

Ich ging mit der Pflanze hinaus, schlich mich eilig in meine eigene Küche und holte zumindest einen ordentlichen Champagner aus dem Getränkeschrank. Dort lagerte er bei acht Grad, wie es sich gehört. Ich gehöre zu den wenigen Frauen, die keinen Mann brauchen, um Champagnerflaschen zu öffnen, sondern die Angelegenheit routiniert mit einem sanften Plopp und ohne Aufheben erledigen.

Ich holte schmale Gläser aus dem Schank, warf ein paar geeiste Erdbeeren hinein (bitte immer im Haus haben, meine Damen) und verzichtete auf das übliche langweilige Minzblatt, das längst aufgehört hatte, originell zu sein. Stattdessen zog ich eine kaum sichtbare Linie von Erdbeermark über die prickelnde Oberfläche. Zufrieden betrachtete ich meine Arbeit. Jetzt war es gut. Der Mann da draußen war eindeutig kein Biertyp.

»Schön, euch einmal wiederzusehen. Es ist lange her und ruft nur gute Erinnerungen in mir hervor«, sagte Raffael mit einem freundlichen Lächeln und nahm nickend meinen Aperitif zur Kenntnis. »Danke. Bis vor Kurzem konnte ich Champagner nicht von Sekt unterscheiden, jetzt will man nicht mehr auf ihn verzichten. Süße Dekadenz!«

Er sagte es so, dass es weder uns noch ihn verletzte.

Wir schlenderten auf die Terrasse.

»Genauso stilvoll, wie ich es in Erinnerung habe«, meinte er ruhig. »Ein wunderbarer Garten. Ein schönes Ambiente. So etwas vergisst man nicht. Als ein Kind, das so etwas nicht kennt, meine ich.«

Ich musterte ihn heimlich von der Seite. Der irgendwo aus dem Süden von Polen stammende Erzeuger hatte sich nur bei den langen Wimpern und einer Spur von gebräunter Haut und etwas markanten Wangenknochen verewigt. Ansonsten hatte Raffael braunes Haar und überraschend blaue Augen. Er war jung, er war gut aussehend, er war hervorragend gekleidet, auch wenn ich die Marken nicht gleich zuordnen konnte, und er gefiel mir. Er hätte fast mein Sohn sein können.

Wir setzten uns zum Essen, ich servierte einen im Barriquefass ausgebauten Grauburgunder (der einen Hauch zu schwer war, aber man muss ihn ja nicht in ganzen Krügen trinken, oder?), und wir plauderten oberflächlich über die vergangenen Jahre, seine Zeit im Ausland bei einer Londoner Bank, seine Arbeit hier in Deutschland bei einer Privatbank und seinen Wunsch, besser Tennis zu spielen: »Ich bin nicht sehr sportlich.«

Leider, oder vielmehr: typischerweise, verschwendete mein Mann, sein Onkel, wenig Zeit mit Floskeln. »Und was machen die Geschäfte, Raffael?«

»Die Arbeit in der Bank geht ihren Gang«, erwiderte der junge Mann. Dann seufzte er. »Aber ansonsten habe ich großes Pech gehabt.«

Mein Mann zog indigniert die Augenbrauen hoch. Pech gab es bei ihm nicht. Pech war ein anderes Wort für Versagen.

»Meine langjährige Verlegerin ist tot. Gestorben. Vor einer Woche.«

Raffael sah mich an und ließ unabsichtlich die Bombe platzen. »Du weißt es doch, Swentja. Du warst ja dabei, als man sie gefunden hat. Zumindest hat man mir das gesagt. Eine nette ältere Dame hat mich angerufen. Sie kennt mich, denn sie hat angeblich mal ein Buch von mir gelesen.«

»Welche alte Frau?«

»Eine Frau Hoppermann oder so ähnlich. Die muss wohl dort in der Mühle Seifen aus Kräutern herstellen und verkaufen. Aus Kräutern und Früchten.«

Ich schluckte. Alte Frau! Die betreffende Seifensiederin war vielleicht Mitte fünfzig.

Mein Mann bewegte den Kopf langsam, ganz langsam in meine Richtung. »Swentja? Mühle?«

»Sie war der einzige Mensch«, sagte der junge Mann, so als bemerke er die eisige Stille nicht, die sich jetzt wie die Beringstraße zwischen meinem Mann und mir ausbreitete, »der an mich geglaubt hat. An mein Talent. Und sie wollte mir den Weg ebnen. Vielleicht sogar eines Tages zu einem größeren Verlag. Sie hat so viel für mich getan. Es ist furchtbar.«

Er ließ es nicht aufgesetzt klingen, nicht gefühlsduselig, sondern angenehm sachlich. Wie ein professioneller Banker, auch wenn er bislang vielleicht nur am Schalter saß. Und doch spürte ich ganz viel Gefühl hinter seinen Worten. Da war für Raffael wirklich etwas zu Ende gegangen, und er litt darunter.

»Swentja?« Mein Mann legte das Messer zur Seite. »Mühle? Du?«

Ich ordnete die schwimmenden Rosenblätter in der Glasschale neu. Ein Vorteil, wenn man einen nicht ganz lupenreinen Charakter besitzt, ist, dass man rechtzeitig im Leben gelernt hat, rasch und glatt zu lügen. Ich setzte ein verlegenes Lächeln auf.

»Nun, ich bekenne mich schuldig. Alle schwärmen davon, alle. Frau Dr. Siebert und Ilona vom Bridge und Mutter und Tochter von Steinhoff. Und vor allem natürlich Marlies Rubenhöfer.

Durch Marlies bin ich dorthin geraten. Sie hat mir den Flyer gegeben. Na, rückwirkend gesehen: ein toller Tipp!«

Würde mein Mann mich auch nur ein ganz klein wenig kennen, so hätte er misstrauisch werden müssen angesichts der Hast, mit der ich meine Freundinnen – allen voran Marlies – aufzählte.

»Wovon sind alle begeistert?«, fragte mein Mann, immerhin unsicher geworden.

»Von diesem Mühlenbrot«, sagte ich fröhlich. »Mein Lieber, es sollte für dich eine Überraschung sein, denn ich weiß ja, wie gerne du dieses selbst gebackene, rustikale Brot isst. Ich persönlich bin ja mehr für Weißbrot und …«, ich strahlte Raffael an, »am allerliebsten mag ich russische Blinis mit Sour Cream und Kaviar.«

»Dagegen habe ich auch nichts einzuwenden«, erwiderte Raffael ernst, und ich seufzte innerlich. Meine Tochter, die derzeit in England lebt, hatte in letzter Zeit eine bedauernswerte Vorliebe fürs Proletarische entwickelt. Kürzlich hatte sie mit Stolz erzählt, sie sei in einem East End Pub gewesen und habe dort mit Hafenarbeitern Dart gespielt – eine Horrorvision für mich als Mutter! Man denke nur an die Enkel, die dabei herauskommen …

Dieser junge Mann hier wäre mir als Sohn, oder vielmehr als Schwiegersohn, nicht unangenehm gewesen.

»Und was ist da passiert?«

»Ich bin also eigentlich wegen des Brotes hingefahren. Neben dem Bäcker gibt es diesen komischen Kauz mit seiner Möbelwerkstatt. Zwar weiß ich, dass du alte Möbel nicht magst, doch manchmal findet man eben doch ein schönes, originelles Stück. Etwa für das Gästezimmer unserer Tochter. Und hoffentlich eines Tages für ein Kinderzimmer …« Ich lächelte betont mütterlich. »Dieser Restaurator, ich weiß nicht mal, wie er heißt, hat mir die alten Möbel gezeigt und erklärt, wie er sie restauriert.«

»Einfach so? Deshalb fährst du in die Pampa zu einer Mühle?«

Noch hatte ich ihn nicht in der Tasche, meinen Mann. Er war misstrauisch. »Nicht einfach so. Ich … ich wollte nicht darüber sprechen, bevor es nicht sicher ist, aber du weißt ja, dass ich mich gelegentlich hier etwas langweile.« Ich wies auf Haus und Garten.

»Hier?«, unterbrach Raffael ungläubig.

Ja, das konnte er sich natürlich nicht vorstellen. Er war jung, vielleicht auch ehrgeizig, das konnte ich noch nicht beurteilen. Er stellte sich ein Leben wie das meinige natürlich als das Paradies auf Erden vor.

»Ja. Und ich habe in letzter Zeit daran gedacht, mich ehrenamtlich zu betätigen. Marlies und ich haben ab und zu darüber gesprochen. Auch Marlies fühlt nämlich den Wunsch nach Bestätigung außerhalb der Familie.« Ich lächelte fraulich, wenn auch verlogen. Keine Sekunde im Leben hatte ich ernsthaft daran gedacht, mich irgendwo ehrenamtlich zu betätigen. Und schon gar nicht in einer staubigen Mühle.

Ehrenämter interessieren mich nur, wenn sie irgendwas mit Schirmherrschaft sowie Cocktails und Häppchen und anderen gut gekleideten Leuten zu tun haben. Arme, Alte, Arbeitslose und Kranke zu betreuen, ist einfach nicht mein Ding. Die einzige Hilfe, die ich etwa Arbeitslosen angedeihen lassen würde, wäre, sie um sechs Uhr aus dem Bett zu werfen und zur Arbeit zu schicken. Natürlich wüsste ich nicht, zu welcher Arbeit man sie schicken sollte, wenn es angeblich keine für sie gab, aber das war ja auch nicht meine Aufgabe. Und Kranke gehören für mich sowieso ins Krankenhaus.

Meine Gedanken schweiften zu Hagen, den meinen Mangel an Altruismus stets aufbrachte. »Du bist sozial gesehen in der Bismarck-Ära stehen geblieben. Oder besser noch: *vor* Bismarck!«, pflegte er zu sagen.

Ich wusste zwar nicht genau, was er damit meinte – ich darf hier erwähnen, dass mich Geschichte überhaupt nicht interessiert –, doch es konnte nichts schaden, zurückzuschießen: »Ist daran etwas Schlimmes? Ich habe bei niemandem gesehen, dass es glücklich macht, Geld vom Staat anzunehmen. Die meisten Arbeitslosen sind nämlich zusätzlich noch depressiv. Und sie trinken.«

»Aber Geld von deinem Mann«, hatte mich Hagen provoziert, »stört dich nicht?«

»Nein«, hatte ich geantwortet und war wieder in die offene Falle getappt, »er bekommt ja auch eine Gegenleistung.« Auf seinen mokanten Blick hin, in den sich etwas wie Bitterkeit mischte, fügte ich eilig an: »Ich versorge das Haus und den Garten und ich gebe Gesellschaften für ihn und …«

»Du schläfst mit ihm.«

»Hagen, bitte!«

Ich runzelte die Stirn. Achtzehn Tage … Ich würde Hagen vermissen. Zumindest stritt sich jemand leidenschaftlich mit mir. Meinem Mann war ich diese Mühe schon lange nicht mehr wert.

»Und was wollt ihr beide dann in einer Mühle machen?«

»Sie brauchen dort jede Menge Hilfe. Aller Art. Beispielsweise bei den –«

»Im Kräutergärtchen«, warf Raffael hastig ein und warf mir einen kurzen verschwörerischen Blick zu. »Ich weiß von Marianne, dass da eine Dame zugange ist, die die Sache sehr ernst nimmt. Wehe, man kommt ihrem Kräutergärtchen zu nahe, hat Marianne manchmal erzählt. Da wird sie zur …«

Raffael unterbrach sich. Beide sahen wir einander an. Es war, als hegten wir den gleichen Gedanken.

»Ich werde …« Rasch versuchte ich, mir einen Rückzug offen zu lassen, denn was sollte ich in dieser abgelegenen, schmutzigen Mühle, die modisch und auch sonst gesehen absolutes Niemandsland war? »Also ich, und vor allem auch Marlies, wir werden uns – glaube ich – etwas näher mit der Mühle beschäftigen müssen.«

Raffael zwinkerte mir zu. Wenn man bedachte, dass er genetisch aus der Familie meines Mannes kam, war er ein bemerkenswert netter Typ.

Mein Mann wollte nun wissen, wie es mit Raffaels »Schreiberei«, wie er seine Arbeit nannte, weitergehe und ob er es nicht lieber aufgeben wolle. Es klang, als spreche er von einem nebensächlichen Hobby, etwa wie »Willst du nicht das Rückenschwimmen bleiben lassen?«.

»Man kann es schwer einfach so aufgeben«, erklärte Raffael geduldig. »Das Schreiben ist mein Leben.«

Das war alles zu viel für meinen Mann. Er lieferte nur noch ein Rückzugsgefecht. »Na ja, wenn's ja nur einer kauft.«

»Auch wenn's keiner kauft«, erwiderte Raffael ruhig und wirkte zum ersten Mal wirklich erwachsen.

Jetzt sagte mein Mann nichts mehr.

Später begleitete ich unseren Neffen zum Auto. Mein Mann hatte sich bereits wieder in die Börsenkurse vertieft. Er war an irgendeinem Getreidefonds in Amerika interessiert, auf dessen Homepage ein feister Ami hemdsärmelig vor einem Haufen Maiskolben saß und grinste wie ein Feldhamster. Mir war es egal. Hauptsache, er ging so vorsichtig mit unserem Geld um, dass mir genug zum Ausgeben blieb.

»Raffael, ich muss ein offenes Wort mit dir sprechen!«

»Ich mit dir auch, Swentja«, sagte er. »Warum warst du wirklich in der Mühle?«

»Wieso denkst du, dass es einen anderen Grund gab als den, Brot zu kaufen und mich nach einer interessanten Tätigkeit umzusehen?«

»Marianne ist an dem Dienstag nach Pfingsten gefunden worden. Und an Dienstagen gibt es in der Mühle kein Brot. Es ist Ruhetag.«

Erwischt, dachte ich. Ich hasse es, beim Lügen ertappt zu werden. Es lässt meine perfekte Fassade rissig erscheinen.

»Warum denn ausgerechnet Dienstag?«, murrte ich.

»Montags kaufen viele Leute Brot, da sie am Wochenende alle Vorräte verzehrt haben. Dienstag ist Ruhetag, denn der Mühlenbäcker wird sich mit Mehl eindecken und vorbereiten müssen und Maschinen reinigen, was weiß ich. Ich interessiere mich nicht für den Brotbackvorgang.«

»Ich auch nicht«, sagte ich trocken.

Er hob beide Hände. »All das haben sie mir jetzt rückblickend erzählt. Ich selbst wohne bekanntlich bei Heidelberg und war niemals in dieser verdammten Mühle auf dem platten Land, die es Marianne irgendwie angetan hatte und die anscheinend niemandem Glück bringt. Ich bin keiner von den englischen Lake Poets wie William Wordsworth oder Shelley, die sich damals verzückt am einfachen Landleben erfreut haben und nicht müde wurden, es zu besingen.«

»Kenne ich nicht. Wieso bringt die Mühle keinem Glück?«

Er schien zu zögern. »Ich weiß nicht, ob ich dir das sagen soll. Es ist keine angenehme Geschichte. Marianne selbst hat sie mir irgendwann erzählt.«

»Was ist in der Mühle passiert?«

»Es ist dort wohl schon mal was vorgekommen, etwas mit einem Kind, einem toten Kind.«

Ein Kind? Schockiert wartete ich ab.

»Das war auch ein Grund, weshalb ich niemals in dieses scheinbare Idyll gegangen bin, und eigentlich habe ich Mariannes Leidenschaft dafür nie verstanden. Aber vielleicht war sie auch ein bisschen sachlicher veranlagt als ich. Außerdem hatte sie dort einen großen Raum gemietet und wohl noch andere Pläne mit dem Gemäuer. Sie war immer so voller Ideen.«

Er wandte sich kurz ab. Ich wartete taktvoll. Als er sich wieder umdrehte, war seine Stimme flacher geworden. Doch ich müsste mich sehr täuschen, wenn das keine Träne war, die da in seinen Augen schimmerte.

»Ist das schlimm, Swentja? Ich mag nun mal keine Orte, an denen Kinder tot in Bächen treiben. Ich schreibe schließlich keine Krimis, sondern Gedichte. Über die Schönheit des Lebens und nicht das Gesicht des Todes.«

»Willst du also damit wirklich sagen, es hat dort schon einmal einen Mord gegeben?«

»Ich sage nicht, dass es Mord war. Aber dieses Kind war am Ende nun mal tot. Es lag in einem Bachlauf irgendwo hinter der Mühle, in dem es nichts zu suchen hatte. Viel zu weit weg von den belebten Gebäuden. So hat es mir Marianne erzählt. Ihr war der Gedanke furchtbar.«

»Hatte sie eigene Kinder?«

Raffael seufzte. »Ich weiß es nicht. Davon war nie die Rede. Wir haben wenig Privates gesprochen. Und schon gar nicht über ihre Vergangenheit. Sie war geschieden, und ich glaube, sie sprach nicht gerne von dieser ersten Ehe. Jetzt war sie jedenfalls wieder verheiratet. Ihr Mann ist vor Kurzem am Herzen operiert worden und liegt seit drei Wochen in einer Rehaklinik in Bad Hersfeld. Dort hat man ihn wohl ziemlich ruhiggestellt. Keine Telefonate. Ständige Kreislaufüberwachung. Deshalb wurde sie ja auch über Pfingsten nicht zu Hause vermisst.«

Raffael schüttelte den Kopf, als habe er Wasser in den Ohren. Er strich sich über die Stirn. Eine Handbewegung, die ihn älter erscheinen ließ. »Dieses Kind jedenfalls, das tote Kind, das ist ihr wohl sehr nahegegangen.«

Ich schwieg. Die Sache müsste zu recherchieren sein. Tote Kinder werfen lange Schatten.

Als habe er meine Gedanken erraten, sagte Raffael: »Aber auch ohne diesen Hauch des Todes hat es mich niemals dorthin gezogen. Schön restaurierte Mühlen können ja romantisch sein für uns Autoren, aber diese war ja – sogar laut Marianne – ein Haufen Schutt und kostete nur Geld.« Er sah mich an. »Und was wolltest du mich fragen?«

Ich zuckte die Achseln. »Ich will offen zu dir sein, Raffael. Zweimal hatte ich das Glück oder das Pech, einem Verbrechen in die Arme zu laufen. Und ich bin seither … lose, sehr lose, bekannt mit einem Kriminalkommissar, der mir gewisse Einblicke gegeben hat.«

Der junge Mann wartete schweigend ab.

»Raffael, es ist zweimal passiert, dass sich scheinbar vollkommen harmlose Leute hinterher als Mörder erwiesen. Du hast Frau Mandel immerhin gekannt. Man … man hätte es auch damals nicht vermutet.«

Er starrte mich verwirrt an. Dann schien er zu begreifen, was ich sagen wollte, und lachte. »Moment mal, Tante! Was hat man nicht vermutet? Dass ein netter braver Junge wie ich ein Mörder ist?«

Er ging ein paar Schritte auf und ab. »Pass gut auf, Swentja, was du auch immer aus dieser Mühlengeschichte machst – und ich glaube übrigens, da ist einiges seltsam bei den Leutchen –, also, was auch immer, aber ich habe Marianne bestimmt nicht umgebracht. Und soll ich dir auch sagen, warum?«

Ich wartete ab, betroffen von seinem Gefühlsausbruch.

»Marianne war nämlich die Einzige, die meine Texte drucken wollte, die mich in jeder Weise gefördert hat und die für mich ein Sprungbrett zum Erfolg war. Ich war ganz früher bei einem kleinen Verlag in Karlsruhe. Wenn wir fünfzig Stück im Jahr losgeworden sind, war es viel. Aber nicht bei Marianne. In letzter Zeit haben sich meine Bücher gut und immer besser verkauft. Auflagen mussten sogar nachgedruckt werden. Das hat jeder bemerkt. Und ich … nun ja, bin verlobt, und mein zukünftiger Schwiegervater will keinen kleinen Bankangestellten am Traualtar neben seiner Tochter sehen. Einen aufstrebenden Autor schon eher. Autoren fallen aus dem normalen Karriereschema heraus. Da oben in Norwegen hat sogar eine Prinzessin einen Autor geheiratet. Ari Behn.« Fast atemlos hielt er ein.

Verblüfft hatte ich ihm zugehört. Er sah sich selbst und seine Rolle in unserer Welt also realistisch. »Doch die betreffende Prinzessin musste meines Wissens nach auf den Thronanspruch verzichten«, warf ich ein.

Anerkennend zwinkerte er mir zu: »Trotzdem. Ein Autor ist in den Augen der Welt immer noch besser als ein Musiker. Er kann wenigstens lesen und schreiben.«

Wir schmunzelten beide. Die Spannung hatte sich aufgelöst.

Raffael fuhr fort: »Hätte ich Marianne warum auch immer auf dem Gewissen, so hätte ich damit den Ast abgesägt, auf dem ich sitze. Die anderen im Verlag sind nämlich eher gegen mich. Ich habe dort jetzt keine literarische Heimat mehr. Es wäre also dumm gewesen, Marianne zu beseitigen. Und dumm ist meines Wissens nach niemand, der aus unserer Familie kommt.«

Ich nickte.

»Außerdem war sie nicht nur eine schöne, sondern auch eine sehr nette Frau. Eine mütterliche Freundin.« Er dachte einen Moment nach, dann zog wieder ein plötzlicher Ernst über sein Gesicht. »Ja, sie war *fast* wie meine Mutter. So etwas sollte man nicht sagen, nicht wahr? Es ist gemein.«

Dazu sagte ich nichts. Seine Mutter war eine kleine Schlampe gewesen. Jede Verlegerin war da besser!

»Ich würde jederzeit mit dir zusammenarbeiten, Swentja, wenn wir den Mörder finden könnten. Das … das hatte sie nicht verdient. Erschlagen! Einfach so. Wie eine Katze.«

Er sah jetzt unendlich traurig aus, als er das sagte. Dieser junge Mann hatte es wahrhaftig nicht leicht gehabt, seinen Weg bis hierher zu finden. Und dass der Tod seiner Mäzenin für ihn eine persönliche Katastrophe war, das nahm ich ihm ab.

»Ich werde mich in dieser Mühle umsehen! Wie sagte ich deinem Onkel: Sie brauchen immer Ehrenamtliche, die sich nicht zu schade sind, zuzupacken«, erklärte ich.

Nur, dass ich nicht zu denen gehöre, fügte ich stumm hinzu. Ich bin mir auf jeden Fall viel zu schade für Arbeiten, die andere ebenso gut machen können.

Eine renovierungsbedürftige Mühle, die aus ungemähtem Gras, Schutt, ungastlichen Werkstätten und spinnwebbedeckten Lagerräumen besteht, aus halb verfallenen Mauern und wildem Dschungelgewächs sowie Tümpeln, die Tausende von Mückenlarven beheimaten, ist auf Dauer sowieso kein Biotop, in dem ich existieren kann. Man kann dort nicht einkaufen. Kein Laden, in dem man etwas anderes als Schafsmilchseife oder selbst gewobenes alternatives Zeugs erwerben konnte. Und dort nahmen sie wahrscheinlich nicht mal Kreditkarten.

Das alles musste ich ihm ja nicht allzu deutlich sagen. In seinen Augen ein bisschen Bewunderung für Tante Swentja zu lesen, konnte nichts schaden. Raffael war ein netter Junge, doch als er mich jetzt umarmte, da war es fast, als umarme mich mein Mann.

Die beiden hatten mehr Ähnlichkeit miteinander, als ihnen vielleicht lieb sein mochte. So waren etwa Raffaels Hände fast identisch mit denen meines Mannes. Nur, dass mein Mann einen Ehering trug, Raffael noch nicht. Zöge mein Mann seinen Ehering aus, so bliebe ein weißer Streifen. Daran und an der kleinen rötlichen Narbe an Raffaels Handrücken könnte man sie auseinanderhalten. Mein Mann hat keine Narben.

Er ist kein Kämpfer, der ins Feld zieht.

Seine Waffe ist der Verstand.

KARLSRUHE. AN DER ALB

Ich machte mir Sorgen.

Da saß ich: in dem schicken, neuen italienischen Café, das an der Alb eröffnet hatte, und sah perfekt aus.

Gegen die erste Hitzewelle des badischen Jahres hatte ich ein Kühlspray, nämlich Happy Mist von Rituals, über mich gesprüht, meine Fingernägel waren tadellos lackiert mit der Sommerfarbe von Dior-Samba, und ich musste eigentlich ziemlich gut riechen, obwohl das nur etwa hundert Euro teure Orangen-Aprikosen-Blossom von Jo Malone natürlich kein ernst zu nehmender Duft ist. Dior hatte auch die spielerisch leichte Sonnenbrille kreiert, die ebenfalls keine It-Brille ist, aber für den Alltag konnte sie durchgehen.

Von meiner Kleidung will ich nicht ausführlich sprechen. Gemusterte 7/8-Hose von Schraut und ganz schlichte Bluse von Schumacher in meinen derzeitigen Lieblingsfarben Nude und Orange und Beige in allen Varianten.

Und doch: Kein einziger Mann drehte sich nach mir um. Nicht mal der distinguiert aussehende ältere Herr mit Nickelbrille da drüben. Siegelring. Seriöse Uhr. Na gut. Aber entscheidend sind immer die Schuhe. Die lügen nicht. Mein Blick glitt nach unten. Solides Schuhwerk. Etwas affiges, eigentlich antiquiertes Herrentüchlein, das den alten Hals verschönern sollte. Oder einen Knutschfleck verstecken?

Ich war mindestens zwanzig Jahre jünger als er. War der Mann etwa blind, oder warum sah er mich nicht bewundernd an?

Gut, der schräge Typ mit Migrationshintergrund da hinten, der schielte kurz und taxierend über den Rand seiner Zeitung nach mir. So einer zählt nicht. Da ich trotz der Zutaten einer italienischen *Mamma* eine Naturweizenblondine bin, ist es natürlich kein Verdienst, wenn Südländer nach dir schielen. Das ist bei denen sozusagen ein angeborener Reflex.

Aber der ältere Mann da drüben, das war der eigentliche Lackmustest für meine Attraktivität.

Nicht bestanden. War ich etwa am Verblühen, und das trotz neuerdings regelmäßigem Sex, der ja angeblich für Faltenreduzierung sorgt? Etwas wie eine erste Angst vor dem Altwerden machte sich in mir breit. Ich hatte die Karte »Schönheit« zu oft und zu routiniert gespielt, um jetzt schon auf sie verzichten zu können.

Doch es sollte noch schlimmer kommen. Angeschnauft kam nämlich Marlies. Marlies, die keinerlei Kleidergeschmack hat, und wenn sie jemals akzeptabel aussieht, dann nur, weil sie mal eines der Karteikärtchen hervorholt, die ich ihr in einen noblen Karteikasten aus grauem Filz mit Lederbesatz eingeordnet habe.

Diese Kärtchen sind durch beschriftete Reiter getrennt: Sportlich. Einladung informell. Einladung formell. Beerdigung und ernster Anlass. Freundinnentreff. Abendessen zu zweit. Großes Abendessen. Damenprogramm. Kurzstreckenflug. Langstreckenflug. Familienausflug. Theater: Kleinkunst. Theater: Ernst. Oper. Und so weiter. Auf die Kärtchen hinter den Reitern habe ich geeignete Kleiderkombinationen aufgeschrieben, basierend natürlich auf ihrem beklagenswert durcheinandergewürfelten Kleiderschrank.

Heute hatte sie sich leider mal wieder an gar nichts gehalten. Die Hose, die nach Bonita aussah – ein unsäglicher Laden, der für mich nicht existiert –, war zu eng, das T-Shirt, das sie dort passend zu allem anderen verkaufen, ebenfalls, und die Leinenjacke hatte Dreiviertelärmel, worunter die Arme des T-Shirts zerknautscht hervorlugten. Das hat man davon, wenn man T-Shirts kauft, die weniger als hundert Euro kosten. Das Ganze war höchst unschön und gehörte ohne Umwege in die nächste Kleidersammlung. Ich seufzte.

Doch der Mann mit dem Halstuch sah sich sogar nach Marlies um. Unglaublich. Ganz vage registrierte ich noch, dass ich mit dem Knutschfleck vielleicht sogar recht gehabt hatte, etwas Bläuliches schimmerte verdächtig unter dem Tuch an seinem Hals hervor. Unglaublich, was alte Männer noch erlebten.

Trübe Gedanken kamen in mir auf. Ich bezweifelte nämlich sehr, dass viele alte *Frauen* noch Knutschflecke verstecken mussten. Offenbar setzt sich die Ungerechtigkeit, dass wir ständig schön und jugendlich sein müssen, um von Männern, die ihrerseits weder schön noch jugendlich sind, wahrgenommen zu werden, bis kurz vor die Friedhofstore fort.

»Hallo, Swentja. Wie geht es deinen Männern?« Marlies schmunzelte gutmütig, aber ich ärgerte mich doch.

»Wie witzig! Ich warte darauf, dass du das irgendwann irgendwo zu laut sagst, und mein Ehegatte hört es oder kriegt es zugetragen. Jedenfalls ist der eine gedanklich weit weg, und der andere ist wirklich weit weg«, erwiderte ich mürrisch. »Wir hätten übrigens beinahe umdisponieren müssen. Da Raffael Wiesinger, unser Neffe, sich verplappert hat, muss ich es jetzt so aussehen lassen, als betätigte ich mich ebenfalls in dieser Mühle.«

»Du?«, kicherte Marlies. »Du und diese Mühle mitten in der Pampa? Welche Schuhe wirst du dort tragen?«

»Preiswerte Paul Greens. Nun, ich kann schon mal dort vorbeikommen – das Brot ist wirklich gut –, aber ich denke, ich werde diesen Verlag aufsuchen, den die Ermordete besessen oder vielmehr mit besessen hat.«

»Um Himmels willen! Und was soll *ich* dann in dieser Mühle machen?«

Ich dachte nach. »Du könntest beispielsweise beim Kuchenbacken in diesem kleinen Mühlenrestaurant helfen.«

»Kuchenbacken?«, wiederholte Marlies ungläubig.

»Ja, bist du nun eine mittelbadische Hausfrau, oder nicht? Ich habe bei dir schon hervorragende Torten gegessen, Marlies, und ich habe andererseits bemerkt, dass die Leonhards überfordert sind. Dieser Pascal Leonhard kocht vielleicht nicht mal schlecht, aber wenn er noch Tische abwischen muss und Tassen spült, hat er wenig Zeit, sich was Nettes auszudenken. Ich könnte mir denken, dass dieses Pärchen Leute in der Küche und zum Bedienen brauchen kann. Die Mühle stand nun ein paarmal in der Zeitung, wegen des Verbrechens. Jetzt haben sie alle Hände voll zu tun. Der übliche Mords-Tourismus.«

»Na wunderbar, was du dir da ausgedacht hast. Eigentlich wollte ich mal *raus* aus der Küche.«

»Dein Einsatz dient einem höheren Zweck. Irgendwo in Marianne Mandels Leben versteckt sich ein Mörder. Es ist wie bei diesen Suchbildchen, in denen man erst bei ganz langem Hinsehen einen Frauenkopf oder einen Hund entdeckt. Meistens muss man sich erst von dem lösen, was man vordergründig sehen soll, und mit einem ganz anderen Blick hinschauen.«

Marlies nickte langsam.

Ich fuhr fort: »Aber er ist da, der Mörder. Vielleicht verbirgt er sich in den Mauern der alten Mühle mit diesen Leuten, die ihre Seelen dafür opfern würden. So was ist immer gefährlich. Zu viel Liebe.«

»Und was willst du bei diesem Verlag? Du liest doch kaum.«

»Was macht man wohl in einem Verlag?«, fragte ich träumerisch. »Man schreibt Bücher. Ich werde ihnen einfach ein Buchprojekt vorschlagen.«

»Etwa Mode?«

»Warum nicht. Irgendwas mit Stil und Mode. ›Der Weg zum perfekten Kleiderschrank‹. ›Der ultimative Mode-Knigge‹.«

»Du willst ernsthaft eine Art Standardwerk über den perfekten Kleiderschrank schreiben?« Marlies konnte es offenbar nicht fassen.

»Warum nicht?«, wiederholte ich gekränkt. »Ich bin dafür wie geschaffen. Man bewundert meinen Stil.«

»Wenn man dich kennt! Ein Verlag wird aber bestimmt kein Buch mit einer vollkommen unbekannten Person machen, Swentja. Und unter deinem richtigen Namen wirst du dort kaum auftauchen wollen.«

»Oh, sie werden es schon drucken. Wenn diese Person nur genügend Geld mitbringt!«

Marlies fuhr sich durch die Haare. »Swentja, die Polizei ist mit einer erweiterten Sonderkommission an der Sache dran. Tatortspezialisten. Sie fahnden mit allen Mitteln in sämtlichen Computern und Netzwerken, die ihnen zur Verfügung stehen. Sie haben bestimmt auch die Mühle und ihre Bewohner minutiös auseinandergenommen. Dies ist der normale Weg, einen Mord aufzuklären, und die meisten Morde werden hierzulande aufgeklärt. Du hast zweimal Glück gehabt, wobei du auch die tragischen Folgen nicht verhindern konntest. Im Grunde haben sich deine Mörder selbst entlarvt.«

Ich wollte etwas sagen, doch sie war nicht aufzuhalten.

»Die Polizei hat – ich weiß das von der Mutter einer Klassenkameradin meiner Tochter, die in Bruchsal auf dem Rathaus arbeitet – einen sehr bekannten Profiler aus Freiburg hinzugezogen, der alles auswertet: Persönlichkeit der Toten, ihre Gewohnheiten. Ihre Freunde. Den Tatort. Den Fundort. Die Todesart. Mordwaffe. Das sind doch alles Profis, Swentja. Sie haben Labore, die selbst aus einem Staubkörnchen Informationen pressen. Was willst du dagegen ausrichten?«

»Marlies, es gibt eine eiserne Regel. Je mehr Zeit vergeht, je besser für den Täter. Mit jedem Tag steigen seine Chancen, unentdeckt im Alltag unterzutauchen. Und es gibt überdies Dinge, die kein noch so raffinierter Profiler herausfindet. Der Täter kann ein ganz normaler Mensch sein, der noch nie gemordet hat, der nie mehr morden wird, doch der Marianne Mandel aus einem Grund gehasst hat, den keiner sieht. Weil dieser Hass ganz tief verborgen ist oder weil das, worauf er gründet, ganz lange her ist. Diesen Hass sehen sie eben nicht in ihren Laboren. Auch deine Profiler nicht.«

Marlies schaute mich trotzig an, wie immer, wenn ich recht hatte.

»Marlies, dieser Mörder ist in keinem Computerprogramm, in keiner Kartei aufgelistet. Er ist nicht vorbestraft, und er ist zuvor noch niemals auffällig geworden. In einem bin ich mir deshalb sicher: Er muss bei der Tat furchtbar wütend gewesen sein. Und das macht ihn angreifbar. Denn irgendjemand hat diese Wut vielleicht gespürt.«

Marlies sah mich nachdenklich an. »Du hast dich verändert. So hättest du früher nicht gesprochen. Was hat dich die Seelenpein anderer Leute interessiert! Das wäre dir ja nahegegangen, und wirklich nahegehen durfte dir nichts.«

Ich weiß nicht, ob das ein Kompliment war. Meine sorgsam gehegte Oberflächlichkeit war immer auch ein verlässlicher Schutzschild gewesen.

Doch der Schutzschild begann zu bröckeln.

ETTLINGEN. ZU HAUSE

Am Abend schickte Hagen endlich eine MMS. So als sei es zu viel verlangt, mich anzurufen. Wollte er nicht meine Stimme hören und mir schmutzige Phantasien ins Ohr flüstern, einen Vorgeschmack auf das geben, was mich erwartete, wenn er zurück war? Offenbar nicht.

Wenn es so weiterging, würde ich bald an meiner erotischen Ausstrahlung zu zweifeln beginnen. Und dann? Was macht man als Frau in der Zeit *danach* eigentlich? Wenn die Augen des Geliebten beginnen, gleichgültiger zu werden. Sich verzweifelt bemühen oder aufgeben?

Verdammt, ich wollte es gar nicht so genau wissen. Noch nicht.

Auf dem Bild war Hagen zusammen mit drei jungen Frauen zu sehen. Ich erkannte seine Tochter darunter. Sie stützte sich ziemlich lässig mit ihrem Arm auf seiner Schulter ab, hatte ihr Kinn daraufgelegt. Ihre Haltung wirkte vertraut, aber auch ein klein wenig anmaßend. Helene sah in die Kamera, in meine Richtung, als wollte sie sagen: »Hallo, du da drüben. Mit mir musst du von jetzt an rechnen!«

»Ich bin hier Hahn im Korb und hatte selten so viel Spaß«, lautete der wenig schmeichelhafte Text meines Liebhabers. »Wünsch dir alles Gute, und halt dich ja aus jeglichen Verbrechen heraus. Es ist gesünder! Denk an dich! Hagen.«

Ich blickte auf den Kalender. Noch siebzehn Tage ohne Hagen. Siebzehn Tage, um ihm einmal mehr zu beweisen, dass ich auch außerhalb des Bettes eine tolle Frau war.

Ich setzte mich an den Computer und googelte die Begriffe »Alte Mühle Friedrichstal Kind ertrunken«.

Und tatsächlich: Da war es, was ich gesucht hatte. Verschiedene Zeitungsartikel über das Vorkommnis waren tatsächlich noch online. Rasch versuchte ich, die Fakten zusammenzutragen.

Es war acht Jahre her. Ein kleines Mädchen war ertrunken aufgefunden worden, und zwar in dem Bach, der jene fast undurchdringliche und ausgedehnte Wildnis von Bäumen und Büschen durchfloss, welche die Mühle halbkreisförmig umgab. Ich hatte es gar nicht bemerkt, aber die Mühle lag tatsächlich fast wie auf einer kleinen Insel. Bei dem Kind handelte es sich um ein Mädchen aus einer Art Hausmeisterwohnung, die zu einer der Fabrikanlagen in der kleinen Ansiedelung gegenüber der Mühleneinfahrt gehörte. Smilla B., sechs Jahre alt.

Es konnte kein Fremdverschulden nachgewiesen werden. Kein Kindesmissbrauch. Man konnte sich nicht erklären, was das Mädchen unbeaufsichtigt an dieser Stelle gemacht hatte. Die Mutter, alleinerziehend, hatte die Kleine das letzte Mal auf ihrer Schaukel im Garten gesehen.

In einem Artikel stand, sie sei ein ernsthaftes Mädchen gewesen, habe keine Geschwister gehabt, und die Mutter sei zerfressen vor Schuld, dass sie die Kleine zur Mühle habe gehen lassen. »Sie kannte doch den Weg. Ist gerne dorthin gegangen. Und sie war immer so vorsichtig und so gewissenhaft. Sie hat sich immer nur im Hof der Mühle aufgehalten«, wurde die schluchzende Frau zitiert.

Untersuchungen in der Mühle hätten auch kein Ergebnis gebracht. Dennoch habe es jahrelang den Verdacht gegeben, dass Landstreicher, die sich gelegentlich in den verfallenen Mauerwerken in der Wildnis aufhielten, für den Tod des Kindes verantwortlich gewesen seien. Die Ermittlungen gegen den Mühlenbesitzer wegen fahrlässiger Tötung seien eingestellt worden, da sich der Bach nicht mehr auf dem Mühlengelände befunden habe und daher keine Aufsichtspflicht bestanden habe.

Es habe niemandem in der Mühle etwas nachgewiesen werden können.

Ich schaltete den Computer nachdenklich aus. Es hört sich immer zwiespältig an: Es konnte niemandem etwas nachgewiesen werden.

Und jetzt wurde unweit des Ortes, an dem ein Kind unter unerklärlichen Umständen gestorben war, eine erwachsene Frau erschlagen aufgefunden.

Man konnte an einen Zufall glauben.

Oder auch nicht.

ETTLINGEN. EINE BUCHHANDLUNG

An deiner Hand.
Ein Band.
Band für den Bund.
Den ewigen Bund
und die Hand
fürs Leben.
Der Staat und der Pfarrer
und wir
und der Himmel über uns!
In uns!
Raffael, 2012

Ich stand in einer kleineren, in unserer Stadt sehr verankerten Buchhandlung und hatte unter den höflich, aber letztlich doch ungeduldig abwartenden Blicken einer jungen Buchhändlerin das eher bescheidene Regal mit Lyrik und Aphorismen durchsucht. Sie hatten nur ein einziges Exemplar von Raffaels Gedichtband vorrätig, und ziemlich unscheinbar fristete es sein Dasein zwischen anderen Dichtern mit »W«.

Das Büchlein selbst war allerdings sehr professionell gemacht und sah repräsentativ aus. Ein Verschenk-mich-doch-Buch. Aus edlem Papier, schönes Titelbild auf Leineneinband, das eine dunkelblaue Blume auf einem weißen Tischtuch zeigte.

»Gefühlt!«, hieß der Band mit kleinen Gedichten wie diesem und ganz kurzen Geschichten, die sehr lyrisch und mit leisem Amüsement daherkamen. So wie die Geschichte einer Rose, die enttäuscht war, dass keiner sie pflückte. Alle anderen waren schon fort, in irgendwelchen Vasen, nur sie stand noch allein da.

Auf dem Titelblatt stand in zarter goldener Schreibschrift: »Ein Buch des Wendelinus-Verlags, Friedrichstal-Baden. Lektorat: M«.

Auf der Rückseite prangte ein Foto von Raffael, und es waren zwei begeisterte Pressestimmen zitiert: »Zeitgemäße und sprachlich saubere Lyrik!« »Eine kleine Entdeckung.«

»Haben Sie noch mehr Bücher vom Wendelinus-Verlag? Das Buch hier sieht ja recht hübsch aus. Als Mitbringsel.«

»Muss ich mal schauen. Mit Herrn Wiesinger hatten wir auch schon mehrmals sehr schöne Veranstaltungen, die uns nicht einmal etwas gekostet haben. Das gibt es auch selten. Der Verlag strengt sich sehr an mit den Lesungen. Es gab Musik dazu von einem in unserer Gegend bekannten Gitarristen, und Frau Mandel selbst findet nach so vielen Lesungen immer noch die passenden Worte zur Einführung. Ich weiß von einer Freundin, die eine Buchhandlung in Mosbach hat, dass diese Art von Präsentation überall sehr gut ankommt.«

»Sogar in Mosbach!«

»Oh ja, der Herr Wiesinger trat ziemlich viel auf. In ganz Südwestdeutschland. Sogar in Berlin war er schon mal. Und eine Lesereise am Bodensee hat er gemacht. Eine gute Sache. So eine Lesung ist schon ein Ruhepunkt in unserer hektischen Zeit, und ich finde es toll, dass es da nicht so anonym zugeht wie bei den großen Verlagen.«

Meine Güte, die Frau hätte Philosophie studieren sollen, anstatt eine Buchhandelslehre zu machen.

Ich hielt das Buch kaufbereit in der Hand, und das, obwohl wir es vermutlich schon zu Hause hatten, aber in solchen Dingen darf man nicht kleinlich sein. Ich würde es in den Oxfam-Shop in Karlsruhe bringen. Lesen würde ich es keinesfalls. Mit Lyrik habe ich zeitgleich mit meiner Schulzeit abgeschlossen. Ich habe nie verstanden, dass ein Gefühl tiefer ist, nur weil es als Reim daherkommt.

»Moment, ich schau mal, was wir von dem Verlag noch dahaben«, sagte die Buchhändlerin und eilte davon. Sie konnte die Frage offenbar nur mit Hilfe ihres Computers beantworten. Ich folgte ihr. Sie klickte sich nervös durch lange Listen.

»Ja, wir haben noch vorrätig: ›Die Devants – eine Hugenottenfamilie aus dem Badischen‹ sowie ›Schwetzingen am Abend. Ein Barockmärchen‹, einen Regionalkrimi namens ›Schusslicht‹, der spielt wohl bei Bruchsal, dann noch ›Geheimnisse des Michaelsberges. Ein keltisches Rätsel‹ und einen Familienroman, der sich in Mannheim entfaltete: ›Am Wasserturm. Schicksal einer Hotel-Dynastie‹. Das verkaufen wir recht oft.«

»Man soll ja auch kleinere Verlage in der näheren Umgebung unterstützen«, erklärte ich verlogen.

Gut, dass ihre Chefin, Frau Buchhandlungs-Besitzerin Dachmann, nicht da war und mich hörte. Sie wäre nämlich höchst erstaunt gewesen, dass ausgerechnet ich mir Gedanken über Verlage oder Nicht-Verlage machte. Ich kaufte hier normalerweise nur repräsentative Bildbände, die wir mitbrachten, wenn wir irgendwo bei Geschäftsfreunden meines Mannes eingeladen waren. Groß mussten sie sein, mussten was hermachen und teuer aussehen.

Die Verlage waren mir vollkommen egal und deren Schicksal erst recht. Das Gejammer über das Aussterben der Buchbranche berührte mich ebenfalls nicht. Jeder ist für sein Aussterben selbst verantwortlich. Wenn ich alt werde und meine Rolle als Kleinstadtschönheit nicht mehr ausfüllen kann, schert sich auch keiner darum. Also mochten sie ruhig aussterben, die kleinen Verlage, die komische, schwer verständliche Bücher für Deutschlehrerinnen und pensionierte Hobbyhistoriker herausgaben.

Ich hatte mir vor einiger Zeit ein elektronisches Lesegerät gekauft, klein, schick, weiß und mit Swarovski-Steinchen verziert, dazu ein weißes Nappalederetui, und das reichte mir als Bibliothek vollkommen aus. Ich lud mir ab und zu ein Buch herunter, las es flüchtig und löschte es wieder. Für mich eine wunderbare, platzsparende Sache.

Die Buchhändlerin flatterte davon und legte mir die einzelnen Werke vor, die sie vorrätig hatte. Sie sahen allesamt gut und recht niveauvoll aus. Ich kaufte das Buch über den Michaelsberg und blätterte es desinteressiert durch. Der Autor war ein gewisser Michael Offenburger. Innen stand: »Lektorat: Niess. 1. Auflage. Grafik: Horst und Blaumann, Heidelberg«.

»Kaufen viele Leute so ein etwas ausgefallenes Buch?«, erkundigte ich mich bei der Verkäuferin.

»Der Verlag bringt eben bewusst qualitativ hochwertige Liebhaberstücke heraus. So etwas muss es ja auch geben. Nicht nur solche …« Mit einer eher abfälligen Kopfbewegung wies sie auf den riesigen Stapel von meist amerikanischen Thrillern, die gleich am Eingang zum Zugreifen verführten. »Mit denen machen wir Umsatz, mit den anderen Eindruck«, sagte sie lapidar.

»Nun, das muss mich nicht interessieren. Danke«, erwiderte ich kühl. Nur nicht zu vertraut mit Leuten, die dir etwas verkaufen, hatte meine stolze Mutter mir eingetrichtert.

***

Jäh endete abends mein gerade erst begonnenes Engagement für den Fall »Mandel«.

Hagen rief mich auf dem Handy an.

»Kannst du reden?«, stellte er die uralte Frage aller Ehebrecher.

»Ich bin allein«, erwiderte ich und fügte spitz an: »Wie immer. Wie so oft!«

Er ging nicht darauf ein, was mich kränkte.

Doch es kam schlimmer.

»Swentja, ich warne dich. Ich habe den Eindruck, dass du dich möglicherweise wieder in die Ermittlungen einmischen willst. Lass das bitte sein. Es gibt verschiedene Gründe – einer davon ist, dass du dich trotz allem jedes Mal in Lebensgefahr begibst. Und eine tote Swentja kann mich nicht mehr verführen. Ein anderer ist, dass –«

»Es deinem Ruf und deiner Karriere schadet, wenn ich wieder mehr herausfinde als deine Kollegen«, erwiderte ich. »Sag es doch ehrlich.«

»Selbst, wenn es so wäre – du stehst doch nachweislich auf Karrieremänner. Und eine wie auch immer geartete Beziehung zu einer wild gewordenen Hobbydetektivin aus der Upperclass von Mittelbaden empfiehlt mich bestimmt nicht für höhere Weihen. Stichwort: Weitergabe vertraulicher Informationen etwa.«

»Du willst mir also verbieten, mich für den Tod von Marianne Mandel zu interessieren, deren Leiche ich beinahe gefunden hätte?«

»Ja. Wobei ich mich immer noch frage, was eine so absolut nicht ökologisch interessierte Person, wie du es bist, in dieser pittoresken Mühle zu suchen hatte. Das Märchen mit dem guten Brot kannst du deinem … nun, kannst du anderen Leuten in deinem Umfeld erzählen. Also sagen wir vielmehr: Wenn du ein Interesse an der Fortsetzung unserer wie auch immer gearteten Beziehung hast, dann lässt du diesmal die Finger davon.«

»Hast *du* denn dieses Interesse?« Dem Mann würde doch noch eine Liebeserklärung zu entlocken sein.

Er lachte endlich wieder das alte spöttisch-coole Hagen-Lachen. »Ich dachte, das hätten wir letztes Mal ausgiebig geklärt. In diesem Hotelzimmer, in diesem Bett. Und natürlich auch außerhalb des Bettes. In der Dusche und auf dem –«

»Ich habe verstanden. Es ist gut!«, sagte ich hastig.

Es war mir nicht peinlich, mit ihm zu schlafen und Dinge mit ihm zu tun, die ich mit meinem Mann noch niemals getan hatte, aber ich mochte nicht darüber sprechen. Nicht hier. Ich in meiner Küche, er irgendwo in einem Landschulheim.

»Also, wir sind uns einig?«

»Ja«, sagte ich widerstrebend. Noch widerstrebender: »Und komm bald wieder.« Noch nie hatte ich das zu einem Mann gesagt.

Als er etwas wie einen angedeuteten Kuss durch die Datenlandschaft schickte, beschloss ich, seinem Wunsch zu folgen und die Angelegenheit Marianne Mandel fallen zu lassen.

»Noch eines. Ganz schnell, Hagen …«

»Ja, aber wirklich schnell. Ich muss gleich zum Völkerball.«

»Völkerball! Mein Gott.« Gab es dieses Spiel noch? »Da war mal etwas mit einem toten Kind in dieser Mühle. Hast du davon gehört?«

»Ja, man hat darüber gesprochen. Die Todesfälle in unserer Region, die nie ganz geklärt wurden, kennen wir alle. Jeder Revierpolizist. Plötzlich nach Jahren taucht ein Hinweis auf, und dann muss er schließlich Bescheid wissen.«

»Und?«

»Nichts und. Halt dich aus allem einfach raus.«

Ich schwieg. Er lachte durch die Leitung.

»Aber na gut, weil du so ein süßes Mädchen sein kannst, wenn du willst … Die Kollegen hätten diesen Mühlenbesitzer, diesen Waldschrat, wie heißt er noch, Harley oder so ähnlich, schon gerne festgenagelt. Sie haben ihm nicht über den Weg getraut, aber es war nichts zu beweisen.«

»Er heißt Herlan«, erwiderte ich mechanisch. »Und er ist kein Schrat, sondern ein netter Mann. Meld dich bald wieder. Ich …«

Bevor ich meinen Satz beenden konnte, hatte er aufgelegt.

Mistkerl!

ETTLINGEN. TENNISPLATZ

Am anderen Tag geschah etwas Außergewöhnliches.

Ich war sehr zeitig, also um zehn Uhr, bereits auf dem Tennisplatz anzutreffen und schlug meiner Trainerin Katarina Bälle entgegen.

Mit zunehmender Verärgerung übrigens. Ich war einfach zu schlecht für die erste Mannschaft geworden. Ich musste also dringend Stunden nehmen. Katarina war eine frühere russische Profispielerin, kantig und hart, wortkarg und lesbisch. Außerdem war sie sehr teuer, denn ihre Frau, eine kleine drahtige Krankenschwester, vereinbarte die Preise für sie, und die Krankenschwester kannte kein Pardon. Doch die Stunden wurden sowieso, wie alles, was ich konsumierte, vom Konto meines Mannes abgebucht.

Um diese frühe Stunde war der Tennisplatz noch ziemlich menschenleer. Im Bistro neben dem künstlich angelegten Teich saß ein einzelner Mann mit rötlich blondem Haar und einem schicken weißen Schal, der uns gleichmütig beobachtete und ab und zu einen Schluck aus seinem Espressotässchen nahm.

Von der Bank her, auf die ich meine sehr elegante schwarze Tennistasche von Longchamp-Sports abgestellt hatte, läutete mein Handy. »Entschuldigung!« Ich wischte mir über die Stirn, und mit verschwitzter Hand drückte ich den grünen Knopf an meinem Handy.

»Bist du's?« Die Stimme im Handy gehörte meinem Ehemann. Es kam sehr selten vor, dass er mich tagsüber kontaktierte. Wenn ich ihn anrief, reagierte er fremd, verklemmt und kühl. Es war so, als existierte ich tagsüber eigentlich gar nicht für ihn.

Dies war übrigens auch ein Umstand, der das Fremdgehen erleichterte.

»Ja. Natürlich. Es ist mein Handy, also bin ich es.«

Ja, dachte ich. Es ist *sein* Handy. So wie alles inklusive mir selbst *seins* ist. Denn er bezahlt dafür.

»Es ist etwas sehr Unangenehmes passiert«, verlautbarte mein Mann nüchtern.

Einen Moment lang packte mich ein Schrecken. Er hatte es herausgefunden. Er ließ mich beobachten. Dieser Mann da drüben. Der war vollkommen unbekannt auf dem Tennisplatz. Nie gesehen. Und der alte Mann im Café kürzlich. Der mich nicht mal beachtet hatte! Mein Mann hatte eine Detektei mit verschiedenen Mitarbeitern beauftragt, die mich abwechselnd beschatteten.

Der Gedanke war zwar absurd, aber einmal geboren, wollte er nicht mehr verschwinden. Ich hatte etliche Freundinnen aus meinen Kreisen, die gelegentlich ein bisschen fremdgingen oder deren Männer Geschäftsreisen machten, auf denen sie alles andere taten als arbeiteten, und die sich jeweils gegenseitig eines Detektivs bedienten, um Bescheid zu wissen, was der andere an Missetaten verübte. Die Dossiers wurden als Munition aufgespart – für den Tag der Scheidungsschlacht.

»Raffael ist verhaftet worden«, kam es ungewöhnlich aufgebracht durch die Leitung.

»Was?«

»Raffael, mein Neffe, vielmehr unser Neffe, sitzt in Untersuchungshaft. Die Staatsanwaltschaft prüft noch die Anklageerhebung.«

»Raffael? Warum denn das?«

»Wegen Mordes an dieser Marianne Mandel. Ich habe natürlich sofort unseren Dr. Teuffel angerufen. Er kümmert sich drum. Angeblich hat sich Raffael mit der Mandel wegen der Prozente für den Erlös seiner Bücher gestritten.«

»So geldgierig kommt er mir gar nicht vor.«

»Mir auch nicht. Leider. Aber schlimmer ist, dass sie in dem Geröll dieser verdammten Mühle, da wo sie ja wohl gefunden wurde, seinen Kuli entdeckt haben.«

»Was? *Sein* Kuli? Stand denn sein Name drauf?«

»In gewissem Sinne. Es war der Kugelschreiber, mit dem er bei seinen Lesungen seine Bücher zu signieren pflegte.« Mein Mann stöhnte kurz auf. »Dummerweise auch noch ein Familienerbstück. Wie kann man so sentimental sein! Der elfenbeinfarbene Kuli meiner Mutter, seiner Großmutter! Sollte ihm offenbar Glück bringen. Na bravo! Das ist ihm gelungen.«

Das Schicksal seines Neffen schien meinem Mann ungewöhnlich nahezugehen. Ich war verblüfft, beinahe gerührt.

Die Ernüchterung folgte auf dem Fuß.

»Eine wunderbare Werbung ist das für unsere Kanzlei. So etwas spricht sich doch herum! Raffael ist vielleicht ein Traumtänzer und ein Softie, aber kein Mörder. Doch bis diese Idioten von Beamten das gemerkt haben, ist es schon zu spät, und der Ruf ist hin. Die gehen doch nur nach Schema F vor. Um sechzehn Uhr ist Feierabend, man ist froh, dass man einen Verdächtigen hat, und das Büro wird abgeschlossen. Und da bleibt der Junge erst mal im Knast.«

»Tut mir leid«, murmelte ich verwirrt. Sollte ich ihn aufklären, dass sich die Arbeit in einer Mord-SOKO mitnichten nach den Bürostunden richtete, sondern Nachtschichten beinhaltete? Besser nicht.

Doch das war auch egal. Denn mein Mann wusste genau, was er von mir wollte. Leise raunte er ins Telefon.

»Damit ist es nicht getan. Hör mal, Swentja, es ist mir ja, wie du weißt, nicht verborgen geblieben, dass du schon ein- oder zweimal Miss Marple gespielt hast. Vielleicht könntest du ja diese neu entdeckte Fähigkeit gelegentlich in den Dienst der eigenen Familie stellen. Zum Beispiel jetzt. Du verfügst ja da auch über gewisse Verbindungen …« Ich sah beinahe bildlich vor mir, wie er die Hand hob und meinen Protest erdrosselte. »… über die wir jetzt nicht sprechen wollen, und offenbar hast du nicht nur ein hübsches, sondern auch ein Spürnäschen.«

Sowohl Kompliment als auch Diminutiv waren höchst ungewöhnlich für meinen Mann. Er musste wirklich aufgebracht sein. Ich hätte nie gedacht, dass ihm irgendein Familienmitglied so viel bedeutete. Manchmal war ich mir direkt unsicher, ob er wusste, dass unsere gemeinsame Tochter nicht mehr bei uns lebte.

»Soll das bedeuten, du willst, dass ich auf eigene Faust in diesem Mordfall aktiv werde?«

Ein trockenes Lachen durch das Handy belohnte diese Erkenntnis. »Ja. Wollen? Sagen wir vielmehr: sollen! Ich fordere dich sehr eindringlich auf, dich mal nützlich zu machen. Als Ehefrau. In anderer Hinsicht strapaziere ich dich in dieser Funktion ja nicht besonders, nicht wahr?«

Ich schwieg. Was sollte ich dazu sagen? Er hatte ja recht. Er hatte mich als Schmuckstück eingekauft, und Schmuckstücke sind kühl und regungslos.

»Streng dich also ein bisschen an, Swentja. Haben wir uns verstanden?«

Der Ton gefiel mir allerdings nicht. Ich bin eine professionelle Ehefrau, aber ich lasse mich nicht herumkommandieren. »Was willst du damit sagen?«

»Gar nichts. Nur ein Hinweis. Nichts ist für ewig, meine *teure* Gattin!«

Hatte ich mich getäuscht, oder hatte da etwas unverkennbar Drohendes in seiner Stimme gelegen? Der eben noch gleißend blaue Himmel über dem Tennisplatz färbte sich grau.

Wie oft hatte ich daran gedacht, meinen Mann zu verlassen! Aber den Zeitpunkt wollte ich gern selbst bestimmen.

Ich musste erst sicher sein, dass alles in meinem Leben so weiterging wie zuvor. Ohne begehbaren Kleiderschrank und ohne meine Autos – eins für den Alltag, eines für abends – kann ich nun mal schwerlich existieren. Undenkbar, dass ich meine T-Shirts in einem ganz normalen Schrank aufeinanderlegen müsste, anstatt sie in meiner beleuchteten, mit Teppich ausgelegten Schrankwelt nach Schattierungen und Materialien geordnet aufzuhängen. Und undenkbar, dass ich am Abend mit dem gleichen Wagen ins Theater fahren würde, in dem noch der rote Sand des Tennisplatzes vom Morgen lag. Ganz zu schweigen von den zahllosen teuren Handtaschen, meiner Stimmung angepasst wie ein Chamäleon.

Solange ich nicht sicher war, dass Swentja Tobler ein Luxuswesen bleiben konnte, beherrschte er mich. Zumindest materiell.

In Gedanken steckte ich das Handy langsam wieder ein.

»Ist etwas passierrrrt?«, fragte Katarina mit relativ wenig Mitgefühl in der rauen Stimme und schlug ungeduldig mit ihrem Schläger gegen die kraftvolle Wade.

Das war auch kein Wunder, denn für Mitgefühl wird sie nicht bezahlt. Sie wird dafür bezahlt, dass sie untalentierten Frauen der Oberschicht einredet, irgendwann könnten sie Tennis spielen. Zumindest war ich nicht so fett wie viele dieser Frauen, deren Doppelkinn beim Aufschlag wackelt.

»Ich weiß noch nicht«, gab ich verwirrt zurück.

Wie um Hilfe suchend, sah ich mich nach dem Mann auf der Terrasse um. Er war nicht mehr da, doch ich sah ihn gerade noch zu seinem Auto laufen.

Und sein Gang kam mir merkwürdig bekannt vor.

Ich bin keine Spielerin. Nie gewesen. So habe ich etwa niemals gern »Mensch ärgere dich nicht« gespielt. Vor allem, weil die Ermahnung, die im Namen des Spieles steckt, sinnlos war. Natürlich hatte ich mich geärgert, wenn ich nicht als Erste mit allen vier Figuren mein Eigenheim bezog. Und wie!

Monopoly kam zwar meinem angeborenen und natürlichen Gewinnstreben entgegen, doch schon früh war mir aufgefallen, dass die noble blaue Schlossstraße zwar viel Geld kostete und sehr elitär war, dass aber kaum jemand dort vorbeikam. Und wenn, dann konnten die Gäste sich den Aufenthalt nicht leisten. Es war wie im richtigen Leben.

Auch das Brettspiel Mühle mochte ich nicht. Ich tappte jedes Mal in die Falle. So wie jetzt. Ich hatte meine Steinchen unklug gesetzt, und nun saß ich in einer Zwickmühle.

Wie wunderbar passend zu dem Mord in einer alten Mühle.

Hagen warnte mich, und mein Mann ebenfalls. Beide drohten mir mit Trennung, wenn ich mich nicht an ihre Wünsche hielt.

Nur, dass sie genau das Gegensätzliche wollten.

Wenn das keine klassische Zwickmühle war.

Ich analysierte meine Lage und zog einen logischen Schluss. Hagen war weit weg und konnte mich nicht kontrollieren. Mein Mann war täglich um mich herum, und er bezahlte mein feines Leben. Eine einfache Rechnung. Also würde ich mich weiter in die Angelegenheiten der Leiche Mandel einmischen. Alles andere wäre unvernünftig.

Ich stieg in den exakt zu meiner schwarzen Tennistasche passenden Mini. Mein Mann hatte das flotte kleine Auto vor Jahren über Strohleute aus der Konkursmasse einer in Bühl abgewickelten Firma übernommen. Und hatte ihn mir am 6. Dezember vor die Tür gestellt. Als Nikolausgeschenk. Wenn ich an Hagens Nikolausgeschenk denke, werde ich heute noch rot. Aber lassen wir das.

»Es passt nicht zur Jahreszeit, mein Lieber, aber grundsätzlich ist es das richtige Auto für Tennis und Fitnessstudio«, hatte ich damals festgestellt und mich bei meinem Mann bedankt.

Irgendwie schuldete ich ihm vielleicht wirklich einen Gefallen.

ETTLINGEN. WATTHALDEN PARK

»Wir bleiben nun doch bei unserem Plan«, teilte ich einer eher mürrischen Marlies mit, wobei ich die genauen Hintergründe meiner Entscheidung ausließ.

Ich war noch nie jemand gewesen, der aus dem ehelichen Nähkästchen plauderte. Nach meiner Erfahrung hatte sich noch nicht ein einziges eheliches Problem durch dieses bei Frauen so beliebte Darüberreden lösen lassen. Die, die sich nach einem Mädelabend ganz bestimmt von dem egoistischen, trägen Mistkerl zu Hause scheiden lassen wollten, waren allesamt Anwärterinnen auf goldene Hochzeiten.

»Du übernimmst die Mühle, wo wohl am ehesten Tatverdächtige zu vermuten sind, und ich begebe mich in den Verlag, in dem sie arbeitete. Ich muss dabei sehr vorsichtig sein. Der Vorteil ist, dass Hagen eher erwarten wird, dass ich mich in der Mühle umsehe.«

»Warum? Kennt er nicht deine Abneigung gegen alles Rustikale? Außer gegen ihn selbst natürlich.«

»Aber die Mühle ist der Tatort und der Fundort der Leiche. Naturgemäß zieht es mich dorthin. Und ein Verlag ist ebenfalls eigentlich kein Biotop, in dem jemand wie ich zum Leben erwacht. Könnte sogar sein, dass das Bild von ihm stammt. Ich lese nun mal nicht viel. Außer natürlich die Bücher, über die gerade in unseren Kreisen gesprochen wird. Da schaue ich schon mal kurz rein. Und bisher bin ich auch so ganz gut durchs Leben gekommen.«

Marlies schmunzelte. Es sah bedauernd aus. Sie selbst las nämlich viel, das wusste ich natürlich. Nun, die Bedauernswerte ging nun mal nicht gerne einkaufen, und was sollte sie sonst den ganzen Tag anderes tun, als trockenes Zeug zu lesen?

Wir nahmen auf einer Bank Platz, die einen ruhigen Blick auf den winzigen See erlaubte, der, schilfbewachsen und von Enten bewohnt, der Mittelpunkt des kleinen Parks war. Wenige Meter entfernt rauschte ein nicht abreißender Strom von Autos ins Albtal. Von irgendwo hörte man die Straßenbahn nach Ittersbach quietschen.

»Was ist nun mit deinem Neffen? Ist er nicht schon wieder frei?«

»Er ist meines Mannes Neffe«, gab ich kühl zurück. Raffael war ein netter Junge, aber immerhin saß er derzeit im Knast, und solange schien es mir angeraten, die Frage der Blutsverwandtschaft geradezurücken.

Marlies grinste. »Aha. Geht da jemand schon mal vorsorglich auf Distanz zu einem Vielleicht-Mörder?«

»Ich glaube eigentlich wirklich nicht, dass er es war. Er ist ein eher sanfter Typ. Kein Mörder. Doch sein Signierkuli wurde immerhin unter dem Schutt gefunden, in dem sich die Leiche befand. Er wiederum behauptet, er war noch niemals in der Mühle und kannte den Turm nicht. Das ist ein Widerspruch, der der Kripo vermutlich nicht gefällt.«

Marlies nickte. Ich setzte die Sonnenbrille auf. Ein Sonnenstrahl hatte es geschafft, seinen Weg durch die Blätter zu finden.

»Mein Mann hat sich mittlerweile erkundigt. Er hat einen Studienkollegen bei der Staatsanwaltschaft. Raffael hat, so haben verschiedene nette oder auch weniger nette Freunde bestätigt, diesen Kuli niemals aus der Hand gegeben. Er war wie sein Maskottchen. ›Solange ich ihn besitze, bleiben mir Glück und gute Verkaufszahlen treu‹, soll er immer gesagt haben.«

»Schlecht für ihn.«

»Er behauptet natürlich, der Kuli sei ihm abhandengekommen, wie auch immer. Muss er ja. Da er in den letzten Tagen keine Lesung hatte, habe er es nicht bemerkt.«

»Klingt einleuchtend. Ich verliere ständig meine Kulis.«

»Aber sie sind eben nur Kulis für dich. Und keine Familienerbstücke und Maskottchen.«

Marlies nickte nachdenklich. »Und wie war sein Verhältnis zu Marianne Mandel?«

»Sei gut gewesen. Er hat wohl ausgesagt, es habe nur ein einziges Mal Streit mit ihr gegeben, da er ein höheres Autorenhonorar gefordert habe. Normal seien in der Branche fünf bis acht Prozent, aber da sich sein letztes Buch ›Aphorismen‹ so gut verkauft habe, habe er diesen Versuchsballon gestartet und zehn Prozent verlangt. Es sei aber kein wirklicher Streit gewesen, sondern nur mehr eine Diskussion. Ansonsten sei das Verhältnis sehr harmonisch gewesen.«

»Wird das von den anderen im Verlag bestätigt?«

»Weiß ich nicht. Muss ich herausfinden. Als er bei uns war, hat er mit ehrlicher Wärme von der Frau gesprochen. Das war echt, das spüre ich. Sie war für ihn wie eine Mutter. Mit seiner eigenen Mutter ist kein Staat zu machen. Ich glaube nicht, dass sie überhaupt weiß, was ein Autor ist. Denkt, es ist ein Auto mit ›r‹.«

»Es ist außerdem doch ein Leichtes, so einen Stift zu stehlen und unter der Leiche zu platzieren«, sinnierte Marlies. »Ich finde das sehr dünn als Beweismittel. Das reicht doch nicht. Ein blöder Kuli!«

»Mehr weiß ich leider nicht. Sie haben wahrscheinlich sonst nichts. Und du weißt, Presse und besorgte Bevölkerung sehen der SOKO auf die Finger und wollen Ergebnisse in Form von Festnahmen sehen. Zumindest am Anfang. Was hinterher aus den Betroffenen wird, ist nicht mehr ganz so interessant. Wenn sie entlassen werden, weil sich der Verdacht nicht bestätigt hat, gibt das nur noch eine kleine Meldung ab.«

Marlies las eifrig und fast Buchstabe für Buchstabe die Tageszeitung. Vor allem das Vermischte hat es ihr angetan.

»Swentja, in Amerika haben sie kürzlich einen vorübergehend festgenommenen jungen Mann einfach in der Zelle vergessen. Er wäre eigentlich längst entlassen worden, aber sie haben ihn wirklich vergessen. Er wäre fast verhungert und verdurstet. Stell dir so was mal vor.«

Ich seufzte. Auch für mich war das ein schockierender Gedanke. Raffael, nett, kultiviert, gut aussehend in einer schäbigen Zelle im Untersuchungsgefängnis. Er war unschuldig, davon war ich innerlich überzeugt, ohne wirklich zu wissen, warum. Es war einfach ein Gefühl. Und mir ging ein Gedanke durch den Kopf. Langsam, als diktiere mir jemand die Worte, sagte ich in Marlies' geduldiges Ohr:

»Weißt du, Marlies. Diese Marianne Mandel, wenn sie aus dem Grab sprechen könnte … Sie würde nicht wollen, dass Raffael im Gefängnis sitzt. Das spüre ich irgendwie. Er hat sie nicht gehasst, und um eine wehrlose, nicht mehr ganz junge Frau zu erschlagen, musst du sie schon sehr hassen.«

»*Junge* Frauen wollen auch nicht erschlagen werden«, erwiderte Marlies sarkastisch. »Erst recht nicht!«

»Bei wem«, sann ich weiter, »hat diese Marianne solch intensive Gefühle ausgelöst? Vielleicht muss man in ihre Vergangenheit zurückgehen. Sie muss seinerzeit eine sehr schöne Frau gewesen sein. Es wird vor vielen Jahren auch Liebhaber gegeben haben. Frühere Verehrer, die damals abgeblitzt sind. Ein alter Groll, der jetzt aus irgendeinem Anlass wieder aufgelebt ist.«

»Wahrscheinlich war es einfach nur ein Landstreicher. Aber du wirst Wege finden, dich den Geheimnissen der toten Marianne Mandel zu nähern, da bin ich mir sicher«, meinte Marlies mit gutmütigem Spott.

»Vielleicht«, murmelte ich. »Aber zuerst werde ich mich den Lebenden nähern. Beispielsweise Raffaels Verlobter, dem kleinen Goldeselchen.«

KARLSRUHE. DAS SCHICKE MÄRCHENVIERTEL

Diana Mellenkamp wohnte in einer kleinen Villa im Märchenviertel, einer von Karlsruhes besten Wohnlagen.

Märchenviertel wird die noble Wohnlage genannt, weil die Straßen Schneewittchenweg und Dornröschenstraße heißen. Eine zweifelhafte Idee des Gemeinderates damals, denn in dem exklusiven Wohnviertel lebten überwiegend Leute mit wenig märchenhaften Berufen, wie Richter, Ärzte, Rechtsanwälte und Geschäftsleute. Man stelle sich vor, ein Richter am Bundesverfassungsgericht gibt als Adresse Wichtelmännerweg 7 an.

Die teuren Häuser in diesem Areal waren jedoch alle schön, von gepflegten Grundstücken, großen Garagen sowie schicken Vorgärten umgeben. Es war ebenso wie das Viertel, in dem ich selbst lebte, eine vornehme Wohngegend, doch hier wie dort hatte man vermutlich herzlich wenig Mitgefühl für Leute, die im Gefängnis saßen.

Viel Trost und Hilfe hatte Raffael aus diesem Umfeld hier nicht zu erwarten. Hätte ich ihm vorher sagen können. Er hatte sich eingelassen mit den Erfolgreichen und den Wohlhabenden. Mit den ersten Kreisen. Mit Snobs, die Chalets irgendwo bei Zermatt hatten und deren Freunde in Menton wohnten. Jetzt musste er auch ihre Spielregeln ertragen.

Raffaels Verlobte sah genau so aus, wie man es von einem Mädel ihrer Herkunft erwartete. Im Grunde wirkten diese jungen Frauen, die die Worte »Reiche Tochter und Papis Beste« wie aufgestempelt trugen, wie Klone. So war auch sie schlank, fast dürr, trug heute ihr blondes glattes Haar straff nach hinten gekämmt, wo es einen kurzen kleinen Schwanz bildete, und natürlich – ganz schick – kleine Perlenstecker in ihren netten rosafarbenen Öhrchen.

Ihre Augen waren von einem irrlichternden Hellbraun, ihr Mund war zu einem verbindlichen, leicht fragenden Lächeln verbogen, das in ein paar Jahren zur dummen Arroganz verkommen würde. In gewisser Weise erinnerte sie mich an Bettina Wulff, unsere ehemalige First Lady, und genau wie die wog sie todsicher ab, wer ihr wie viel einbrachte.

Als ich sie traf, wollte sie gerade eilig in ihren Golf steigen.

»Frau Mellenkamp?«

»Ja, bitte?«

Sie musterte mich halb abgewendet über die Schulter mit neutralem Gesichtsausdruck.

»Mein Name ist Swentja Tobler. Ich bin –«

»Die Frau von Rechtsanwalt Tobler, oh ja!«

Jetzt wandte sie sich mir ganz zu mit dem verbindlichen Lächeln der Klasse B, das sie für Leute wie mich reserviert hatte. Als Frau von Jemandem hatte ich die Chance, in Klasse A aufzusteigen, aber erst mal abwarten, was ich wollte.

»Das auch. Aber daher auch die angeheiratete Tante Ihres Verlobten.«

»Raffael?«, fragte sie so, als habe sie mehrere Verlobte.

»Genau der. Er hat ein paar Probleme im Moment, hab ich gehört.«

»Das kann man wohl sagen«, kam es wenig liebevoll, eher sarkastisch und sehr nervös über ihre Lippen. »Die Polizei hat ihn vernommen.« Sie schüttelte den Kopf über die Schlechtigkeit der realen Welt.

»Frau Mellenkamp, ich möchte gerne mit Ihnen etwas ausführlicher über Raffael sprechen.« Sie machte sofort ein feindseliges Gesicht, doch ich wehrte ihr Misstrauen mit einer freundlichen Geste ab. »Keine Sorge. Ich würde ihm gern helfen. So wie Sie ja sicher auch.«

Sie musterte mich schweigend, als habe ich ihr ein unsittliches Angebot gemacht. Helfen war offenbar nicht ihr Lieblingsverb.

»Es ist mir in der Vergangenheit gelungen, die Polizei ein wenig zu unterstützen«, lockte ich. »Manchmal übersehen sie Dinge. Dinge, die sie nicht verstehen. Dinge, die außerhalb ihres Wirkungskreises liegen.« Sorry, Hagen, dachte ich. Abwesende ausgenommen.

Sie nagte an ihrer Unterlippe. Die Geste wirkte unreif wie die eines Kindes. Wenn sie nicht aufpasste, würde sie eines Tages noch schlimmer werden als ich. Denn sie war doof und ich nicht.

»Haben Sie also ein paar Minuten Zeit?«, beharrte ich weiter. Mein Gott, wie ich das hasste. Wie eine Bittstellerin vor diesem Gör aufzutreten. Normalerweise stehe ich auf der anderen Seite und sie bemüht sich um meine Gunst.

»Eigentlich wollte ich zur Fußpflege«, zögerte sie immer noch.

Wie albern, dachte ich. Ihr Verlobter sitzt im Knast, und sie macht sich Sorgen um ihre verhätschelten Füße.

»Nun, möglicherweise könnte man das kurz ... verschieben?« Musste ich ihr eigentlich noch genau erklären, dass es kein Spaß war, wenn man wegen Mordes in Untersuchungshaft saß? War ihr denn ganz egal, wie es Raffael ging? Wie groß war hier die Liebe und wie fragil eigentlich das Verlöbnis?

»Kommen Sie hoch«, gab sie nach, doch ein ergebenes »Wenn es sein muss« schwang unausgesprochen mit.

Sie wandte sich ab und tippte kurz eine SMS in ihr Handy. »Ich habe den Termin um eine halbe Stunde verschoben«, behauptete sie. Ich sagte nichts dazu, doch ich kenne kaum Fußpflegerinnen, die Terminwünsche per SMS entgegennehmen. Die kleine Goldamsel log. Ich sah mich um.

Diana Mellenkamp, von der ich ahnte, dass man sie im Kreis ihrer vermutlich ebenfalls hohlköpfigen Freundinnen Di oder Lady Di nannte, besaß ein kleines, schickes und sehr aufgeräumtes Haus im Atriumstil, alles ebenerdig, sehr modern, mit maßgeschneiderten Bildern und Kunstgegenständen, aber mit ganz wenig Ausstrahlung. Es war das Haus einer deutschen Barbie, in das ihr ebenso perfekter Ken einziehen sollte.

Mir war rätselhaft, warum der nachdenkliche Raffael ausgerechnet solch eine oberflächliche Person heiraten wollte. Bei seinem Aussehen sollten sich in unseren Kreisen doch noch ein paar andere, nettere Goldeselchen finden.

Auf dem weiß gestrichenen Kamin standen Fotos in weißen Rahmen. Ich bemerkte mehrere kleinere Aufnahmen von ihrer Mutter und ein großes Foto von ihrem Vater. Der alte Mellenkamp, wie mein Mann ihn nannte, war wahrscheinlich gar nicht alt, sah jedenfalls imposant aus. So ein Typ wie ein etwas älterer Gerhard Schröder. Ein humorvoller, nonchalanter Machtmensch.

Ich kannte ihn nicht persönlich, doch ich hätte wetten können, seine Stimme klang tief und sonor.

Inzwischen saßen wir ungemütlich auf einem tiefen weißen Ledersofa herum. Sie bot mir nichts zu trinken an. Mein Gott, Diana, dachte ich. Du musst noch viel lernen. Außerdem ist dieses Haus viel zu groß für dich. Wieso brauchst du in deinem Alter schon ein Haus und wer bezahlt hier wohl die Miete?

»Es muss furchtbar für Sie sein!«, bemerkte ich dennoch bemüht verbindlich. Gelernt ist gelernt.

»Ja, furchtbar«, gab sie zurück, so als habe ich ihr gerade eine neue Vokabel beigebracht.

»Trauen Sie Raffael eine solche Tat zu?«, fragte ich schließlich.

»Was für eine Frage!«, empörte sie sich wenig überzeugend. »Natürlich nicht. Papa sagt zwar, dass grundsätzlich jeder Mensch zu einer Gewalttat fähig ist, aber ich wüsste gar nicht, warum ausgerechnet mein Verlo... also Raffael so etwas tun sollte.«

Aha. Ich lächelte wieder engelsgleich. »Wie war denn seine Einstellung zu Frau Mandel?«

»Keine Ahnung. Sie war halt die Frau, die seine Bücher gedruckt hat. Ich kenne sie gar nicht. Doch, einmal war ich auf so einem Vortrag, wo jemand etwas aus einem Buch –«

»Einer Lesung?«, warf ich ein.

Sie stutzte. »Ja. Lesung, richtig. Sie schien mir angenehm zu sein. Er hat niemals schlecht über diese Frau gesprochen. Er hat eigentlich sowieso fast nie über sie gesprochen. Nicht mal über einen Streit. Sie hat ja seine Bücher anscheinend ganz gut verkauft. Er hat Preise gewonnen, und die Zeitungen haben über ihn geschrieben. Er war sogar ein paarmal im Südwestrundfunk.«

Jetzt gewannen ihre Augen ein bisschen an Leben. So etwas hatte sie ihrem vergötterten Papili wahrscheinlich ganz gut verkaufen können.

»Warum hätte er die denn auch umbringen sollen? Eine harmlose ältere Frau töten! So was macht man doch nicht.«

»Nein. So was geht wirklich gar nicht. War Raffael jemals in dieser Mühle, in der die Tat geschah? Hat er jemals von der Mühle gesprochen?«

»Mühle? Um Gottes willen. Raffael geht doch nicht in Mühlen. Was sollten wir dort? Mühlen interessieren uns nicht.«

Ich musterte sie schweigend. Seltsame Argumente, all das. Rationale.

Zu rational für eine jung Verliebte.

Und doch deckte sich ihre Aussage mit der von Raffael selbst.

»Ich muss aber jetzt gehen«, verkündete sie fahrig. »Ich habe …«

»Ja, ich weiß. Ihre Fußpflege.«

Eine eitle Gans. Mir schien, als hätte Raffael, dieser hübsche und charmante Junge, etwas Besseres als dieses hohle Modepüppchen verdient. Und so hätte ich vor lauter innerem Zorn beinahe den jungen Mann umgerannt, der mit seinem Fahrrad die Straße mehr entlanggondelte als -fuhr. Bestimmt ein Student. Und ein alternativer noch dazu. Passte so gar nicht in diese Gegend und auch nicht nach Karlsruhe, wo sogar die Studenten schon vernünftig schienen.

Waren solche Palästinensertücher eigentlich heute noch modern? Ich verfolgte den Gedanken nicht weiter, was ein Fehler war, rückwirkend gesehen. Einiges wäre anders gelaufen. Nun ja. Vergessen wir es.

ETTLINGEN. ZU HAUSE

Es vibrierte in meiner Handtasche, die ich auf der Anrichte stehen hatte. Hagen schickte eine SMS. »Heute Nachtwanderung. Ich fürchte mich ohne dich!« Ich musste rot geworden sein vor Freude, denn mein Mann warf mir über den Frühstückstisch einen aufmerksamen Blick zu. Hastig klappte ich das Handy zu.

»Marlies hat sich einen neuen Übergangsmantel gekauft. Fuchs Schmitt. Ordentliche biedere Marke. Seit sie von ihrer Tochter gelernt hat, wie man SMS schreibt, muss sie es dauernd ausprobieren.«

Er musterte mich argwöhnisch. »Hast du eigentlich schon angefangen mit deinen Recherchen? Kommst du voran? Was ist dein Eindruck?«

Mein Mann hat zwei Sekretärinnen und eine sogenannte persönliche Referentin, bei der ich nie genau weiß, was sie eigentlich macht. Die kann er gerne herumscheuchen, wenn er will. Ich hingegen wollte von ihm eigentlich nicht wie eine Angestellte behandelt werden. Das ist meistens das Ende einer jeden Ehe. Deshalb wartete ich einen Moment und setzte dann eine blasierte Miene auf.

»Ich war bei Raffaels Verlobter«, antwortete ich schließlich kühl. »Sie ist übrigens eine nichtssagende Zicke.«

»Ja«, erwiderte mein Mann sachlich. »Leider wahr. Alle Kraft der Familie steckt im alten Mellenkamp. Der weiß, worauf es ankommt. Ein zäher alter Vogel und brutal wie Dschingis Khan, aber schlau wie kein Zweiter. Ich hab ihn immer bewundert.«

Das erstaunte wiederum mich. Mein Mann bewunderte normalerweise wenige Leute außer der Person, die er morgens im Spiegel sah. Schließlich erinnerte ich mich an den Grund, warum wir dieses Gespräch führten.

»Was macht Raffael und wie geht es ihm? Es muss furchtbar für ihn sein. Wenn ich mir allein vorstelle, was für eine Art Leute da mit ihm zusammen … nun … sitzen.«

»Der Junge ist ziemlich verzweifelt. Selbst wenn es uns gelingt, ihn bald rauszuholen, und selbst wenn die Polizei zugibt, dass er unschuldig ist – ob er jemals wieder seine Stelle in der Bank bekommt, ist die Frage. Da bleibt doch immer was hängen. Und welcher Kunde lässt sich schon gern von einem Mitarbeiter beraten, der unter Mordverdacht stand?«

»Hat er denn so etwas wie ein Alibi?«

»Alibi! Wie du ja selbst weißt, ist die Tatzeit trotz modernster Technik nicht genau zu bestimmen. Zumindest nicht so, dass es vor Gericht standhalten würde. Das liegt an der Kaminatmosphäre, in der diese Frau herumlag. Es war kalt, die Luft ging sogartig nach oben ab. Langfristig wäre die da drin ein kalt geräuchertes Würstchen geworden. Sie ist am Donnerstag das letzte Mal in diesem Verlag gesehen worden. Freitag hatte sie sich wohl freigenommen. Sie hat nicht gesagt, warum, und es ist bislang auch nicht bekannt, wo sie sich aufgehalten hat. Man nahm an, sie wollte auf jeden Fall über Pfingsten ihren Mann besuchen, der in Bad Hersfeld in der Rehaklinik ist. Herz-OP.«

»Was ist mit dem? Könnte er etwas damit zu tun haben?«

Mein Mann verzog den Mund zu einem Zucken, das bei ihm Lächeln hieß. »Mancher Mann möchte seine Frau beseitigen, das glaub ich gerne, aber erschlagen ist unfein. Laut unserem Rechtsverdreher ist er raus. Es ist körperlich absolut unmöglich, dass er die Kraft dazu gehabt hätte. Der Mann ist vor Kurzem operiert worden und zu schwach, die Treppe in der Klinik hinaufzugehen. Er liegt da wie ein Fisch auf dem Rücken.«

Ich nickte.

»Am Dienstag ist sie in deinem Beisein gefunden worden. Tatzeitpunkt war also theoretisch irgendwann zwischen Donnerstagabend und Montagabend. Die Tendenz der Polizei geht aber offenbar zu Freitag. Sie warten noch detailliertere Untersuchungsergebnisse ab.«

»Freitag. Und Raffael?«

»Der war am Freitag bis um acht in Heideberg in der Unibibliothek, die abends lange geöffnet hat. Das kann er beweisen, weil sie eine automatische Eingangskontrolle mit dem Ausleihausweis durchführen. Dann ist er nach Hause gegangen. Hat sich hingelegt, weil er nachdenken wollte und müde war. Um halb neun Uhr hat ihn Diana noch zu Hause erreicht. Aber bei der Lage der Dinge kann der Mord auch in den frühen Morgenstunden passiert sein. Es nutzt ihm nichts, wenn er für ein paar Stunden am Freitag ein Alibi hat.«

»Oh«, sagte ich nur.

Ich fand das ganze Gespräch allmählich seltsam. Es war die Art Unterhaltung, die ich normalerweise mit Hagen führte. Mein Mann hatte sich niemals für Kriminalfälle interessiert. Irgendetwas lief schief in meinem Leben, das fühlte ich. Alles war bisher so geordnet gewesen, und jetzt beschlich mich ein Gefühl der Unwirklichkeit, so als ob jedes einzelne Element meines Lebens den Platz gewechselt hätte.

»Sein Pech!«, sagte mein Mann. »Er beteuert übrigens, niemals in dieser seltsamen Mühle gewesen zu sein, obwohl seine Frau Mandel sich dort ab und zu aufhielt. Gott, der Junge wohnt bei Heidelberg. Was soll er in einer Mühle irgendwo in der Pampa? Und scheinbar haben das die Mühlenleute so auch bestätigt. Niemand hat ihn jemals dort gesehen. Ein Punkt für ihn, denn ohne Ortskenntnis hätte man die Leiche nicht in diesem Turm verstecken können.«

Es trat nun – Raffael sei Dank – die nahezu historische Situation ein, dass mein Mann und ich friedlich an einem Strang zogen.

»Der verlassene und unzugängliche und überdies vollkommen unbekannte kleine Raum unterhalb des Eingangs zum Kamin ist zwar ein genialer Ort, um eine Leiche zu verstecken, setzt aber doch ein großes Insiderwissen voraus. Das kann man sich nicht im Internet aneignen. Man bringt doch nicht jemanden auf einem derart unwirtlichen und unübersichtlichen Gelände um und sucht erst danach in aller Ruhe einen Ort zum Verstecken der Leiche.«

Mein Mann setzte fast zu einem Lächeln an, unterdrückte es aber sofort wieder.

»Und da kommt auch der Verlag ins Spiel. Die guten Leutchen haben vor Jahren zwei Bücher über die Wiederherstellung dieser historischen Mühle fabriziert, und diese Person Mandel, die so bescheuert war, sich den Schädel einschlagen zu lassen, war ihrerseits im Vorstand des Mühlenverschönerungsvereins. Keine Ahnung, was jemand dabei findet, ein Gemäuer wiederherzustellen, das längst abgerissen gehört. Ich könnte wetten, dass manch einer von dem Industrieviertel gegenüber das Grundstück mit Kusshand nehmen würde. Müsste man vielleicht mal dranbleiben an der Sache.«

»Da bin ich ganz deiner Meinung.«

Gelogen, Swentja.

Vor meinen Augen erschienen der gepflasterte Hof, die Terrakottakübel mit Pflanzen, die kleine Wiese vor dem Mühlencafé mit den Tischen und Bänken, der Bäcker, der das Brot auf ein Gestell hievte, und der alte Heuwagen. Das modrige Mühlrad, der Bach, der Wald und die Stimmen der Vögel. Die alten Gebäude, an denen Rosen emporwucherten. Der Geruch nach Lavendel in der Luft.

Geld. Immer nur Geld für Luxus. Profit machen. Früher hatte ich das gut gefunden.

Ich dachte einen Moment lang nach. Woher wusste mein Mann eigentlich, dass gegenüber der Mühle ein Industrieviertel lag? Aha. Er ist also selbst dort gewesen, dachte ich. Raffael bedeutet ihm demnach mehr, als ich dachte.

»Sieh dich also gründlich in diesem Mühlendings um. Ich denke, da wirst du fündig. Sollte mich nicht wundern. Ich persönlich kenne jedenfalls keinen einzigen Verein, bei dem sich die einzelnen Vereinsmitglieder nicht allzu gern gegenseitig mit Giftbechern bewirtet hätten.«

»Natürlich«, murmelte ich. »Idealisten sind Leute mit zu viel Zeit und zu wenig Geld! Sonst wären sie ja Kapitalisten!«

Trotz aller Romantik beabsichtigte ich dennoch, die Mühle und ihre schrulligen Bewohner im Wesentlichen Marlies zu überlassen. Der Inhalt ihres Kleiderschrankes passte jedenfalls besser dorthin als meiner.

Ich selbst würde aus meinem Karteikästchen ein Outfit unter der Überschrift »Kreativ-schick« für das Verlagswesen herausfiltern. Vor meinem Auge erschien die Seidenhose mit Bündchen von Marc Cain oder mein Jeanshemd von Levi's zusammen mit dem Seidenrock von Jil Sander Navy. Letzterer war mit über siebenhundert Euro sogar für meine Verhältnisse kein Schnäppchen gewesen, und ich lechzte nach einer Gelegenheit, ihn ausführen zu können.

Dennoch gab es einen Punkt, den ich zunächst selbst klären musste, und nicht einmal meinem Mann würde ich etwas davon sagen, bevor ich nicht wusste, dass an der Sache etwas dran war … an der Sache mit einem toten Kind!

FRIEDRICHSTAL. GEWERBEVIERTEL

Obwohl in Mittelbaden aufgewachsen, war ich noch nie zuvor so oft in der flachen Gegend um Eggenstein und Linkenheim unterwegs gewesen wie jetzt und stellte nun erstaunt fest, dass die Orte hübsch und gepflegt waren. Manche strahlten mit ihren baumbestandenen Hauptstraßen fast französisches Flair aus. Es gab offenbar etliche ordentliche Restaurants, und die Straßenbahn, mit der ich natürlich nicht fahre (wozu gibt es Taxis?), hielt anscheinend alle paar Meter.

Für mich waren die Dörfer am Rhein nördlich von Karlsruhe bisher immer ein farbloses Niemandsland gewesen. Keiner, den wir gesellschaftlich kannten, lebte hier. Nicht einmal irgendein Landarzt, der es sowieso nur mit Mühe in unsere Kreise geschafft hätte. Arzt allein reicht bei uns nämlich nicht. Es muss schon ein Chefarzt sein oder ein Modearzt, etwa von der Sorte, die dir zehn Lebensjahre an Gesicht und Figur wegzaubern.

Wieder fuhr ich nach Friedrichstal, nahm diesmal eine frühere Abfahrt von der Landstraße und landete so direkt in dem Neubauviertel gegenüber der Mühle. Wie ich bereits bemerkt hatte, bestand es überwiegend aus kleinen Fabriken und dazugehörigen Einfamilienhäusern, in denen die Besitzer selbst oder Mitarbeiter mit Hausmeisterfunktionen leben mochten. Wenn man das Leben nennen mag. Wand an Wand mit meinem Arbeitsplatz zu wohnen, stellte ich mir absolut unangenehm vor.

Seit ich Hagen kannte, führte ich ein kleines Privatarchiv mit Artikeln, die im weitesten Sinne mit seiner Arbeit zu tun hatten. Man weiß im Leben nie, wann man Munition braucht. Und ich war fündig geworden und hatte mir diesmal einen richtigen Plan zurechtgelegt.

Der alte Mann mit dem Rollator, der mir entgegenkam, hustend und wahrscheinlich erkältet – denn wer würde sonst einen Rollkragenpullover im Sommer tragen? –, war nicht der richtige Ansprechpartner. Ich hielt Ausschau nach einer Frau, am besten einem mütterlichen Typ.

Ich schaltete das Radio ein, blieb einfach im Auto sitzen und wartete. Hatte das Glück der Geduldigen. Direkt vor mir hielt ein Kleinwagen, und ihm entstieg, mit Einkaufstüten beladen, eine blonde Frau um die sechzig mit fusseligem Haar und dünnen weißen Beinen.

Im Laufe der Zeit hatte ich gelernt, dass die kurzen, knappen Erläuterungen immer die besten sind.

»Guten Tag, mein Name ist Popp. Ich schreibe einen Artikel über mysteriöse, ungelöste Todesfälle für die Zeitung. Titel: Kein Fall gerät in Vergessenheit. Ich würde deshalb gerne kurz mit Ihnen sprechen.«

Die Frau sah mich verblüfft an. Doch meine professionelle und sachliche Art, den Satz vorzutragen, verfehlte nicht die Wirkung, und außerdem: Es mochte sehr lange schon kein Fremder mehr echtes Interesse an einem ausführlichen Gespräch mit ihr bekundet haben.

»Ja, ich weiß nicht«, stammelte sie, und das war schon mal gut.

Leute, die nicht wissen, sind Opfer.

»Nach siebenundzwanzig Jahren«, versetzte ich streng, »wird nun beispielsweise der Mord an einer Unbekannten aus St. Leon-Rot wieder untersucht, denn die neue Isotopenanalyse hat neue Erkenntnisse gebracht. Die Frau hat sich viel in Großbritannien aufgehalten. Beispielsweise!«

»Ach ja?«, sagte die Blonde verunsichert. Ich konnte mir denken, was in ihrem Kopf vorging. *Ich wollte doch nur schnell zum Lidl …*

»Mord bleibt Mord und immer strafbar. Und man hat jetzt neue technische Möglichkeiten. Seit 2003 hat es dreißig Mordfälle im Landkreis Karlsruhe gegeben. Alle konnten aufgeklärt werden. Durch die DNA-Analysen, wissen Sie.«

Die Frau starrte mich an. Für Misstrauen war sie zu verblüfft. Ich holte zum entscheidenden Schlag aus.

»Manchmal kennt man den Täter, auch die Polizei kennt ihn, kann ihn nur nicht überführen.«

Ihre Augen wurden jetzt wachsam. Ich musste zuschnappen, bevor sie nachdenken konnte.

»Hier hat es vor etlichen Jahren den ungeklärten Todesfall eines kleinen Mädchens gegeben, und es würde mich nicht wundern, wenn auch darüber geredet wurde.«

Strenger Blick meinerseits.

»Die Polizei war schon da und hat uns alle befragt. Die, die damals hier gewohnt haben und immer noch hier wohnen. Sind ja nicht viele. Ja, sie kamen zu uns, jetzt, wo wieder etwas passiert ist. Diese Mühle bringt nur Unglück. Damals und heute. Man darf aber nichts sagen. Das ist dann Rufmord«, kam es von der Frau, und jetzt schlich sich etwas wie Gehässigkeit in ihre Worte.

»Die Frau Burger wohnt nicht mehr in unserem Viertel. Das war die Mutter. Hier waren damals nur wenige Häuser, es gab keine anderen Kinder, und die Kleine war deshalb oft zum Spielen in der Mühle drüben. Sehr oft. Zu oft. Mehr sage ich nicht, mehr darf ich nicht sagen, aber wenn Sie mich fragen, ist es nicht normal, dass ein erwachsener Mann so alleine lebt und alles Geld in eine alte, verrottete Mühle steckt. Und wenn sie hundertmal seinen Vorfahren gehört hat. Wir haben alle Vorfahren, aber was vorbei ist, ist halt vorbei, oder?«

Ich versuchte, ein unbeteiligtes Gesicht zu machen. Ich selbst hatte etliche Vorfahren, die ziemlich entgegengesetzte Sprachen sprachen und die in unaussprechlichen Orten zu Hause waren. Manche davon benahmen sich peinlich. Früh hatte ich deshalb beschlossen, im Heute zu leben.

»Jetzt will er auch noch selbst dort einziehen. Und es ist schon wieder etwas passiert. Wieder ein … Von mir aus könnten sie sie abreißen, diese Mühle. Die Autos parken hier überall, wenn sie ein Fest wie diesen Mühlentag haben, und Fremde laufen überall umher. Sie haben ja noch nicht einmal ein Tor, und jeder kann sich dort herumtreiben.« Sie schüttelte den Kopf. »Mehr sage ich nicht. Nur, dass es eben nicht normal ist.«

Mein Gott, dachte ich. Herlan und ein kleines Mädchen?

Die Frau bückte sich und hob ihre Einkaufstüten auf. Ich versuchte es noch ein letztes Mal.

»Hat in der Nacht, als der jüngste Mord geschah, irgendjemand etwas gesehen? Licht in der Mühle. Ein Auto, das spätabends noch dort parkte.«

»Das fällt nicht auf. Hier im Viertel parken immer mal andere

Autos. Leasingautos, Firmenfahrzeuge oder Vertreter, die über Nacht irgendwo bleiben und das Auto stehen lassen. Da fällt eins mehr oder weniger nicht auf. Und gerade am Abend?« Sie lachte ein wenig frohes Lachen. »Wir machen hier abends alle die Läden dicht. Es ist in der Nacht unheimlich. Nur die Fabriken und die wenigen Leute, die hier leben. Und drüben …«, sie wies über die Straße, wo der schmale Turm des Kamins hoch über die Bäume und die Gebäude der Mühle herausragte, »drüben wollte ich im Dunkeln sowieso nicht sein. Diese Raubvögel schreien, wenn sie gestört werden. Es gibt Fledermäuse, und er ist sogar stolz darauf, dass es Hornissennester gibt. Ein Verrückter!«

Sie schlurfte weiter. Ihrem langweiligen und ungeliebten Leben entgegen.

Ich blickte ihr nach, froh, dass ich nicht sie war. Doch dann fiel mir etwas ein. »Haben kürzlich in der Mordnacht die Vögel auch geschrien?«

Sie blieb nicht mehr stehen, drehte sich nicht mehr um. Und sie antwortete nicht.

Nachdenklich fuhr ich den inzwischen schon vertrauten Weg nach Hause zurück. Diesmal verzichtete ich auf die Dörfer. Nahm die B 36 und fuhr schneller als erlaubt.

Es schien, als käme ich in der Mordsache Mandel nicht weiter. Kein Wunder. Diesmal war ich total abgeschnitten von der Arbeit der Polizei. Ohne Hagen hatte ich keinerlei Chance, an irgendwelche internen Informationen zu kommen. Was den Tod des kleinen Mädchens betraf, hatte man Friedrich Herlan ganz offensichtlich damals nichts beweisen können. Sonst wäre er nicht auf freiem Fuß und betriebe unangefochten sein Gewerbe in der Mühle. Nein, ich hatte nichts wirklich Spektakuläres oder Neues erfahren, und dennoch hatte ich das unbestimmte und unbegründbare Gefühl, dass der Tod des kleinen Mädchens etwas mit Marianne Mandels Ermordung zu tun hatte.

Ich sollte recht behalten. Doch anders, als das Klischee vom einzelgängerischen Sonderling, der einem Kind nachstellt, es wollte.

ETTLINGEN. ZU HAUSE

Eine wichtige Frage blieb noch zu klären. Wie und als wer sollte ich bei diesem Verlag auftauchen? Als bekannte und einflussreiche mittelbadische Stilikone? Das würde mir zwar die Türen öffnen, aber die Lippen meiner Gesprächspartner verschließen. Möglicherweise wusste man im Wendelinus-Verlag auch über die Verwandtschaftsverhältnisse zwischen Raffael und uns Bescheid.

Ich beschloss, mir einen Künstlernamen zuzulegen, und entschied mich für Carla Lotta.

Carla Lotta, eine italienische Cousine, hatte ich nämlich als Kind stets um ihren klangvollen Namen beneidet. Ich fand ihn weitaus interessanter als Swentja, was so nordisch-kühl daherkam. Später war ich ganz froh gewesen um den skandinavischen Touch, den mir mein Vorname gab. Als Swentja kann man die Leute wunderbar von oben herab behandeln. Carla Lotta hörte sich an, als sei da jemand aus dem Zirkus entsprungen. Doch für eine künstlerische Tätigkeit in einem Verlagshaus mochte der Name passen.

Ich würde dem Verlag zunächst mit einer E-Mail entgegentreten.

Manchmal erschrecke ich, wie leicht es ist, sich bei web.de eine neue Internetidentität zuzulegen. Man füllt ein paar Felder aus, und blitzschnell gibt es eine neue virtuelle Person, die prompt Werbemails erhält, sich bei Partnerbörsen anmelden und böse Restaurantkritiken sowie Bücherverrisse schreiben kann.

Als frischgebackene Carla Lotta würde ich also eine E-Mail an den Wendelinus-Verlag schicken. Noch einmal rief ich die Homepage des Verlags auf und entschied mich, meine Anfrage an den einzigen Mann des Teams zu richten. Burkhard Niess, Dr. Burkhard Niess. Ich bot ihm kurz und so verlockend wie möglich eine Stilbibel an. »Der perfekte Kleiderschrank – zu allen Anlässen gut und teuer angezogen!«.

Ich betonte, dass ich – eine bislang noch unveröffentlichte Hobbyautorin – im Badischen, also im direkten Verkaufsgebiet des Verlags, lebte und dass ich deshalb auch auf spezielle badische

Anlässe wie etwa den Karlsruher Opernball, das Rennen in Iffezheim oder feucht-schwüle Julitage in unseren Breiten einzugehen gedachte. Letztere erfordern besondere Sorgfalt bei der Wahl der Materialien. Leinen und Seide!

Nur zwischen den Zeilen ließ ich durchschimmern, dass ich es mir leisten konnte, ein solches Projekt auch in der Zeit durchzuführen, in der andere Leute arbeiteten. Das sollte genügen, um mich als wohlhabende Möchtegernautorin darzustellen.

Ich drückte auf »Senden«.

Dr. Niess antwortete überraschenderweise sofort, und zwar sogar mit einer E-Mail mit hoher Priorität.

»Sehr geehrte Frau Lotta«, schrieb er ohne viel Drumherum, »am besten hat mir bei Ihnen die Textstelle gefallen, in der Sie schreiben, Sie seien bereit, einen Finanzierungsvorschlag mitzuliefern. Solche Autoren schätzen wir ganz besonders.«

Ich schüttelte den Kopf. Egal, was Hagen dachte. Es war doch immer wieder Geld. Egal, wo du dich bewegst: Geld macht einfach den Unterschied.

Er hätte, so schrieb der unbekannte Dr. Niess weiter, gewisse weiterführende Ideen, die er gern mit mir persönlich besprechen würde. Er fügte drei Termine an, an denen er Zeit hätte, und bat mich, ihm mitzuteilen, welcher davon mir genehm wäre.

Ich entschied mich für den zeitlich nächsten, nämlich bereits übermorgen um vierzehn Uhr, in den Räumlichkeiten des Verlages. Ich hatte keine Zeit zu verlieren. Wenn Hagen zurückkehrte, wollte ich ihn zumindest mit neuen Erkenntnissen überraschen. Dabei wusste ich nicht einmal, auf welchen Wegen die Kripo unterwegs war, wen sie genauer ins Visier genommen hatte und ob sich unsere Pfade möglicherweise bereits gekreuzt hatten.

Als ich die Antwort weggeschickt hatte, befiel mich kurzzeitig ein kleines Triumphgefühl, und ich hörte meinen Herzschlag. Ich war wieder mittendrin. Und fühlte mich endlich wieder lebendig.

ÜBER EGGENSTEIN-LEOPOLDSHAFEN NACH FRIEDRICHSTAL

Ich hatte Zeit. So gondelte ich diesmal am Karlsruher Schloss und an der Kunsthalle vorbei in Richtung Neureut.

Rechts lag hinter hohen Gittern und Mauern der schöne Schlosspark. Kurz danach bog das Sträßchen mit dem lustigen Namen Ahaweg zur Porzellanmanufaktur Majolika ab, die immerhin einst das Porzellanreh Bambi für die gleichnamige Preisverleihung hergestellt hatte. Auch hier, das sah man sogar von der Straße aus, ragte der Turm eines Schornsteins hoch empor. Er glich dem Turm bei der Mühle. Ob ich jemals wieder einen solchen gemauerten Turm sehen konnte, ohne an eine Leiche zu denken, deren Arme und Beine leblos wie die einer alten Puppe herunterhingen?

Ich passierte den Karlsruher Vorort Neureut und landete mit einer Umleitung irgendwann in Eggenstein-Leopoldshafen. Das war auch wieder eine jener Ortschaften, in denen ich niemanden kannte. Obwohl auch dieses lang gestreckte Städtchen mit der Allee von dicht belaubten Bäumen an der Hauptstraße und den vielen Läden jetzt im anbrechenden Sommer heiter aussah. Ich sah auf die Uhr. Noch genug Zeit. Es würde Herrn Dr. Niess nicht schaden, wenn er ein paar Minuten auf mich wartete.

Ich beschloss, mir ein Eis in einem der Eissalons rechts an der Hauptstraße zu gönnen. Natürlich nur eine Kugel und nur Wassereis. Wir wollen ja nicht mollig werden, nicht wahr?

Als ich mich umdrehte, sah ich, wie gegenüber eine bekannte Gestalt die Postfiliale des Ortes betrat. Eine Gestalt, die ich hier irgendwie nicht erwartet hätte. Ein Paket unter dem Arm. Tom Lisecki, der kahlköpfige Mühlenbäcker.

Ich schlenderte über die viel befahrene Straße, es war belebt an diesem Tag in Eggenstein, und betrat den Laden mit integrierter Postfiliale. Hinter dem Ständer mit den Glückwunschkarten konnte man sich gut verbergen. Durch die Zwischenräume beobachtete ich den kleinen schmächtigen Kerl, wie er das Paket ächzend auf den Tresen der Postfiliale wuchtete. Was verschickte so jemand wie der? Brot für die Welt?

»Sie haben den Aufkleber schon wieder falsch aufgeklebt. Die scannen das doch. Hierhin muss er!«, kam es unfreundlich von dem Mann hinter dem Schalter. Er hatte einen knorrigen Akzent. Ich tippte auf Griechisch.

»Moment, wo?« Der Bäcker spähte. »Na und? So ein Theater«, murrte er.

»Immerhin bezahlen die dort das Porto.«

»Is ja auch das Mindeste.«

»Raus-aus-dem-Regal zahlt übrigens besser als Marmax«, erläuterte eine bebrillte Postangestellte, die neben dem Griechen vor einem kleinen Computer stand, bereitwillig. »Gut, der Vorteil bei Marmax ist, dass sie gleich überweisen, wenn das Paket ankommt. Keine Auktion und Warterei wie bei Ebay. Buch weg, Geld da.«

Der Schmächtige nahm die Quittung an sich und schlich sich mürrisch davon.

Ich blickte auf die Karte in meiner Hand, die ich gedankenverloren aus dem Drehgestell genommen hatte: Es war eine Trauerkarte. »Zu plötzlich …« stand darauf, und es war ein abgeknickter Ast zu sehen.

Swentja, es gibt überall Symbole, wenn man sie sehen will. Ich war eigentlich überhaupt nicht der Typ, der – wie manche meiner vom Leben enttäuschten Freundinnen – in allem und jedem Zeichen sieht oder an Engel glaubt, die Telegramme verschickten und Wünsche entgegennahmen und dergleichen. Ich halte mich ganz gerne an das, was man sehen, anfassen und mit Kreditkarten bezahlen kann.

Dennoch, der Baum … *Zu plötzlich.* Ein abgeknickter Ast an einem Baum, der noch nach oben strebte. Marianne Mandel war um die sechzig gewesen. Ein Alter, in dem nicht mehr viel passierte. Oder doch? Wonach hatte sie noch gestrebt und wem war sie dabei in die Quere gekommen?

Ich kehrte zurück in die Realität eines Lottolädchens in Eggenstein. Und der eines Bäckers, der Bücher verschickte, und zwar an einen Internetanbieter, der sofort bezahlte. Offenbar öfter verschickte, denn man kannte ihn hier.

Eigenartig.

Ich fuhr durch die inzwischen voll aufgeblühten Felder nach

Friedrichstal. Bis zum Horizont erstreckten sich grüne und gelbe Felder und kleine Wäldchen, durchschnitten von Straßen und der Bahnlinie von Karlsruhe nach Mannheim. Pferdekoppeln und kleine Gehöfte. Zart konnte man im Hintergrund die ersten Hügel des Kraichgaus erkennen.

Das Ortsschild von Friedrichstal tauchte auf.

Unsere Frauengruppe vom Internationalen Wohltätigen Kochclub »Cook for good« hatte letztes Jahr einen Ausflug in das hiesige Hugenottenmuseum unternommen. Ich hatte geschwänzt. Mit einem Haufen älterer Damen ein Provinzmuseum zu besuchen, ist ein eher zweifelhaftes Vergnügen. Ich war sowieso nur Mitglied in diesem Kochclub, weil sich viele der Gatten als Namen mit kleinen Ausrufezeichen in der Kundenkartei meines Mannes wiederfanden.

Ich interessierte mich nicht für Hugenotten und wusste nichts von ihnen, außer dass es angeblich ziemlich viele davon in Berlin gab und dass sie als fleißig galten. Irgendein starker Raucher hatte mir mal auf einer Party in angetrunkenem Zustand erzählt, er hätte diesen »Scheißfranzosen« seinen Dauerhusten zu verdanken, denn sie hätten den Tabakanbau mit in ihre neue Heimat gebracht.

Trotzdem hatten die Namen zugegebenermaßen keinen schlechten Klang. De Maizière. Fontane. Französische Vorfahren zu haben, gilt in meinen Kreisen als schick. Im Unterschied zu meinen eigenen Wurzeln. Es hatte lange gebraucht, bis ich das Image einer besseren Pizzabäckerstochter losgeworden war.

Friedrichstal war ein überschaubarer, geordneter Ort mit freundlichen Einfamilienhäuschen und meist schnurgerade angelegten Straßen. Man merkte ihm an, dass er bewusst geplant worden war und sich nicht wie andere kleine Orte über Jahrhunderte hinweg um eine Burg herum entwickelt hatte. In einem kleinen Park erhob sich mit schlichter Anmut eine einfache weiße Kirche, die mich entfernt an die geschmackvollen Weinbrennerbauten in Karlsruhe erinnerte.

Ich fand den Wendelinus-Verlag problemlos in einer der stillen Nebenstraßen. Er residierte in einem überraschend herrschaftlich aussehenden roten Backsteinhaus mit ausladenden Flügeln, einem großen Wintergarten sowie mit schmückenden Erkern und einem angedeuteten Türmchen. Das Haus hätte auch in einem größeren Ort stehen können und kündete von einem gewissen Wohlstand.

Um das Gebäude herum breitete sich zur perfekten Entspannung ein kleiner Park aus, gepflegt und mit Bänken sowie einem Teich, aus dessen Mitte alle paar Sekunden stichartig eine dünne Wasserfontäne heraussprang.

»Wendelinus-Verlag« stand in verschnörkelter Schrift aus gusseisernen Buchstaben an der schönen Haustür. Darunter in kleineren Lettern und in Kleinbuchstaben: »bézier – mandel – niess«. Das Schild wirkte vornehm wie das eines diskreten Schweizer Bankhauses.

So wie ich selbst auch.

Heute hatte ich mich für Klassisches entschieden. Ich trug ein weißes Hemdblusenkleid von Max Mara, dessen ausgestellter Rock fraulich und ein wenig nach sechziger Jahren aussah. Den Kragen hatte ich aufgestellt und auf Schmuck weitgehend verzichtet. Außer dem wirklich schönen Ring mit Kautschukband, den ich in einer Boutique in Meersburg ergattert hatte, als mein Mann und ich uns dort nach einem kleinen Apartment am See umgesehen hatten.

Basel gefällt uns nämlich nicht mehr. Es gibt dort seit einiger Zeit zu viele reiche Araber und Russen, die zwar teure Apartments kaufen und unerschwingliche Hotelzimmer mieten, sich aber bedauerlicherweise nicht benehmen können. Geld lässt einen vielleicht noch darüber hinwegsehen, wenn einer das Messer abschleckt, aber Kaviar mit der Gabel zerquetschen und dann Ketchup drüber – das geht einfach gar nicht.

Ich kletterte die wenigen Stufen hoch, klingelte, es summte, und die Tür gab meinem sanften Druck nach. Ich ließ meinen Autoschlüssel in die bunte Beuteltasche von Philipp Linn gleiten. Das auffallende Teil kostete fast fünfhundert Euro, sah aber leider nach weitaus weniger aus. Ich würde das Stück nicht noch mal kaufen, denn wenn ich schon einen halben Tausender für eine Tasche ausgebe, die nicht mal aus Leder ist, dann soll sie wenigstens etwas hermachen. Zu meinem Outfit heute passte sie allerdings gut, zumal sie einen Anklang von Künstlertum und Boheme verbreitete.

Im Verlagshaus empfing mich ein durchaus herrschaftlicher Flur mit angenehmer Kühle und einem undefinierbaren Aromagemisch aus Papier, Holz, Kaffee und dem säuerlichen Geruch von frischen Fotokopien. Rechts und links ragten überall hohe Bücherregale aus Massivholz bis zur Decke empor, die randvoll mit Gedrucktem waren. Ein Schild neben dem linken Regal sagte »Niess« und gegenüber neben dem zweiten Regal stand »Bézier«.

Ich suchte den Flur mit den Augen rasch ab. Ein Regal »Mandel« konnte ich nicht entdecken. Mein Blick wanderte zur Decke. Echter Stuck. Sehr schön. Ein Tisch mit Schneidemaschine, das große Kopiergerät und das Klicken von Computertastaturen machten aus dem Haus im Gründerzeitstil ein modernes Unternehmen.

Ein junges, sehr hübsches Mädchen mit Kirschmund und runden Augen, die ebenfalls wie Mon Chérie aussahen, empfing mich mit professioneller Freundlichkeit, die aber kaum ihre sprühende Lebendigkeit verbergen konnte.

»Ich bin Sabrina Bauer, die Praktikantin. Sie möchten zu Herrn Niess, nicht wahr? Moment mal kurz …« Sie riss die Eingangstür auf und rief einem jungen Mann zu: »Wir nehmen keine Werbung! Wie's dransteht.«

Der junge Kerl mit wehendem Schal hob die Schultern und zuckelte mit seinem Karren weiter.

»Sie halten sich einfach nicht dran! Können sie das Schild nicht lesen?«, schimpfte Sabrina für ihr zartes Alter jetzt etwas zu bieder. »Warum bestellen wir eigentlich diese ›Keine Werbung‹-Aufkleber bei der Gemeinde, und dann werfen sie das Zeug trotzdem rein?«

Böse knallte sie die Tür zu.

»Die Welt ist schlecht«, sagte ich achselzuckend und mit der Weisheit der Älteren. »Besser, Sie finden sich jetzt gleich damit ab, Frau Bauer.«

Sie starrte mich verblüfft an. Dann lachte sie breit. Das Innere ihres Mundes war rot, die Zähne regelmäßig und weiß. »Echt? Bis jetzt hat sie mir ganz gut gefallen, diese Welt. Sie haben also einen Termin bei Herrn Niess. Ich melde Sie mal an.«

Nachdenklich sah ich ihr nach. Die Kleine war wie ein prickelndes Glas Sekt in diesem Ambiente, das nach öligem altem Cognac schmeckte. Man würde sehen, wie sich das alles vertrug.

Herr Dr. Niess war noch nicht richtig alt und doch einer der unsexysten Männer, die ich jemals gesehen hatte. Er war groß, schwer, schwammig. Mit einem weichen Kindergesicht, intelligenten Augen, hellbraunem gewelltem Haar und viel zu viel Gefühl in seinen Mundwinkeln, um als echter Managertyp durchzugehen.

Leider war er auch nicht besonders gut angezogen. Mit dieser konturlosen Figur darf man nun mal keine weiten, schlabberigen Hosen aus Breitcord tragen. Gab es zu Hause keine Frau, die ihm das sagte?

Doch. Ein altmodisch breiter Goldring an der rechten Hand wies ihn als Ehemann aus.

»Frau … Lotta«, sagte er nachdenklich. »Sie bieten unserem Verlagshaus ein Buchprojekt an. Sinngemäß: ›Der perfekte Kleiderschrank‹. Sehr interessant. Meiner Frau, wenn ich das sagen darf, gefällt die Idee sehr.«

Aha, dachte ich. Wir ahnen ja, wie der Niess'sche Kleiderschrank aussieht!

»Doch sind wir hier im Verlag gerade in einer Umstrukturierung begriffen. Unser bisheriges Zielpublikum, der geistreiche, finanziell potente, bibliophile Leser und Käufer, schwindet dahin.« Niess erlaubte sich ein schwermütiges Lächeln. »Er stirbt sozusagen aus. Das waren die Kunden, denen wir zweimal im Jahr unsere gedruckte und bebilderte Vorschau geschickt haben, und wir konnten sicher sein, sie bestellten. Per Telefon. Vorbei! Willkommen im One-Click-Zeitalter.«

Ich wartete ab. Mochte sein, dass die Leute ausstarben, die solche Bücher hier mit Begeisterung kauften. Reiche mit Bildung werden überall weniger. Zurück bleiben Neureiche ohne Manieren und ohne Stil. Der Vorteil dieser Leute war, dass man ihnen ziemlich leicht überteuerten Schnickschnack verkaufen konnte, denn sie hatten keine Ahnung und keine echte Klasse.

Niess fuhr fort: »Stattdessen müssen wir uns mehr auf die Erfordernisse einer breiteren Käuferschicht hier in der Region konzentrieren. Durch das KIT in Karlsruhe – Sie kennen diese Forschungseinrichtung – und durch den Zuzug vieler junger Familien, auch mit Migrationshintergrund, hat sich die Bevölkerungsstruktur unserer Region verändert. Für das edlere und elitärere Programm war ja unsere geschätzte Mitinhaberin Marianne Mandel zuständig, die leider vor Kurzem verstorben ist. Wir werden nunmehr behutsame Veränderungen und Korrekturen vornehmen. Es gilt ein neues Kundensegment auszuloten.«

Ich wartete. Er würde bald sagen, was er wirklich meinte. Bis jetzt hörte ich nur heraus, dass man in diesem Verlag jetzt endlich die Dinge angehen würde, die mit der lebenden Frau Mandel nicht möglich gewesen waren.

»Wenn Sie also beispielsweise ein Buch machen könnten, wie man sich mit wenig Geld nett anzieht und den Kleiderschrank praktisch aufbaut, dann könnten wir uns das vorstellen. Tipps, Tricks und Kniffe für ein entspanntes Leben ohne Konsumzwang. ›Simple Life‹ ist gerade in. Minimalisieren als Trend. Natürlich können wir dieses hübsche Projekt nur mit Ihrer Finanzierungshilfe realisieren. Zunächst! Wenn es sich verkauft, dann kommen wir beide auf unsere Kosten.«

»Günstige Kleidung?«, fragte ich fassungslos.

Dr. Niess lächelte ein wenig verkrampft. Er machte den Versuch, auf scherzhafte Weise zu schimpfen. »Nun, bei Ihnen hört sich das ja beinahe wie eine Obszönität an. Sie müssen natürlich nichts für uns schreiben … Danke, Sabrina …«

Die schöne Praktikantin servierte uns Kaffee und kleine Kekse. Dr. Niess warf ihr einen Bernhardinerblick zu. »Meine Frau würde das Buch dann vielleicht lektorieren. Sie hat viel Erfahrung mit Sachbüchern und war früher bei großen Verlagshäusern.«

Mein Hirn zog blitzschnell Verbindungslinien. Niess: intellektueller Langweiler. Praktikantin: schön, jung, arbeitsuchend. Marianne Mandel: Bremsklotz in der Weiterentwicklung oder Umorientierung des Verlages. Frau Niess: eine War-früher-mal, die es jetzt nach kleinen Lektoratsarbeiten drängte.

Hier steckte jede Menge Potenzial für menschliche Verirrungen. Und dabei hatte ich noch nicht einmal die Dritte im Bunde, Frau Bézier, kennengelernt.

»Wir würden das Buch heiter illustrieren lassen und als Ratgeber mit Augenzwinkern vermarkten. So etwas geht zurzeit ganz gut. In einer ratlosen Zeit suchen die Leute nach Anleitungen, wie sie ihr Leben leben sollen.«

»Was würde mich die ganze Sache kosten?«, fragte ich ohne Umschweife.

Herr Dr. Niess verzog das Gesicht wie unter heftigen Zahnschmerzen. »Sie müssen natürlich nichts bar bezahlen. Wir sind ja keine Metzgerei, sondern ein Verlag, ein seriöser, angesehener und alteingesessener Verlag. Unsere Autoren, die Nischenthemen anbieten, nehmen einfach eine bestimmte Zahl von Büchern ab. Das garantiert uns eine Mindestauflage, die die Druckkosten senkt und den gesamten Aufwand etwas berechenbarer macht. Diese Bücher können Sie natürlich dann nach Belieben auf Lesungen und dergleichen verkaufen. Oder im Familienkreis verschenken. Sie haben Familie, einen Mann, Kinder?«

»Ja«, erwiderte ich kurz.

»Sehen Sie. Und da gibt es immer eine Tante oder eine Cousine, die sich über ein solches Büchlein freut. Wir drucken zunächst eine sehr kleine Auflage im günstigen Digitaldruck. Dann sehen wir weiter.«

Meine Cousinen und Tanten sprachen entweder Schwedisch oder Italienisch. Keine von ihnen würde sich über einen heiteren Ratgeber freuen, der ihr erzählte, wo sie günstig einkaufen sollte. Keine einzige! Jemand, der mit mir blutsverwandt ist, kauft nicht billig ein. Lieber kauft er *gar* nicht ein.

Und in meinem Freundeskreis würde man mich für unzurechnungsfähig erklären, wenn ich ein Buch darüber herausbrächte, wie man seinen Kleiderschrank möglichst preiswert zusammenstellt.

»Natürlich kommt hinten auf das Buch auch Ihr Foto«, lockte mich Dr. Niess. »Das hätten Sie doch bestimmt auch gerne, oder?«

»Nein, danke.« Das fehlte noch, dachte ich. Dass endgültig jeder weiß, in welchen Niederungen Frau Dr. Tobler herumirrt. »Das muss wirklich nicht sein. Ich bin mehr der … zurückhaltende Typ.«

Bescheidenes Lächeln.

»Müssen Sie aber nicht sein. Sie sehen doch noch ganz nett aus«, tröstete mich Dr. Niess.

Noch! Ganz nett! War der Mann sehbehindert?

Schon wollte ich meine literarische Karriere an diesem Punkt beenden, als sich die Tür so heftig öffnete, als habe jemand sie eingeschlagen, und eine Frau mit der Wucht einer Anti-Terror-Einheit in den Raum stürzte.

»Dieser Grafiker«, schrie sie, »nie wieder. Ich habe ihm tausendmal gesagt, auf das neue Kochbuch, du weißt, ›Was die Hugenotten mitbrachten‹, blablabla, kommt ein Olivenzweig. Macht er nicht. Die Hugenotten hätten keine Oliven nach Deutschland mitgebracht. Sie kämen aus Nordfrankreich, und dort gebe es Muscheln und Artischocken, aber keine verdammten Oliven. Wen juckt das? Die Deutschen –«

»Jeannette …«, mahnte Dr. Niess vergeblich.

Die Frau rollte schwarze Augäpfel im Gesicht herum. »Die Leute, die das Buch gefälligst kaufen sollen, verbinden Hugenotten mit Frankreich und Frankreich mit gutem Essen. Und gutes Essen *ist* durch einen Olivenzweig symbolisiert! Wir wollen ein Buch verkaufen, und kein historisches Proseminar abhalten. Außerdem haben wir, vielmehr habe ich, stundenlang die alten Rezeptbücher aus Boulogne durchgesehen. Da *sind* Olivenrezepte drin.«

»Jeannette …«

»Irgendwelche deutschen Leute, Germanen, müssen *mir* nicht sagen, was ein Hugenotte ist!«, schrie sie mit überschnappender Stimme.

Ich betrachtete sie so nüchtern wie möglich. Die Frau war nicht groß, aber drahtig. Fragen musste man sich, ob sie sich darüber klar war, wie gewalttätig ihre Ausstrahlung wirkte. Sie tobte wie ein kleines Teufelsweib.

»Ich könnte ihn umbringen!«, schloss sie schließlich. »Irgendwann mach ich's auch! Wenn er sich *niemals* an die Absprachen hält.«

Ich betrachtete sie interessiert. Leute, die Grafiker aus solchen vergleichsweise nichtigen Gründen umbringen möchten, sind zumindest nicht alltäglich.

Dr. Niess war diese Explosion sichtlich etwas peinlich. Er lachte ein verklemmtes Lachen, welches in ein unechtes Husten mündete.

»Bitte, Frau Lotta, das müssen Sie nicht so ernst nehmen. Wir sind nun mal kreative Menschen. Da borden die Emotionen manchmal über. Möchten Sie also dieses kleine Buchprojekt bei uns realisieren?«

Ich betrachtete die schwarzhaarige, etwas struppige Person mit ihrer offenen Mordlust in den Augen nachdenklich. In diesem Verlag gab es so viele Spannungen, dass sich gleich mehrere Psychologen und Konfliktberater an die Arbeit machen konnten.

»Ja, gerne, Herr Dr. Niess. Ich habe nur ein kleines Problem. Zu Hause finde ich keine Ruhe. Sie wissen ja, wie das in so einem Familienhaushalt ist.«

Herr Dr. Niess sah aus, als wisse er ebenso wenig wie ich, wie das ist, doch er wollte mich wohl rasch loswerden und nickte gütig.

»Könnte ich hier bei Ihnen arbeiten? Eine kleine Ecke irgendwo? Es muss kein eigenes Büro sein. Kann durchaus in einem Durchgangszimmer sein. Ich würde natürlich eine gewisse … eine geringe … nun eine gewisse Miete dafür entrichten.«

Bézier und Niess sahen mich überrascht an.

»Und ich wäre nicht immer da. Nur ab und zu«, baute ich vor. Nicht dass die Sache hier in echte Arbeit ausartete und diese Leute dem Irrtum verfielen, ich würde etwa ein Telefon abnehmen oder auch nur eine einzige Seite für sie auf den Kopierer legen.

Dr. Niess musterte mich einigermaßen verblüfft.

Hoffentlich war das jetzt nicht zu auffällig gewesen. Wer zahlt schon dafür, dass er irgendwo sitzen und auf eigene Kosten ein Buch machen darf, das vermutlich außer ihm kaum jemand kauft? Ich spürte die Spannungen, die hier herrschten, so deutlich, als seien Drahtseile durch den Verlag gespannt.

Mein Gott, woher hätte ich wissen sollen, dass ich mich mal wieder mit weit ausholenden Schritten auf dem Holzweg befand! Dass der Beweis, der einen Mörder entlarvte, ganz woanders lag. Und zwar an einem höchst gefährlichen Ort.

SCHWETZINGEN. SCHLOSS

Marlies war dieser Tage schwer zu erreichen.

So war oft ihr Sohn am Apparat, wenn ich anrief. Meine Nummer ist unterdrückt, deshalb legte ich meistens einfach auf, wenn er sich meldete. Ich kann es nicht leiden, wenn ich auf die Auskunftsfreudigkeit eines Kindes oder Jugendlichen angewiesen bin.

»Mama ist weg?«

»Weißt du, wo sie ist?«

»Ja.«

»Und wo?«

»Irgendwo!«

Aha. Kann man es mir übel nehmen, dass ich einfach nur froh bin, dass meine Tochter schon seit zwei Jahren, von angenehm kurzen Heimaturlauben unterbrochen, in England lebt und den Leuten dort auf die Nerven geht?

Obwohl sie in letzter Zeit anscheinend weiß, wo ihr Platz ist. Nämlich inmitten der britischen Oberklasse. Mit Landpartie am Wochenende, Tennis, Jagdausflügen, schicken Restaurants in Belgravia und ein paar snobistischen Pferden im Stall. Sie hat endlich eine Freundin aus den richtigen Kreisen gefunden, und von dort hat sie angefangen, sich unter solchen Männern umzutun, die Frauen wie ich gern als Schwiegersohn sehen.

In letzter Zeit war in unseren Telefonaten öfter der Name Richard gefallen. »Richard, wer?, Schätzchen«, hatte ich sanft gefragt. »Richard der Dritte?«

»Nein, der Erste«, hatte sie etwas frivol geantwortet. Da war ein neuer, reifer Klang in ihrer Stimme. Etwas unverkennbar Erotisches. War ein blasser Engländer namens Richard wirklich der Erste bei ihr gewesen und hatte sie etwa nie vorher Sex gehabt? Ich hatte mir keine Gedanken darüber gemacht. Vielleicht hatte ich immer angenommen, sie käme in diesem Punkt nach ihrem Vater. Jedenfalls war das Mädchen nie ein wilder Feger gewesen. Als Oberstufenschülerin hatte sie sich in ihren Englischlehrer verliebt. Eine harmlose, allerdings etwas peinliche Schwärmerei, denn der Mann hatte gerade erst eine ziemliche zickige Frau geheiratet, ebenfalls eine Lehrerin, die überhaupt keinen Spaß verstand.

Danach schienen die Hormone meines Töchterchens erst mal wieder eingeschlafen zu sein.

So wie meine.

Erst seit Hagen spürte ich erneut dieses sinnliche Verlangen, das ruhelos macht, wenn es nicht erfüllt wird.

»Und hat dieser Richard auch einen Namen? Einen Nachnamen, meine ich? Oder einen Titel?«, fügte ich hoffnungsfroh hinzu.

»Ja. Er heißt Beaufort. Natürlich ist er Viscount.«

»Beaufort? Ich dachte, der junge Mann ist Engländer.«

»Ist er auch, und zwar einer von der allerersten Garnitur. Mit Wilhelm dem Eroberer ist die Familie von Frankreich nach England gekommen. Da sind die mächtig stolz darauf. Sie stellen sogar im erweiterten Familienkreis einmal im Jahr die Schlacht von Hastings nach. Die von 1066. Und beklagen jeden einzelnen Toten. Nach fast tausend Jahren. Bisschen gaga, oder?«

»Nun, nimm die Engländer, wie sie sind, mein Schatz«, sagte ich. »Man kann nicht alles haben. Wenn er sonst nett ist und seine Familie dich freundlich aufnimmt.«

»Ja, sie sind ganz in Ordnung. Richards Mum ist eine vornehme ältere Lady. Und sie sind irgendwie weitläufig mit der Queen verwandt.«

»Wer? Richards Eltern?« Freude erfasste mich. Was würde ich anziehen, wenn ich bei Hof vorgestellt würde? Mein graues Alexander-McQueen-Ensemble?

»Nein, nicht die Menschen. Die Hunde. Richards Leute haben Corgies, die Großcousins zu den Corgies der Queen sind. Das bedeutet was in diesen Kreisen.«

»Wie schön!« Ich hängte das McQueen-Ensemble gedanklich wieder in den Schrank zurück. »Ist sie sehr alt, Richards Mutter?«

»Nein, so wie du. Aber … sie wirkt etwas älter. Ist halt schon jenseits von Gut und Böse«, fügte sie hastig an. »Kuss?«

»Kuss!«

Ich legte auf. Jenseits von Gut und Böse! Wäre doch schön, wenn einer alternden Frau wenigstens das Böse bliebe, oder?

Um es kurz zu machen: Marlies gefiel es ausnehmend gut in der Mühle. So gut, dass sie fast ihren eigentlichen Auftrag vergaß.

Deshalb konnte ich sie niemals zu Hause erreichen. Auch ihre inzwischen in einem unerfreulichen Teenageralter angekommene Tochter reagierte auf meine diesbezüglichen Anrufe mit der kaum getarnten Verachtung für uns Mütter: »Keine Ahnung, was die so macht. Ich bin ja kaum daheim. Sie ist, glaube ich, bei so einem Teil, wo sie Brote machen. Gestern hat sie eins mitgebracht. Mit rotem Zeug und scharfen Körnern. Voll eklig.«

Abends rief Marlies endlich zurück. Und war bereit, sich mit mir am anderen Morgen zu treffen. Nur wo, das war die Frage. Sie wollte eine Cousine in Mannheim besuchen und hinterher natürlich gleich wieder zur Alten Mühle.

»Wir planen den Tag des Offenen Denkmals im Herbst. Und da müssen wir dringend im Team noch über ein paar Sachen reden.«

Wir kramten alle beide – anachronistischerweise – papierne Landkarten heraus und kamen überein, uns in Schwetzingen zu treffen. Für Marlies lag das hübsche Städtchen an der Strecke, und mir war es immer einen Umweg wert. Rein zufällig befindet sich dort eine kleine, feine Boutique, die das in unseren Breiten immer noch schwach vertretene österreichische Label Sportalm mit einer gewissen Auswahl führt. Ab und zu kann man ein Stück aus deren Kollektion zu einer Wanderung oder einem Ausflug tragen.

Wir verabredeten uns in dem Café am Schloss, welches fast kitschig in der Mittagssonne in warmem Rot leuchtete. Müde Touristenfüße liefen über den gepflegten Kiesweg Richtung Kasse, erkundeten den Park und kehrten nach einer Weile schweigend zurück. Die Pracht der französisch anmutenden Barockanlage mitten in der platten mittelbadischen Ebene kurz vor Mannheim hatte offenbar nicht nur Mozart beeindruckt.

Marlies verzichtete auf einen Eiskaffee, bestellte stattdessen ein Mineralwasser. Die Gute sparte immer an den falschen Kalorien. Heute Abend würde sie Brot essen, und da lag das eigentliche Problem. Der Gedanke an Brot brachte mich endlich auf das Thema.

»Also, Marlies, erzähl von der Mühle!«

Gegenüber kletterte ein schwitzender Radfahrer von seinem Sportrad, streifte den Helm ab und wischte sich mit einem karierten Tuch über die verschwitzte Stirn.

Warum nimmt er als Erstes nicht das affige Halstuch ab, dachte ich instinktiv. Ich runzelte die Stirn. Dieser Gedanke löste etwas in mir aus, aber ich konnte nicht genau sagen, was es war.

Marlies nippte an ihrem Mineralwasser.

»Also, Swentja, eines muss ich sagen. Die Leute, die in dieser Alten Mühle arbeiten, sind wirklich sehr nett. Sie engagieren sich alle gemeinsam für den Erhalt dieses wirtschaftsgeschichtlichen Denkmals, und ich kann verstehen, dass das eine erfüllende Aufgabe ist«, verkündete sie feierlich, fast als habe sie Zutritt zu einer heilsbringenden Sekte erhalten.

»Und hast du etwas herausgefunden?«

»Die wirken alle ausgesprochen friedliebend. Ich habe bisher nichts Verdächtiges beobachtet. Sitzt dein Neffe eigentlich noch im Gefängnis? Wegen Mordes an der Marianne?«

»Bist du schon per Du mit der Leiche? Marlies, er sitzt nicht im Gefängnis, sondern er weilt vorübergehend in Untersuchungshaft, damit man ihn jederzeit befragen kann. Weil er vielleicht noch etwas weiß …«

»Dafür sitzt, pardon weilt man hierzulande nicht im Gefängnis. Hätte auch niemand gedacht, ein Knastbruder in eurer feinen Familie.«

»Marlies!«

»Gut, tut mir leid. Bestimmt ist er unschuldig. Es gibt ja diese Justizirrtümer. Aber irgendetwas müssen sie schon haben, sonst wäre er längst draußen. Bei euren Kontakten.«

»Er ist tatsächlich unschuldig, und er wird bald entlassen werden.«

Marlies nickte eine Spur zu heftig. »Ja, bestimmt. Ich sehe, du magst ihn.«

»Darum geht es nicht. Er ist ein Verwandter. Ich kenne ihn, seit er ein Kind war.«

Marlies zuckte die Achseln. »Also, ich erzähle dir jetzt, was ich herausgefunden habe, aber ich sage dir gleich: Die Mühlenleute scheinen schwer in Ordnung. Würde mich wundern, wenn du da einen Mörder findest. Die Mühle ist ja uralt, aus dem 15. Jahrhundert, wenn auch die meisten Gebäude aus dem 17. und 18. Jahrhundert stammen. Sie hat ganz schön viel zu überstehen gehabt.«

Marlies blätterte unschlüssig in der Eiskarte herum. »Meinst du, ich kann einen Eiskaffee? Nein? Also nein.«

»Weiter.«

»Offiziell gehört sie diesem Friedrich Herlan, dessen Vorfahren sie wohl 1816 von dem Ort Friedrichstal gekauft hatten. Es gab vor ein paar Jahren einen Brand in der Mühle, der sie beinahe zerstört hätte. Der Schwelbrand begann im Dachstuhl, wo die vielen hölzernen Gerätschaften lagerten, die man früher für das Betreiben einer Mühle so brauchte. Bald brannte der ganze Dachstuhl lichterloh, und vom Dach lösten sich die Ziegelsteine und fielen in den Hof. Nach diesem Unglück hat sich der Verein zur Wiederherstellung der Alten Mühle gegründet.«

»Wann war dieser Brand?«, fragte ich, aufmerksam geworden.

»Man weiß bis heute nicht, warum es überhaupt dazu kam. Es gab keine Mehlstaub-Explosion, wie es sie manchmal in noch aktiven Mühlen gibt. Dieser Brand war vor acht Jahren.«

Das Jahr, in dem das Kind gestorben ist, dachte ich. Nur ein Zufall?

»Ist etwas?«

»Nein, erzähl weiter.«

»Der Verein selbst ist ein bisschen komisch organisiert. Durch Arbeitsstunden oder durch Geldspenden kann man sozusagen Stimmrechte erwerben, wodurch man mehr Mitbestimmung bekommt, wie es mit der Mühle weitergeht. Ich bin mir da noch nicht ganz sicher, aber diese Marianne Mandel war nicht nur im Verein Mitglied, sondern sie hatte wohl besonders viele solcher Stimmanteile angehäuft.«

»Durch Arbeitsstunden oder durch Geld?«, erkundigte ich mich angelegentlich, und Marlies' Antwort überraschte mich keineswegs.

»Vorwiegend durch Geld, habe ich den Eindruck. Sie hat einen bekannten Architekten dazu gebracht, das Dach unserer Hanfreibe preisgünstig zu restaurieren, und die kleine Brücke über den Bach hat ein neues Pflaster bekommen, von dem Geld, das mit einem Flohmarkt erwirtschaftet wurde, den sie vor Jahren im Verlag mit ihren Büchern gemacht haben. Sie hat wohl schon ein echtes Interesse an der Mühle gehabt.«

»Komisch.«

»Gar nicht. Durch den Verlag hatte sie auch ganz gute Pressekontakte, und wenn es einen Bericht über die Mühle gab, hat sie als Interviewpartnerin gedient. Sie war ja eine sehr attraktive Frau.«

»Waren die anderen da nicht neidisch?«

»Nein. Die haben mir glaubhaft versichert, sie waren froh, dass ihnen jemand diese Öffentlichkeitsarbeit ein bisschen abnahm. Keine von den Frauen dort ist von der Sorte, die sich ins Rampenlicht drängt. Diese Alberta Bécaud, für mich Alberta – wir sind dort alle per Du –, ist eigentlich eine hübsche Frau, natürlich auch nicht mehr ganz taufrisch, lebt nur für ihre Pflanzen. Die beiden Leonhards sind nicht gerade die Fröhlichkeit in Person, da sie wohl einige Pleiten mit eigenen Geschäften hinter sich haben und jetzt froh sind, wenn man sie in Ruhe lässt. Wobei *er* eigentlich ein ganz interessanter Mann ist. Er war früher mal Chefkoch in einem Sternerestaurant, habe ich gehört. Pascal Leonhard. Wahrscheinlich auch ein Hugenotten-Nachkömmling, die blühen ja wie Unkraut in der Gegend hier.«

Ungeduldig wartete ich, bis Marlies fortfuhr, während sie erneut die Eiskarte in Augenschein nahm.

»Die Frau, die die tollen Seifen herstellt, sieht ganz interessant aus, hat aber einen leichten Sprachfehler. Sie macht immer ›hmhm‹ zwischen ihren Worten. Ganz seltsam. Sonst ist sie ganz pfiffig, hat aber wenig Geld und keinen Partner. Ich glaube, sie hätte ganz gerne einen. Könnte sogar sein, dass sie ein Auge auf Herlan geworfen hat. Jedenfalls hat sie vier Söhne, aber offenbar sind die nicht so ganz wunderbar gelungen. Nur noch der Kleine lebt bei ihr. Einer von den vieren muss mal Ärger mit der Polizei gehabt haben. Jedenfalls kennt sie sich sehr gut mit Aromatherapie und Heilölen aus.«

»In der Tat? Das einzige Heilöl, das *ich* kenne und kennen will, stammt von Laszlo, beinhaltet echtes kaltgepresstes Arganöl und kostet zweihundert Euro.«

»Was heilt das denn?«

»Das Konto des Herstellers. Und mir macht es schöne Haut, ganz ohne Mystik. Mach weiter!«

»Es gibt noch eine Weberin, die ist aber nicht so oft da. Sie hat ihr Atelier ganz hinten. Neben dem Lager von der Mandel. Und die Schmuckherstellerin fertigt ihren Schmuck zu Hause und verkauft ihn lediglich neben dem Kräutergärtchen an einem Stand, den sie je nach Bedarf aufbauen kann. Herlan selbst ist ein ganz introvertierter Mensch. Der liebt seine Mühle wie seine eigene Frau.«

»Wenigstens mal *eine* Frau, die wegen ihres Alters geliebt wird«, sagte ich zynisch. »Und sonst?«

»Marianne war aktives Mitglied im Verein, und das war sowieso die Voraussetzung dafür, dass sie Räume dort anmieten durfte. Sie hatte ja einen der Gewölberäume ganz hinten, wo der Hof endet, als Lager für ihre Bücher belegt. Der Raum hatte schon Regale an den Wänden, noch von einem Kunsthändler vorher, und es herrscht dort ein trockenes, kühles Klima. Im Verlag platzen die wohl aus allen Nähten, deshalb war sie froh um diesen Lagerraum.«

»Ja, das habe ich mit eigenen Augen gesehen. Hoffentlich verkauft dieser Verlag auch ein paar Bücher. Die allermeisten scheinen bei ihnen in Regalen herumzustehen. Man nennt das übrigens Backlist. So viel habe ich schon gelernt.«

»Aha? Jedenfalls gibt es einmal im Monat ein Treffen aller Vereinsmitglieder, und dann werden Projekte und Fortschritte und Aktionen besprochen und darüber abgestimmt. Herlan hat natürlich als formaler Besitzer der Mühle am meisten zu sagen, aber ohne die Pacht und die Hilfe der aktiven Vereinsmitglieder kann er den Laden zusperren.«

»Warst du bei solch einem Treffen dabei?«

»Nächste Woche ist das erste Mal eine Sitzung. Ich bin jetzt auch Mitglied im Verein geworden, habe ein paar Arbeitsstunden im Mühlencafé und bei der Seifensiederin abgeleistet, habe auch eine Kleinigkeit einbezahlt – sag es nicht meinem Mann, er hält mich dann für verrückt – und darf also an den Sitzungen teilnehmen.«

»Du scheinst begeistert zu sein.«

»Ja, sie sind wirklich alle sehr nett und offen, einer bringt immer

Kuchen mit, und wir lachen viel. Trotzdem … das Team scheint Mariannes Tod aufrichtig zu bedauern. Natürlich auch die negative Propaganda. Obwohl jetzt deutlich mehr Besucher kommen, nachdem die Bildzeitung von der unheimlichen Mörder-Mühle gesprochen hat. Die kommen und trampeln im Kräutergarten herum, wollen die Stelle sehen, wo Marianne erschlagen wurde. Alberta regt sich darüber auf. Der Garten ist ihr Leben, verstehst du?«

»Nein!«, sagte ich. Mein Garten war nicht mein Leben. Er wurde von einem Gärtner betreut, und er war meine Visitenkarte, wenn Leute vom Golfclub zu Besuch kamen. Die meisten von den Golfern waren nämlich Gartenfreunde und reisten als Hobby von Rosengarten zu Rosengarten. Sie jubelten über englische, alte und gefüllte Rosen und gerieten in Verzückung über eine lachsfarbene Teerose, die Romy Schneider hieß. Mir war das eigentlich egal. Ich bevorzuge sowieso Grünpflanzen. Bei Rosen sieht man das Verblühen zu deutlich.

»Dann gibt es noch den Tom, den Bäcker. Tom Lisecki, ein geborener Leipziger, oder war es Bitterfeld? Er wird übrigens bald Vater. Sein Mädel ist noch ganz jung und steckt mitten in der Ausbildung. Geld ist also knapp, aber der Mann ist ein Künstler am Backofen. Seine neuen Sorten sind reine Kunstwerke. Beispielsweise das Chili-Cranberry-Brot. Hmmm …«

»Rotes Zeug und scharfe Körner.«

»Wie?«

»Nichts.«

»Also, du musst uns mal wieder besuchen. Ohne Hintergedanken. In der Mühle gibt es keinen Mörder zu entdecken, Swentja. Sonst würde ich mich doch nicht so wohl und aufgehoben fühlen. Also, ich werde wahrscheinlich dort …«, Marlies atmete tief ein und aus, »etwas Besonderes machen. Ich werde endlich ein kleines Atelier in einem der Gewölbe bekommen und meine Karten malen.«

Marlies bemalte seit Jahren schon hobbymäßig Karten mit schwarz-weißen Motiven, ganz einfach, reduziert. Ein grobes Weinglas, eine Katze, eine Blume. Alles mit einem dicken Filzstift gemalt. Sie waren nicht schlecht, diese Karten, und gelegentlich hatte ich schon mal eine gekauft, denn sie waren in ihrer Schlichtheit recht originell. Das Geld stiftete sie für irgendein Tierschutzprojekt.

»Ein Atelier?«

»Ja, neben dem Lager von Wendelinus ist noch ein klitzekleiner Nebenraum. Ein bisschen abgelegen, kommen nicht so viele Touristen vorbei, aber man wird vorne ein Schild mit einem Hinweis auf mein Lädchen anbringen. Diesen Raum könnte ich also haben. Ich müsste keine Miete bezahlen, wenn ich einmal in der Woche im Café bedienen helfe und der Alberta bei den Pflanzen ein bisschen zur Hand gehe. Sie will den Garten vergrößern, denn hinter dem Kräutergärtchen in Richtung Fluss ist noch eine richtige Wildnis. Da könnte man noch etwas anbauen. Vielleicht alte Getreidesorten, hatte ich mir gedacht. Ausgestorbene Sachen wie Giersch. Ich schnapp mir mein Fräulein Tochter, und dann wird dahinten gerodet.«

Zurück aufs Land, dachte ich. Janine wird begeistert sein, wenn sie absolut schräges Gemüse wie Giersch anbauen soll. Die weiß bestimmt nicht mal, was das ist. Ich übrigens auch nicht.

»Marlies, aber eigentlich wollen wir einem Mörder auf die Spur kommen und keinen Heimatfilm drehen. Sie sind also alle freundlich und offen und backen Kuchen und ernten Lavendel. Sie hängen Herz, Geld und Freizeit an eine uralte Mühle, die nicht einmal mehr Korn mahlt. Und keiner hat einen Groll auf eine Frau gehabt, die sich Schritt für Schritt dort breitgemacht hat?«

»Ich sehe bisher nur die Gesichter, Swentja. In ihre Seelen habe ich natürlich nicht geblickt«, antwortete Marlies erstaunlich reif.

Der Fahrradfahrer saß breitbeinig uns gegenüber auf einer Steinbank, sah abwechselnd zum Café herüber und zum Himmel hinauf, an dem in bizarren Formationen Wolken miteinander spielten.

Eitler Affe, dachte ich. Zieh doch endlich dein Halstuch aus. Wahrscheinlich bist du gar nicht so jung, wie du gern aussehen würdest, und willst uns nur deinen faltigen Hals nicht zeigen.

Doch jetzt meldete sich eine Erinnerung, und ich dachte plötzlich: Halt! Mit diesem Mann stimmt was nicht. Als ich das nächste

Mal zu ihm hinschaute, sah ich nur noch seinen Hintern, der sich kühn über den Sattel schwang und fortfuhr. Ich runzelte die Stirn.

»Ist was, Swentja?«

»Nein. … Nein. Dort gibt es also nur Engel. Mühlenheilige!«

»Du musst es nicht so sarkastisch sagen, Swentja. Nur weil sich dein gesellschaftliches Engagement darauf beschränkt, beim Opernball ein Los für den guten Zweck zu kaufen. Natürlich gibt es immer jemanden, der nicht aufrichtig trauert, wenn du tot bist. Beispielsweise hat die Seifensiederin einmal eine Bemerkung gemacht, die ich ein bisschen merkwürdig fand. Als es um den Tod von Marianne Mandel ging – ich meine, sie sprechen natürlich andauernd darüber –, sagte sie: ›Nun kann ich ja mein Seifenlädchen behalten.‹«

»Was bedeutet das?«

»Ich denke, Marianne Mandel hatte einige Veränderungen mit der Mühle vor. Genaueres könnte ich aus den alten Protokollen der Sitzungen erfahren. Ich glaube, sie lagern irgendwo oben in Herlans Atelier, wo er seinen Privatbereich hat. Tabu für uns. Wenn er seine Wohnung bezieht, wollen sie ein ordentliches Büro einrichten. Im Moment ist halt alles noch ziemlich provisorisch.«

Ich schob die Kaffeetasse zur Seite. »Das kann man wohl sagen. Ich wundere mich trotz allem, dass du dich da wohlfühlst. Auf der Toilette, wenn man den Verschlag so bezeichnen kann, gibt es nicht mal einen Kosmetikspiegel.«

»Swentja, den braucht auch kein normaler Mensch außerhalb des eigenen Badezimmers. Was willst du in dieser Mühle mit einem Kosmetikspiegel? Willst du deine Falten zählen?«

»Ich habe keine Falten, Marlies. Kaum. Und wenn du endlich auch die geniale Eight Hour Creme auf Lanolinbasis von Elizabeth Arden nehmen würdest, hättest du auch keine.«

»Ich dachte, da ist Mineralöl drin. Das Zeug ist jedenfalls teuer und stinkt dafür wie eine Bohrinsel«, murrte Marlies. »Ich finde es wichtig, was die dort machen. Guck mal, früher gab es überall Mühlen, die an den Bächen klapperten, die Bauern haben ihr Getreide hingebracht, es gab ein Schwätzchen, und das Brot war noch etwas wert. Weil viel Mühe um das eigene Korn dahintersteckte. Heute brauchst du nicht einmal mehr einen Bach für ein

Mühlrad. Du brauchst auch kein Mühlrad. Wenn ich bei Aldi sehe, wie du auf einen Knopf drückst, und ein angeblich frisches Brot kullert in die Auffangschale, kann ich nur lachen. Ha. Weißt du, dass sie dort ein Brotduftspray einsetzen, damit es rund um den Automaten nach Backstube riecht?«

»Na und«, sagte ich und ärgerte mich, weil etwas wie Neid in meine Stimme kroch. Mich ärgerte die Leidenschaft, mit der Marlies übersah, dass sie eine schöne Villa oberhalb von Ettlingen besaß, einen bestens verdienenden Ehemann, ein Pferd, einen parkartigen Garten und einen Schriftführerposten im Tennisclub.

In meinem Leben war Hagen für Leidenschaft zuständig, doch es schien, als müsse ich in diesem Punkt mit langen Durststrecken rechnen.

KARLSRUHE. IMMOBILIENMAKLER

Umso mehr musste ich mich wieder mit der Wohnungsfrage beschäftigen und recherchierte erneut gründlich im Internet.

Unter dem entsprechenden Suchbegriff tauchten unzählige Immobilienmakler am Bildschirm auf. Spontan entschied ich mich für »Himmel und Leutze«, deren Werbe-Schilder ich in besseren Wohngegenden häufig an teuren Villen hatte kleben sehen. Hier würde man mich wenigstens mit Respekt behandeln.

Das Karlsruher Büro von »Himmel und Leutze« residierte im sogenannten Musikerviertel, einer der schönsten Wohngegenden von Karlsruhe mit prachtvollen alten Bürgerhäusern, deren Jugendstilelemente entweder den letzten Krieg überstanden hatten oder behutsam restauriert worden waren. Die Eingangstüren waren häufig teilweise aus Glas mit stilisierten Rosenranken in Dunkelrot und Grün, und die in mediterranem Schick bepflanzten Balkone waren jeder für sich eine Augenweide.

Hier wohnte gutes Publikum, oft Söhne oder Töchter, deren wohlhabende Eltern ihnen zum Studieren in Karlsruhe gleich die richtige Wohnlage sichern wollten, oder die jungen Familien von Anwälten oder Unimitarbeitern, die das urbane Leben mit Vernissagen, Schlendern über den Markt und dem schicken Latte-Treff mit anderen jungen Ehefrauen bevorzugten.

Natürlich hatte ich einen Termin vereinbart. Eine Mitarbeiterin namens Manuela Schindle würde mich erwarten.

Die saß in einem kleinen, stark klimatisierten Raum an einem leeren Schreibtisch und sah aus wie eine Frau, die sich im abendlichen Discoleben Manu nennen lässt. Sie stand auf, strich ihren dunkelblauen Kostümrock zurecht – ich sah den entsprechenden Dresscode in der Firma geradezu vor mir – und reichte mir eine kleine, kühle Hand.

»Sie suchen bei uns eine Immobilie. Kauf oder Miete?«

»Miete. Zunächst!«

Ihr Blick streifte mich und bewertete mein Outfit. Ich war

komplett in Betty Barclay gekleidet, was mir unauffällig und nicht zu teuer erschien.

»Drei Zimmer?«, war das Ergebnis ihrer Beobachtungen.

Ich lächelte. »Ein Zimmer würde genügen.«

Sie verschob die Augenbrauen nach links. Das hatte ich noch nie bei jemandem gesehen. Wie in einem Comic.

»Sie sind, verzeihen Sie die Frage, alleinstehend, Frau …« Blätterte. »Lotta?«

Wer war sie, mich auszufragen? Ich sah Hagen vor mir, wie er mit dem Schlüssel unsere Wohnung aufschloss, und ließ mich zu einer Antwort herab. »Nicht direkt. Ich habe Familie, aber ich suche ein Zimmer für mich alleine. Als kreativen Rückzugsort.«

»Ich verstehe. Sie malen? Töpfern?«

Während sie sprach, füllte sie flink ein Suchformular aus und reichte es mir zur Unterschrift. Ich kritzelte einen unleserlichen Namen, der unter anderem auch Lotta hätte heißen können. »Ich schreibe«, erklärte ich.

Sie legte mein Gesuch in einen Schreibtisch-Stahlkorb. »Oh, das ist interessant, Frau Lotta. Kennt man Ihre Werke und haben Sie eine Website? Ich frage nur, weil die Vermieter gern wissen, mit wem sie es zu tun haben, und wenn wir da ein Buch von Ihnen zeigen könnten …«

»Ich fange gerade erst mit einem neuen Projekt an«, teilte ich ihr mit. »Ich möchte die Wohnung als privaten Rückzugsraum.«

»Ich verstehe!«, sagte sie, und ich fürchte, sie verstand wirklich, denn ihr Lächeln gefiel mir gar nicht.

»Meine Praktikantin wird Ihre Suchkriterien aufnehmen, und wir werden sie regelmäßig mit unseren Angeboten abgleichen. Wir melden uns dann bei Ihnen!«

Ich verabschiedete mich und wusste, sie würde sich nicht melden.

WEINGARTEN. RECHTSANWALTSKANZLEI DR. TEUFFEL UND PARTNER

»Ach, meine verehrte Frau Tobler, ich finde das sehr nett von Ihnen, dass Sie sich um Ihren Neffen sorgen. Wenn man in so eine Situation kommt, wird man schnell von den sogenannten Freunden ausgegrenzt. Ich habe allerdings sehr gute Hoffnung, dass Raffael noch diese Woche auf freien Fuß kommt. Die Beweislage ist geradezu lächerlich dünn. Ein Kuli! Ich bitte Sie! Kaffee?«

Dr. Teuffel machte seinem Namen keine Ehre. Er war ein gut aussehender, freundlicher Mann mit vollem, etwas längerem grauem Haar und behaglicher Ausstrahlung. Neben ihm lag ein wirklich großer, sehr schöner schwarzer Schäferhund, der wieder einschlief, nachdem er mir mit einem Auge zugeblinzelt hatte.

Ich nickte. »Gerne!«

Der Kaffee wurde von einer rundlichen, kleinen Sekretärin mittleren Alters serviert, die ebenfalls eine beruhigende Aura verbreitete. Draußen entfaltete sich inmitten idyllischer Fachwerkhäuser mit hindurchfließendem Bächlein eine badische Bilderbuchidylle. Zur Rechten schwangen sich steile Weinberge in die Höhe. Nett, aber wieso ein renommierter Verteidiger sich in ein solch kleines Städtchen zurückzog, mochte sein Geheimnis sein.

»Worauf gründet sich der Verdacht der Kripo überhaupt, Herr Teuffel?«

Ich trug heute ein betonfarbenes Kostüm von Prada von geradezu provozierend schlichter Klassik. Bei all dem ganzen modischen Understatement der letzten Zeit brauchte ich etwas, um mein Selbstwertgefühl anzuheben.

Teuffel sortierte eine Akte. »Also …« Er blätterte bedächtig und überlegte. »Sie wissen, dass die Leiche von Marianne Mandel in einem kleinen, halb offenen Kellerraum unterhalb des Zugangs zum Kaminturm auf dem Gelände der alten Mühle gefunden wurde.«

Ich nickte. Die Szene stand mir noch lebhaft vor Augen.

»Aufgrund des Gerölls, des Schmutzes und der Abfälle, die sich in und um diesen Turm dort über lange Zeit, Jahrzehnte vielleicht, angesammelt haben, und wegen dem allgemeinen Schutt, der durch die Abrissarbeiten an der Mauer angefallen war, konnte die Spurensicherung keinerlei relevante Fußspuren oder Fingerabdrücke identifizieren. Der Bereich rund um den Turm ist zwar abgesperrt, damit keine Touristen hineingehen, doch es handelt sich nur um einen Bretterzaun, der lückenhaft ist und einen mehr symbolischen Charakter hat. Mir ist gesagt worden, dass außerhalb des Turmes immer mal wieder Leute herumlaufen, nämlich Handwerker oder Personen, die zu der Mühlenbelegschaft gehören. Dafür spricht, dass man Schokoladenpapiere und Bananenschalen sowie Coladosen gefunden hat, die nicht allzu alt waren. Auch gibt es zwei Katzen, die dort umherspazieren, und manchmal rennt ein Kind doch hinein, um die Tiere zu streicheln oder zu verfolgen.«

»Der Geröllbereich um den Turm herum war also kein geheimnisvolles Sperrgebiet.«

»Nein. Aber in den Turm selbst ging eigentlich niemand. Es führte dort früher nur eine nicht gesicherte Treppe mit ein paar Stufen hinauf, die jetzt kaum mehr begehbar ist, da die unteren Stufen ziemlich abgebröckelt sind. Der Eingang zum Turm ist halb zugewachsen. Das Ganze ist nicht verlockend für Besucher, um sich dort aufzuhalten. Ich darf hinzufügen, obwohl man das in Gegenwart einer Dame nicht tut, dass es nicht gut roch. Wenn Sie verstehen, was ich meine.«

»Ja, durchaus.«

»Innerhalb dieses kleinen Raumes, in dem es nicht gut roch, öffnet sich eine Art Loch, welches den Zugang zu dem Bereich darunter darstellt. Hierhin konnte man nur mit einer Leiter gelangen, und eine solche hat ja der Mörder auch verwendet. Danach hat er sie irgendwie in den Grünbereich hinter dem Turm geworfen und gehofft, keiner würde sie vermissen. Was unter normalen Umständen sogar eingetroffen wäre.«

»Waren dort sonst noch Spuren? Im Eingangsbereich, wo kein Schutt lag.«

»Sie sind wirklich eine kleine Detektivin geworden«, scherzte Herr Dr. Teuffel. Ich sah ihn eisig an. »Nun, ich zitiere nur Ihren verehrten Gatten. Also, auch in dem Keller, in dem die Leiche gelegen hatte, waren keine Fußabdrücke auszumachen. Die Steine sind trocken und überziehen sich beim kleinsten Windhauch erneut mit dem Staub, der vom Eingangsbereich hereinweht.«

Ich wartete. Er schmunzelte.

»Der Fundort war wirklich der Alptraum eines jeden Spurensicherers. Man hätte vielleicht eher einen Archäologen gebraucht, um da noch etwas Verwertbares zu finden. Wissen Sie, solche, die am Toten Meer mit Pinselchen unterwegs sind.« Er seufzte.

»Nun. Also, Frau Mandel wurde … erschlagen. Mehrmals attackiert. Mit einem stumpfen Gegenstand. Die Art der Wunde lässt den Schluss auf einen Holzbalken, eine Flasche oder dergleichen zu. Es wurden keinerlei Rückstände von der Tatwaffe gefunden. Tatort war der Kräutergarten hinter dem kleinen Café. Das ließ sich anhand der Blutspuren genau feststellen.«

»Gab es denn da keine Fußspuren? In der weichen Erde?«

Wieder schmunzelte Teuffel anerkennend. »Gut nachgedacht. Ja, da wären vielleicht Fußspuren gewesen, aber sowohl am Freitagabend als auch am Samstagabend, also in jedem Fall nach der Ermordung von Frau Mandel, hat es stark geregnet. Das hatte der Wetterdienst vorhergesagt und war ein Glück für den Mörder, denn heutzutage muss einer schon wie Jesus über den Wassern wandeln, um gar keine verwertbaren Spuren zu hinterlassen. Auch am Sonntag hat es mehrfach geregnet. Der Hund war noch nicht da. Frau Bécaud hatte ihn am Donnerstag endgültig vom Tierschutz bekommen. Aber er war an Pfingsten nicht in der Mühle, sonst hätte er möglicherweise angeschlagen oder das Blut erschnuppert. Wobei er ein sehr altes und verschüchtertes Tier ist.«

Alles Glücksfälle für einen Mörder, dachte ich.

Der freundliche Teuffel fuhr fort: »Die Blutspuren konnten so auch nur durch die ausgebildeten Polizeispürhunde ausfindig gemacht werden. Übrigens hat sie wohl versucht zu fliehen, denn ein Teil der Schläge hat sie an Schulter und Rücken getroffen.«

Er blätterte wieder. »Die Art und die Dynamik, wie die Blutstropfen verteilt waren, lassen darauf schließen – ich weiß auch nicht, wie die das so genau wissen können in dem Labor da, aber wir leben ja in der Zeit der Wunder –, dass sie Richtung Mühle fliehen wollte, also nicht in den Wald. Nun, das ist ja auch vernünftig. Obwohl – unbewohnt, wie die Mühle ist, hatte sie weder da noch dort Hilfe zu erwarten. Aber in die andere Richtung zu laufen, war noch aussichtsloser. Sie hätte sich in dem dichten Dickicht, das zum Fluss hinunterführt, sowieso verheddert. Und das wusste sie. Sie kannte sich ja aus. Es muss schon ein schrecklicher Moment für sie gewesen sein.«

»Wieso sollte Raffael Frau Mandel an dieser Stelle ermorden? An einem dunklen Abend in einer einsamen Mühle, die er nicht kannte, und was hätte die beiden dort überhaupt miteinander hinführen sollen? Er hätte doch genügend andere Gelegenheiten gehabt, sie umzubringen. Allein der Gedanke ist absurd. Er mochte diese Frau.«

»Nun, Frau Mandel hatte ja durchaus einen Grund, ab und zu in die Mühle zu fahren. Das Buchlager des Wendelinus-Verlags befand sich in einem Seitenraum der Mühle. Raffaels Bücher haben sich offenbar sehr gut verkauft. Im Lager waren keine Exemplare mehr. Möglich – das könnte die Staatsanwaltschaft unterstellen – wäre, dass er daraufhin mehr Geld, mehr Anteile verlangt oder einen Verlagswechsel angedroht hat, wie es offenbar schon ein- oder zweimal passiert ist. Eine Mitarbeiterin des Verlages, eine Frau ...« Teuffel blätterte. »Nein, Verzeihung, es ist die Mitinhaberin, eine Frau Bézier, hat zu Protokoll gegeben, dass sie einmal durch die geschlossene Tür gehört habe, wie Raffael sagte: ›Wenn du das nicht einsiehst, dann gehe ich eben zu einem anderen Verlag, wo man professionell arbeitet.‹ Sie vermutet, es sei um Geld gegangen.«

Das erstaunte mich. »Professionell? Hm?«

»So steht es in den Akten.«

»Der Verlag arbeitete doch durchaus professionell. Sie machten Lesungen, Pressearbeit. Alles. Raffaels Bücher waren hochwertig gemacht. Was wollte er denn noch? Ganzseitige Anzeigen in der FAZ?«

Dr. Teuffel schmunzelte. »Ach, die Künstler. Immer so eitel.«

»Raffael eigentlich nicht. Aber wieso sollten sie sich spätabends am Lager treffen? Er versichert übrigens glaubhaft, er war niemals in der Mühle. Keiner hat ihn je dort gesehen. Und selbst wenn er Marianne Mandel getötet hätte, wie sollte er in der Nacht diesen ausgefallenen Ort finden, um die Leiche zu verstecken?«

Teuffel zuckte die Achseln und seufzte. Der Hund wachte auf und tat es ihm nach. »Ja, das ist ein Pluspunkt. Aber es war offenbar üblich, dass Raffael immer einige Bücher vorsignierte, bevor sie in die Buchhandlungen gingen. Sozusagen als Kaufanreiz. Vielleicht hat man sich dort getroffen, um dies zu erledigen, und dabei gab es Streit.«

»Abends? Bücher signieren? Fast im Dunkeln?«

»Das werden wir auch aufzeigen. Höchst unwahrscheinlich. Zumal sich bisher niemand gemeldet hat, der ihn oder sein Auto am Tatort gesehen hat. Allerdings hat er auch keine Zeugen, dass er am Freitagabend allein im Bett lag. Was ja in der Natur der Sache liegt.«

Blöde Diana, dachte ich. Hättest du nicht am Freitagabend bei Raffael übernachten können?

Teuffel fuhr in seinem sonoren Tonfall fort: »Frau Mandel und Raffael Wiesinger hatten im Grunde ausreichend Zeit miteinander, um alles auch an anderen Orten und anderen Abenden zu besprechen. Sie begleitete ihn sehr häufig auf seine Lesungen, denn sie fühlte sich für ihn verantwortlich. Er war ja ihre Entdeckung. Sie war, und das hat jeder bestätigt, eine mütterliche Mäzenin für ihn. Die Frau hat ihn selbstlos gefördert, wo es nur ging. Und es stimmt nicht, dass er den Verlag gewechselt hat. Im Gegenteil. Ein neuer Vertrag für ihn lag schon bereit. Es gibt einfach kein Motiv.«

»Und der Kugelschreiber?«

»Ja, dieser unselige Kugelschreiber. Das ist wirklich ein Problem, aber ein Kugelschreiber ist kein Hautfetzen, keine Haarschuppe, Spermaspur und kein Speichelrest. Er ist vielmehr ein höchst mobiles kleines Ding, das gestohlen, ausgetauscht und überall platziert werden kann. Mit anderen Worten, ich rechne damit, dass unser Raffael Ende der Woche frei ist.«

»Ein Punkt noch. Sie kam mit dem Fahrrad zur Mühle, und das bei regnerischem Wetter und der Ankündigung von starken Regenfällen. Finden Sie das nicht auch merkwürdig?«

»Ach«, meinte Herr Dr. Teuffel, »Frauen sind manchmal merkwürdige Geschöpfe, nicht wahr? Meine Frau sagt immer, Regen macht schön. Und vielleicht wollte sie wieder schön werden.« Jetzt grinste er.

Ich wies auf das Foto von Marianne Mandel, das ganz oben auf seinen Unterlagen lag. »Aber sie *war* schön!«

Teuffel betrachtete das Bild nur flüchtig. »Ja, früher sicher einmal.«

Die Sekretärin störte unser Zusammensein, wenn auch diskret. »Die Herren von den Chemieverbänden Baden-Baden wären da.«

Teuffel stand auf. »Vertrauen Sie mir«, sagte er freundlich, und sein Händedruck war warm und erinnerte mich an meinen Vater.

Das tat kurz weh.

ETTLINGEN. ZU HAUSE

Der Anrufbeantworter blinkte hektisch. Dreimal war eine englische Nummer als eingehender Anruf gespeichert, beim dritten Mal hatte meine Tochter eine Nachricht hinterlassen. »Mama, ruf mich an. Bitte, schnell! Und reg dich nicht auf.« Ihre Stimme zitterte.

Oh, ich regte mich nicht auf.

Ich rege mich nie über meine Tochter auf, denn es bringt nichts. Diese Kinder durchlaufen verschiedene, teilweise höchst unschöne Phasen, und dann sind sie auf einmal groß, ob du dich aufgeregt hast oder nicht. Wenn du Glück hast, sind sie einigermaßen gelungen, wenn nicht, musst du sie bei Empfängen und Partys ja nicht unbedingt herzeigen.

Außerdem zitterte ihre Stimme auf eine gewisse positive Weise.

Ich rief sie zurück. Ganz unvermittelt und ohne Grund schoss es mir durch den Kopf, dass ich so etwas nicht tun könnte, wenn ich beispielsweise allein lebte. Tagsüber in England anrufen. Weil es richtiges, echtes Geld kostete. Geld, das ich verdienen müsste. Ich atmete tief ein und freute mich, dass dem nicht so war.

»Hallo, mein Schatz!«

»Also, er hat's gemacht. Er hat's gemacht«, kam es ohne jede Vorwarnung.

»Und was, mein Engel?« Ein paar nette Koseworte sind niemals verkehrt und kosten nichts. Ich mag meine Tochter, aber ich vergöttere sie nicht.

»He proposed!«

Aha. Meine Tochter war also endlich in bessere Kreise verlobt. Wunderbar. Atemlos schickte sie eine Wortsalve durchs Telefon.

»Ich bin so aufgeregt. Dass sie mich auch akzeptieren. Sie sind schon *rigid*, wie sagt man, ein bisschen steif. Vielleicht wirkt das französische Erbe immer noch, was meinst du? So wollten sie nicht, dass ich weiter Tennisstunden bei Mr. Golding nehme. Er sieht ganz gut aus, so wie Roger Moore, der ist also viel älter als ich, doch er lobt meine Beinarbeit, und zwar mit einem Unterton. *›Good legs‹*, sagt er immer, und meine neue Schwiegermutter sagt, das wolle sie nicht. Über ihren Sohn und seine Frau soll nicht gesprochen werden. *Keep up appearances*, so nennen sie das hier. Nicht dass es noch heißt, sie hat hier und dort einen Verehrer. Und ich will ihn wirklich nicht verlieren. Es ist alles so wunderbar. Stell dir vor, sie kennt sogar *Kate*! *Die* Kate. In echt. Und wenn man zum Tee eingeladen ist, gibt es kleine Sandwiches und Scones, die von dem Bäcker kommen, der auch den Hof beliefert. Den *Hof*!«

Ich gratulierte meiner Tochter. Freute mich für sie. Vereinbarte einen Shoppingtermin in London für übernächste Woche. Flüchtig dachte ich, dass dann Hagen wieder zurück sein würde.

Und noch ein anderer Gedanke kam mir, doch ich konnte ihn nicht greifen. Sie hatte irgendwas Wichtiges gesagt, das mich an die Mühle erinnert hatte oder vielleicht auch an das Gespräch mit Dr. Teuffel.

Irgendwas mit der Mühle … irgendetwas mit Tod.

Mein Mann zeigte sich hocherfreut und zufrieden von der guten Nachricht und begab sich an seinen Computer, um die Familie Beaufort zu googeln.

Und ich fragte mich, ob man eigentlich alt wird, wenn die eigene Tochter heiratet. Man konnte nur hoffen, sie wartete noch ein bisschen, bis sie mich zur Oma machte. *Granny* Swentja. Oh Gott.

Später saßen mein Mann und ich friedlich zusammen auf der Terrasse. Zu friedlich. Man könnte es auch langweilig nennen. Wo war die streitlustige Spannung, die jedes Zusammensein von Hagen und mir ausmachte, die fast greifbar war und aus der wohl guter Sex entsteht? Diese Spannung hatte es zwischen uns beiden niemals gegeben.

»Du warst bei Dr. Teuffel?«, erkundigte sich mein Mann höflich.

»Ja, ich wollte mir selbst ein Bild vom Stand der Ermittlungen machen.«

Mein Mann nickte zufrieden. »Teuffel ist der Beste. Hat gute Kontakte in die Staatsanwaltschaft. Wenn der den Jungen nicht binnen zwei Tagen rausholt, dann schafft es keiner. Ich bin ja ein

Anhänger unseres Rechtsstaates, aber mir ist schleierhaft, wieso Raffael das durchmachen muss. Er ist nicht vorbestraft. Der war so sanft als Junge. Das sieht man ihm schon an. Hat keine Katzen am Schwanz gezogen oder heimlich geraucht und getrunken. Es gab doch nie Ärger. Er hat sich ja nicht mal mit unserer Tochter gezankt.«

»Das ist allerdings ein Verdienst!«, bestätigte ich.

»Ich habe übrigens mit Mellenkamp gesprochen. In einer anderen Sache. Sie haben Probleme mit einem Franchise-Unternehmer unten in Weil am Rhein. Wo die halbe Schweiz einkauft. Und da ist die Mehrwertsteuer ... egal, das interessiert dich sowieso nicht. Mellenkamp ist jedenfalls hoch besorgt. Er hängt natürlich an seiner Tochter ... jetzt will er erst mal abwarten.«

»Diana könnte ja zur Not auch selbst entscheiden, nicht wahr? Außerdem sehen Mörder nicht aus wie Mörder. Sie sind angepasst, erfolgreich, sie tragen komplizierte Masken, an denen sie jahrelang gearbeitet haben«, murmelte ich.

Mein Mann zog seine grauen Augenbrauen zusammen. Er sah jetzt aus wie ein strenger Wolf. »Swentja, du glaubst doch nicht etwa, dass unser Raffael eine ältere Frau erschlagen könnte?«

Ich dachte lange nach. Ich hatte mich so oft täuschen lassen. Von der Stellung, dem Aussehen und der ehrlichen Miene eines Killers. Raffaels Cherubimgesicht konnte auch ein böses Geheimnis bergen.

Dann aber dachte ich an seine Liebesgedichte. An sein verschmitztes Lächeln, seine tollpatschige Art, verliebt in diese fade Blondine zu sein, seine Hingabe an die Kunst.

»Nein«, sagte ich ruhig. »Ich glaube nicht, dass er ein Mörder ist.«

Abends rief ich Hagen an. Es war besetzt.

FRIEDRICHSTAL. IM VERLAG

Sie hatten mir tatsächlich einen Schreibtisch frei geräumt oder vielleicht auch nur hineingestellt. Passenderweise in das Zimmer, in dem auch die Praktikantin saß. Da es das Durchgangszimmer von Bézier zu Niess war und sich gegenüber zwei weitere Büros befanden, deren Insassen ich noch nicht kannte, schien es mir ein guter Spähposten zu sein.

Die Praktikantin verscherzte es sich mit mir allerdings gleich in der allerersten Minute unserer Zusammenarbeit. »Komisch«, befand sie mit der Chuzpe ihrer Generation, »wenn man jung ist, hat man im Haus keine Ruhe zum Arbeiten, und wenn man alt ist, anscheinend auch nicht.«

»Wie meinen Sie denn das?«

»Na ja, Sie sitzen jetzt hier. Mit mir.«

Alt. Ich?

Wortlos klappte ich meinen Laptop auf. »Gibt es WLAN im Haus?«, fragte ich kühl, und ich fragte es auch, um mich aus der Seniorenriege wieder ins richtige Licht zu setzen.

»Überall.«

»Ich muss nämlich erst mal recherchieren.«

»Klar. Und machen Sie das am besten gründlich. Die haben das gerne. Damit es später nicht so viel Arbeit im Lektorat gibt.« Dann schüttelte sie ihre glänzende braune Mähne zurecht. Das Biest hatte wirklich schönes Haar.

»Wer macht denn das Lektorat hier?«

»Wir haben zwei Lektorinnen. Frau Dr. Niess und die Frau Marbuse. Die ist mehr so freiberuflich und arbeitet von zu Hause aus. Ist halt abhängig davon, dass sie Aufträge kriegt. Miese Sache. Das wäre auf die Dauer nichts für mich.«

»Marbuse?« Ich dachte an das »Lektorat: M« in Raffaels Buch.

Sabrina Bauer lachte und zeigte perlmuttfarbene, regelmäßige Zähne. »Aber die ist ganz, ganz harmlos!«, flüsterte sie. »So eine blasse, zarte Person. Ganz lieb und still und ernsthaft. Wie eine englische Teerose, Sie verstehen?«

»Ich versuche es.«

»Wenn unsere verehrte Marianne Mandel noch leben würde, wären Sie jedenfalls sowieso nicht da.«

»Wieso?«

Jetzt katapultierte sich Sabrina wieder in meine Gunst. Ich hätte das Gör für die folgenden Worte beinahe adoptiert: »Sie sehen zu gut aus.« Dann allerdings mit der Nonchalance der Jugend: »Obwohl Sie natürlich auch schon älter sind. Im Wendelinus-Verlag durfte es aber nur eine Prinzessin geben, und das war Madame Mandel. Wobei diese Prinzessin ja schon reichlich angestaubt war.«

»Und Sie, Sabrina? Ich meine, Sie sehen auch nicht schlecht aus.«

Nur der Wunsch, an der Polizei vorbei ein weiteres Mal einen Mörder aufzuspüren, konnte für diese Bemerkung einem frechen jungen Ding gegenüber verantwortlich sein.

»Finden Sie? Oh, dann zeig ich Ihnen mal was.«

Sie sprang mit dem federnden Sprung auf, der sie als sportlich auswies, und eilte zu ihrer Tasche. Mit einem weißen Blatt in der Hand kam sie zurück.

Ich warf einen kurzen Blick darauf. Anderer Leute Briefe interessieren mich nicht. Dieser jedoch war schon interessant. Im Grunde reichte das Wort, das oben stand. »Kündigung«, las ich. Und darunter der berühmte Eingangssatz: »Mit Bedauern müssen wir das Praktikum …«

Ich ließ das Blatt sinken. »Man hat Ihnen gekündigt?«

»Man nicht. Sie. Madame Mandel. Die anderen haben es zurückgenommen. Mein Praktikum geht bis Oktober, dann fange ich an zu studieren. Bisschen spät mit sechsundzwanzig, aber ich hab mir halt Zeit gelassen. Und das Leben genossen.« Sie dehnte sich, womit sie ohne Worte deutlich machte, in welcher Weise sie das Leben genossen hatte.

»Kein schöner Zug von ihr!«

»Ja, äußerliche Schönheit bedeutet eben nicht automatisch Gutmensch, oder?«

»Dazu kann ich nichts sagen«, bemerkte ich kühl.

»Oh, jeder hat doch seine Zeit im Leben. Und jeder spielt mit dem Blatt, das er kriegt. Die hatte ihre Chancen. Als sie jung war, sah sie echt phantastisch aus. Ich zeig Ihnen mal Bilder. Schlank, klein, gute Figur und dann die hohen Backenknochen und die schmale Nase. Konnte früher jeden haben. Und das hat sie anscheinend auch weidlich ausgenutzt. War zwei- oder, nein, sogar dreimal verheiratet. Mandel war ihr zweiter Mann, oder war es der dritte? Mandel ist ja auch ein schöner Name. Ich glaub, vorher hieß sie anders. Irgendwie was mit 'ner Straße. Hab mal ein altes Foto von ihr irgendwo beim Aufräumen gefunden.«

Sie wackelte mit ihren Zehen, die schwarz lackiert waren und auf denen winzig kleine Totenköpfe glitzerten, die man da wohl aufkleben konnte. Leider hatte sie keinen Stil, die hübsche Kleine.

»Ihr jetziger Mann war ein ganz gutmütiger und ruhiger Typ. Langweilig könnte man auch sagen. So ein vergeistigter Professor. Immer blass. Ich wette, bei denen lief nicht mehr viel. Und dann hatte er ja auch noch die Herz-OP.«

Sabrina räumte einen Papierstapel von rechts nach links. Ich sah, dass es sich um Manuskripte handelte. Wahrscheinlich Leute, die etwas eingesendet hatten und nicht – so wie ich – bereit waren, zur Finanzierung beizutragen.

»Ich möchte später auch nicht lebenslang Bauer heißen. Ich muss einen Rodenfelser oder so was heiraten. Das klingt vornehm. Was schreiben Sie eigentlich für ein Buch?«

»Ein Sachbuch«, quetschte ich widerwillig hervor. »Zum Thema billig shoppen, toll aussehen.«

Sabrina musterte mich und kam dann etwas altklug daher: »Muss wohl ein reines Phantasieprodukt sein, Ihr Buch. Sie selbst haben nicht gerade billig geshoppt, oder?«

»Wie meinen?«

Sabrina zuckte die straffen braunen Achseln, von denen sie sich leisten konnte, sie noch unverhüllt in einer Art Tank Top zu zeigen. »Meine Mum jobbt in Karlsruhe im ECE Center. Bei Taifun. Sie kennt sich ein bisschen aus mit Fashion für reife Damen.«

Mich schauderte jetzt aus zwei Gründen. Reife Damen und *Taifun*! Würde ich niemals anziehen. Dann lieber lebenslang in einem Jogginganzug herumlaufen. Taifun! Das ist Schickes für

Mutti, die ab und zu rauskommt, das sie auch übernächste Saison noch anziehen kann.

Seufzend nahm ich an meinem Schreibtisch Platz. Welchen ganz privaten Jakobsweg hatte ich mir hier auferlegt? Wut auf meinen Mann, der mich zu dieser Recherche zwang, kam auf.

Wut auf Hagen, der mir genau das Gleiche verbot und nicht mal da war, um sein Verbot zu überwachen.

»Zahlen Sie eigentlich selbst für Ihr Büchle?«, fragte Sabrina jetzt cool wie eine Hundeschnauze. »Das müssen Sie nämlich, wenn die sich hier keine großen Chancen auf Gewinn ausrechnen. Die kennen das Geschäft. Wie hoch ist die Startauflage und was kostet uns Druck und Vertrieb? Zweitrechte. Lesungen. Vielleicht ein Abdruck …«

»Der genauere Vertragsgegenstand sollte wohl vertraulich bleiben«, erwiderte ich frostig, doch dann erinnerte ich mich an meine eigentliche Aufgabe: »Was verkauft sich denn im Allgemeinen gut?«

Sabrina nahm einen Schluck aus einer großen Tasse mit einem Hund drauf.

»Fragen Sie mal unseren Vertreter, den armen Hund. Frank Hüglin. Der macht die Ochsentour jeden Tag und muss sich hier noch runterputzen lassen. Krimis gehen immer. Die machen hier natürlich auch Krimis. Macht ja inzwischen jeder. Solche, die hier in der Gegend spielen. Die laufen wie Brot am Montag. Und Bildbände, die von den Gemeinden in Auftrag gegeben werden, gehen auch ganz gut. Da die Bézier ja total gaga ist mit ihrem Hugenottenerbe, sind die hier sozusagen Marktführer in Sachen Hugenottenliteratur. Kochbücher über Hugenotten, Hugenottennamensforschung, Stammbäume, Hugenotten in Berlin und so weiter. Na ja, wem's Spaß macht. Das läuft aber auch, weil es da eine bestimmte Masse von Käufern gibt. Hugenottennachkömmlinge, die sich das Zeug gegenseitig zum Geburtstag schenken.«

»Und Gedichte? Kurzgeschichten? Aphorismen?«

»Kannste im Normalfall knicken.«

»Ich hatte mal ein Buch vom Wendelinus-Verlag gekauft, wie hieß der noch, von einem Raffael … irgendwas.«

Sie nickte, plötzlich ernster geworden. »Raffael ist eine Ausnahme. Der verkauft sich jetzt natürlich blendend. Den müssen sie sogar nachdrucken. Wenn es nicht so traurig wäre, könnte man sagen, es ist der beste Werbegag für den Verlag.«

»Wieso?«

»Sie haben den Raffael verhaftet wegen Mordes an Marianne, unserer Miteigentümerin. Marianne Mandel. Wir sollen nicht darüber reden, aber sie ist nicht einfach nur so gestorben. Man hat sie erschlagen. Es stand in der Zeitung. Aber ohne Namen.«

»Wirklich? Das ist ja furchtbar.«

»Ja«, sagte sie kurz. Vor meinen Augen schien aus dem kecken Mädel plötzlich eine junge Frau zu werden. »Furchtbar. Ich kann es nicht glauben. Es passt nicht zu ihm. Es ist ungerecht.«

Ich musste jetzt glaubhaftes Erstaunen heucheln. »Ermordet? War sie wirklich so unbeliebt? Nein, also – ermordet!«

»Weiß nicht. Es gibt immer Leute, die andere Leute nicht mögen. Und im Fall unserer Mandel gab es genügend. Gerade Raffael gehörte aber bestimmt *nicht* dazu. Die Polizei sollte sich mal besser unseren Frank Hüglin genauer ansehen. Der ideale Losertyp. Unser aller Opfer. Er schreibt zu wenig Bestellungen, und solche hatte die Mandel gefressen. Wie eine Schwarze Witwe.«

Sie lachte ohne eine Spur von Fröhlichkeit. Dann ging sie. Und überließ mich meinem Schreibtisch.

Mehr und mehr verstärkte sich in mir das Gefühl, dass Raffael einer Spinne ins raffinierte Netz gegangen war. Und zwar einer im Fädenspinnen höchst erfahrenen und tückischen Spinne. Doch wo war die Schwarze Witwe, die immer noch am Leben war?

Sabrina hatte vergessen, ihr Kündigungsschreiben wieder einzustecken. Nachdenklich ging ich zu ihrer Tasche und legte es in das geöffnete Innenfach. Flüchtig achtete ich noch auf das Datum des Briefes.

Es war das Datum von Marianne Mandels Todestag.

FRIEDRICHSTAL. DIE MÜHLE

Es ist seit ewigen Zeiten offenbar das Bedürfnis von Müttern, ihren Kindern die Natur nahezubringen. Und seit ewigen Zeiten maulen Kinder, weil ihnen die Natur vollkommen gleichgültig ist. Natur ist uncool und wird erst wieder wichtig, wenn man all die coolen Sachen ausprobiert und gemerkt hat, dass sie irgendwann schal schmecken.

Ich habe all das Naturgedöns bei meiner Tochter gar nicht erst versucht, und sie wird jetzt trotzdem in gute englische Kreise mit jeder Menge Polo und Ascot und Schottlandurlauben heiraten; das heißt, wenn sie es sich nicht noch irgendwie verdirbt. Meine Tochter neigt nämlich dazu, schon sicher gewonnene Endspiele in den Sand zu setzen.

So wie unser Raffael leider auch. Der Junge musste etwas falsch gemacht haben. Mit irgendjemandem hatte er es sich verdorben. Er hatte einen mächtigen Feind. Vielleicht im Verlag, vielleicht unter seinen Fans, vielleicht in seiner nächsten Umgebung. Jemand, der wusste, wie wichtig ihm dieser Signierkuli war. Bei dieser Sabrina Bauer hatte ich eine gewisse Zurückhaltung gespürt, als es um ihn ging. Ich konnte mir denken, dass sie etwas mehr wusste, als sie mir erzählt hatte.

Es lag jedenfalls nahe, dachte ich, dass seine so vielversprechende und finanziell sowie gesellschaftlich interessante Heirat mit Fräulein Mellenkamp durch den Mordverdacht, unter dem er – wenn auch nur für den Moment – stand, gefährdet war.

Ich machte mir eine kleine Gedankennotiz, dass man etwas genauer hinschauen sollte, ob das kleine blonde Goldschweinchen vielleicht noch andere Kandidaten zum Heiraten in petto gehabt hatte. Oder sich andere Verehrer gern Hoffnungen gemacht hätten.

Marlies hatte ihre Tochter heute mit zur Mühle geschleppt. Jetzt wurde ich Zeugin, wie sie versuchte, in der muffeligen Janine Begeisterung dafür zu wecken, dass ein Haufen vollkommen uninteressanter erwachsener Leute ein altes Gemäuer in ein neues Gemäuer verwandelten.

»Schau mal, das alte Mühlrad. Kannst du dir vorstellen, dass dies schon seit Generationen läuft und läuft! Das Rad hat sechs Meter Durchmesser und bewegt zweitausend Liter Wasser in jeder Sekunde.«

Voll Enthusiasmus wies Marlies auf das mächtige hölzerne Rad, das seine Arbeit – modrigen Geruch verbreitend und stöhnend Wasser umwälzend – in einem feucht-kühlen Gebäude verrichtete. Für mich war die Kühle hier in dem Schuppen noch das Beste daran. Draußen war jetzt Sommer. Hell und freundlich. Die beginnende badische Schwüle lauerte aber schon in der Rheinebene. Mir schauderte bei dem Gedanken, wie es hier im November bei Nieselregen und Nebelstimmung aussehen mochte. Verzogen sich dann Ratten in die dunklen Ecken und krabbelten einem fette Spinnen die Beine hoch?

»Warte, bis du erst die anderen Räume siehst. Und das alte Schulzimmer, da gab's noch den Rohrstock!«, schwärmte Marlies von den guten alten Zeiten. »Die Turmfalken da oben im Möbellager, die sieht man auch nicht alle Tage. Aber sie sind gefährlich. Komm ja nicht zu nahe an ihr Nest.«

»Mach ich sowieso nicht. Und ich hab Durst!«, maulte Janine, die niemals auf die Idee gekommen wäre, den Falken zu nahe zu kommen, und lieber ihr Handy checkte, um sich mit einer glotzäugigen elektronischen Katze namens Talking Angela zu unterhalten.

»Im Mühlencafé bekommst du nachher einen schönen Saft. Sanddornsaft mit Mineralwasser, hmmm. Und vielleicht haben wir Glück, und die Leonhards haben ihren phantastischen Wildkräutersalat mit Hirtentäschel gemacht. Hmmm.«

»Ich will 'ne Cola!«

»So etwas Ungesundes haben die hier nicht. Holunderblüten und Johannisbeersaft werden selbst gepresst.«

»Selbst?«, fragte Janine. Sie kannte nur Säfte aus Plastikbehältnissen, und wie die da reinkamen, war ihr komplett egal.

Ich konnte sie bestens verstehen. Meine italienische *Mamma* hatte Tomatensauce in Handarbeit aus den entsprechenden Früchten gewonnen. Ich hatte die Mühe nie zu schätzen gewusst, wo man Tomatensauce doch überall fertig kaufen konnte. Ich bin aber bekanntlich grundsätzlich sowieso nicht dafür, Sachen selbst zu machen, die andere für einen erledigen können.

»Sag mir lieber, wo sie die Frau hingemacht haben.«

»Janine! Das ist taktlos. Nicht wahr, Swentja?«

»Ich halte mich grundsätzlich aus anderer Leute Erziehung heraus«, verkündete ich.

Doch auch mir war danach, den Tatort nochmals in aller Ruhe zu betrachten. Wir liefen an der Backstube vorbei. In seiner üblichen konzentrierten und eher muffeligen Art wuchtete Tom Lisecki Brote nach draußen.

»Tom, was hast du heute gezaubert?«, strahlte Marlies.

Der Bäcker wischte sich mit dem weißen Tuch, das an seinem Gürtel hing, die Hände ab. Wie immer, wenn von seinem Brot die Rede war, taute der unschöne Kahlkopf auf. »Heute gibt es Möhrenbrot, aus Butter, Hefe, Milch und geraspelten Möhren.«

»Iiih!«, sagte Janine und erntete dafür einen finsteren Blick von Tom Lisecki.

Und ich frag mich immer noch, wieso ausgerechnet du Bücher im Internet verkaufst, dachte ich. Mit dir stimmt auch was nicht.

Natürlich war auch Alberta Bécaud wieder in ihrem kleinen Reich zugange. Wie viel neue Fläche mochte sie der wilden Natur, die sich von dem Mühlengelände zum Bachlauf erstreckte, inzwischen abgetrotzt haben? Vielleicht vierzig Quadratmeter, auf denen Gräser, Halme und Kräuter wucherten, die sie uns alle stolz benannte.

»Hier haben wir Spitzwegerich, sehr gut gegen Mücken- und Bremsenstiche, dann hier unser Thymian, Rosmarin und Basilikum, da hinten die Petersilie, die Pimpernelle und das Zitronengras. Schafgarbe, hier, schau, mit der weißen Blüte, ist gut gegen Regelschmerzen …«

»Hey, nicht so laut«, sagte Janine peinlich berührt.

»… und das Wilde Stiefmütterchen, wie schön, wie wunderschön, überbrüht man mit Wasser, seiht es ab, lässt es kalt werden, und dann hilft es besser als jede Creme gegen unreine Haut.«

»Echt, ey?«

»Ja, vorne im Seifenladen kannst du eine Seife daraus kaufen. Wir arbeiten hier alle im Team. Hand in Hand. Meine Kräuter werden auch von Tom und von den Leonhards verwendet. So stelle ich mir ganzheitliches Leben und Arbeiten vor.«

Sie strahlte, und man glaubte es ihr. Sie war wie eine Laterne, in der man ein Licht anzündete, wenn von ihrem Grünzeug die Rede war.

Ob Marianne Mandel da hineingepasst hat, in dieses Schema von reinem Glück mit der Natur?, dachte ich. Die kommen mir alle vor wie aus einer Landlust-Zeitschrift ausgeschnitten. Fast zu schön, um wahr zu sein.

»Und wo ist jetzt die Frau umgebracht worden?«

»Hier«, sagte Alberta, stiller geworden. »Hier! Leider. Bei mir. Entsetzlich.«

Sie wies auf eine Stelle inmitten des Schnittlauchs. »Hier waren die Blutspuren, und hier muss sie auch gestürzt sein. Sie wollte noch fortrennen, doch er hat sie erwischt.«

»Er?«, fragte Janine jetzt etwas lebhafter. »Kann es nicht auch eine Frau gewesen sein? Bei uns in der Schule sind die brutalsten immer die Mädchen. Nicht wie bei euch, in den alten Zeiten, wo nur die Jungs Stress gemacht haben.«

Aha.

Wir drei Frauen aus den »alten Zeiten« zogen uns zu einer Tasse Kaffee in das kleine Gartenlokal zurück. Janine entdeckte eine Katze und folgte ihr ziellos. Ich sah ihre unfertige Gestalt zwischen Bäumen und Büschen verschwinden. Offenbar gefiel ihr die Wildnis doch, denn sie blieb ziemlich lange fort. Einen kurzen Moment lang machte ich mir Sorgen und dachte an das kleine Mädchen, das damals niemals mehr wiedergekommen war. Doch Janine war älter und frech, und wir saßen hier in Rufnähe. Dennoch war mir unbehaglich zumute.

»Es war ein Schock für uns alle«, sagte Alberta und nippte an ihrem Tee. »Sie war nicht nur Mitglied in unserem Verein, sondern sie hat uns auch finanziell immer wieder unterstützt. Schließlich hatte sie das Lager gemietet und hat ordentlich dafür bezahlt. Sie war wichtig hier. Hatte viele Anteile.«

»Was war sie für eine Frau?«

Alberta musste gar nicht lange nachdenken. »Sehr elegant, sehr kultiviert. Eine schöne Frau. Ich meine, jetzt war sie natürlich nicht mehr ganz jung … sie war etwas gereifter, aber immer noch attraktiv. Gut gekleidet. Perfekt geschminkt und frisiert …« Ihre Stimme verebbte, und sie rührte in ihrem Tee herum.

Ob sie es auch dachte? Im Grunde hatte sie mich beschrieben. Mich in ein paar Jahren. Eine *Aber*-Frau. Eine *Noch*-Frau. Gut aussehend, *aber* … *noch* schön.

Etwas überhastet fuhr sie fort: »Ansonsten hat sie hier wirklich viel geleistet. Lesungen organisiert. Einmal gab es eine Theateraufführung von einem Krimi aus ihrem Verlag. Mit Musik und verschiedenen Sprechern. Da war der ganze Verlag anwesend, und auch alle Autoren hatten eine Einladung. Hinterher haben die Leonhards ein Kräuterbüfett gemacht. Gut, es war ein bisschen welk am Schluss, aber da konnten sie nichts dafür. Marianne war von so etwas allerdings gar nicht begeistert. Eine Perfektionistin. Dabei war sie sonst immer sehr gelassen und ruhig. Gut strukturiert. Diszipliniert. Aber auch charmant. So ist sie ihr Leben lang gewesen. Gut für uns.« Sie seufzte.

»Mit der Mühle hatte sie, glaube ich, noch einiges vor. Sie hat oft davon gesprochen, mit staatlichen Fördermitteln da hinten im Hof ein richtiges kleines Freilichttheater einzurichten, und eine kleine Buchhandlung mit Bildbänden von Naturaufnahmen und Gartendekoration. So was läuft heute gut. Sie hatte immer neue Ideen, und sie ließ auch nicht locker, wenn sie mal an einem Plan dran war.«

»Aber das hätte den Hof hier schon verändert, oder?«

»Ja«, warf Marlies jetzt ein. »Sie wollte die Backstube modernisieren und vergrößern, und sie hatte vor, die Buchhandlung da einzurichten, wo heute das Kräutergärtchen ist, nicht wahr? Die Seifentussi sollte doch auch weichen, weil sie nur ganz wenig Umsatz macht.«

»Kann sein. Aber ich hätte bestimmt einen anderen guten Platz für meine Kräuter bekommen«, murmelte Alberta abweisend. »Wir haben ja genug Grünflächen. Und Fortschritt ist nie schlecht. Die Marianne hat sich eben Gedanken gemacht. Sie wusste schon, wie wichtig mir das Kräutergärtchen ist. Das hätte sie mir niemals genommen.«

Ob du wirklich so denkst?, fragte ich mich. Hätte es dir gefallen, deine mühsam gezogenen Kräuter plattzumachen und irgendwo neu anzufangen?

»Schätzten alle ihre Tätigkeit hier so wie Sie? Mochten alle sie gut leiden?«, fragte ich wie nebenbei.

»Aber sicher«, antwortete Alberta hastig und stellte ihr Teeglas mit einem harten Knall auf den Tisch.

Jetzt war ich mir sicher.

Sie log.

Marlies wollte noch in der Mühle bleiben und brachte mich sowie eine auffallend stille Janine zum Auto. Ich fragte mich, ob ihr der ungewohnt gesunde Saft nicht bekommen war, denn sie klammerte ihre für den Anlass viel zu große Tasche eng an sich, so als habe sie Schmerzen. Ich fragte nicht, denn ich wollte keine Gesundheitsbulletins eines jungen Mädchens hören. Ich würde sie nach Hause bringen und fertig.

Trotzdem fuhr ich langsamer als normalerweise. Der Drängler hinter mir, ein italienischer Romeo, aus dessen Auto entsprechende Musik dröhnte, sollte mich ruhig überholen. Zweimal fuhr ich rechts ran, erst beim dritten Mal brauste er schnittig vorbei, schwarze Locken flatterten, das für einen Mann ausgesprochen alberne bunte Halstuch flatterte mit. Sollen sie gern ihre schicken Pullover tragen, diese Italiener, aber dieses Tuch war selbst für Südländer zu weibisch.

Ein Tuch! Ich hatte das Gefühl, dass in letzter Zeit verdammt viele Männer mit Tüchern um mich herum waren.

Janines Handy läutete, irgendeine Freundin war dran, ich stellte das Radio leiser und vergaß den Gedanken.

Fürs Erste.

Sträflicherweise.

FRIEDRICHSTAL. IM VERLAG

Ich räumte meinen Schreibtisch ein. Das heißt, ich baute meinen Laptop auf, stellte einen Ablagekorb daneben sowie ein Rechtschreibwörterbuch und legte mir einen weißen Block mit Kuli zurecht.

Natürlich hatte ich eigentlich keineswegs vor, wirklich ein Buch zu schreiben, und wenn, dann bestimmt keines mit diesem peinlichen Inhalt, doch es konnte nicht schaden, wenn ich es zumindest aussehen ließe, als ob ich es ernst meinte.

Sabrina Bauer hatte heute Urlaub. Der Schreibtisch mir gegenüber war leer. Einmal schaute Herr Dr. Niess kurz herein, nickte gütig und machte eine Handbewegung, als wollte er sagen: »Machen Sie ruhig, aber lassen Sie mich dabei in Ruhe.«

Ich ordnete alles, fuhr den Laptop hoch, richtete eine Datei »Günstig shoppen« ein, wobei es mir fast den Zeigefinger verkrampfte, und wusste ansonsten nicht, was ich tun sollte. Das war wieder einer der Momente, in denen ich froh war, dass ich es immer geschafft hatte, mich aus dem normalen Arbeitsleben herauszuhalten.

Gerade wollte ich schon gehen, als eine dünne, lange Gestalt den Raum betrat und mich aus waidwunden braunen Augen ansah. Ohne dass er sich vorstellte, wusste ich schon, um wen es sich handeln musste: Selten hatte ich jemanden gesehen, auf dessen Stirn das Wort »Loser« deutlicher aufgedruckt war.

»Frank Hüglin«, stellte er sich folgerichtig vor, und dabei machte er mit seinen spitzen Zähnen, die fast wie bei Dracula quer und zu lang im Mund herumstanden, ein schnalzendes Geräusch. »Sie sind Autorin?«

»Ja, ich werde ein Buch schreiben.«

»Wissen Sie schon einen Titel? Dann kann ich in den Buchhandlungen schon mal Appetit machen. Vorbestellungen reinholen.« Es klang so abgeklärt, als glaubte er selbst nicht daran.

»Darüber habe ich mir noch keine Gedanken gemacht«, bekannte ich.

»Der Titel ist das Wichtigste. Dann das Titelbild und dann der Klappentext –«

»Und wann kommt der Inhalt?«, fragte ich.

Er setzte sich zu mir auf den Schreibtisch und schnalzte wieder. »Ganz zum Schluss. Doch dann haben die Leute schon gekauft, und das ist das Entscheidende für uns. Es ist schwer, draußen. Wissen Sie, gegen wen ich kämpfe? Gegen Leute, die weniger Geld als früher haben, weil alles teurer wird. Gegen den Fernseher, den Computer, gegen Amazon und gegen die Riesenverlage. Gegen amerikanische Übersetzungen, gegen Schwimmbadwetter und Zeitschriften, gegen Videospiele, X-Box, Secondhandbuchläden, gegen E-Books und gegen Analphabeten. Gegen kleine Buchhändler, die ums Überleben kämpfen.«

Er hielt ein und strich sich mit einer zitternden Hand über den Schädel mit dem dünnen Haar, das er unvorteilhaft in einer Strähne über den Kopf gelegt hatte. »Und wenn ich die alle besiegt habe, dann verkaufe ich vielleicht mal ein einziges Buch. Verstehen Sie das?«

Nichts könnte mir gleichgültiger sein. Wenn er keine Bücher verkauft, muss er halt bessere Ware anbieten.

Dennoch nickte ich.

»Aber leider versteht das nicht jeder. Vor allem unsere schöne Marianne nicht.«

Jetzt imitierte er erstaunlich gut eine rauchig-erotische Stimme: »Ja, Frank, da muss man sich eben mehr einfallen lassen. Finden Sie doch mal raus, was für Leute in diese Buchhandlung gehen. Sind ein Krankenhaus und ein Kindergarten in der Nähe? Was verdienen die Leute im Viertel? Vielleicht mal ein Hundeleckerli dabeihaben, wenn man weiß, die Buchhändlerin ist eine Hundebesitzerin …« Er sah mich an und kehrte zu seiner normalen Stimme zurück: »Was bin ich? Ein Clown? Aber das ist mein Schicksal. Ich komme immer zu spät, ich mache es immer falsch. Ich werde einfach übersehen.« Er lachte trocken und unfroh.

»Mandel wollte mein Grundgehalt runterschrauben. Ich sollte mehr auf Provision arbeiten, damit ich mich richtig anstrenge. Die anderen konnten sie immer bewegen, mir noch eine Chance zu geben. Aber ich werde eben immer übersehen! Sogar die Polizei hat mich übersehen und stattdessen unseren Herrn Wiesinger verhaftet. Denn den durfte man nicht übersehen. Und den hätte man auch nicht entlassen.«

Er lachte wieder. Dann fuhr er sich mit der zittrigen Hand über die Stirn, und ich sah, dass er zwei verkrüppelte Zeigefinger hatte. Und als er ging, dachte ich, dass ich aus seinem Mund gerade eben die Stimme der Toten sprechen gehört hatte.

Doch die passte irgendwie nicht zu ihr oder vielmehr nicht zu dem Bild, das ich mir von ihr gemacht hatte. Es war die Stimme des Hasses.

ETTLINGEN. POLIZEIREVIER

Zwei Tage später rief mich eine hysterische Marlies mit ungewohnt überschnappender Stimme auf dem Handy an.

»Sie ist bei der Polizei. Auf dem Revier. Bitte komm sofort. Ich meine, du hast doch deine speziellen Connections ... du weißt schon, die mit ... Ich sage keinen Namen, obwohl ich ja einen Namen sagen *könnte*!«

Erkenntnis: Swentja, du solltest niemals, auch nicht im Rausch der ersten Verliebtheit, nicht nach einer gelungenen Nacht und auch nicht unter Sekteinfluss Freundinnen von deinem Liebhaber erzählen. Irgendwann plappert es ja doch jede aus.

Nach und nach ermittelte ich, was passiert war.

Sie hatten Töchterchen Janine nach der Schule abgefangen und aufs Revier verbracht.

Nicht vorbestraft, keine Fluchtgefahr, minderjährig, Ersttäterin aus soliden Verhältnissen: Sie durfte also wieder nach Hause, aber man wollte einmal mit den Eltern Rücksprache halten.

»Wieso denn das?«, erkundigte ich mich verblüfft.

»Drogenbesitz«, jammerte Marlies und verfiel – was ihr selten passierte – in ihr heimisches Badisch, eine Sprache, die in meinen Kreisen absolut nicht angesehen ist.

»Sie hat aus der Mühle Hanfpflanzen mitg'nomme und wollt se aufm Schulhof verkaufe. Vorher hat sie sie allerdings noch getrocknet, weil sie meint, das müsst so sein. In meiner Waschküch!«

»Woher weiß sie denn, wie die aussehen? Also ich wüsste das jedenfalls nicht.«

»Weil sie im Unterricht eine Lerneinheit ›Drogen? Nicht für mich!‹ auf dem Stundenplan haben, und da kam eine Frau, die ihnen Schaubilder von allen gängigen Rauschpflanzen und die Methoden der Destillation gezeigt hat. So ein Quatsch.«

»Deine Janine. Stabiles Elternhaus und eine Mutti, die sich kümmert.«

»Sie sagt, alle nehmen was. Fast alle. Sonst kommen sie nicht durch den Alltag in der Schul und an der Straßebahnhaltestell und schon gar nicht durchs Wochenende. Irgendeine Entspannungstechnik braucht man. Sagt sie!«

»Wie wär's mit Yoga?«, murmelte ich.

»Komm mit zur Polizei. Morgen Mittag. Mir ist das derart peinlich.«

Mir war es allerdings auch peinlich. Und wie. Der Beamte, in dessen kleinem Büro eine Klimaanlage laut wie ein böser Bär vor sich hin brummte, hatte mich sehr oft mit Hagen zusammen gesehen.

»Herr Hayden ist nicht da. Er ist zwei Wochen privat unterwegs«, teilte er uns deshalb mit einem vielsagenden Unterton, der mir überhaupt nicht gefiel, mit. »Aber ich kümmere mich um die Sache hier. Allerdings müssten Sie den Raum verlassen, da Sie keine Erziehungsberechtigte sind.«

»Was geschieht mit ihr?«, fragte ich im Gehen.

Der ältere Beamte schmunzelte. »Nun, sie muss Sozialarbeitsstunden ableisten, wird ermahnt, ein Besuch beim Drogenbeauftragten ist auch fällig, und ansonsten müssen wir auf die Einsicht der jungen Dame und auf ein gutes Elternhaus setzen.«

Janine schwieg, wenig einsichtig aussehend. Eher verärgert, dass man sie erwischt hatte.

»Es ist eben nie gut, wenn man sich nicht so verhält, wie es sich gehört«, teilte uns der Beamte mit, von dem ich wusste, dass er Fischer hieß. »Irgendwann kommt alles raus!«

Bildete ich es mir ein oder hatte er mich dabei etwas länger als nötig angesehen?

Ich trat also hinaus auf eine unschuldig-sonnige Ettlinger Straße. Ich achtete nicht auf komische Männer mit Halstüchern. Denn mir kam ein anderer Gedanke.

Irgendjemand pflanzte also im geheimnisvollen und undurchdringlichen Dickicht, das die Mühle umgab, indischen Hanf an. Ein hübscher kleiner Nebenverdienst. Von dort zu Marihuana war der Weg auch nicht weit.

Konnte Marianne Mandel diese nette kleine Plantage entdeckt haben und jemand hatte aus Wut zugeschlagen, um sie zum Schweigen zu bringen? Sie war schließlich beim Kräutergärtchen erschlagen worden.

Ich kannte dieses Erschauern schon. Es war der Unglaube darüber, dass durch ein schönes Postkartenmotiv und eine scheinbar heile Welt plötzlich ein Riss ging.

Alles so nette Leute in der romantischen Alten Mühle. Opferten Zeit und Herzblut für den Erhalt eines Kulturdenkmals. Doch einer opferte vielleicht nicht nur sein eigenes Herzblut, sondern auch das Blut eines anderen. Das Blut von Marianne Mandel.

KARLSRUHE. FILIALE EINER GROSSEN BUCHHANDELSKETTE

Preiswert shoppen und trotzdem gut aussehen!

Es musste schon vor mir verirrte Wesen gegeben haben, die diese wahnwitzige These vertreten hatten. Deren Machwerke galt es ausfindig zu machen.

Ich beschloss, bei Thalia in Karlsruhe, wo man mich nicht kannte, nach etwas so Ausgefallenem wie Büchern über preiswertes Einkaufen zu fahnden. Wenn es so etwas gab und wenn es vorrätig war. Schlimm genug, wenn sich jemand nichts Anständiges leisten konnte, aber man würde ja nicht noch ein Buch darüber lesen wollen.

Eine entsprechend vorgetragene Bitte bei der Buchhändlerin – eine beklagenswerte dürre, unschöne Person, die zu Recht mürrisch aussah, weil sie ihr ganzes Leben anderer Leute Lesestoff aus dem Regal holen musste – stieß auf eine überraschend schnelle Antwort. Sie teilte mir Unerhörtes mit.

»Das liegt im Trend«, verlautbarte sie missmutig. »Minimal leben. Simplifyen. Downsizen. Das Leben entrümpeln! Recyceln, anstatt neu kaufen. Sachen selbst machen.«

Sie marschierte mir voraus zu einem Regal, wo sich Bücher unter dem Schild »Besser leben« zusammenkuschelten.

»›Miss Minimalist‹«, las ich mir selbst vor. »›Second Hand Life‹. ›Das hab ich ganz allein gemacht‹.« Hier hielt eine Frau auf dem Titelbild strahlend eine Ringelsocke in die Höhe.

Ich schüttelte den Kopf. »Das große Buch vom einfachen Leben! Selbst versorgen, weiterverarbeiten, stressfrei leben.«

»Ja, wunderbar, nicht wahr?«, strahlte das dürre Wesen. »Der durchschnittliche Deutsche besitzt etwa zehntausend Dinge. Das ist viel zu viel. In dieser Fülle kann man sich nicht auf sich selbst konzentrieren.«

»Es kommt vielleicht darauf an, *wie* diese zehntausend Dinge aussehen«, teilte ich ihr streng mit. Sie glotzte mich verständnislos an.

Ich seufzte. Irgendwie musste ich sie anders beschäftigen, damit sie mich nicht in eine kulturpolitische Diskussion verwickelte. Bei solchen Diskussionen sind wir Wohlhabenden immer im Nachteil.

»Führen Sie auch Bücher von Raffael Wiesinger?«

Der Name sagte ihr gar nichts. Sie musste im Computer nachsehen.

»Wie war der Name? Wiesinger? Hier ist er. Nein, da haben wir nichts da, aber ich kann Ihnen etwas bestellen. Bis auf morgen? Oh nein, Moment, die sind nicht bei unserem Grossisten gelistet.«

»Was heißt das?«

»Werden nur beim Verlag selbst bestellt. Dauert also drei Tage.«

Vage entsann ich mich, dass in unserem Literaturkreis in Moosbronn oben von den ach so kulturell interessierten Damen der besseren Kreise immer gelästert wurde, dass diese großen Ketten nur die Bestsellerlisten hoch und runter auf riesigen Stapeln anboten und wirklich wertvolle Literatur bei ihnen nicht vorkam, auch wenn sie sich eigentlich gut verkaufen würde.

Genauso schien es auch hier zu sein.

Ich bezahlte zwei Bücher, die diesen bizarren Minimalismusgedanken verherrlichten, und ging meiner Wege.

Aus dem Rückspiegel sah ich die alte Frau mit dem kleinen Hund, die nichts gekauft hatte, weil sie sich vielleicht nichts leisten konnte, und die jetzt matt zur Straßenbahn schlurfte. Der Hund trug ein rot-weiß gepunktetes Tuch. Und sie auch. Irgendwie nett. Das Weiblein ging im Partnerlook mit ihrem Hund.

Warum ist es mir damals nicht aufgefallen?

Wir sind zu fixiert darauf, dass ein Mann ein Mann ist und eine Frau eine Frau. Dabei ist es so leicht, das Geschlecht zu wechseln, indem man einfach nur ein paar Accessoires austauscht.

Doch mein Unterbewusstsein war alarmiert, und beim nächsten Mal würde ich die Person stellen. Nur wusste ich das jetzt noch nicht.

MANNHEIM. K-QUADRATE

Bevor ich wieder im Verlag an meinem sogenannten Arbeitsplatz auftauchte, sollte ich zumindest vorgeben, ich hätte etwas zu tun. Meine neuen Kollegen würden sonst misstrauisch werden. Also beschloss ich, in den sauren Apfel zu beißen und mich mit dem Thema zu befassen, wo man für wenig Geld viel Kleidung bekam.

Gelegentlich war mir natürlich auch schon aufgefallen, dass es in diesen Läden, deren Auslagen bis weit auf die Straße hinaus präsentiert werden und in deren Innerem orientalisch aussehende Männer nägelkauend darauf warten, dass jemand ein T-Shirt mit Tiermuster bei ihnen kauft, sehr günstige Ware gibt. Sogenannte »Türkenläden«.

Da meine im Moment noch sehr virtuelle Gliederung besagte, dass ich die Möglichkeiten, sich günstig einzukleiden, nach den Geschäften auflisten wollte, beschloss ich, nach Mannheim zu reisen und solche Läden persönlich aufzusuchen. In Karlsruhe, wo mich die Damen kannten, konnte ich mich beim besten Willen nicht in die entsprechenden Straßenzüge begeben.

Ich verband den Ausflug nach Mannheim mit dem Besuch bei einer alten Bekannten aus dem Tennisclub, die unweit des Rheins in einer feinen Altbauwohnung mit Blick auf den grau und träge dahinziehenden Fluss lebte. Eine gepflegte ältere Dame, deren Haut man ansah, dass sie von den teuersten Cremes genährt wurde.

»Älter werden«, sagte sie mit feinem Spott und schenkte Tee in zarte Tässchen ein, »kann man nicht verhindern, aber man kann verhindern, dass es hässlich aussieht. Zucker?«

»Nein, danke«, erwiderte ich.

Sie nickte billigend. »Sie wissen, worauf es im Alter ankommt, Frau Tobler. Immer Haltung. Und Disziplin.«

Wenn diese feine Dame wüsste, dass ich kurz nach ihrem Besuch mit einer großen Sonnenbrille maskiert in den von Türken bewohnten Vierteln von Mannheim herumlief, unter anderem, um einem Mann ohne nennenswerten Stammbaum, mit dem ich ein Verhältnis hatte, zu imponieren, würde ihre Zuneigung zu mir etwas schwächeln.

Ich parkte in der Nähe des Schlosses, durchmaß den oberen Teil der Breiten Straße, überquerte den Marktplatz und tauchte ein in die Quadrate, wo ich zu Recht das Türkische Quartier vermutete.

Ich selbst war übrigens noch niemals in der Türkei gewesen. Für Ferienreisen lehne ich dieses Land ab. Urlaube, die sich mein Installateur leisten kann, kommen für mich grundsätzlich nicht in Frage.

Kulturell soll die Türkei zwar interessant sein, doch mache ich mir erstens nicht viel aus Kultur, und zweitens kenne ich nun mal keine wirklich bedeutenden türkischen Modedesigner. Was soll ich also dort?

Dennoch verblüffte mich dieses Viertel hier in Mannheim zwischen Neckar und Paradeplatz. Es war wie ein zweites Universum, das mit meinem nichts zu tun hatte. Vage hörte ich in meiner Erinnerung, wie Politiker in diesen langweiligen Podiumsdiskussionen von Parallelwelten sprachen. Hier war sie also – die Parallelwelt. Ein Basar mitten in Deutschland.

Alles in Türkisch. Frauen mit Kinderwagen, an der Hand brave, hübsche Kinder. Manche in langen Kleidern, andere jung, sehr attraktiv, beinahe sexy. Junge Männer mit herausfordernden Blicken und engen Jeans, ältere Männer mit braunen oder grauen Hosen, weiten Jacken und einem fremden Blick.

Riesige Obst- und Gemüseauslagen, Schuhmacher, Änderungsschneidereien, Ein-Euro-Läden, Metzgereien und Cafés. Aus manchen Eingängen schallte laute orientalische Musik. Und natürlich gab es massenhaft die von mir gewünschten Kleidergeschäfte.

Im Schaufenster eines der Läden, an einer Ecke, zierten sich grinsende Puppen mit bestickten langen Abendkleidern, mit Tüll und grellen Seifenfarben. Im Inneren des Ladens hingen aber auch Hosen, T-Shirts, Pullover und Handtaschen. Mit Widerwillen musterte ich das farbenfrohe Angebot. Und fand doch etwas Vertrautes.

Ich liebe nämlich legginartige enge Hosen aus elastischem Material, weil sie bei jedem Wetter angenehm auf der Haut sind und immer irgendwie schick aussehen. Vorausgesetzt, man hat sich keinen Kuchen-Bauch angefressen, der sich gnadenlos unter dem weichen Stoff abzeichnet. Meine letzte derartige Hose stammte aus der Schneiderwerkstatt des Herrn Joop. Ein schwarzes Teil mit Lederapplikationen am Po und an der Seite. Vielleicht einen Hauch ausgefallen und ein wenig jugendlich, aber mit flachen Schuhen und einem nicht zu auffallenden Oberteil war die Hose ein nettes Basic. Vor allem für den Urlaub, weil sie knitterfrei aus dem Koffer kam. Ich darf an der Stelle erwähnen, dass diese Hose einst für zweihundertsechsundsiebzig Euro über den Ladentisch ging.

Hier hing nun eine Leggins aus festerem Material in einem leicht schimmernden Grau, die meiner Joop-Hose fast aufs Haar glich. Ich holte sie heraus und atmete tief ein. Sah den Preis: neun Euro neunundneunzig.

»Möchten Sie anprobieren?«, fragte der Inhaber, ein eher schlanker Mann mit fein gekräuseltem schwarz-grauem Haar. Er kam mir dabei einen Hauch zu nahe, ich wich ein paar Zentimeter zurück und hielt die Hose schützend vor mich.

»Ich weiß nicht, ob sie mir steht. Ob ich gut darin aussehe.«

»Sie werden gut darin aussehen. Sie sind eine sehr schöne Frau«, befand der Inhaber. Ich vermutete, das sagte er jeder. »Das sage ich nicht jeder!«, erklärte der Gedankenleser.

»Danke. Aber …«

»Kein Aber. Ich sage immer die Wahrheit. Wenn eine Frau so etwas nicht steht, wenn zu … wie sagt man … kraftvoll hier hinten oder an dem Schenkel, dann geht nicht. Dann finde ich in meine Laden etwas anderes für sie. Etwas, das ihr steht. Und passt zu Alter von ihre Leben. Ich finde immer etwas.«

»Ja«, sagte ich und überflog das bunte, reiche Warenangebot. »Das glaube ich sogar.«

»Oh ja, denn jede Frau ist etwas Besonderes. Weil sie eine Frau ist und geschaffen, uns dazu zu bringen, sie zu lieben. Anders kommt kein neues Leben auf die Erde.«

Noch ein Poet! Ich versuchte, sarkastisch zu denken, doch es gelang mir nicht. Der Mann war freundlich.

Ich kaufte die Leggins. Ich würde sie irgendwo auf dem Weg

zum Auto in einen Abfalleimer werfen. Doch dann sagte er: »Es war meine letzte Hose in diese Grau. Und ich bin froh, dass Sie haben sie gekauft. Sie gereichen mir zur Ehre.«

Und da wusste ich, dass ich dieses Ding verdammt noch mal nicht einfach wegwerfen konnte.

Diesmal war ich gewarnt. Der Mann, fast täuschend echt türkisch aussehend, der mit einem Tuch um den Hals halbwegs geschickt immer zwei Ecken weit entfernt hinter mir herlief, verfolgte mich.

Das Fernsehen, das ich eigentlich als Massenmedium grundsätzlich misstrauisch betrachte, denn Masse ist für mich immer ein Unwort, hat auch sein Gutes. Man kennt sich aus mit dem Bösen. Vor Augen sah ich eine Szene, die ich in Krimis oft gesehen hatte und die ich jetzt nachspielen würde.

Ich tat so, als schaute ich in meine Tüte, schlug mir an den Kopf mit der Geste: Mist, jetzt habe ich was vergessen!, drehte mich um, sah theatralisch auf die Uhr, eilte zurück zu dem Laden des Poeten.

Er sah mich lächelnd an. »Noch ein Wunsch, Dame?«

»Ja, verzeihen Sie, aber haben Sie hier einen Hintereingang?«

Jetzt erwies sich der altbewährte Gleichmut des Orientalen als nützlich. Der Mann fragte nichts, sondern wies einfach nur stumm nach hinten.

Ich schlüpfte in einen von hohen Mietshäusern verschachtelten und mit Mülltonnen und anderem Gerümpel vollgestellten Hinterhof, sah, dass die rückwärtigen Zugänge zu den Läden des Quadrats alle auf diesen einen Hof führten, und schritt hocherhobenen Hauptes durch eine Hintertür in ein weiteres Geschäft, das etwa drei Häuser hinter dem des türkischen Poeten liegen mochte.

Es handelte sich um einen Chinaimbiss, in dessen Küche ich gelandet war. Eine puppenhaft schöne Asiatin sah mich unbewegt an und ließ mich wortlos passieren, so als sei ich vom Wirtschaftskontrolldienst und man könne sowieso nichts machen. Meine im Grunde natürlich plumpe Rechnung ging auf.

Ich tauchte nunmehr direkt hinter dem Mann mit dem Tuch auf, der zwar immer mal wieder um sich blickte, sich aber doch auf den türkischen Laden konzentrierte, wo er in das Schaufenster mit den Ballkleidern stierte.

Der Kerl war nicht allzu groß. Als ich hinter ihm stand, konnte ich ihm mühelos auf die Schulter tippen.

»Jemand wie Sie sollte nicht jedes Mal ein Tuch tragen«, sagte ich kühl. »Es fällt auf.«

Stechende Augen in einem sehr hellen Blau bohrten sich unangenehm in meine Augen.

»Und Sie gehen nicht als Türke durch! Warum tragen Sie diese Halstücher und Schals überhaupt? Oh, ich erinnere mich. Unsere erste Begegnung. Der ältere Herr mit Halstuch. Sie haben eine Tätowierung, nicht wahr? Schlecht für jemanden in Ihrem Gewerbe …«

Er starrte mich wortlos an. Das passte nicht in meinen Plan. Trotzdem um Haltung bemüht, zischte ich: »Ich weiß, was Sie sind. Sie sind einer dieser miesen Privatdetektive, die Leuten hinterherschnüffeln. Ich hole die Polizei, wenn Sie es nicht zugeben und mir sagen, wer Sie auf mich gehetzt hat. Obwohl ich es mir eigentlich denken kann. Ich hole die Polizei!«

Die Drohung, von der ich nicht wirklich vorgehabt hatte, sie wahrzumachen, war schon nicht mehr nötig. Jene scheinbar so gleichmütige Asiatin hatte offenbar lediglich ihre Gefühle gut verbergen können. Jedenfalls hielt binnen weniger Sekunden ein blau-weißes Fahrzeug der baden-württembergischen Polizei sehr dicht neben mir.

Zwei Uniformierte stiegen aus, wobei einer davon farbig und der andere eine Frau war. Doch im Moment konnte ich an beidem keinen Anstoß nehmen, obwohl diese Besetzung eines deutschen Streifenwagens nicht so ganz meinen bürgerlichen Erwartungen an Ordnungshüter entsprach. Ich musste erst einmal überlegen, wie ich mich hier herauswand.

»Dieser Mann verfolgt mich!«

Die beiden Großstadtpolizisten fackelten nicht lange. Die Frau nahm mich zur Seite, schrieb meine Personalien auf, der Halstuchträger wurde ins Auto gebeten. Ein paar Leute blieben stehen und gafften. Es waren meistens Deutsche. Die Türken sahen diskret weg.

Das Ganze dauerte nur wenige Minuten.

»Der Mann ist ein offiziell zugelassener Privatdetektiv. Er ist nicht verpflichtet, Ihnen seinen Auftraggeber zu nennen. Sie können bei uns einen Antrag stellen. Unser Vorgesetzter wird darüber entscheiden. Am besten beauftragen Sie einen Anwalt.«

»Kennen Sie denn seinen Namen?«

»Ja«, erklärte der schmale Polizist. »Aber wir geben keine Auskunft. Sie können sich jedoch an die Detektei in Bruchsal wenden, bei der er angestellt ist. Grieb-Research.«

Ich schwieg. Der Name war mir durchaus bekannt. Ich hatte schon Rechnungen dieser Firma gesehen.

Und zwar bei meinem Mann auf dem Schreibtisch.

Ich blickte dem Detektiv ins Gesicht. Er sah nicht mal verlegen aus, eher frech-verärgert, dass er aufgeflogen war. »Sie bespitzeln mich also im Auftrag meines Mannes. Wie mies ist das denn?«

Der Mann verzog jetzt das Gesicht zu einem fast höhnischen Grinsen, und auch der Polizist lächelte mitleidig. Es war eine der peinlichsten Situationen meines Lebens.

»Es sind meistens die Ehemänner, Frau …«, ein Blick in meinen Personalausweis, den er mir achselzuckend zurückgab, »Tobler.«

ETTLINGEN. ZU HAUSE

Mein Mann und ich haben selten Streit. Uns verbindet nur ganz wenig Emotionales. Worüber sollten wir also streiten? Wir gingen im Allgemeinen höflich wie zwei gute Bekannte miteinander um, die einander in Ruhe lassen. Mein Mann war so etwas wie ein gut zahlender und durchaus gern gesehener Gast in unserem geschmackvollen Zuhause.

Deshalb mochte es diesen Gast überraschen, dass ich am Abend nach meinem Ausflug nach Mannheim wie eine Furie auf ihn losging.

Passend zu meinem Auftritt hatte ich eine rote Seidenbluse von Etro gewählt. Das kostete mich Überwindung, denn Rot ist eine Farbe, die mir nicht besonders gut steht. Mein Haar ist blond, und ich habe dunkle Augen zu einem nicht allzu hellen Teint. Rot ist für mich nicht verboten, aber nicht ideal. Kleine Anmerkung, meine Damen: Rot steht fast keiner Frau. Außer Sie sehen aus wie Penelope Cruz.

Meine Farben sind Braun, Beige, Weiß und sogar Sonnengelb. Sehr gut steht mir übrigens Orange, was sich kürzlich im Erwerb einer orange-grünen Bluse von Marc Cain niedergeschlagen hatte, die mich etwa gefühlte drei Jahre jünger machte. Meine Haut leuchtete geradezu, wenn ich das Ding trug.

Doch heute sollte mein Mann in mir eine Ampel sehen. ROT, sozusagen. Bis hierher und nicht weiter.

»Wie kannst du es wagen, mich bespitzeln zu lassen? Und dann auch noch idiotischerweise von der Firma, mit der deine Kanzlei zusammenarbeitet? Wolltest du wissen, ob ich auch wirklich für deinen kostbaren Neffen tätig werde? Wenn ich sage, ich mache es, dann mache ich es auch. Oder wolltest du wissen, ob ich dich betrüge? Und hier gilt das Gleiche.«

Zur Untermalung stampfte ich einmal mit dem Fuß auf, wobei ich mich bemühte, die Geste immer noch graziös wirken zu lassen. Männer fürchten gelegentliche weibliche Temperamentsausbrüche, aber sie müssen immer noch attraktiv aussehen.

Deshalb heule ich auch nie. Nie. Nie. Es sieht einfach nicht gut aus.

»Und, tust du es?«, fragte mein Mann ruhig. Ich fand, dass er sowieso eine ziemlich merkwürdige Miene aufgesetzt hatte. Mehr erstaunt als schuldbewusst. Nun, er mochte erstaunt sein, dass ich sein mieses Spiel durchschaute.

Hatte mir das wohl nicht zugetraut.

»Dich betrügen? Nein«, sagte ich mit arroganter Festigkeit und schleuderte ihm einen verachtungsvollen Blick zu. »Natürlich nicht, mein Lieber!«

»Kannst du mir das verbindlich zusagen?«, erkundigte sich mein Mann. Es klang, als verhandelte er um eine Mietwohnung.

»Selbstredend«, erklärte ich.

Im Hintergrund hörte ich, wie sich meine italienische *Mamma* leise und kopfschüttelnd davonschlich. Ihre Moral war nicht mehr meine Moral.

FRIEDRICHSTAL. IM VERLAG

Im Wendelinus-Verlag herrschte heute eine gewisse alltägliche Geschäftigkeit. Türen schlugen, Leute huschten. Frank Hüglin wartete geduldig zuerst vor Jeannette Béziers Bürotür, dann ebenso ergeben vor der von Herrn Dr. Niess.

Ein Postbote erschien und brachte ein Paket, das Sabrina seufzend in die Regale im Gang einsortierte, wobei sie zweite Reihen bildete. »Retouren. Und bald kommen die Neuerscheinungen. Wir platzen hier wirklich aus allen Nähten. Gut, dass die Bücher von der Mandel wenigstens ausgelagert waren.«

Ich nickte nur. Im Grunde war ich ein geduldeter Außenseiter. Ich tippte meine Eindrücke vom multikulturellen Billigeinkaufen in Großstädten wie Mannheim in den Computer, damit auch ich geschäftig aussah.

Sabrina saß jetzt wieder mir gegenüber und heftete kaugummikauend jene Papiere und Dokumente – wie Bestellscheine, Rechnungen, Mahnungen und Überweisungen – ab, mit denen ich nichts zu tun haben wollte.

Ich bin stolz darauf, dass ich nicht arbeite. Nie habe ich die deutsche Einstellung so recht verstanden, dass man Geld und Status nur mit gutem Gewissen genießen könne, wenn man sie sich hart erarbeitet hat. Im Gegenteil. Je weniger man investieren musste, um viel herauszuholen, desto cleverer.

»VG-Wort. Kurztexte für die nächste Vorschau. Titelrecherche. ISBN-Nummern anfordern«, murrte Sabrina. »Bürokram! Also, so habe ich mir das nicht vorgestellt. Eigentlich wollte ich ins Verlagswesen wegen der hohen Kunst der Literatur und um einen Beitrag zur Unsterblichkeit zu leisten.« Sie seufzte. »Wie man sich das halt nach dem Abitur so vorstellt. Und jetzt das! Online-Bestellungen abarbeiten …«

»Lästig, was?«

»Ist eben die andere Seite des Büchermachens, die aber wohl genauso wichtig ist. Ohne Online-Bestellungen geht nun mal heute nichts mehr, auch wenn wir hier nicht wirklich viel über das Internet absetzen. Im Moment haben wir aber Glück. Zwei unserer Bücher sind jetzt von Amazon in größeren Mengen, das heißt in unserem Fall zehn Stück, geordert worden.«

»Ist das also wichtig? Amazon?«

Sabrina ließ sich auf den Locher fallen. »Autsch!« Sie rieb sich ihren Handballen. »Für uns normalerweise weniger. Da werden keine Bestseller gemacht, sondern nur die ohnehin schon erfolgreichen Bücher unterstützt. Wie gesagt, Verlage wie wir verkaufen in der Regel nur kleine Mengen über Online-Bestellungen. Aber ab und zu kommt doch mal was. Nach gelungenen Lesungen oder wenn was über eines unserer Bücher in der Zeitung steht.«

Sie fischte einen kleinen Taschenspiegel aus ihrem Lederbeutel, betrachtete sich fachmännisch, feuchtete ihren Zeigefinger an, strich sich damit über die Augenbrauen und klappte den Spiegel wieder zu.

»Von Raffael Wiesinger haben wir beispielsweise sehr viele Bücher über Amazon vertickt. Das meiste, was er verkauft, geht so weg. Mich hat das immer erstaunt, aber er war auch einer der regeren Autoren, was Lesungen betrifft. Immerzu war er mit seinem Gitarristen unterwegs. Das bringt natürlich Bekanntheit. Ich habe die Chefin bewundert, wie sie sich da eingesetzt hat. Vor Ort anwesend. Büchertisch. Presse bewirten. Lesungen organisieren ist wie Klinkenputzen. Doch es hat sich gelohnt. Ging aufwärts mit ihm. Aber er hatte ja auch was. War irgendwie cool.«

»War? Du sprichst, als sei er tot. Noch ist er doch schließlich ein Autor dieses Verlages?«

Jetzt trat echtes Gefühl in Sabrinas Augen und ließ sie reifer erscheinen. »Ja, Schriftsteller wird man wohl immer bleiben. Auch Raffael. Schreiben ist nichts, was man einfach so abstreift wie eine alte Socke. Aber ob er hier im Verlag wieder auf die Füße kommt?«

Sabrina spähte abermals in ihre Handtasche und holte schließlich den Lippenstift einer gewissen Marke hervor, die man in Drogeriemärkten kaufen kann und mit dem ich nicht mal eine Nachricht auf einen Spiegel kritzeln würde, wie sie es in den

Filmen immer machen. Bei Kajalstiften kommt es nicht darauf an, aber am Lippenstift darf man nicht sparen. Für mich kommt nur By Terry mit Hyaluron in Frage.

Sabrina fuhr ausgiebig um ihren Mund herum, wobei sie erneut ihre jungen, regelmäßigen Zähne fletschte.

»Hier wird sich sowieso einiges ändern. Dr. Niess möchte den Verlag etwas offener machen. Mehr populäre Sachen bringen. Eventuell mit einem größeren Verlag, der Interesse bekundet hat, unter ein Dach schlüpfen. Da war die Mandel ja total dagegen. Klein und elitär sollte ihr Kind bleiben!«

»Wirklich?«

Sabrina feixte. »Sie war halt eine feine Dame. Unsere Teerose. Die sehen auch verblüht noch schön aus. Man kann sie ja schließlich trocknen.«

Ich beschloss, das zu überhören. Sabrina ließ ihr jugendliches Alter ständig als Vorteil nach Punkten durchklingen. Das nervte. Jungsein war kein Verdienst. Es war einfach nur eine Frage der Zeit.

»Und was soll sich noch ändern?«

»Die Bézier ist einverstanden mit dem eventuellen Zusammenschluss, aber sie will dann mehr von ihrem Hugenottenzeug machen dürfen. Das ist alles Gegenstand der möglichen zukünftigen Verhandlungen. Mir kann's egal sein. Ich bin ja nur die kleine Praktikantin und bald weg.«

Dafür weißt du aber ganz schön viel, dachte ich. Und trägst da ein recht nettes und nicht ganz billiges Armband von Bulgari. Hast du so ein üppiges Praktikantinnengehalt? Und eigentlich müsstest du sagen: Ich bin ja nur *eine* kleine Praktikantin und nicht *die* kleine Praktikantin.

»Welcher Verhandlungen?«

»Sag ich doch. Ein größerer Verlag aus Freiburg hat Interesse am Wendelinus-Verlag. Die Mandel stellte sich aber quer. Wollte denen nicht einen einzigen Schritt entgegenkommen, die Leute nicht mal für ein Vorgespräch empfangen und ihnen Einblick in die Bilanzen und Unterlagen geben. Gut, sie war Mitbegründerin des Verlages, wie er heute ist, aber den anderen gehört trotzdem das Ding zu gleichen Teilen. Irgendwo haben sie mal festgelegt, dass weitreichende Entscheidungen nur zu dritt gefällt werden können.«

»Und jetzt ist sie tot!«

»Ja, jetzt ist sie mausemausetot«, sang Sabrina und lachte.

Eine Spur zu fröhlich, wie ich fand.

BRUCHSAL. SCHLOSS

Normalerweise bin ich kein unsicherer Typ. Die Richtschnur meines Handelns besagt, dass ich nur das tue, was mir selbst gut bekommt.

Ich kann allen Frauen nur empfehlen, es ebenso zu halten. Dann gibt es keine Selbstzweifel und kein Zaudern. Mögen die Leute das Egoismus nennen! Was ist schlecht daran, zuerst an sich zu denken? Und ist man selbst weniger wert als andere?

Und trotzdem stand ich jetzt unentschlossen in Bruchsal vor dem Büroschild der Detektei »Grieb-Research«.

Ich konnte mich nicht entschließen, hineinzugehen. Mein Mann hasst es, wenn ich mich in seine Arbeit einmische, und all die Jahre über hatte ich auch keine Veranlassung dazu gesehen. Doch der Kerl mit der verräterischen Tätowierung hatte mich erschreckt und an jene Zeit erinnert, als ich mich sogar in meinem eigenen Haus ständig beobachtet und verfolgt gefühlt hatte. Damals hatte ich den Gegner erst stellen können, als es zu spät war.

Diesmal lagen die Dinge wohl etwas einfacher. Mein Mann hatte mich bespitzeln lassen, weil er wissen wollte, ob ich mich an unsere Abmachung hielt und mich im Umfeld von Raffael umsah. Doch ich erinnerte mich, dass ich schon vor dieser Vereinbarung beobachtet worden war. Ahnte mein Mann also doch, dass ich und Hagen …?

Einen Detektiv zu beauftragen war teuer, doch mein gut verdienender Ehegatte konnte es sich leisten und hatte außerdem die entsprechenden Kontakte. Ich beschloss, mir nicht die Blöße zu geben, in einem fremden Büro die Kluft zwischen meinem Mann und mir öffentlich zu machen.

In dem Wäschegeschäft an der Ecke kaufte ich mir stattdessen einen wunderschönen champagnerfarbenen Spitzen-BH von La Perla, der mich vorübergehend mit Bruchsal versöhnte.

Müßig schlenderte ich zum Bruchsaler Schloss. Ich mag Schlösser. Als überzeugte Monarchistin wäre ich für mein Leben gern selbst adelig. Geld öffnet fast alle Türen, doch in die Kreise der

Barone und Grafen kommst du damit allein nicht rein, da kannst du machen, was du willst.

Auf einer Bank im Schlossgarten saß ein Mann, ganz vertieft, und las. Er kam mir bekannt vor, doch erst als er – aufgeschreckt durch meine Schritte auf dem Kies – hochblickte, mich freundlich und sanft anlächelte, erkannte ich ihn: Friedrich Herlan.

»Hallo, Frau Tobler. Unsere Wege scheinen sich immer mal wieder zu kreuzen. Heute hoffentlich weniger dramatisch als beim ersten Mal.«

»Das erste Mal war nicht das erste Mal«, erwiderte ich zurückhaltend und überlegte mir, ob es ein Fehler war, hier Frau Lotta und da Frau Tobler zu sein … »Ich war vor etlichen Jahren schon einmal da. Mit einer Frauengruppe. Wir haben damals eine Führung gemacht.«

»Ach ja, das kann sein. Wir schleusen seit vielen Jahren regelmäßig Leute, manchmal ganze Gruppen, durch unsere wunderbare historische Mühle. Da bleiben nur wenige Gesichter im Gedächtnis. Ist ja schön, dass sich unsere Versuche lohnen, die Mühle und ihre Nebengebäude für die Nachwelt zu erhalten.«

Dazu sagte ich nichts. Ich wollte ihn nicht kränken. Herlan legte sein Buch zur Seite und wies auf die Fassade des Schlosses.

»Von Zeit zu Zeit schaue ich mir die Arbeit berühmter Kollegen an. In einem Schloss wie diesem findet sich immer etwas, dessen zeitlose Schönheit uns vorübergehend aus dem eiligen Alltag heraushebt.«

Ich musterte die Anlage beifällig. »Ja, es ist recht groß. Man erwartet so etwas gar nicht in einem Ort wie Bruchsal. Ich meine, in Bruchsal ist doch nichts los. Nicht wirklich. Einmal im Jahr gehen mein Mann und ich hier allerdings Spargel essen. Mit Freunden.«

Herlan klappte sein Buch zu. »Natürlich. Wie man das so macht. Spargel essen, den andere geschält haben. Und groß? Nun, groß ist das Schloss natürlich, aber vor allem ist es ein Zeugnis prachtvollsten Barocks.« Er musterte mich fast ein wenig streng. »Was machen Sie denn so in den Städten, die Sie sonst besuchen, Frau Tobler?«

»Nun, ich kaufe ein. Ich suche die beste Boutique am Ort mit

Hilfe meines Handys und der ›Fashionfinder‹-App, und dann kaufe ich ein.«

»Und dann fahren Sie heim und sagen, Sie waren in … sagen wir … Bruchsal?«

»Ja, natürlich.« Erstaunt sah ich ihn von der Seite her an.

»Da hinten«, sagte er ernst und wies nach links, »ist die JVA Bruchsal. Justizvollzugsanstalt. Wenn einer da nach zehn Jahren rauskommt, dann hat er in etwa so viel von Bruchsal gesehen wie Sie.«

Er sagte das in einem merkwürdigen Ton. Ich folgte seinem Zeigefinger und bemerkte eine hohe Mauer und ein riesiges Backsteingebäude dahinter. Ohne den Stacheldraht, der die Mauern krönte, hätte es ebenso gut auch eine Fabrik sein können.

»Hören Sie, ich war weltweit mit meinem Mann unterwegs. Wir haben sogar Wohnungen an so netten Orten wie Nizza und Florida. Was kann mir etwas wie Bruchsal da noch bedeuten?«

»Etwas? Bruchsal ist doch keine Sache. Es ist eine kleine badische Stadt mit langer Geschichte. Heute mildes Klima und deshalb einer der größten Spargel-Umschlagplätze Europas. Mag König Otto ganz schön gefröstelt haben, als er 976 in ›bruhosella‹, dem ›Sitz im Bruch‹, zwei Unterschriften unter ein Dokument setzte und Bruchsal einen Namen und ein Gesicht gab. Dies hier ist die einzige geistliche Residenz bei uns am Oberrhein, und das prachtvolle barocke Treppenhaus von Balthasar Neumann ist einzigartig. Das schlägt doch jede Boutique mit irgendwelchen Hemdchen, meinen Sie nicht?«

»Ich habe nun mal andere Interessen«, erwiderte ich abweisend.

»Ja. Sie tanzen gerne gut angezogen auf dem Vulkan. Übrigens steht da drüben im Museum für Mechanische Musikinstrumente jene Orgel, die eigentlich für die ›Titanic‹ bestimmt war, aber sie wurde zu spät fertig für die große Reise. Manchmal kann es von Vorteil sein, wenn es nicht perfekt läuft. Dem Tod gerade so entronnen!«

»Anders als Marianne Mandel. Sie konnte ihrem Mörder nicht mehr entrinnen«, bemerkte ich.

»Ja. Ihr Ende ist ein Drama, und es ist schlimm, dass es ausgerechnet in mei… unserer Mühle geschehen musste.«

»Sie wollten meiner sagen!«

»Gehen wir doch ein wenig durch den Schlossgarten. Wandeln wir umher, so wie die Damen der früheren Jahrhunderte.« Er lächelte.

»Die Mühle, die früher ganz einsam in einem Wald weit außerhalb des Ortes lag, hat meinen Vorfahren seit Beginn des 19. Jahrhunderts gehört, als der Ort Friedrichstal sie nicht mehr betreiben wollte und einen Privatmann gesucht hat, der sie kaufen wollte. Ich hänge sehr an ihr. Deshalb restaurieren wir sie auch so behutsam und nehmen nur möglichst originale Materialien. Für das Pflaster im Hof verwenden wir etwa nur historische Steine von alten Häusern, die in den letzten Jahren in Friedrichstal abgerissen wurden.«

Kein Wunder, dass man so schlecht darauf läuft, dachte ich. Altes Gestein.

»Die Alte Mühle ist mehr als mein Zuhause. Obwohl wir seit 1964 nicht mehr selbst mahlen, ist sie ein Stück Kulturgeschichte. Und ein lebendiger Mikrokosmos aus Holz, Staub, Tieren wie den Vögeln und Katzen und alten Maschinen, aus Wasser, Brot und …«

»Blut!«, kam es spontan aus mir heraus. »Aus blutigem Brot.«

»Das ist kein schönes Wort.«

»Nein, das stimmt. Tut mir leid. Wie war Marianne Mandels Einstellung zur Mühle?«

»Nun ja. Pragmatischer als meine natürlich. Sie kannte die Mühle nicht von früher. Ihre Familie hat hier nicht seit Urzeiten gelebt so wie meine oder die ihrer Kollegin Jeannette Bézier aus dem Verlag. Wir sind alle Hugenottennachkömmlinge, wissen Sie. Fleißige Leute, die sich anpassen wollten und angepasst haben. Mariannes Großeltern kamen aber irgendwo aus Südbaden, oder war es die Gegend von Kehl?«

Er strich sich nachdenklich über die Stirn. »Das ist ja auch gleichgültig. Ich kann ihr keine Vorwürfe machen. Im Gegenteil. Sie war eine aktive und lebenslustige Frau und hatte einiges vor mit der Mühle. Buchhandlung und Events und ein kleines interaktives Mühlenmuseum, das sie mit einem Brotmuseum irgendwo im Elsass – da hatte sie wohl noch eine Cousine oder Tante – vernetzen wollte. Also am Computer …«

Ich dachte an die wuchernde Natur, die halb verfallenen Gebäude, an die kreativ-chaotische Baustelle, die die Mühle heute war. Ich persönlich stehe ja nicht auf Ursprünglichkeit, aber es gibt sogar in meinen Kreisen Frauen, die vor Begeisterung die Augen rollen, wenn sie den Kopf einziehen müssen, um ein Lädchen zu betreten.

»War Ihnen das denn alles recht?«

»Warum nicht? Man muss nun mal mit der Zeit gehen«, antwortete er bedächtig.

Warum hatte ich schon wieder das Gefühl, dass ich belogen wurde?

Wir betraten das mächtige Treppenhaus des Bruchsaler Schlosses. Es war kühl hier, und das gleißende Frühsommerlicht blieb draußen auf dem Schlossplatz zurück. Überall standen Figuren. Sie blickten mich an und auf mich herunter. Wir gingen ein paar Stufen hinauf. Waren allein. Eine Art Engelsgesicht lugte aus den Wolken hervor.

Ich bemerkte, wie Herlan das kindliche Gesicht lange ansah. Und dann konnte ich nicht anders.

»Denken Sie an das Mädchen?«

Er fuhr herum. Packte mich bei den Schultern. »Das Mädchen?«

»Ja, was war mit ihr?«

Sein Gesicht kam mir jetzt ganz nahe. Alle Gutmütigkeit war daraus verschwunden. Hätte ich nicht die Stimmen der Frauen an der Kasse unten gehört, so hätte ich mich fast vor ihm gefürchtet.

»Ich habe das Kind ermordet«, sagte er ganz ruhig.

Ich drückte mich an die kalte Wand des bemalten Treppenhauses, so als wollte ich sie zur Seite drücken. Er konnte das nicht ernst meinen.

Herlan atmete schwer aus. »Ja, ich habe sie ermordet.«

Schockiert sah ich ihn an. Trotzig und fast triumphierend begegnete er meinem Blick. Ich wandte mich ab. Zwang mich dazu, mit Gleichmut ein paar Stufen weiter nach oben zu steigen. Mit einem so unverblümten Geständnis hatte ich weder gerechnet, noch glaubte ich daran. Dies war vielleicht sein ganz persönliches Schuldeingeständnis, doch nicht für einen gemeinen Mord.

»Das glaube ich nicht«, sagte ich.

»Ach, meinen Sie, weil ich harmlos aussehe und mit alten Möbeln arbeite und mich bemühe, eine Mühle zu erhalten, bin ich auch automatisch ein guter Mensch? Bei uns in der Mühle gibt es nicht nur Engel. Ich vermute zum Beispiel, dass unsere immergrüne, nette Alberta da hinten in der Wildnis heimlich den verbotenen Indischen Hanf anbaut, was auch immer sie damit macht. Und unser Bäcker hätte ebenso wie die Leonhards genug Grund gehabt, Marianne umzubringen, denn ihr gehörte mehr von der Mühle als ihnen. Damit hielt sie auch nicht hinter dem Berg. Marianne Mandel war eine Frau, die gewohnt war, dass sie bekam, was sie wollte. Und sie wollte eine andere Art von Mühle. Eine, die in unseren neuen Zeiten überleben kann.«

Verblüfft über seine scharfe Analyse hörte ich weiter zu.

»Ihre Schönheit mochte verblasst sein, doch die Selbstsicherheit, die sie ihrem früheren Aussehen verdankte, hatte sie nicht verloren. Eigentlich war sie immer noch die hübsche Person auf ihrem alten Passbild von vor zwanzig Jahren.«

Er lächelte. Erstmals fragte ich mich, ob er Marianne Mandel geliebt hatte.

»Es tut gut, wenn ein Mann das sagt und eine Frau nicht ins Archiv der Gefühle verbannt, nur weil sie über vierzig ist«, erwiderte ich.

»Ja?«, fragte er und schien sich aufrichtig zu freuen. »Das haben Sie schön gesagt. Ich hätte Ihnen einen solchen Gedanken gar nicht zugetraut.« Er betrachtete mich eine Weile und gab sich dann einen Ruck. »Ich werde Ihnen erzählen, was es mit dem Mädchen auf sich hatte.«

Gemeinsam gingen wir wieder nach unten, vorbei an der erstaunten Kassiererin und hinaus in den sonnigen Schlossgarten. Trotz allem war mir kalt.

Wir setzten uns auf eine Bank im Park. Herlan legte bedächtig ein Bein über sein Knie.

»Die Kleine, sie hieß Smilla, wohl nach diesem Buch, ›Fräulein Smillas Gespür für Schnee‹, fühlte sich zu Hause einsam und ungeliebt. Ihre Mutter war alleinerziehend und nahm sich nicht viel Zeit für das Kind. Großeltern gab es nicht in der Nähe. Und dann kam sie das erste Mal zu mir in die Werkstatt. Ich habe sie gleich zu ihrer Mutter zurückgebracht, doch der war es ganz recht, dass die Kleine bei mir war, mir bei der Arbeit zusah, denn auf diese Weise war sie beschäftigt und betreut.«

Ich dachte zurück an die nervtötende Zeit mit meiner Tochter, als sie klein war. Sie hätte ja ihrem Vater im Büro beim Steuerbetrug zuschauen können.

»Weil sie keinen Vater und keinen Opa hatte, entwickelte das Kind eine intensive Zuneigung zu mir. Genauer gesagt: Die Kleine war vollkommen verrückt nach mir. Sie kam andauernd in die Werkstatt. Ich wusste schon, wenn es an der Tür klopfte und es war niemand zu sehen, dass sie es war, denn sie konnte noch nicht über das Fenster im Türrahmen hinwegsehen. Ich machte ihr immer auf. Dann kauerte sie da, beobachtete mich und stellte tausend Fragen. Sie hatte so eine reizende Art, Herr Herlan zu sagen …«

Ich wartete ab.

Er lachte trocken. »Wie eine winzige Stalkerin war sie. Ich habe keine Kinder und wollte nie welche. Kann nicht viel mit ihnen anfangen. Und nach einer Weile hat sie mich, ja, ich gebe es zu, sie hat mich ein wenig gestört. Von der Arbeit abgehalten. Und dann habe ich zu ihr gesagt, geh mal zum Bach da unten und such mir einen Stein, der aussieht wie ein Herz. Ich wusste, damit würde sie eine ganze Weile beschäftigt sein.«

Er machte eine Pause, ich drängte ihn nicht.

»Sie ist dann tatsächlich davongetrottet, um einen Stein für mich zu suchen, und ist niemals mehr wiedergekommen. Sie wollte es mir recht machen, hat am Ufer das Herz gesucht und ist dabei zu tief hineingegangen. Der eigentlich harmlose Bach hatte an dem Tag eine starke Strömung – da bewegten sich mindestens zweieinhalb Kubikmeter Wasser in der Sekunde –, denn es hatte zuvor tagelang geregnet. Ja, sie ist ertrunken, als sie das Herz für mich suchte. Vielleicht hat sie geschrien, vielleicht nach mir oder ihrer Mutter gerufen, doch keiner von uns hat es gehört. Wir waren weit weg. Sie war ganz allein in der Stunde ihres Todes.«

Ich schwieg. Ein furchtbarer Gedanke. Was mochte dem Mädchen in jenen letzten Sekunden durch den Kopf gegangen sein? All das, was sie nun nicht mehr sehen würde, tun würde in ihrem

Leben. Niemals verliebt, niemals Mutter, niemals stolz über das erste Geld, niemals reisen, niemals alt werden. Hoffentlich hatte sie nichts gedacht, in diesen letzten Sekunden.

Er sah mich an. »Das ist doch, als hätte ich sie umgebracht, oder?«

Ich schluckte. Was sollte ich dem Mann antworten? Er hatte ein aufdringliches Kind abgeschüttelt und hatte es dabei in den Tod geschickt. Diese Schuld konnte ihm keiner je nehmen. Stattdessen versuchte ich es mit Logik. »Wissen die anderen davon?«

»Ich habe es nur Marianne erzählt. Ich wollte nicht, dass sie schlecht von mir denkt. Sie sollte die Wahrheit kennen.«

Und wie und wem hat Marianne diese Geschichte wohl weitererzählt?, dachte ich. Raffael sprach doch von einem Mord. Da hat ihn irgendjemand also absichtlich belogen.

Und immer mehr sah ich, dass da eine unsichtbare Person um Raffael herum ein Netz spann. Ein Netz aus Lügen. Jemand, der neidisch war.

Ganz flüchtig sah ich ein nichtssagendes Männergesicht vor mir. Und verkrüppelte Finger.

Doch ich verdrängte den Gedanken wieder.

ETTLINGEN. ZU HAUSE

Wie schon gesagt, herrschte zwischen meinem Mann und mir normalerweise eine förmlich kühle Höflichkeit, mit der man als Frau ganz gut leben kann. Doch seit einiger Zeit hatte sich die Kühle unmerklich in eine wortlose Frostigkeit verwandelt.

Mein Mann kam spät nach Hause und ging meinen fragenden Blicken aus dem Weg. Dadurch ergaben sich theoretisch jede Menge wunderbarer Gelegenheiten, Hagen anzurufen oder Hagens Anrufe zu empfangen. Das Problem war nur, dass keine erfolgten.

Ich versuchte mich abzulenken, indem ich die mageren Informationen, die ich inzwischen über das gewaltsame Ende von Marianne Mandel zusammengetragen hatte, einmal mehr auflistete.

Marianne Mandel war um die sechzig gewesen. Eine attraktive, gepflegte Frau, die etwas auf sich hielt. Mehrfach verheiratet. Keine Kinder? Das wusste ich nicht genau, doch ich vermutete es. Sie hatte mit welchem Geld auch immer – aber es lag nahe, dass sie es durch ihre Scheidungen und Eheschließungen erworben hatte – den maroden Wendelinus-Verlag von Jeannette Béziers Onkel mit übernommen. Kurz darauf war Herr Dr. Niess als Partner hinzugekommen. Die drei Geschäftsführer teilten sich offensichtlich die Publikationen so auf, dass keiner mit dem anderen viel zu tun hatte. Marianne Mandel betreute Lyrik und gehobene Belletristik.

Sie betrieb ein Buchlager in den Örtlichkeiten der Alten Mühle. Im Team der Alten Mühle, das sich der Restauration und Erhaltung dieses angeblichen – ich verzog das Gesicht – Kulturgutes verschrieben hatte, spielte sie eine maßgebende Rolle, sowohl durch Arbeitsstunden, die sie geleistet hatte, als auch durch Geld, das sie investiert hatte. Ihr Plan war wohl gewesen, aus der Mühle eine Art Freilichtmuseum mit Eventcharakter zu machen.

Dafür hätten das Kräutergärtchen und die Seifensiederin weichen müssen, und der Bäcker hätte den rustikalen Charme seiner Arbeitsstätte eingebüßt. Sie hatte eine größere Bandbreite an Brotsorten gefordert, mehr Bäcker in einer Art Schaubackstube, insgesamt weniger Handarbeit und mehr Automation. Sie wollte überdies die Gastronomie verändern und eine Buchhandlung mit Ratgebern und Schnickschnack für Garten und Balkon und so weiter integrieren.

Solche Wohlfühl-Gärtnerläden schossen jetzt überall aus dem Boden. Man fuhr sonntags hin und verzehrte Rahmkuchen inmitten von Küchenschürzen und Kräutertöpfen, opulenten Bildbänden und mit Pünktchen verzierten Gummistiefeln. Und fühlte sich gut.

Im Verlag war Mariannes Rolle ebenfalls nicht unumstritten gewesen. Hier wiederum hatte sie sich vehement gegen Pläne gewendet, den Verlag zu beider Vorteil an einen größeren Verlag anzuschließen. Dies wunderte mich angesichts der radikalen Ideen, die sie für die Mühle entwickelt hatte. Hier ergab sich ein rätselhafter Widerspruch, den ich mir nicht erklären konnte. Eine Frau mit zwei Gesichtern.

Im Verlag hatte sie auch ansonsten keineswegs nur Freunde gehabt. Sabrina hatte kurz vor der vorzeitigen Auflösung ihres Praktikantenvertrages gestanden, und Frank Hüglin hasste die Mandel sowieso. Das hatte er selbst zugegeben. Sie hatte ihm nicht nur den finanziellen Boden unter den Füßen weggezogen, sondern wohl auch recht gekonnt sein Selbstbewusstsein zerstört.

Es blieb die alles entscheidende Frage: Was hatte sie abends so spät in der Mühle gemacht, wen hatte sie getroffen und warum?

Hatte sie ein Stelldichein mit einem Mann gehabt oder dort abends noch eines dieser Beziehungsgespräche von Frau zu Frau geführt, das freundlich begonnen hatte und in einem tödlichen Wutausbruch endete?

Wenn es ein Mann gewesen war, so kam Herlan, der etwa in ihrem Alter war, in Frage. Herlan, der ein liebenswerter, ruhiger Einzelgänger war und wahrscheinlich noch an den Folgen des Todes des kleinen Mädchens litt. Der verwundbar war.

Doch wer wob derart diabolisch und geschickt das Netz, in dem sich ein Träumer wie Raffael verfangen hatte?

Anders als in meinen vorangegangenen »Fällen«, wenn man sie so nennen wollte, brachte mir diese Auflistung der Fakten keinerlei neue Erkenntnisse. Es hätte Hinweise genug gegeben, doch ich war befangen. Ich starrte auf das Blatt und sah – gar nichts!

FRIEDRICHSTAL. IM VERLAG

Ich suchte nun fast täglich den Verlag auf, was ein eigenartiges Gefühl für mich war, denn ich hatte mich noch niemals im Leben regelmäßig zu so etwas wie einer Arbeitsstelle begeben. Um Gottes willen!

Mir blieben nur noch wenige Tage, bis Hagen wiederkäme. Es war mir nichts gelungen. Keine neue Spur, keine neuen Erkenntnisse und – keine neue Wohnung für uns beide. Ich wollte endlich ungestört mit ihm sein. Ungestört in unserer eigenen Welt.

Mittlerweile hatte ich mich ebenfalls unter falschem Namen bei einem Online-Wohnungssuche-Portal angemeldet. Der Einfachheit halber hatte ich auch hier den Nachnamen Lotta gewählt, andernfalls würden mich die häufigen Identitätswechsel verwirren. Ich hatte schon genug damit zu tun, mich jeweils in angemessenem Stil für den Verlag, für die Mühle und für meinen Mann anzuziehen. Bei »Wohnung-für-mich.de« konnte man den Wohnungswunsch und ein paar Extras eintippen, sich selbst ein Passwort geben und auf Antworten per E-Mail oder SMS hoffen.

Seit die Sache mit Hagen lief, besaß ich ein zweites Handy mit einer zweiten Nummer, die nur Hagen bekannt war. Mit dieser Nummer würde ich nun operieren.

Eigentlich – so fand ich – war ich ziemlich schlau. Leider sollte ich herausfinden, dass es in der virtuellen Welt immer noch einige Leute gibt, die schlauer sind als ich.

Im Verlag saß ich dekorativ – in einem orangefarbenen Bleistiftrock von Marlene Birger und einer hautfarbenen Schluppenbluse von Hallhuber – herum, vor mir ein trendiges Neopren-Notizbuch von Marc Jacobs und neben mir meine schwarze Furla-Tasche in Flechtoptik, dachte vor mich hin und hoffte, dass man nicht merkte, dass ich nicht wirklich arbeitete.

Natürlich würde dieses entsetzliche Billigbuch niemals erscheinen. Nicht mal unter falschem Namen gedachte ich Frauen in Läden zu schicken, in denen es T-Shirts oder irgendetwas unter hundert Euro gab. Lustlos schrieb ich ein paar Sätze nieder und notierte ein paar Ideen.

Aus den Sätzen wurden plötzlich jedoch zu meiner eigenen Überraschung mehrere Seiten: gute und schöne Stoffe auf Märkten in Frankreich, wo sie billiger sind, günstig kaufen und selbst nähen. Bei Ebay shoppen. Auf Flohmärkte in schicken Städten wie Wiesbaden und Baden-Baden oder München fahren. Ein teures Stück kaufen und mit der Freundin teilen. Mit einem Gürtel und einem edlen Tuch ein schlichtes T-Shirt in ein Designerteil verwandeln. Einen edlen Kragen aus Perlen aufsticken lassen …

Dr. Niess hatte offenbar einen gewissen Gefallen an mir gefunden. Jedenfalls setzte er sich gelegentlich zu mir und bot mir eine Tasse Kaffee an.

»Nun, kommen Sie ein wenig voran mit Ihrem Projekt?«, erkundigte er sich in seiner etwas umständlichen Art. Räusperte sich. »Meine Frau, die ja eine unserer beiden Lektorinnen ist, wird die Arbeit an Ihrem Buch übernehmen. Die andere, Frau Marbuse, haben Sie wohl noch nicht kennengelernt. Sie arbeitet nämlich von zu Hause aus.« Er seufzte. »Mehrere Lektoren sind eigentlich ein Luxus für einen Verlag in der heutigen Zeit. Meine Frau freut sich jedenfalls schon auf Ihr Manuskript. Interessanter allemal als historische Werke oder schwere Poesie. Endlich ein Frauenthema.«

»Wer hat die Bücher von Herrn Wiesinger lektoriert? Ich habe mal eines von ihm gelesen, und es hat mir sehr gut gefallen.«

»Es gibt einen alten Witz unter Autoren, wenn jemand sagt, er habe sein Buch gelesen. Er antwortet: Ach *Sie* waren das!« Er lächelte. »Aber in diesem Fall trifft es nicht zu. Raffael Wiesinger hat sich ganz gut gemacht. Er ist einer der wenigen, die wir auch übers Internet und über größere Bestellungen in Norddeutschland verkaufen. Kürzlich hat irgendein Dichterkreis aus Berlin zwanzig Exemplare geordert. Das ist schon etwas Besonderes. Wir sind nämlich eigentlich ein Regionalverlag. Die Sachen, die wir machen, spielen bei den Leuten vor der Haustür oder die Autoren stammen zumindest hier aus der Gegend. Früher war das unsere Marktnische, heute machen das viele. Heimat ist angesagt, auch wenn es manchmal eine heikle Heimat ist.«

Er sann vor sich hin, während er auf meiner Schreibtischkante saß und mit den Beinen baumelte, ein wenig wie ein Kind.

»Den Wiesinger hat früher die Marbuse lektoriert. Und sie hat das ganz gut gemacht, fand ich. Der Junge hatte sich weiterentwickelt. Ich hab ihn schon gehen sehen, offen gestanden. Doch dann gab es irgendwie Streit zwischen Wiesinger und Marbuse, und von da an hat es Marianne selbst gemacht. Das letzte Buch ist also so entstanden. Meine Frau hat hinterher mal kurz draufgeschaut. Frau Bézier ist ja über und über beschäftigt.«

»Mit den Hugenotten?«

Niess seufzte wieder. Tief. »Ja, mit unseren Hugenotten. Aber die Titel finden heute noch ihr Publikum. Ich dachte immer, die Amerikaner sind verrückt, aber die Deutschen mit Hugenottenhintergrund sind es auch. Vielleicht eine Folge der Regionalisierung. Man will wissen, wo man herkommt. In Neureut drüben in Karlsruhe konnte bis vor einiger Zeit ein Mädchen von hugenottischer oder Waldenserabstammung nicht mit einem katholischen Badener ausgehen – poussieren nennen sie es –, ohne dass der Jüngling damit rechnen musste, von ein paar Burschen mit französischen Namen verdroschen zu werden.«

»Wirklich?«

»Ja. Die wollten unter sich bleiben. Stolz sind sie jedenfalls immer noch. Kürzlich hat die Spedition Devant in Baden-Baden zweihundert Kinderbücher über eine hugenottische Maus bestellt, die im Planwagen mit einer emigrierten Familie aus der Picardie ausgewandert ist. Hugo, die Französisch sprechende Maus.«

»Eine Spedition?«

»Ja, sie verschenken das Buch an ihre Kunden, und Devant ist sehr stolz darauf, dass sie die erste Speditionsfirma Deutschlands waren oder sogar Europas. Angeblich haben sie dem russischen Zaren beim Umzug geholfen. Genau weiß ich das nicht. Wie gesagt, die Spezialistin dafür ist Jeannette. Vorsicht: Wenn Sie das Thema bei ihr anschneiden, müssen Sie Überstunden einplanen.«

»Und Frau Mandel?«

»Oh, die war ganz und gar gegen dieses ›Hugenottengedöns‹, wie sie hintenrum immer sagte. ›Wir leben doch heute in Europa‹, hat sie gesagt. ›Haben wir eigentlich keine anderen Sorgen?‹ Also, ihr hätte jedenfalls dieses Buch gefallen, das *Sie* da jetzt für uns machen. Marianne hat sich sehr für Mode und Schönheit interessiert. Was die Frau für Cremes und Lotionen ausgegeben hat, möchte ich nicht wissen. Meine Frau sagt, es muss ein Vermögen sein. Aber es hat sich wirklich gelohnt.«

»Es lohnt sich immer«, bemerkte ich sanft.

»Na ja, die jungen Dinger wie unsere Sabrina, die brauchen noch keine Hilfestellung. Aber wenn man älter wird, dann schadet es nicht, wenn man mehr Zeit im Badezimmer verbringt, was Frau Lotta?«, scherzte Dr. Niess.

Ich sah ihn kalt an. »Wenn Sie meinen!«

Diese Art von Scherzen passte so gar nicht zu dem schwammigen Schöngeist. Vor allem sah er selbst keineswegs so aus, als verbringe er sonderlich viel Zeit im Badezimmer. Ich hätte ihn am liebsten gepackt und gründlich durchgelüftet.

»Mariannes Mann war immer sehr stolz auf seine schöne Frau. Er war natürlich viel älter als sie, aber er hat sie immer als *›mon bijou‹*, mein Schmuckstück, bezeichnet. Ich glaube, er nimmt es sehr schwer. Sie war sein Ein und Alles. Und das nach einer Herz-OP. Furchtbar.«

Ich nippte an dem Kaffee. Nicht meine Marke. Wir haben eine sehr teure Kaffeemaschine von Miele, mehr ein Kaffeecomputer, die frisch mahlt und dann leise, mit diskretem, verchromtem Charme verschiedenste Geschmacksrichtungen aufbrüht.

»Um auf mein Buchprojekt zurückzukommen, so ist es für mich nicht so einfach, Läden zu finden, in denen man billig und trotzdem gut einkauft. Ich meine, normalerweise kenne ich solche Orte nicht …«

»Sie sind halt eine Dame, Frau Lotta«, stellte Niess scharfsinnig fest. »Doch auch unsere Marianne Mandel war eine Dame, und ich muss sagen, ohne dass ich wirklich etwas davon verstehe, sie hat immer sehr flott gekleidet ausgesehen. Da hat man den angeborenen französischen Schick deutlich gemerkt. Ich glaube, sie hat manchmal in einer Secondhand-Boutique in Heidelberg eingekauft. Da könnten Sie auch recherchieren. Moment, ich werde meine Frau fragen, ob sie den Namen weiß.«

Ich nickte immer noch zurückhaltend und wartete, während

ich heimlich mein zweites Handy beobachtete, ob schon eine SMS die Wohnung betreffend eingegangen war. Doch es schwieg noch immer beharrlich.

Auch nichts von Hagen. Schade. Sehnsucht. Ich schickte ihm schnell einen Smiley mit Herz.

Zurück kam nach weniger als zwanzig Sekunden auch ein Smiley. Einer, der zwinkerte.

HEIDELBERG. EIN SECONDHANDLADEN

In meiner Stadt kann ich mich nicht in einem Secondhandladen sehen lassen. Als edle Spenderin ja, aber keinesfalls als Käuferin. Das würde das soziale Gefüge der reizenden Kleinstadt Ettlingen total durcheinanderwirbeln.

Von dem Zettel, den mir Dr. Niess gegeben hatte, ablesend, googelte ich »Noble Second Round« – den Designershop »Edles mit Geschichte«. Ich fand die Adresse und die etwas unorthodoxen Öffnungszeiten im Internet. So konnte sich der Laden offenbar leisten, samstagsmorgens geschlossen zu haben.

Ich fragte Marlies am Telefon, ob sie mit nach Heidelberg fahren wollte, doch sie zog es natürlich wieder zur Mühle, ihrer neuesten Leidenschaft.

»Hast du etwas über den Hanfanbau herausfinden können?«

»Alberta war total entsetzt. Die Polizei ist bei ihr aufgetaucht und hat das Feld da hinten plattgemacht. Sie hat angeblich nichts davon gewusst. Sie kümmere sich ja ausschließlich um die Kräuteroase. Wer da hinten ein lukratives Geschäftchen betrieben hat, weiß sie nicht und kann es sich auch nicht vorstellen.«

»Sagt sie!«

»Sagt sie.«

Wir schwiegen eine Weile.

»Ich fahre morgen nach Heidelberg.«

»Lass die Kreditkarte zu Hause«, empfahl Marlies.

Wir sollten übrigens niemals herausfinden, wer die Hanfplantage angelegt hatte. Sie hörte einfach auf zu existieren. So wie Marianne Mandel aufgehört hatte zu existieren.

Heidelberg ist nicht einfach eine Stadt in Baden-Württemberg oder Baden oder in der Kurpfalz. Wie auch Konstanz ist sie eine ausführliche Eintragung in Tourismusführern wert, schwebt über den Niederungen der Landkarte und ist ein Ereignis für sich.

Die Fahrt dorthin war wie ein Kurzurlaub. Das Wetter war schön, der Himmel blau, und das Schloss sah aus wie seine eigene

Postkarte, als ich auf die Stadt zufuhr und mich der nahezu unlösbaren Aufgabe widmete, einen Parkplatz zu finden.

Im Innenstadtbereich war es aussichtslos. Da Geld nicht mein Thema ist, hätte ich sogar einen Strafzettel riskiert – die Sekretärin meines Mannes regelt das diskret und wortlos –, doch nicht einmal einen verbotenen Platz, um mein Auto einfach stehen zu lassen, konnte ich auftreiben. Ich kurvte an dem der Altstadt gegenüberliegenden Neckarufer herum, das nicht ganz so touristisch ist, obwohl sich auf dieser Flussseite der weltberühmte Philosophenweg befindet. Auf dieser Seite jedoch sind auch die Lehrerseminare und andere Bildungsstätten, und da anscheinend heutzutage Studenten schon Autos besitzen, war auch hier nicht der geringste Stellplatz auszumachen.

Ich fuhr schließlich ein Stück den Neckar hinunter, parkte in einem kleinen Dorf irgendwo an der Straße Richtung Mosbach und nahm mir ein Taxi.

Ich hasse den öffentlichen Personennahverkehr, da er keine erste Klasse besitzt. Ich mag nicht mit drei Wildfremden so nahe zusammenkleben, wie ich es selten mit guten Freunden tue. Sogar im Bridge und im Golf hält man Abstand, wenn man zusammen an einem Tisch sitzt.

Trotzdem, das Taxi brauchte ewig, musste an zahllosen Ampeln halten, stand in unzähligen kleinen Staus, die sich auf den engen Straßen Richtung Heidelberg spontan bildeten. Der Fahrer, ein ernst aussehender Mann mit Turban, sprach kein einziges Wort mit mir.

Aus Langeweile checkte ich immer wieder meine beiden Handys.

Nichts.

Irgendwann, als das Schloss in greifbarer Nähe links über mir thronte, ließ ich ihn anhalten. Stumm nahm er Fahrgeld und Trinkgeld in Empfang und drehte, als ich ausgestiegen war, demonstrativ einen fremdartigen Radiosender lauter.

Sofort bemerkte ich ein schickes Lederwarengeschäft unweit der alten Brücke, die den glitzernden Neckar überspannte, und schon von Weitem machte ich eine hübsche kleine Handtasche in einer Art dunklem Gelb aus, die gut zu meinem ebenso hübschen maisfarbenen Etuisommerkleid von Evelin Brandt mit dem breiten Gürtel passen würde. Ich fühlte mich in dem Kleid wie Jackie Kennedy und konnte nur hoffen, man bemerkte die Ähnlichkeit.

Zuerst die Arbeit, dann die Tasche, dachte ich.

Der »Noble Second Round«-Laden lag recht günstig in einer der ruhigeren verwinkelten Altstadt-Gassen, die von der Hauptstraße abzweigen, wo sich auch heute wieder die berüchtigten japanischen Touristengruppen entlangknipsten. Sah man davon ab, dass an dem angedeuteten grün-goldenen Portal rechts und links der Eingangstür die Farbe abblätterte und dass anstatt eines Porsche zwei etwas in die Jahre gekommene Damenfahrräder vor dem Laden standen, machte das Geschäftchen keinen schlechten Eindruck.

Aus dem Schaufenster heraus starrte mich unverwandt eine nostalgisch wirkende Schaufensterpuppe an; sie trug ein kurzes Samtjäckchen, möglicherweise von Betty Barclay, und schwarze Shorts unbekannter Herkunft. Würde ich zwar nicht zwingend zusammen tragen, aber dies hier war nun mal eine Studentenstadt und insofern nicht mit Ettlingen zu vergleichen, dem badischen Hort der biederen Bürgerlichkeit.

Es klingelte zart wie ein Glöckchen im Wind, und eine lustig aussehende Frau mit rotblonden Zöpfchen erschien aus dem Hintergrund. Sie kaute noch, wenn auch dezent. Für sie war offenbar Frühstückszeit.

»Ich bin die Nena«, erklärte sie mir. »Bringst du oder holst du?«

»Weder noch. Ich wollte mich mal umsehen.«

»Gern. Hast ja noch eine gute Figur. Kannst noch alles tragen. Und wer sagt, dass Mode was mit unserem Alter zu tun hat? In meinem Haus wohnt eine alte tschechische Literaturwissenschaftlerin. Die hat sich jetzt Leggins mit Michelangelos Sixtinischer Kapelle drauf gekauft. Sieht so was von scharf aus. Schau dich um.«

Da war es wieder. Dieses verdammte »noch«. So, als gebe es *noch* eine Gnadenfrist, bis ich bei QVC Blümchenkleider für die »reiferen Damen unter uns« shoppen müsste.

Die Sachen, die Nena ziemlich unsystematisch über den Laden verteilt hatte, waren nicht schlecht. Viel Nickistoff und Spitzen und auf Samt Aufgesticktes, einige Pluderhosen, aber auch ein paar richtig schöne Stücke, ein klassischer Unisex-Mantel von Kemper und ein Pullover von Prada, der mir allerdings zu groß war.

»Eine Bekannte von mir hat auch hier gekauft«, tastete ich mich vorsichtig vor.

Nena war gerade dabei, ein Preisschild an eine Clutch mit Perlenbesatz zu kleben. Ich äugte. »Zwanzig Euro? Zu billig«, erklärte ich ihr. »Das ist eine Loeffler Randall. Sehr seltene Marke. Das Teil kostet neu um die dreihundert Euro.«

»Echt? Okay. Machen wir halt dreißig, aber mehr funktioniert bei uns nicht. Sonst gehen sie lieber gleich zum Kaufhof vorne. Was für eine Bekannte?«

»Mandel. Marianne Mandel. Aus –«

»Ja, ja, ich weiß. Irgendwo da unten bei Philippsburg, die Ecke, stimmt. Die war oft bei mir. Aber seit mindestens zwei Wochen nicht mehr. Obwohl, wenn ich es mir recht überlege, war sie im Sommer sowieso seltener da. Ihre Shopping-Zeit war der Herbst. Na ja, da sind ja auch die festlichen Anlässe für die Ladys.«

»Sie ist derzeit verhindert«, erklärte ich wahrheitsgemäß. »Warum hat sie eigentlich bei dir gekauft? Ich dachte immer, sie hat genug Geld.«

Nena schwang sich vergnügt auf einen alten Barhocker, der hinter der Theke stand. »Irrtum. Vorurteil. Bei uns kaufen nicht nur Frauen, die wenig Geld haben. Im Gegenteil. Unsere Sachen sind zu exklusiv und letztlich immer noch zu teuer für die unter uns, die wirklich rechnen müssen. Marianne hat außerdem nicht nur gekauft, sie hat auch ganz viel Ware gebracht.«

Nena schmunzelte. »Eigentlich hat sie beinahe nur ausgetauscht. Sachen gekauft und sie bald wieder gebracht. Ich hab sie nicht gefragt, so eng bin ich mit meiner Kundschaft nun auch wieder nicht, aber ich hatte manchmal den Eindruck, sie hat die Kleider nur einmal getragen. Manche Damen, die viele gesellschaftliche Verpflichtungen haben, machen das so.«

Ich lächelte säuerlich. Niemals würde ich ein Kleid zu einer gesellschaftlichen Verpflichtung tragen, das zuvor am Körper einer anderen gewesen war.

Ganz, ganz kurz, fast flüchtig und so schnell vorbeihuschend, dass ich den Gedanken kaum fassen konnte, kam mir die Idee, dass Marianne Mandel vielleicht eine Nobel-Nutte gewesen sein könnte. Sozusagen für reife Freier. Für Senioren. Hatte sie das Buchlager in der Mühle nur als Vorwand betrieben und in Wahrheit als Liebesnest genutzt? Vielleicht hatte ein Freier nicht zahlen wollen oder sie hatte ihn erpresst?

Ein absurder Gedanke, und doch beschloss ich, mir das besagte Lager demnächst mal genauer anzuschauen. Wie konnte ich damals ahnen, dass ich gerade den Schlüssel zur Lösung des Mordfalls Marianne Mandel in der Hand gehalten und ihn dann ganz schnell gleich wieder verlegt hatte?

»Kamen Sie gut mit Marianne aus? Sie ist ja eine Nette!«

Beim Schach würde man sagen: eine klassische badische Eröffnung. Der Begriff »Nette« ist zunächst einmal neutral und hat etwa die Funktion einer Reizung beim Bridge. Erst danach kommen die Karten auf den Tisch, und es wird gespielt.

»Ja, eine angenehme, lebhafte Frau. Selbstsicher. Und sehr attraktiv. Sie hat wirklich etwas von jenen vornehmen älteren Französinnen an sich, die sich nicht gehen lassen und immer top aussehen, egal, wie alt sie sind. Figur straff. Haut gepflegt. Immer gut frisiert.« Jetzt flüsterte Nena. »Und die hat kaum Zellulitis.«

»Gibt es einen bestimmten Stil, den sie bevorzugte? Ich meine, sexy oder eher konservativ?«

»Konservative Sachen führen wir eigentlich sowieso nicht. Es ist immer eine sehr weibliche Mode, die wir hier anbieten.«

»Ja, das sehe ich.«

Ich selbst bin mehr für klassische Kühle. Jil Sander etwa hat mich immer verstanden. Obwohl ich in letzter Zeit dem legendär gewordenen Stil der Pariser Moderedakteurinnen etwas abgewinnen konnte. Klassisch, aber es durfte auch Braun und Grün dabei sein. Blazer, Skinny Jeans, hohe Schuhe. Leggins. Wollröcke, Kaschmirjacken.

Nena fuhr fort: »Durchaus erotische Stoffe, wenn Sie wissen, was ich meine. Schauen Sie hier, das bestickte Westchen … Cordsamt und Seide.«

Cordsamt! Feierlich, aber eine modische Todsünde. Und dann auch noch bestickt. Lässt dich garantiert zehn Kilo fetter erscheinen. Das kann man tragen, wenn man Heinrich VIII. von England ist und die Frauen schnell mal köpfen kann, wenn sie einen wegen des Wämschens auslachen.

»Sie hat ja auch einen so interessanten Beruf.«

»Ja, die hat einen Verlag, nicht wahr? Das muss toll sein. Büchermachen stelle ich mir so vielseitig vor. Und die vielen Lesungen, auf die sie geht, und die Gespräche mit den Künstlern danach. Schon super. Im Herbst und Winter ist sie dauernd unterwegs, die Glückliche. Hinfahren, schönes Hotel, frisch machen, bisschen repräsentieren, abends an der Bar noch ein Cocktail mit den Promis.«

»Ja, hört sich gut an.« Ich konnte mir Angehörige des Wendelinus-Verlages zwar nicht so recht cocktailschlürfend an der Bar vorstellen, doch hatte ich Marianne ja nicht gekannt. Zumindest war sie offenbar keine langweilige, konturlose Halbheilige gewesen – wie Friederike, mein erstes Mordopfer.

Eva Mondrian, die es damals am Rhein erwischt hatte und von der ich niemals mehr als ihre ausgefallene Jacke gesehen hatte, hatte sich hingegen bald als emporkömmlerische Intrigantin erwiesen …

Die Beschreibung Marianne Mandels hörte sich nach einer ganz normalen, ansehnlichen Frau an, die langsam älter wurde, sich aber gut hielt und ihr Leben genoss. Sich nicht zur Krankenpflegerin ihres Mannes machen ließ, sondern noch eigene Ziele und Pläne verfolgte. Gut, sie war ein paar Leuten auf den Schlips getreten, aber bei Losern wie diesem Frank Hüglin war es fast unmöglich, an seinem Schlips vorbeizukommen, also das allein konnte doch kein Grund sein, sie zu erschlagen.

Ich bezahlte einen altrosa Schal aus Spitze, der noch original verpackt war, und wandte mich zum Gehen.

Doch zuvor gab es noch eine Überraschung für mich.

Zunächst nestelte Nena an einem mit Strass besetzten Knopf herum, den sie aus einer Pappschachtel herausfischte. »Ob der zu der Plüschjacke da vorne passen würde … weil da ist einer defekt.«

Ich warf einen Blick auf das kurze taillierte Jäckchen mit den abgeschabten vier Knöpfen, von denen einer zerbrochen herabbaumelte. Es war sehr hübsch. Konnte von Martin Margiela sein. Die machen ausnehmend schöne Blazer.

»Ja«, sagte ich knapp. »Er passt, aber mach die anderen Knöpfe weg, näh die Knopflöcher sorgfältig zu und setz das Glitzerknöpfchen als Einziges in die Mitte.«

Nena probierte es aus und warf mir einen anerkennenden Blick zu. Während sie die anderen Knöpfe abtrennte, murmelte sie: »Die Marianne ist natürlich auch oft zu uns gekommen, weil diese Frau mit dem hässlichen Namen zwei Häuser weiter wohnt.«

»Welche Frau?«

»Die, die die Bücher vom Verlag korrigiert. Marbuse, wie der fiese Doktor. Die hat sie halt manchmal aufgesucht und dann bei mir eingekauft.«

»Wo genau wohnt diese Marbuse?«

»In Nummer 17. Erdgeschoss. Und viel Freude mit dem Schal!«

Das hätte ich früher niemals gemacht. Es gehört sich einfach nicht, und in meinen Kreisen macht es niemand. Bei unbekannten Leuten, oder selbst wenn es nur Freundinnen sind, einfach läuten. Ohne Termin und ohne Einladung. Also ohne alles.

Marbuse öffnete die Tür so rasch, als habe sie dahintergestanden und darauf gewartet, dass jemand klingelt. Marbuse war eine dieser Frauen, die man sofort vergisst, wenn man sie einmal gesehen hat. Totaler Durchschnitt. Nicht groß, nicht klein, nicht schlank, aber auch nicht dick, deutsch-mausbraunes kurzes Haar, rundes blasses Gesicht, Brille, ungeschminkt, langweilig und unschön gekleidet. Sie hatte nichts. Nicht mal schlechte Zähne oder einen Damenbart. Leicht hängende Schultern, aber – das registrierte ich wie unbewusst – sehr kräftige Oberarme.

»Frau Wolff?«, fragte sie, und ich glaubte, einen leicht schwäbischen Zungenschlag zu vernehmen, was die Sache auch nicht besser machte. »Hallo, Sie sind etwas zu früh. Das macht aber nichts, kommen Sie herein. Da hinten ist das Unterrichtszimmer.« Dann stutzte sie. »Wo ist die Kleine? Oder hatten wir uns missverstanden und der Kurs ist für Sie selbst?«

»Ich bin nicht Frau Wolff. Mein Name ist Lotta, und ich war zufällig in der Gegend. Ich arbeite für den Wendelinus-Verlag …«

Sie trat einen Schritt zurück und musterte mich unfreundlich. »Und als was arbeiten *Sie* da? Als Lektorin etwa? Nun, dann passen Sie nur auf, dass Sie nicht bald ohne Job dastehen. Obwohl: Die

Bittermandel ist ja tot. Dann dürfte sich die Lage dort ja allmählich entspannen.«

»Wie meinen Sie das? Ich bin keine Lektorin. Ich schreibe ein Buch!«

»Hahaha.« Sie lachte. »Hugenotten oder Regionalkrimi?«

»Ein Buch über Stilfragen.«

Sie überflog meine Erscheinung. »Selbstbeteiligung?«

»Ja.«

»Dachte ich mir. Ich sag Ihnen was, meine Gute, in diesem Verlag gab es nur einen einzigen Autor, der etwas taugte, und der hieß Raffael Wiesinger. Doch noch war er gar nichts. Nur ein Stück Lehm, das bearbeitet werden wollte. Oder sagen wir besser, er war ein Teig, der gehen musste. Wissen Sie, was diesem Jungen gutgetan hätte: zwei Jahre ohne Schreiben. Irgendwo in einem Haus in der Bretagne, allein, sich entwickeln, mal eigene Gedanken fassen und niederschreiben und scheitern und wieder niederschreiben. Der hätte Reifung gebraucht, aber sie ließ ihn nicht reifen, denn er war ja ihr Zirkuspferdchen. Ich hab's ihm gesagt: Raffael, verbrauch dich nicht, nimm dir eine Auszeit. Und was war das Ergebnis?«

Ich seufzte und wartete. Gott sei Dank musste ich nicht so leben wie diese Person hier. Sie hatte bestimmt nur diese zwei muffigen Zimmer, alles vollgestopft mit Büchern, Bildern, Papieren und irgendwelchen Kunstwerksmitbringseln von irgendwelchen Reisen.

»Sie hat mir sein Lektorat entzogen. Angeblich wollte Raffael es so. Er käme nicht mehr mit mir zurecht. Dass ich nicht lache. Wir haben wunderbar zusammengearbeitet. Ich hätte ihm diese albernen Geschichtchen nicht mehr erlaubt, die er immer auf den Lesungen vortrug. Moderne Lyrik hätte er schreiben sollen. Die Fragmentarisierung unserer Welt aufzeigen. Das war sein Talent. Er hatte ein Auge für die Symbiose von Form und Inhalt.«

»Und dann?«

»Jetzt habe ich nur noch ganz wenig zu tun für Wendelinus. Muss stattdessen unterrichten. Deutsch und Englisch für Kinder, die von den Eltern durchs Gymnasium getrieben werden. Ein hartes Gewerbe, viel Konkurrenz hier in Heidelberg. Und die Wohnung hier ist zwar schön, aber teuer. Danke an die Bittermandel. Vielleicht wird es wieder besser und ich kriege wieder Aufträge, jetzt, wo sie endlich tot ist.«

Ich weiß nicht, was mich bei dieser Marbuse mehr erstaunte: ihre offene Freude über Marianne Mandels Tod oder die Tatsache, dass sie ihre entsetzliche kleine und enge Wohnung als schön, aber teuer bezeichnete.

Ich würde nicht einmal meiner Katze zumuten, sich länger als eine Stunde in diesen Räumlichkeiten aufzuhalten. Es scheint nicht nur in Mannheim in den K-Quadraten Paralleluniversen zu geben.

FRIEDRICHSTAL. NEUBAUVIERTEL

Spontan, auf dem Rückweg, fuhr ich nun endlich bei Marianne Mandels Adresse vorbei. Sie war nicht schwer zu finden. Friedrichstal ist ja ein eher kleinerer Ort mit einem klaren Grundriss.

Die Mandels wohnten in einem gehobenen Neubauviertel nicht allzu weit vom Stadtbahnhof entfernt. Ein schönes weißes Haus mit Säulen und einer Kiesauffahrt erwartete mich unter der angegebenen Nummer.

Ich parkte gegenüber, stieg aus und lief zum Eingang. Doch die Nachbarschaftspolizei in Gestalt einer sorgfältig ondulierten Frau mittleren Alters hatte mich bereits ausgemacht.

»Sind Sie von der Presse? Da isch niemand da. Der arme Herr Mandel isch in Kur. Und der derf dort net gestört werde. Außer von der Polizei, wenn sie Frage habe. Verdächtig isch er net. Der lag ja im Bett. Nach der schrecklichen Sach braucht der Mann nur Ruh, Ruh, Ruh. Mit der Frau Mandel die Sache. Sie wissen ja natürlich davon. Sie isch nämlich ermordet worden. In der Alten Mühle draußen. Abends. Kein Mensch weiß, was sie da so spät wollte. Warum konnte sie nicht abends fernsehen wie wir alle. Un es heißt, sie wär mit dem Rad hingefahre. Die war doch gar kei große Radfahrerin. Net wie mir annere Fraue im Viertel, wo nur ein Auto in der Familie isch … aber Sie gucke so. Wenn Sie von der Presse sin, sollt ich net Badisch schwätze.«

Ich holte Luft, aber mein Gegenüber auch. Und auf Hochdeutsch ging es weiter.

»Es heißt, sie haben einen verhaftet, einen von ihren Autoren, aber macht ein Autor so etwas? Das frage ich Sie. Das sind doch eher stille Menschen, und wo sie sich solche Mühe gegeben hat mit dene Bücher. Ich glaube, wir *alle* glauben, es war ein Landstreicher, der sich da versteckt hat. Solange noch niemand da wohnt, lädt doch des gradzu ein. Sie war ja eine sehr nette Frau. Ein sehr ruhiges Ehepaar. Vor allem auch er. So ein freundlicher und korrekter älterer Herr. War früher bei der Bank Filialleiter.

Immer tiptop. Hat im Chor gesungen. Und ging wandern mit dem Wanderclub Echte Fuffziger. So nennen die sich, obwohl sie natürlich alle älter sind. Bestimmt dreimal die Woche um neun Uhr ging's los. Über Stock und Stein. Also, in dem Alter Witwer werden, das ist sehr schwer für einen Mann. Wer soll ihn denn jetzt versorgen? Die Tochter wohnt doch weit weg und hat selbst zu tun mit den drei Kindern und dem Pfarrhaushalt.«

Wie lange, dachte ich, kann ein einzelner Mensch reden, ohne heiser zu werden.

»Nein, dass bei uns so etwas passiert! Von welcher Zeitung sind Sie? Frau Mandel hatte immer mal mit Zeitungen zu tun. Wegen ihrer Autoren. Die kamen dann her, morgens, da war das Licht am besten, und dann hat sie Shutings – heißt das so? – mit ihnen gemacht und so weiter. Eine tüchtige Frau war das. Hab mich immer gerne mit ihr unterhalten und was aus ihrem Leben erfahren. Unsereins erlebt ja sonst nix, gell? Sie war nicht aus unserem Dorf und keine von uns, das nicht, aber heutzutage ist das doch alles nicht mehr so wichtig. Die Familie hatte ein Hotel in Kehl, am Rhein direkt, also die wusste schon früh, was Arbeit bedeutet, und war auch immer proper angezogen …« Sie schnappte kurz nach Luft wie ein Fisch.

»Ich bin nicht von der Zeitung«, antwortete ich. »Ich habe nur das schöne Haus bewundert.«

»Gell. Ein schönes Haus«, sagte die Frau enttäuscht. »Aber das hätten Sie auch gleich sagen können!«

Sie verschwand nunmehr sehr schnell in ihrem eigenen Hauseingang. Eine eichendunkle Tür mit Rosen bewachsen. Im Inneren schien es auch dunkel. Wie eine Hexe, die in ihrem Knusperhäuschen verschwindet, dachte ich.

Langsam lief ich noch ein paar Meter die Straße hinunter.

Ein großer Mann mit Brille, erstaunlich blauen Augen in einem braunen Gesicht und strahlendem Lächeln rief mir fröhlich zu: »Na, hat unser lebendes Ortsblättle Sie über alles informiert?«

»Wie meinen Sie das?«

»Oh, die weiß alles. Und was sie nicht weiß, das will sie möglichst genau erfahren. Vor allem von der Mandel wusste sie gern mehr, als die ihr sagen wollte. Ich bin der Lenny Weber. Beruf:

eigentlich Maler, aber da niemand – auch Sie nicht, meine Dame – meine Bilder kaufen will, trag ich Zeitung aus. Hoffentlich ist der Job sicher. Immer weniger Leute halten sich eine Tageszeitung. Die junge Leut lese heute alles im Internet nach.«

»Oh, manchmal braucht man etwas Geduld bis zum Durchbruch. Was malen Sie denn?«

»Autos. Ich mal Autos. Seit frühester Kindheit. Früher mit Buntstift, heut mit Öl.« Er freute sich ansteckend. »Mer könnt sich direkt neisetze und losfahre!«

»Aha?«

»Ja. Also, die Mandel hat unserm Ortsblättle Frau Spämann immer morgens die Zeitung rübergelegt, und die Spämann hat sie gelesen. Aber wie …« Er lachte schon wieder. »Einmal hat die Mandel was ausgeschnitten, und die Spämann – nomen est omen –, hahaha, war so neugierig, dass ich für sie bei unserer Lokalredaktion am Tag drauf in der Zeitung nachgucken sollte, was sie ausgeschnitten hat.«

»Unglaublich … das haben Sie sicher nicht gemacht!«

Er beugte sich zu mir herunter. »Ich krieg zwanzig Euro von der Spämann zu Weihnachten. Zwanzig Euro für Farben und Leinwand. Hey, Lady, ich hab e kleines Kind. Des koscht. Ich hab's gemacht.«

Ein eigenartiges Vibrieren lag in der Luft, etwas wie Elektrizität.

»Und«, fragte ich. »Was war es? Worum drehte sich der Bericht?«

»Ein Artikel über Stalking. Dass Stalking-Opfer besser geschützt werden sollen. Und was Stalking überhaupt ist. Prominente Opfer wie Steffi Graf und Madonna. Wie es bestraft wird und warum durchgeknallte Leut das machen. Psychisch, wisse Sie? So was halt.«

Ich sah den fröhlichen Riesen an. Das war eine unerwartete Wendung. »Haben Sie der Polizei davon erzählt?«

»Der Polizei? Warum denn das?« Dann schlug er sich an den Kopf. »Nein, daran hab ich nicht gedacht. Mit dene hab ich's net. Die wurd gestalkt! Jemand hat sie verfolgt und hat sie erschlagen, als sie mit der Polizei gedroht hat. Mein Gott, ich dacht, das trifft nur junge Mädchen. Wer macht denn so was? In unserer Gegend. Wer hat denn so e Fraule noch verfolgt?«

Ja, wer?, dachte ich. Wer war dir auf den Fersen, Marianne?

Auf dem Weg zurück surrte mein Handy. Hagen schickte mir über WhatsApp ein Foto von sich und einem Haufen junger Mädels an einem blauen See. Um die Mädchen machte ich mir keine Sorgen. Wer gar nicht gefiel, war die Rotblonde im Hintergrund. Wahrscheinlich die Lehrerin. Dass eine Lehrerin so jung aussehen konnte ... Oder war das nur relativ, gemessen an meinem Alter? Plötzlich wusste ich, was mich an dem »Fall« Mandel so beunruhigte. Die Art, wie alle über sie sprachen.

Sie war eine ältere Frau. Die Noch-Frau. Niemand traute ihr mehr zu, Opfer eines Verbrechens aus Leidenschaft geworden zu sein. Verdammt noch mal. Ich wollte, dass man mir noch lange ein Verbrechen aus Leidenschaft zutrauen würde!

Aber jetzt hatte sie offenbar zumindest einen Stalker gehabt. Oder eine Stalkerin. Und der oder die war verdammt klug vorgegangen, denn die Person hatte es geschafft, vollkommen unsichtbar zu bleiben. Wo im Leben von Marianne Mandel verbarg sich dieses Phantom?

Noch zehn Tage.

Bis dahin musste etwas passiert sein.

Und zwar hier und bitte sehr nicht dort an dem See mit der hübschen rothaarigen Lehrerin!

Mein geheimes Handy schwieg wieder. Noch keine Nachricht von dem Wohnungsportal.

ETTLINGEN. ZU HAUSE

Immer noch unangenehm kühle Stimmung in meinem Haus. Mein Mann war weiterhin nachdenklich und wortkarg und zog sich bald nach dem einfachen Abendessen, bestehend aus Lammkrone und Wildreis sowie Salat aus schwarzen sizilianischen Tomaten mit Avacadostückchen, in sein Arbeitszimmer zurück.

Ich hörte ihn mit gedämpfter Stimme telefonieren. Einmal glaubte ich das Wort »Grieb« herauszuhören. Zumindest diese Suppe hatte ich ihm versalzen.

Am nächsten Morgen geschah allerdings etwas. Marlies rief mich an. Leise und verschwörerisch, als könnten Geheimdienste mithören.

»Swentja, können wir uns schnell treffen? Vielleicht auf dem Turmberg in Karlsruhe? Ich muss Janine dort zu einem Kurs in der Sportschule Schöneck bringen. Wir könnten ein paar Schritte mit dem armen Hund laufen. Ich habe so wenig Zeit für ihn im Moment.«

»Warum sollten wir uns ausgerechnet dort oben treffen? Und wenn ich bei regnerischem Wetter mit Hunden herumlaufen wollte, hätte ich selbst einen«, entgegnete ich griesgrämig. Die lange Zeit ohne Hagen ging mir mehr und mehr auf die Nerven. Ich vermisste ihn so, dass es beinahe schmerzte.

Marlies war aber einer der wenigen Menschen, die fast nie beleidigt sind. Vielleicht hat sie sich im Laufe ihrer Familienzeit abgewöhnt, allzu genau hinzuhören. Gutmütig antwortete sie: »Weil es einen Hinweis gibt. In der Mühle!«

Ich schüttelte den Kopf, als könnte sie mich sehen. »Einen Hinweis? Die Polizei hat das Gelände quasi mit einem Sieb durchsucht. Da gibt es bestimmt keine Hinweise mehr! Du weißt, ich traue der Kripo nicht viel zu, was die Psychologie von Opfer und Täter angeht, aber greifbare Hinweise übersehen sie im Allgemeinen nicht. Sie stecken sie in kleine Tütchen und analysieren sie, bis jedes Molekül sein Geheimnis preisgegeben hat.«

»Und sie übersehen doch etwas. Beispielsweise, wenn einer den Beweis vorher verschwinden lässt.«

»Marlies!«

»Kommst du?«

KARLSRUHE. TURMBERG

Es ist seltsam, dass mich Marlies' Hund liebt. Ich mag ihn nicht, ich beachte ihn nicht, aber er sitzt unter dem Tisch und verehrt mich mit feuchten Augen. Ab und zu stupst er mich mit der Schnauze warm an. Er ist eben ein männliches Tier und hat offenbar Geschmack.

Wir saßen nun in dem Gartenrestaurant oben in Karlsruhe am Turmberggelände, dem einzigen nennenswerten Hügel, den die Fächerstadt zu bieten hat, und ich begutachtete kritisch den Straßburger Wurstsalat, den man in solchen Fällen an solchen Orten zu bestellen hat, um sich als badische Patriotin zu erweisen.

Wanderer, Familien, Ausflügler und ältere Damen, die sich zum Mittagessen verabredet hatten, umgaben uns mit südwestdeutschem Wohlleben. Kurz dachte ich an meine Tochter, die vielleicht im Moment in England an einem Gurkensandwich knabbern musste.

»Meine Tochter hat sich übrigens drüben in London verlobt. In erste Kreise!«

»Na bravo. Hoffentlich hat sie aber vorher mit dem anderen Schluss gemacht.«

Ich starrte Marlies an. »Wie bitte?«

»Ich verkehre, wie du weißt, mit deinem reizenden Töchterchen per WhatsApp. Schließlich kenne ich sie noch aus der Zeit, als sie deine kostbare kleine Prinzessin war, und bin so etwas wie eine gute Tante. Und daher weiß ich auch, dass sie eine kleine … *a little something* … wie sie sagt, mit einem Typ hat oder hatte, der in einem Pub arbeitet. In einem irischen Pub. Oh, er ist Dartmeister seines Wohnviertels, und manchmal greift er anscheinend auch zur Gitarre und spielt irische Songs. Er ist katholisch, was in der englischen Oberschicht überhaupt nicht gern gesehen ist. Es gibt diese Vorurteile gegen böse Papisten dort heute noch.«

»Eine Affäre! Das kann nicht dein Ernst sein. Ich muss mit ihr reden. Was stellt sie sich vor? Solch ein Vorleben oder gar ein Parallelleben sieht man in diesen Kreisen gar nicht gerne. Vorher kann sie leicht rumzukriegen sein, aber ist sie verlobt, muss sie einer Heiligen gleichen.«

»Mitbewerber sieht man in keinen Kreisen gern«, meinte Marlies genüsslich. »Aber mit diesem Typen macht ihr der Sex mehr Spaß, denke ich.«

»Das geht nicht. Geht gar nicht. Ich muss mit ihr reden.«

»Ja, die ersten Kreise wollen halt eine frische Rose, an der noch keiner geschnuppert hat. Siehe Lady Diana.«

Egal, aber ein Typ, der in einem Pub Pfeile auf eine Scheibe wirft, kann kein Mitbewerber neben einem Mister Beaufort sein, dachte ich.

»Nun erzähle ich dir etwas, Swentja. Gestern Abend ruft mich diese Kräuterliese an. Alberta. Eigentlich ist sie ja sehr nett, aber jetzt ist sie natürlich auf hundertachtzig, denn die Polizei war bekanntlich da und hat sie verhört, wegen des illegalen Hanfanbaus. Ich hab ihr wohl auch ein paar zu scharfe Fragen gestellt. Auf jeden Fall ruft sie mich an und giftet ins Telefon, ich solle mal lieber mit einem gewissen Gutmenschen sprechen, der als Erster bei der Leiche war und der unterwegs etwas habe verschwinden lassen. Wenn die Polizei einen Mörder innerhalb der Mühlengemeinschaft suche, solle sie vielleicht dort anfangen. Und wenn er hundert Mal der Besitzer der Mühle sei.«

Ich hielt die Luft an. »Unglaublich. Wenn Friedrich Herlan, und der ist ja wohl gemeint, etwas vom Tatort hat verschwinden lassen, könnte er problemlos auch den Kuli unter die Leiche bugsiert haben.«

»Aber woher sollte er den Stift haben und warum sollte er so etwas tun? Er kennt deinen Raffael gar nicht. Der war niemals in der Mühle, das haben wohl alle bestätigen müssen. Obwohl ich persönlich das ja seltsam finde. Wo seine große Gönnerin dort involviert war. Hat er sich nie interessiert, was sie dort so macht?«

»Marlies, was hatte Raffael schon in einem verfallenen Mühlengemäuer zu suchen? Das ist nicht sein Ding. Er wohnt in einer modernen Wohnung bei Heidelberg, ist ein junger Mann, hat einen Job, betreibt Sport, und er ist frisch verlobt. Er musste doch nicht alle ihre Hobbys kennen.«

Marlies runzelte die Stirn. »Stimmt auch wieder. Leute, die sich der Restaurierung von alten Mühlen hingeben, sind wahrscheinlich für junge Leute nicht besonders interessant. Das ist ein Hobby, das man erst aufnimmt, wenn es wichtiger wird, die Vergangenheit zu bewahren, als die Zukunft zu gestalten.«

Ich stöhnte. »Warum spricht plötzlich jeder um mich herum von Vergangenheit? Hoffentlich verbringe ich in Zukunft noch viel Zeit mit meinem Kleiderschrank und meinem Liebhaber, bis ich so weit bin, Steine zu klopfen und Dächer zu decken. Und Raffael ist übrigens sowieso überhaupt nicht der Typ Mann, der sich für eine heruntergekommene Mühle interessiert. Raffael ist ein wirklicher Ästhet. Kleidung, Lebensart, Status, das sind Dinge, die ihn im Moment beeindrucken.«

»Ach? Ich bin mir nicht sicher, dass ihr zwei nicht doch blutsverwandt seid«, grinste Marlies. »Jedenfalls solltest du vielleicht mal mit diesem Herlan reden.«

»Warum ich?«

»Weil er irgendwie auf dich steht.«

Na, wenigstens einer, dachte ich. Hagen schickte lediglich einmal am Tag einen kurzen virtuellen Gruß. Wenn ich Glück hatte, garnierte er ihn mit einem Herzchen.

Passenderweise surrte jetzt mein Geheimhandy. Eine E-Mail wurde mir übermittelt. Auf meine Wohnungsanzeige war eine Nachricht gekommen.

Die E-Mail war in englischer Sprache.

»Hello, my name is Gregory McAllister. I lived in Karlsruhe – nice town – for a while. Now I'm writing from Edinburgh … Are you still interested in an apartment? I might have an interesting offer for you.«

Endlich!

FRIEDRICHSTAL. DIE MÜHLE

Ich fand Herlans Rücken über ein kleines Schachtischchen gebeugt. Hingebungsvoll wienerte er an den schwarzen und weißen Feldern herum. Sein graues Haar war im Nacken leicht verschwitzt und gekräuselt. Der Sommer in der Rheinebene begann heiß zu werden.

Leise schlich ich mich an.

»Spielen Sie Schach, Frau Tobler?«, fragte er, ohne sich umzudrehen.

»Nein. Das ist für mich ein zutiefst unweiblicher Sport. Und woran erkennen Sie, dass ich es bin?«

»An Ihrem teuren Parfüm. Die Frauen hier haben kein solches Parfüm. Und Marianne, die auch so viel Wert auf ihren Geruch legte, ist tot.«

Einen Moment schwiegen wir beide. Schließlich murmelte ich: »Es könnte eine Kundin sein. Jemand, der einen Tisch kaufen will.«

»Bisher war noch keine mit einem solchen Duft hier.«

Ich wartete.

Er wienerte weiter. »Dieses Schachtischchen hier stammt aus Berlin. Ist es nicht hübsch? Eine Braut hat es zu ihrem Bräutigam mitgebracht, als sie hierher nach Friedrichstal heiratete. Irgendwann Ende des 19. Jahrhunderts. Sie mag die Hoffnung gehabt haben, er spielt mit ihr Schach.«

Eine Hoffnung, dachte ich, die sich kaum erfüllt haben mochte.

Die meisten Frauen, die ich kannte, beklagten sich nach kurzer Ehezeit darüber, dass die gemeinsamen Unternehmungen, zu denen sie ihre Männer bewegen konnten, zusehends dahinschwanden. Nach einer Weile lebten alle so getrennt wie in einem orientalischen Haushalt. Nur, dass die Frauen nicht in einem Harem auf Kissen und Teppichen herumsaßen, sondern auf dem Tennisplatz oder irgendwo in einem angesagten Bistro bei Crodino und Sektchen.

Ich lehnte mich gegen eine Kommode. Der altmodische Knauf

der Schublade stach mir in den Hintern. Die Frage kostete mich Überwindung: »Herr Herlan, was haben Sie weggenommen, vom Tatort, kurz nachdem Sie die Leiche fanden?«

»Ich? Nichts«, sagte er ruhig und polierte mit Heftigkeit.

Ich beobachtete ihn. Das Karo, das er da so frenetisch bearbeitete, war die Ausgangsposition der Dame im Schach. So viel wusste ich. Das ermutigte mich, nicht aufzugeben. Ich holte tief Luft.

»Herr Herlan, das glaube ich Ihnen nicht. Es gibt eine Zeugin, die Sie dabei beobachtet hat. Vielleicht erinnert sie sich bei der Polizei auch daran, *was* genau es war.«

Er richtete sich auf und stützte stöhnend seinen Rücken. »Mein Ischiasnerv!«

»Tut mir leid«, lächelte ich verbindlich. In meinen Kreisen lernt man, gesellschaftliche Todesurteile mit einem Lächeln zu verkünden (»Tut mir leid, bei uns im Bus ist kein Platz mehr, Frau Sowieso. Aber die Lyons-Frauen machen bestimmt bald wieder einen Ausflug nach München, ja?«). »Trotzdem … ich will es wissen. Ich muss es wissen!«

Er musterte mich ernst und erstmalig ein wenig unwirsch. »Was geht Sie das Ganze hier überhaupt an und warum kommen Sie dauernd? Es kann ja wohl nicht mehr wegen des Schranks sein.«

Eigentlich, dachte ich, hätte er das alles längst fragen müssen. »Immerhin war ich dabei, als man die Tote fand, Herr Herlan. Vergessen Sie das nicht.«

»Na und? Die meisten Leute wären froh, wenn sie so bald als möglich nichts mehr damit zu tun hätten.«

Dagegen war im Grunde nichts zu sagen.

»Und ich schreibe ein Buch für den Wendelinus-Verlag. Allerdings unter meinem Künstlernamen, Carla Lotta, den Sie auch bitte für sich behalten. Frau Mandel war Verlegerin in dieser Firma. Also ist es nur logisch, dass ich mich für die Frau interessiere.«

»Eigentlich nicht. Marianne ist tot. Sie haben sie ja gar nicht gekannt. Und es gibt noch zwei Leute, denen der Verlag gehört. Der ihr anvertraute Autor war der Herr Wiesinger. Mit jemand wie Ihnen hätte sie sowieso nicht eng zusammengearbeitet.«

»Warum nicht?«

Herlan ließ endlich von seinem Schachtischchen ab. Das kleine Möbelstück sah nun merkwürdig aus. Eine Seite war sauber poliert und glänzte wie neu, die andere war immer noch staubig und zerkratzt. Wie viel etwas Politur doch ausmacht, dachte ich. Wie würde ich selbst wohl aussehen, wenn ich kein Geld hätte, um mich hübsch zu machen? Eigentlich wollte ich es nicht so genau wissen, aber der Gedanke gefiel mir nicht.

»Schreiben Sie etwa feine Lyrik oder geistreiche Aphorismen? Nein, Sie spielen gerne Detektivin, denke ich mal. Vielleicht treibt Sie auch etwas ganz anderes dazu, hier dauernd herumzufragen. Schade. Ich hatte Sie anders eingeschätzt.«

Er wienerte weiter an seinem Tischchen. »Doch es ist natürlich verboten, etwas von Tatorten wegzunehmen, und wenn die Polizei es herausfindet, werde ich Ärger bekommen. Deshalb kann ich es weder bestätigen noch Ihnen irgendeine Auskunft geben.«

Er blinzelte mit seinen Augen, die etwas eulenhaft Weises an sich hatten. Hier war eine schwache Spur, die die Kripo übersehen hatte, und ich würde von dieser Spur nicht mehr abweichen.

»Sie werden noch mehr Ärger bekommen, wenn Sie es mir nicht sagen. Wollen Sie etwa einen Mörder schützen? Ihre geliebte ererbte Mühle als Schutzhütte für einen Mörder. Dies hier ist keine Kirche, Herr Herlan, auch wenn es für Sie ein heiliger Ort ist.«

»Ich lasse mir nicht drohen, Frau Tobler. Sie haben keinerlei Recht, mich zu befragen. Das ist meine Mühle.«

»Es ist eben nicht mehr allein *Ihre* Mühle. Sie haben sie aufgeteilt wie eine Aktiengesellschaft, um sie halten zu können. Allen, die hier mithelfen, gehört die Mühle. Auch Marianne Mandel hat ein großes Stück Mühle besessen.«

Er schwieg, knetete den Lappen in seinen Händen. Einen kurzen Moment dachte ich: Das könnte dein Problem sein, Friedrich Herlan. Deine Vorfahren haben dir die Mühle überlassen. Und du gibst sie Stück für Stück weg. Hat Marianne Mandel sich ein zu großes Stück genommen?

»Ich gehe zur Polizei«, sagte ich schließlich.

In seine Augen schlich sich Ungläubigkeit darüber, dass ich zu so etwas fähig sein sollte. Das hatte er mir nicht zugetraut. Ich mir auch nicht. Warum hatte ich mich wieder auf dieses miese

Spiel eingelassen, in den dunkelsten Beweggründen von Menschen herumzurühren?

Hagen warf mir vor, es aus emotionaler Langeweile zu tun. Wahrscheinlich hatte er recht. Aber jetzt war ich schon zu weit in die Welt der Marianne Mandel eingedrungen, um noch anhalten zu können. Sie war von einem Stalker verfolgt worden. Sie war ermordet worden. Sie hatte unsichtbare Feinde gehabt.

Wie gern hätte ich erfahren, was davon die Polizei schon wusste, doch ohne Hagen hatte ich keine Chance. Mit Hagen auch nicht.

»Ich muss die Vögel tränken«, sagte Herlan unvermittelt. Er ging zu einem kleinen Becken und ließ Wasser in eine Schale. Ich sah ihm nach, wie er zu der staubigen Ecke seiner Werkstatt ging, da wo die kleine Luke war, und hörte, wie die Vögel schrien, als er sich ihnen näherte. Dann verstummten die Schreie.

Kurz darauf kehrte er zurück. »Die gehören auch zu uns«, sagte er, als sei nichts geschehen.

Ich sah, dass ich so nicht weiterkam.

»Ich vertraue Ihnen nun auch etwas an. Vertrauen gegen Vertrauen. Ich bin persönlich in den Fall involviert. Jemand, der mir nahesteht, ist in Verdacht geraten, Marianne Mandel umgebracht zu haben.«

»Oh. Ich weiß. Wieder der schöne Dichter? Er war zweimal hier. In Begleitung der Polizei.«

Die Bitterkeit in seinen Worten erstaunte mich. Sie passte nicht zu ihm. Und sie passte erst recht nicht zu dem eher schüchternen und sensiblen Raffael. Mehr und mehr merkte ich, worin Raffaels Problem bestand. Die Welt sah ihn anders, als er tatsächlich war. Den ernsthaften Schriftsteller wollten sie ihm nicht abnehmen, weil er zu glatt und zu perfekt schien. Ein wahrer Dorian Gray, dessen Seele anders aussah als sein Körper.

Doch ich wusste es besser. Schon als Kind hatte er schreiben wollen. Wir hatten ihn ausgelacht, als der Achtjährige lieber auf einer uralten Reiseschreibmaschine, an der die Buchstaben immer wieder festhingen, herumhackte, als Fußball zu spielen oder Mädchen anzusprechen. Er hatte dann dennoch die Banklehre gemacht, denn bei seiner etwas unsicheren Herkunft schien es besser, wenn er etwas Solides in der Hand hätte.

Ich bin kein besonders mitfühlender Mensch. Beispielsweise habe ich mir abgewöhnt, mit all meinen Freundinnen zu leiden, die schlechte Ehen, lieblose Männer, ungezogene Kinder und undankbare alte Eltern hatten. Die meisten Frauen sind aus meiner Sicht beratungsresistent. Sie saugen deinen Rat ein wie Nikotinsüchtige den Rauch und machen dann doch, was sie wollen. Doch nun fühlte ich Mitleid mit meinem Neffen Raffael. Er wurde als schön und oberflächlich gehandelt, doch damit verkaufte man ihn zu billig.

»Meinen Sie Raffael? Der ist alles, nur kein eitler Schönling. Er hat durchaus tiefe Gefühle.«

»Das kann schon sein«, sagte Herlan sinnend. »Ich glaube, dass er Gefühle hat. Das war auch mein Eindruck.«

Es schien, als gebe er sich einen Ruck.

»Also gut. Ich zeige Ihnen, was ich in der Nähe der Leiche gefunden habe. Es könnte aus der Tasche ihrer Hose gefallen sein, wissen Sie, es waren so schräg geschnittene Taschen, wo eben leicht etwas herausfallen kann, wenn man ...«, er schluckte, »getragen wird.«

Er winkte mir zu, und ich folgte ihm in den hinteren Bereich der Werkstatt. Dort hatte er einen Schreibtisch und ein altes Regal voll mit Ordnern. Das Flügelrascheln der Falken wurde lauter. Ihr Nest war in der Nähe.

»Das ist mein Büro«, seufzte er. »Zumindest im Moment noch. Bis unsere, bis ... die Wohnung fertig ist. Selbst wenn man so einfach lebt wie ich, sammelt sich unnötiges Zeug an. Rechts sind meine Rechnungen, Aufträge und Lieferscheine und die Steuer, links sind die Papiere, die die Mühle betreffen. Die Vereinsprotokolle, die Rechnungen für die Umbauten, dort die alten Besucherbücher, die Zeitungsartikel über die Mühle und unsere Veranstaltungen, die Bescheide von der Gemeinde, Wasser und Elektrizität betreffend, die Pachtverträge und die Pläne vom Katasteramt ...«

Ich überflog die Ordner, die Kladden und die Stehsammler. Und überlegte, wer wohl mit ihm in diese Wohnung ziehen würde, denn er hatte »unsere« gesagt und sich dann korrigiert.

Fast alles war von leichtem Staub bedeckt. Herlan bräuchte

wahrhaftig eine gute Sekretärin. Ein Kreischen unterbrach unser Gespräch.

»Ist gut. Sie darf das!«, rief Herlan den Vögeln zu. Ein Rascheln vom Schlagen der Flügel antwortete ihm. »Ich bilde mir ein, sie erkennen mich.«

Er öffnete eine Schublade, darin ein Umschlag, holte ihn heraus und hielt mir etwas Glitzerndes unter die Nase. Ein seltsam geformtes Schmuckstück.

»Was ist das? Es sieht aus wie ein …«

»Es ist ein Hugenottenkreuz«, sagte Herlan ruhig. »Es lag nicht unter der Leiche wie dieser Kugelschreiber, sondern ich habe es auf dem Weg gefunden. Auf dem Weg vom Kräutergärtchen zum Turm. Ich habe kein Handy und wollte zu den Leonhards. Als ich ins Café zurückgelaufen bin, um zu telefonieren, habe ich gesehen, dass da etwas glitzert. Ich habe mich gebückt und habe es aufgehoben. Fast automatisch. Wer hat Ihnen davon erzählt? Die Leonhards? Nein. Sybille vom Seifenlädchen, nicht wahr? Ja, es muss Sybille gewesen sein! Sie ist …«

»Was ist sie?«

»Nichts«, erwiderte er, doch dann überzog ein scheues Lächeln sein Gesicht. »Vielleicht ein wenig eifersüchtig. Alberta und ich, nun … wie soll ich sagen … Ich möchte halt nicht immer allein sein und Alberta auch nicht, und so kommt es dann, wie es kommt.«

»Ich verstehe das«, erwiderte ich beruhigend. Dann sah ich hinunter auf das schimmernde Teil. Meine Mutter hatte mir auch ein Kreuz hinterlassen, ein ganz schlichtes goldenes Schmuckstück. Ein katholisches, ein frommes Kreuz. Ich trug es nie.

Vorsichtig berührte ich das glitzernde Metall. »Was ist ein Hugenottenkreuz?«

»Man weiß nicht, woher genau seine Form stammt. In Südfrankreich hat man im Mittelalter solche Kreuze hergestellt. Jedenfalls sieht es grundsätzlich aus wie ein Malteserkreuz. Die Kugeln hier an den Kreuzenden stehen für die Tränen, die während der Verfolgung der Hugenotten in Frankreich geflossen sind.«

»Und diese Ornamente hier?« Ich strich leicht mit dem Zeigefinger über das Kreuz. »Die kommen mir bekannt vor. Von Tapeten.«

»Das ist die Wappenblume des bourbonischen Hochadels – die Lilie. Zeigt die Herkunft der Hugenotten aus Frankreich, das sie auch heute noch als ihr Heimatland ansehen. Ich allerdings nicht. Ich sehe mich als Deutscher durch und durch, aber es gibt eben auch andere, die die Traditionen noch hochhalten.«

»Offenbar«, sagte ich. »Aber seltsam ist es schon! Diese Wurzeln gehen doch sehr weit zurück.«

Herlan wiegte den Kopf. »Aber sie sind noch da. Es ist etwas anderes, ob man freiwillig umzieht oder aus seiner Heimat vertrieben wird. Die Hugenotten, die sich hier ansiedelten, kamen meist aus Nordfrankreich. Aus einer traditionellen Gegend, in der man seit jeher mit der Erde und dem Meer verbunden war. Da schmerzt der Verlust von Heimat.«

Ich zuckte die Achseln. Ich selbst hing nicht an Ettlingen. Wir hatten Zweitwohnungen in allen möglichen Gegenden der Welt, uns meistens von Leuten überlassen, die ihre Schulden bei meinem Mann nicht hatten bezahlen können. Ich könnte durchaus woanders leben, wenn ich dort einen guten Friseur vorfand. Aber nicht mehr ohne Hagen.

»Hier unten an dem Anhänger hängt meistens noch eine Taube als Symbol für den Heiligen Geist.«

»Gibt es diese Kreuze heute noch?«

»Oh ja. Meine Schwester besitzt eines. Es wird heute noch von französischen Protestanten getragen, und manche deutsche Hugenotten hängen es sich mit Stolz als Erinnerung an ihre Herkunft um den Hals. Es gibt weltweit eine Million Nachkommen der Hugenotten, allein in Deutschland hundertfünfzigtausend.«

»Wissen Sie, wem dieses Kreuz hier gehört?«

Herlan lächelte und sah mir mit dieser aufreizenden Milde in die Augen. »Oh nein«, antwortete er.

»Ich glaube Ihnen nicht. Ist es Ihr eigenes? Sie wissen, wem es gehört. Sie sind selbst ein Hugenotte.«

»Wie das halbe Friedrichstal. Nein, nein, wir beide hatten einen Deal, wie man heute so schön sagt«, erwiderte er. »Und ich habe meinen Teil erfüllt, nicht wahr?«

FRIEDRICHSTAL. IM VERLAG

Meine Eindrücke aus der Welt der Secondhandläden brachte ich im Verlag zu Papier, das heißt, ich tippte sie in den Laptop.

»Sie schreiben ja noch mit zwei Fingern«, stellte Sabrina spöttisch fest und ordnete ihre Mähne mit schlanken Fingern neu. »Was arbeiten Sie denn sonst so?«

»Nichts«, erwiderte ich wahrheitsgemäß, doch sie glaubte mir nicht. Wer machte heutzutage schon nichts?

Inzwischen hatte ich widerstrebend noch zwei weitere Läden aufgesucht, in denen man günstig Kleider kaufen konnte, einer davon ein Diakonieladen in Rastatt – ein schauderhaftes Erlebnis. Die Sachen, die dort aus zweiter Hand angeboten wurden, waren schon fabrikneu absolut unzumutbar. Ich hatte das intensive Bedürfnis gehabt zu duschen, nachdem ich nach Hause gekommen war. Ich hatte das Gefühl, ich röche nach einer ganzen Mottenkugelfabrik.

Nachdem ich nun wusste, dass kurz nach Marianne Mandels Tod ein Hugenottenkreuz auf dem Boden des Mühlengeländes gefunden worden war, hatte ich beschlossen, mich in die mir fremde Welt der Hugenotten zu begeben. Und wen sollte das mehr freuen als Jeannette Bézier?

So schien sie mir auch genau die richtige Ansprechpartnerin.

Ihr Büro war mit Landschaftspostern, die offenbar irgendeine Gegend in Frankreich darstellten, sowie mit Wappen und Stammbäumen dekoriert. Ich fand das Ganze etwas übertrieben, doch galt es, dies zu verbergen. Seit ich Hagen kannte, entdeckte ich zunehmend mein Talent zur Lüge.

»Die Vorfahren meiner angeheirateten Tante«, erklärte ich, »hießen Hunold. Sie kamen aus der Berliner Ecke. Könnten das auch Hugenotten gewesen sein?«

Es war, wie wenn man einen Knopf drückt. Bézier geriet in hellste Aufregung.

»Aber natürlich, meine Liebe. Hunold ist ein geradezu klassischer Name. Ursprünglich Hunaud! Natürlich. Wir haben ein

Buch mit Namenslisten veröffentlicht. Mit den eingedeutschten Formen. Manchmal merkt man es ja gar nicht.«

Jetzt sah sie mir tief in die Augen. »Obwohl man es spürt. Sie sehen auch nicht ganz deutsch aus. Sind Sie sicher, dass Sie selbst nicht auch Waldenser oder Hugenotten im Stammbaum haben?«

»Möglicherweise«, sagte ich und wollte es besonders gut machen. »Ich gehe auch gerne Französisch essen.«

»Französisch ist nicht Hugenottisch«, funkelte sie. »Man muss aufpassen, mit wem man sich abgibt. Ich gebe Ihnen ein paar Bücher zum Einlesen mit. Gerne spreche ich auch mit Ihrer Frau Tante persönlich.«

»Sie liegt leider derzeit im Krankenhaus. In der Charité.«

»Oh, das tut mir leid. Ich gebe Ihnen eine Adresse. Wir haben einen Hugenottenwohlfahrtsverein in Berlin. Der kümmert sich um in Not geratene Glaubensbrüder.«

Gaga, dachte ich. Absolut gaga.

Laut erkundigte ich mich: »Ich habe gehört, es gibt auch ein interessantes Hugenottenmuseum hier in Friedrichstal. Das würde ich sehr gerne besichtigen. Wann hat es geöffnet?«

»Es hat eigentlich nur sonntags offen, denn es ist ein privates Museum, aber ich bin Mitglied des Vereins, der es betreibt. Eigentlich bin ich sogar Schriftführerin und verantwortlich für die Kontakte mit unserer Partnergemeinde bei Darmstadt. Für unsere interessierten Autoren kann ich den Schlüssel besorgen. Nächsten Mittwoch?«

Noch gut eine Woche. Und noch gut eine Woche, bis Hagen wiederkäme.

»Gern«, sagte ich. »Ich freue mich drauf.«

KARLSRUHE. NEUE SÜDSTADT

Die Wohnung, die mir Herr McAllister anbot, schien geradezu ideal. Sie lag in einem Karlsruher Neubauviertel mit anonymen großen Wohnblöcken, die dennoch schick aussahen. Viel Glas. Modernes Design. Hier könnte man unbeobachtet in seine Wohnwabe schlüpfen. Hier gab es keine Insektenstimmen zu belauschen. Und keine Frauen, die ermordet in toten Türmen lagen.

Ich kurvte zweimal um das Haus herum. Sah keinen Menschen. Gut für ein Pärchen wie mich und Hagen. Ich stieg aus. Unzählige Klingeln. Namen aus aller Herren Länder. Sicher viele Studenten oder junge Wissenschaftler vom KIT, Karlsruhes Universität. Ich schaute nach oben. Zweiter Stock hatte er gesagt. Hinter welchem der identischen Fenster die Wohnung wohl war?

In Gedanken hatte ich das Apartment längst eingerichtet. Der Mittelpunkt würde das Bett sein.

ETTLINGEN. EIN MUSIKLADEN

Obwohl wirklich keine Affenmutter, stellte ich mir jetzt doch in Mußestunden genussvoll die Hochzeit meiner Tochter vor. Sie würde in einer voll besetzten, mit eleganten Menschen und Frauengesichtern unter schicken Ascot-Hüten angefüllten anglikanischen Kirche anmutig durch den Gang schreiten.

Von ihrem Vater – hier musste ich Hagen ausnahmsweise aus meinen Phantasien ausblenden – würde sie zum Altar geführt werden, wo ihr Bräutigam aufgeregt und stolz auf sie wartete.

Ich, gewandet in Issa, der Lieblingsdesignerin von Herzogin Kate, die ja nun auch Mutter war, saß mit beherrschtem Gesicht in der ersten Reihe, und das Ganze war begleitet von dieser tollen Bach-Musik … wie hieß sie nur?

In amerikanischen Filmen, in denen die besseren Kreise sich miteinander verheiraten, spielten sie diese Orgelmusik immer. Ich konnte sie summen, aber den Namen nicht greifen.

Da mein Mann wie immer nicht da war, die Putzfrau hingegen eine gewisse Ungemütlichkeit im Haus verbreitete, begab ich mich hinunter in die Stadt zu dem kleinen Musikgeschäft, das sich seit vielen Jahren gerade mal so in Ettlingen hielt.

Mehr aus Snobismus und einer Art Mitleid kauften viele Ettlinger hier ein, obwohl die Auswahl vergleichsweise beschränkt war. Außerdem gab es angegliedert noch eine kleine Musikschule, in der kleine Kinder und ältere Leute unterrichtet wurden, für die eine Fahrt in die größeren Musikschulen in Karlsruhe zu mühsam war. Das Ganze wurde geführt von Richard Brenner, einem kahlköpfigen kleinen Mann mit funkelnden Vogelaugen, der dafür bekannt war, dass er alles über Musik wusste.

Leise summte ich ihm ein paar Töne vor.

»Das ist Bach. Toccata und Fuge«, kam es wie aus der Pistole geschossen, »eine sehr gute Wahl. Ist sehr feierlich. Wer schließt denn den Bund fürs Leben?«

Er, das war ebenfalls weithin bekannt, hatte ihn schon geschlossen, allerdings mit einem Mann. Einem jungen blonden Masseur. Die beiden waren schon lange zusammen und wirkten harmonischer als die meisten Ehepaare, die ich kannte.

»Meine Tochter.«

»Das freut mich. Das freut mich!« Und dann rutschte es ihm heraus. »Endlich eine positive Familiennachricht nach der Sache mit Ihrem Neffen …« Er schlug sich dann etwas melodramatisch die Hand vor den Mund. »Oh, das tut mir aber leid.« Die neugierig funkelnden Äuglein straften seine Worte Lügen.

Ich musterte ihn und wollte bereits den Kühlschrankblick anwenden, den ich für Leute reserviert habe, die ihren angestammten Dienstleistungsplatz verlassen. Doch dann ließ mich die Neugier mit milder Freundlichkeit fragen: »Wieso wissen Sie davon? Es stand nicht in der Zeitung.«

»Das muss es auch nicht. Sie kennen doch Ettlingen, und außerdem kennt jeder *Sie*, Frau Tobler. Aber ich weiß es von Max.«

Ich wartete höflich lächelnd.

»Max ist mein Musiklehrer hier im Laden. Gitarre und Klavier. Er hat Raffael gelegentlich auf Lesungen begleitet. Natürlich nur, wenn ausdrücklich vom Veranstalter Musik gewünscht war. Sensible Klänge auf der Gitarre, manchmal auch Keyboard oder Klavier, wenn eines im Vortragsraum stand. Es passte immer sehr schön zu seinen Texten.«

Warum waren wir selbst eigentlich niemals auf einer Lesung von Raffael gewesen? Abgesehen davon, dass mich kulturelle Veranstaltungen dieser Art zu Tode langweilen, denke ich, auch wir hatten ihn vielleicht doch nicht richtig ernst genommen.

Richard Brenner ordnete seine Prospekte. »Für unseren Max war es natürlich angenehm, wenn er dabei sein konnte. Da kam er auch mal raus und konnte vor erwachsenem Publikum spielen. Hier ist er halt doch ein bisschen unterfordert.«

Im nächsten Leben werde ich Künstler, dachte ich. Jeder macht sich Gedanken um ihr Ego und ihre Seele. Ich muss mich ganz allein um mein Ego kümmern.

»Viele Lesungen«, fuhr der Musikalienhändler fort, »waren sogar in weiter entfernten Orten. Gut für den Wendelinus-Verlag.

Da legen die mal das Image des reinen Regionalverlags ab. Und oft war sogar eine Übernachtung mit drin, obwohl der Max das nicht mehr so gerne gemacht hat, seit er das Kind hat. Er ist dann meistens noch abends heimgefahren. Aber ich sag Ihnen jetzt mal was unter uns, weil Sie eine gute Kundin sind: Dieser Wiesinger ist es bestimmt nicht gewesen. Er ist nicht der Typ, der jemanden umbringt. Zu fein und zu freundlich. Und ich kenne mich aus mit Männern.« Er kicherte wie ein Vogel.

In diesem Punkt wollte ich ihm nicht widersprechen. »Mich müssen Sie nicht überzeugen, Herr Brenner.«

Brenner legte einen Mozart zur Seite und klebte einen »Hörbeispiel«-Aufkleber auf die CD.

»Oh«, fügte er an, »nicht dass er ein dummes Schaf war. Keineswegs. Der junge Herr wusste schon, was er wollte. Er wollte beispielsweise heiraten, seine Bücher sollten gut gehen, und das taten sie ja auch. Die Verkaufszahlen stimmten, und neue Projekte zeichneten sich ab. Die Frau Mandel war ja wie seine eigene Mutter zu ihm. Die mochte ihn wirklich und hat ihn gefördert. Mein Gott, so jemanden bringt man doch nicht um. Das wäre reine Dummheit.« Richard Brenner seufzte theatralisch.

»Der Meinung sind wir auch, mein Mann und ich. Er wird bald frei sein.«

»Ich mochte seine Texte sehr.« Er beugte sich zu mir hin und kicherte wieder ein wenig. »Wenn er so am Pult stand und die schönen Worte las, dann hätte man sich fast in ihn verlieben können. Aber – Hände weg – der war ja schon vergeben! Da konnte man sich nur eine gefährliche Feindin machen.« Er kicherte wieder.

»Allerdings war er vergeben«, entgegnete ich und dachte an das kleine Goldeselchen mit den fußpflegerinnengepflegten Füßchen. »Ist dieser Herr Max zufällig da? Nein? Geben Sie ihm doch meine Nummer. Er möchte mich bitte anrufen. Hier auf dem Handy.«

»Ich denke, er kommt bald frei«, wiederholte Richard Brenner verschwörerisch.

»Ja, denn er ist unschuldig.«

Brenner wiegte den Kopf. »Unschuldig? Nun, er ist nicht schuldig, aber unschuldig ist er nicht. Wer ist das schon?«

Und kicherte erneut sein keckerndes Vogelkichern.

***

Raffael kam tatsächlich frei. Am Mittwochmorgen wurde er aus der U-Haft entlassen. Sein Anwalt rief meinen Mann an, und mein Mann informierte mich so knapp, wie es für ihn typisch war.

»Er ist jetzt zu Hause. Erkältet. Müde. Und down. Kein Wunder. Ich denke, wir können ihn frühestens am Wochenende besuchen. Er darf sowieso im Moment nicht wegfahren. Man hat ihm nahegelegt, sich für weitere Befragungen bereitzuhalten. Die lassen nicht locker, bis sie den Landstreicher gefunden haben, der die Alte erschlagen hat.«

»Alte?«

»Na ja. Für einen Lustmord stand die Dame ja wohl nicht mehr zur Verfügung, oder?«

Wird er eines Tages auch über mich so sprechen?, fragte ich mich. Ich habe bald eine verheiratete Tochter. Wie ich diese fortpflanzungsfreudigen Engländer der Oberschicht kenne, bin ich bald Oma. Oma! Blümchenkleider und herzschonender Blümchenkaffee. Ist Hagen mein letztes erotisches Aufbäumen, bevor ich zu den faltigen Hälsen gehöre, die am Bridgetisch sitzen und über die Liebesverhältnisse der anderen tratschen?

»Kümmert sich seine Verlobte jetzt um ihn? Ist sie bei ihm?«

»Hab ich nicht gefragt. Sollte sie denn?«

»Aber natürlich«, sagte ich. »Das gehört irgendwie zu dem Vertrag dazu, den man abschließt, oder?«

»Du musst es ja wissen«, erwiderte er trocken.

Ich atmete tief durch. Mein Leben geriet in eine immer schlimmere Schieflage. Früher hatte ich meinen Mann mühelos beherrscht. Er hatte mich bewundert wie eine kostbare Statue, die man gelegentlich aus dem Regal nimmt, um sie anzufassen und herumzuzeigen. Dann hatte er mich sorgsam wieder zurückgestellt, um ja nichts an ihr zu zerstören. Zum jetzigen Zeitpunkt hatte ich das Gefühl, er prüfe, ob ich nicht schon Patina ansetzte.

»Außerdem ist mein Auftrag ja jetzt wohl beendet, oder?«, sagte ich.

»Oh nein«, erwiderte mein Mann mit einem dünnen Lächeln, »du kannst ruhig weiterforschen. Man weiß ja nie, wie die Sache weitergeht. Dann bist du beschäftigt. Und wenn du mal wieder zu dieser Mühle fährst – bring doch das gute Chilibrot mit. Wir beide mögen es doch scharf, oder?«

»Diese Witze«, sagte ich würdevoll, »stehen dir nicht.«

Doch es gab Lichtblicke. So hatte McAllister Fotos von unserer zukünftigen Wohnung geschickt. Was ich sah, war zwar nicht sehr aussagekräftig, aber schließlich war der Mann Wissenschaftler und kein Fotograf. Leider hatte er den Balkon nicht aufgenommen. Obwohl Hagen und ich kaum jemals auf dem Balkon sitzen würden. Das fehlte noch.

Stattdessen sah man einen langen Gang, eine freundliche Wohnküche, in dem ein bärtiger Mann und seine Frau beisammensaßen, ein Schlafzimmer mit lila Vorhängen. Offenbar war die Wohnung teilweise möbliert.

Diese schrecklichen lila Vorhänge mussten natürlich weg. Zu deutlich in der Absicht, lauschig zu wirken.

Die Wohnung mit Balkon und Keller sollte gerade mal vierhundert Euro kosten. Internetzugang und Heizung inklusive. Internet brauchten wir nicht, aber großzügiges Heizen war schon gut, wenn man nicht viele Kleider anhatte.

Ich signalisierte, dass ich die Wohnung gerne nehmen würde.

Mr McAllister bedauerte. Er sei Ingenieur, ein ehrlicher Familienmensch, und es widerstrebe ihm, eine Wohnung zu vermieten, von der er derzeit nur Fotos zeigen könnte. Doch er sei im Moment auf einem Kongress in Edinburgh, und die Schlüssel habe er dummerweise bei sich. Es gelte also zu warten, bis er zurück in Deutschland sei. Alles andere sei unseriös.

»I'm sorry«, schrieb er. *»In October I'll be in Germany.«*

Oktober, das war zu spät. Ich sah Wohnung samt Bett am Horizont verschwinden.

Hektisch tippte ich eine Antwort und bemühte mich um korrektes Englisch. Nein, nein, seine Beschreibung und die

Fotos reichten mir. Das Haus sehe sehr gut aus. Welcher Stock? Zweiter?

Ich versprach, die Wohnung zu nehmen, und er versprach, den Mietvertrag zu schicken. Als PDF-Datei, und ich solle ihn unterschreiben, einscannen und zurückschicken.

Das war das einzige Problem. Ich konnte unseren Scanner nicht bedienen. Es galt, Marlies und deren technikversierte Tochter einzuschalten.

AM RHEIN. INSEL ROTT

Rott ist eine idyllische, abgelegene Halbinsel, wo Angler und kleine Boote an Altrheinarmen zu dem Gesang von Vögeln und Fröschen träumen. Der Verlag in Gestalt von Herrn Dr. Niess hatte mich dorthin zu einer Lesung eingeladen. »Da Sie ja jetzt zu unseren Autoren gehören …«

Vorgestellt würde ein Kriminalroman, der im Schmugglermilieu am Rhein und teilweise auf der Halbinsel Rott spielte, »Mord auf dem Nachen«. Das kleine Eiland, unweit dem Ort Hochstetten gelegen, war Leuten wie mir vor allem durch die beiden Fischrestaurants bekannt, welche etwa einmal im Jahr Ziel von Wanderungen diverser Frauengrüppchen waren.

Wir hatten sogar seinerzeit eine Führung mit dem Revierförster mitgemacht. Zu unserem Erstaunen hatten wir erfahren, dass das bewaldete und romantische grüne Inselchen früher – vor Tulla – linksrheinisch und damit also Pfälzer Gebiet gewesen war. Die schnell wachsenden Pappeln hatten für jene Holzvorräte gesorgt, die man ebenso wie Kies gern dort abbaute.

Solche Führungen waren in meinen Damenzirkeln recht beliebt. Man konnte hinterher berichten: »Natürlich haben wir nicht nur gegessen, wir hatten eine ortskundige Führung!« Wobei sich rustikale Förster und Waldhüter sowie Fischer besonders gut machten.

Doch dann ging es stets rasch ins Restaurant, in diesem Falle in die Fischrestaurants. Es handelte sich um eher bodenständige Lokale, in die man sich in passender derber Kleidung begab und die deshalb mitnichten den Anspruch erfüllten, den unsere Männer an Essen mit relevanten Bekannten oder Kollegen knüpften.

Deshalb war die Insel Rott ein Ort, wo man als Dame der Gesellschaft nur mittags hinging, kombiniert mit einem kurzen Spaziergang hinunter zum Rhein, wo man auf einer Bank saß, nach rechts und nach links blickte, feststellte, dass es hier frischer sei als in unserer schwülen Stadt, um sodann in kleinen Grüppchen gemessenen Schrittes wieder zu den schicken kleinen Cabrios zurückzulaufen.

Im Nebenraum eines dieser beiden Fischrestaurants fand heute nun die Lesung »Mord auf dem Nachen. Tod eines Schmugglerkönigs« statt. Draußen stand ein Plakatständer, auf dem das Titelbild und ein Foto des Autors aufgeklebt waren. Schräg darüber verlief eine Art Banderole, die Ort und Uhrzeit verkündete und vermutlich jedes Mal eigens aufgeklebt wurde.

Es hatten sich immerhin etwa dreißig Personen eingefunden, die brav in einer Stuhlreihe sitzend stumm darauf warteten, dass der Vortrag begann.

Ich blickte um mich, sah aber kein einziges vertrautes Gesicht. Vom Verlag war nicht einmal Sabrina erschienen, von der man als Praktikantin erwarten könnte, dass sie sich die Abende mit Lesungen um die hübschen Ohren schlug. Im Hintergrund war ein kleiner Büchertisch aufgebaut, hinter dem etwas verloren ein junger Mann stand.

»Ich bin Autorin des Wendelinus-Verlages«, stellte ich mich ihm vor, wobei mir das Wort Autorin eigentlich noch immer etwas schwer über die Lippen kam. »Sind Sie auch vom Verlag?«

»Ich bin der Aljoscha. Künstlername. Eigentlich bin ich Satiriker, aber bisher haben wir noch kein geeignetes Projekt für mich gefunden, wo ich zubeißen könnte. Zu kleine Zielgruppe, sagen sie. Nur, weil ich böse Satiren über die Kirche schreibe.«

»Hm. Über die Kirche? Das ist doch eine riesige Zielgruppe.«

»Ja, insgeheim schon. Aber in den Buchhandlungen nicht. Ich schreibe respektlos über den Papst und so. Geschichten aus meinem Satireband ›Das Handy des Papstes‹ sind in einer alternativen Kunstzeitschrift erschienen. Aber die zahlen natürlich nichts. Und so mache ich für die Wendelinus-Leute den Büchertisch. Auf Honorarbasis«, murrte er. »Aber viel geht heute nicht. Dreißig Leute, macht fünfzehn Ehepaare. Nur jeder fünfte kauft was, macht maximal fünf Bücher. Lohnt den Aufwand hier nicht. Nicht für mich und nicht für den Verlag.«

»Warum wird es dann überhaupt gemacht?«

»Ab und zu Lesungen zu organisieren, gehört zu den Aufgaben des Verlages. Ist sogar im Vertrag der Autoren festgeschrieben.

Zumindest zu einer Eröffnungslesung verpflichtet sich Wendelinus.«

»Ach so!«

»Aber wie gesagt: Wenn der Autor kein Star ist oder wenigstens regional bekannt, dann bringen die Lesungen nicht viel. Heute sind es noch direkt viele Leute. Weil es ein Krimi ist. Krimis gehen am besten.«

»Und Raffael Wiesinger …«

»Ja, der hat wahnsinnig viele Lesungen gemacht. Aber da war ich selten dabei. Die waren ja oft auswärts, und da kommt das den Verlag zu teuer. Zusätzlich noch mein Benzin und meine An- und Abreise zu bezahlen …«

»Und wer hat verkauft?«

»Meistens die Chefin selbst. Ich sage ja, das lohnt sich nicht, extra noch mal jemand hinzustellen. Der Autor kriegt ein Honorar, der Musiker ebenfalls, dann das Hotel und die Spesen. Und das alles für die zehn Bücher am Abend.« Er seufzte und wandte sich seinem Bücherstapel zu.

Schließlich trat ein distinguiert aussehender, etwas älterer Herr ans Mikrofon. »Schön, dass Sie gekommen sind …«

Wenn eine Veranstaltung schon mit diesen Worten anfängt, schläft mein Geist unverzüglich ein.

Der ältere Herr trug auch selbst dazu bei, dass sich ein allgemeines Entspannungsgefühl einstellte, denn er las irgendeine Geschichte vor, die sich im 18. Jahrhundert zutrug und in der ein Speyrer Bischof und ein Bruchsaler Kaufmann eine Rolle spielten, die langweiliger nicht hätte sein können. Vom Mord auf dem Nachen war kaum die Rede. Es lag der Verdacht nahe, dass der Titel nur Käufer anlocken sollte.

Nachdem nach gefühlten Stunden, in Wahrheit waren es etwa siebzig Minuten gewesen, die Lesung beendet war, der dünne Applaus versiegt, die Apfelsaftschorlen und Kaffees der überwiegend älteren Zuhörer bezahlt waren, streiften manche beinahe ängstlich den Büchertisch, doch nur ein oder zwei ganz Tapfere kauften das Werk.

Der ältere Mann signierte stoisch lächelnd die beiden Exemplare, trank mindestens zwei Gläser Rotwein, die Aljoscha irgendwie für ihn organisiert hatte, und war bald in Begleitung einer älteren Dame, vermutlich seiner stolzen Gattin, verschwunden.

Der Kirchensatiriker namens Aljoscha packte die Stapel mit ergebener Miene zurück in die Transportbox und hob sie an, um sie zu seinem Auto zu schleppen. Leidenschaftslos sah ich ihm dabei zu. Ich habe kein Mitleid für Leute, die wenig verkaufen. Sie haben vielleicht einfach das falsche Produkt, und fertig.

Nach kurzer Zeit stieß er einen unterdrückten Schrei aus und griff sich an den Rücken. »Dieser Scheißischias.«

Schmerzverzerrten Gesichtes versuchte er sich aufzurichten. Es gelang ihm nur mühsam. Das Ganze endete mit einer Aktion, die überhaupt nicht typisch für mich war, denn Florence Nightingale und ich wären garantiert nicht gut miteinander ausgekommen.

Ich half ihm nicht nur, die Bücher ins Auto zu tragen, sondern fuhr auch noch hinter ihm her zu dem in nächtlicher Ruhe liegenden Verlag, um die Bücher wieder in den Korridor zu schleppen und sie zurück in die großen, schweren Regale zu stellen.

Dabei schwitzte ich, und da ich nicht mal nachts verschwitzt und ungepflegt aussehend in mein eigenes Haus schleichen würde, erkundigte ich mich schwer atmend: »Habt ihr hier irgendwo einen Waschraum?«

»Ja, der wird aber sehr selten benutzt. Man hat ja eine Dusche zu Hause. Da hinten ist das Bad. Das ganze Haus hier war nämlich früher eine kleine private Klinik, und da waren die Duschräume für die Schwestern.«

Ich folgte seinem Zeigefinger und gelangte in einen großen Raum mit weißen Schränken und einer Dusche sowie einem Waschbecken. Ich öffnete die Schränke und suchte nach etwas wie einem Handtuch.

»Die einzelnen Mitarbeiter haben kleine Körbchen. Für Körperpflege. Aber wie gesagt, das nutzt keiner. Sind ja alles Kopf- und keine Schwerstarbeiter«, rief er mir von draußen zu. Ich sah, dass er sich inzwischen ein Bier aufgemacht hatte.

In einem der Schränkchen fand ich ein kleines weißes Gästehandtuch. Ich wusch mir die Hände und strich mir über die Stirn, kämmte mich und zog meinen Lippenstift nach. Wollte das Schränkchen wieder schließen. Darin lag ein kleiner Weidenkorb mit Kamm, Tempotaschentüchern, einem Parfüm und einer Schachtel Kopfschmerztabletten. Doch da war noch etwas anderes.

Ein Schmuckstück. Eine Taube. Mit der Öse, an der man sie einhängen konnte. Ich dachte an das Hugenottenkreuz ohne Anhänger, das Herlan im Hof der Mühle gefunden hatte. Dies hier war eindeutig das Pendant dazu.

»Wem gehört dieses Schränkchen?«, fragte ich atemlos.

Aljoscha schlenderte cool heran. »Es muss irgendwo stehen. Sie haben mal so kleine Schilder hinmachen lassen. Da hinten steht es doch – dieses Schränkchen hier gehört der Madame Bézier.«

»Hugenottenstolz«, murmelte ich und sah die funkelnden Augen von Jeannette Bézier vor mir. Und hörte ihre Worte: »Ich könnte ihn umbringen.«

Und da war es nur um einen Grafiker gegangen!

ETTLINGEN. AM TELEFON

Mit meinem Mann sprach ich derzeit nur das Nötigste. Von Hagen erreichte mich keine Nachricht außer irgendwelcher Symbole auf dem Handy, mal ein Sektgläschen, mal eine rote Rose. Wenn er es darauf angelegt hatte, meine Sehnsucht zu wecken, stellte er es geschickt an.

Marlies war in alles eingeweiht, was die Recherchen zum Tod von Marianne Mandel betraf – also blieb mir nur, sie anzurufen, um ihr meine Entdeckung zu schildern. Doch Marlies, inzwischen zum echten Mühlen-Junkie avanciert, hatte ganz wenig Zeit.

»Du, sei mir nicht böse. Wir haben am Wochenende Mühlenfest, und es gibt so viel zu besprechen. Soll Pascal Crème brûlée anbieten, obwohl sie so schwer zuzubereiten ist, und können wir einen Teil Mühlenbrot einfrieren … Swentja? Hörst du zu?«

Wochenende. Das letzte ohne Hagen. Nächste Woche würde er wiederkommen. »Mühlenfest?«

»Ja, die Handwerker präsentieren sich und ihre Arbeit. Es gibt besondere Brotsorten. Tom Lisecki ist wirklich ein Künstler. Wir machen auch Führungen für Kinder: Wie aus Körnern Brot wird.«

»Ich habe bisher dort gar keine Körner gesehen. Das Ganze ist auch nicht anders als bei Aldi. Nur schmuddeliger.«

»Sie mahlen ja bekanntlich auch nicht mehr selbst. Die Mühlenanlage ist historisch und lediglich zu besichtigen. Man könnte damit auch noch Korn mahlen, doch dann gibt es viele gesetzliche Vorschriften zu beachten, und das würde den Museumscharakter zerstören.«

»Aha. Und wozu ist dann dieses Mühlrad überhaupt da?«

»Zur Energiegewinnung. Das geht folgendermaßen …«

»Okay, Marlies, so genau wollte ich es eigentlich auch nicht wissen. Ihr macht also Führungen mit Kindern.«

»Ja, über den weiten Weg von dem Getreide, das auf den Feldern wächst, bis zum Brot auf dem Frühstückstisch. Das kennen die ja gar nicht mehr. Wie ein Mühlrad sich anhört, wie es in einer echten Backstube riecht oder wie das Brot schmeckt, wenn es wirklich richtig frisch aus dem Ofen kommt. Wir servieren im Mühlencafé an dem Tag verschiedene selbst gemachte Brotaufstriche und das Pausenbrot.«

»Aha!«

»Lass dich überraschen«, jubelte Marlies. »Es ist eine ganz andere Pause gemeint.«

Am Hörer, ungesehen, tippte ich mir an die Stirn. »Weißt du, dass wir ursprünglich eigentlich die Aufklärung einer Bluttat im Auge hatten, als du in diese Mühle gegangen bist, Marlies?«

»Ja, aber die ist schon vergessen. Alle mögen sich jetzt wieder.«

»Wie meinst du das?«

»Na ja, es war halt schon viel Spannung da, weil die Mandel bekanntlich das Backhäuschen versetzen, modernisieren und erweitern wollte und das Cafe verändern, den Kräutergarten plattmachen und dafür ihren Buch- und Souvenirshop aufmachen wollte. Sybille, die Seifensiederin, und die Weberin, alle waren dagegen. Fortschritt muss nicht überall stattfinden, sagen sie. Hier ist eine Insel des Gestern. Aber das hat sich ja jetzt alles erledigt. Es bleibt, wie es ist.«

»Ja«, sagte ich sarkastisch, »das hat sich jetzt aufs Angenehmste erledigt. Der Störenfried ist mal wieder tot. Ich werde am Samstag vorbeikommen.«

»Sag das nicht so ironisch. Das sind total friedliebende Leute hier. Die Mühlengemeinschaft ist basisdemokratisch aufgebaut. Jeder hat die Stimme, die er verdient.«

»Oder die Stimme, die er sich kauft. Wie im richtigen Leben, oder?«

»Du bist immer so negativ. Verdirb mir nur nicht meine gute Laune!«

»Bist du sicher, dass du nicht von dem Hanf deiner Tochter probiert hast? Ich würde immer noch gerne wissen, wer da ein rentables kleines Nebengeschäftchen betrieben hat.«

»Du bist schlecht gelaunt, weil dein Lover nicht da ist.«

»Ach, Frau Freud, ich bewundere Ihren Scharfsinn.«

KARLSRUHE. EIN C&A

Ich betrat den großen Laden namens C&A etwa mit den Gefühlen, mit denen ein Vegetarier eine Metzgerei betritt.

Niemals, niemals hätte ich normalerweise einen Fuß in dieses Geschäft gesetzt. Es repräsentierte für mich alles, was ich eigentlich verabscheute. Keine guten Schnitte, Billigmaterialien und Drucke, die jeder sofort als das erkannte, was sie waren.

Massenware. Beliebig. Zu bunt. Trägt man etwas aus diesem Laden, trifft man sein Spiegelbild bei unzähligen Anlässen, bei denen man nicht gesehen werden will. Schwarz-weiße Hängerchen, um die Hüften zu bedecken: Nein danke!

Gleich am Eingang empfing mich ein T-Shirt-Karussell mit einem grellen Schild: »Bedruckte Sommer-T-Shirts 5,99«.

Ein T-Shirt für unter sechs Euro. Das gebe ich als Trinkgeld, wenn ich im Golfclub einen Eiskaffee trinke! Doch sollte ich ein Buch schreiben, das für Leute gedacht war, die so etwas kaufen *mussten*. Also näherte ich mich schaudernd dem Ständer. Grünbraun: grausig. Blau-violett: nein danke. Gelb-orange: eine Farbsünde.

Gut, das hellblaue Shirt mit den Sternchen sah nicht einmal so übel aus.

Ich dachte an meine hellblaue Jogginghose von Wellicious. Noble Marke. Im schwülen badischen Hochsommer musste ich mehrmals am Tag die passenden Hemdchen dazu wechseln. Manchmal kam meine Perle mit der Waschmaschine kaum nach. Ich würde dieses blaue Teil hier anziehen können, während die anderen gerade fertig gemacht wurden. Am besten nahm ich gleich zwei. Für zwölf Euro! Unglaublich, dass es so was gibt.

Die weiße Spitzenbluse mit den Rüschenärmeln zwei Gondeln weiter sah auch nicht übel aus. Ich erblickte gedanklich meinen grauen Bleistiftrock von Schraut vor mir. Die Schößchen der Bluse würden gerade den Bund verdecken. Ich nahm sie auch noch mit zur Anprobe. Ebenso wie die kurze Strickjacke, die aussah wie gehäkelt und sowohl in einem silbrig schimmernden Hellgrau als auch in Schwarz recht dekorativ wirkte. Diese verzierte Häkeloptik hatte was Fesches. Wir sind einmal im Jahr im Promizelt beim Oktoberfest eingeladen. Zusammen mit meiner ganz leichten Basler-Jeans, die ich kürzlich im Breuninger erstanden hatte, und einem schlichten weißen Armani-T-Shirt könnten diese kurzen Jäckchen durchaus passen. Kein Schmuck. Zu Gehäkeltem bitte niemals Schmuck tragen, meine Damen, oder wollen Sie aussehen wie die Darstellerin in einem Heimatstück in Obersdorf?

Wenn ich schon in die Kabine ging ... die hellbraun gemusterte Pluderhose da hinten an dem Ständer mit passendem T-Shirt schien mir nicht ungeeignet, wenn ich nach dem Duschen im Hochsommer noch präsentabel aussehend auf der Terrasse sitzen würde. Da könnte auch die Nachbarin klingeln.

Und der Badeanzug mit den Millefleurs darauf war sehr hübsch, vor allem, weil es auch ein Bikiniunterteil sowie ein kurzes T-Shirtchen und einen Bademantel passend dazu gab. Auf dem Weg zur Kasse entdeckte ich noch die passenden Flip-Flops dazu.

Die ansehnliche dunkelhaarige Verkäuferin an der Kasse, in ladenübliches Schwarz und Weiß gekleidet, packte alles in zwei große Tüten, akzeptierte meine Kreditkarte, ohne mit der Wimper zu zucken, und gemeinsam mit einer schnaufenden dicken Frau mit Kopftuch, die ebenfalls zwei Tüten schleppte und russisch in ein teures Handy sprach, verließ ich den Laden durch die Vordertür.

»Viel einkaufen«, teilte sie mir mit, bevor sie Richtung Straßenbahnhaltestelle kroch. »Aber nix mehr so billig.«

FRIEDRICHSTAL. MÜHLENFEST

Fröhlich im warmen Sommerwind flatternde Wimpel schmückten, von Linkenheim kommend, die Straße zur Mühle. Das Korn stand hoch, weite gelbe Wogen erstreckten sich unter einem fast makellos blauen Himmel bis ins Nirgendwo und lösten sich am Horizont auf. Nach dem schlechten Frühjahr hatte es einen versöhnlich stimmenden, schönen Sommeranfang gegeben.

Fast fand ich keinen Parkplatz, auf jeden Fall musste ich ein ganzes Stück laufen, bis ich den kleinen Bach überqueren und das mir schon vertraute Häuschen mit dem sich nimmermüde drehenden Mühlrad links liegen lassen konnte. Selbst bis hierher spürte man den kühlen Hauch, der aus dem modrigen Raum drang, in dem das kalte Wasser seit so vielen Jahren rauschend bewegt wurde. Eine unermüdliche Urgewalt.

Rechts im Backhäuschen herrschte Andrang. Ein in Handschrift bemaltes Schild verkündete »Brot mit Zeit!«.

Marlies, die geschäftig auf dem Hof herumflatterte, bemerkte mich und eilte so wichtig herbei, als sei sie die Mühlenherrin persönlich. »Grüß dich, Swentja. Jetzt vergiss mal dein Delikatessengeschäft in Ettlingen. Heute gibt es etwas ganz Besonderes. Brot wie früher. Noch aus dem sehr selten verwendeten Ruchmehl gebacken.«

»Ruchmehl?« Ich rümpfte unwillkürlich die Nase.

»Ja, stell dir vor, das ist Weizenmehl, ganz reich an Eiweiß, Mineralstoffen und Vitaminen, und warum?«

Mein Gott, hätte ich diese Frau doch niemals hierhergeschickt. »Also warum, Marlies?«

»Weil es noch einen Teil der äußeren Schalenschichten des Ruchmehls enthält, sehr viel Wasser aufnehmen kann und deshalb auch viel länger frisch bleibt. Außerdem ruht der Teig«, sie schleppte mich zum hinteren Eingang der Backstube und deutete auf ein paar helle Haufen, »ganze vierundzwanzig Stunden, bevor er in den Ofen kommt, damit sich die Geschmacksstoffe entfalten. Da ist nur Mehl, Weizensauerteig, Wasser, Salz und Hefe drin.«

Sie zerrte mich wieder nach vorn und reichte mir ein Stückchen Brot zum Versuchen. Ich betrachtete es mit wenig Begeisterung. »Da sind ja lauter Löcher drin, Marlies!«

»Ja, schön, nicht wahr, das ist typisch für dieses Brot. Die lange Teigführung ergibt eine charakteristische große Porung.«

Ich tippte mir an die Stirn. »Teigführung. Marlies, du spinnst.«

Sie ließ sich natürlich nicht beirren. »Komm mit. Schau mal, wie schön wir alles geschmückt haben.«

Ach ja, ganz toll. Ich stehe überhaupt nicht auf solche rustikalen Feste, wo Leute Würstchen von Papptellern essen und Spatzen vom Tellerrand gierig auf Brotkrümel warten. Oder wo es von den Toiletten her streng riecht.

Wo man keinen Eintritt bezahlen muss.

Eintritt ist für mich eine wunderbare Sache, und je höher er ist, desto besser. Beispielsweise das Pferderennen in Iffezheim ist in meinen Augen immer noch viel zu billig. Es können sich zu viele Leute leisten, die es sich eigentlich nicht leisten können. Wenn ich meiner Friseuse am Wettschalter begegne, stimmt mit dem Event was nicht.

In der Mühle war heute tatsächlich viel los. Kinder schossen mit Armbrüsten auf Heuballen. Leute sollten schätzen, wie viele Brötchen in einem Riesengefäß waren, es fanden Führungen durch das Schulzimmer von »anno damals« statt. Ein Gehege war voll mit Hasen und Meerschweinchen, Sybille, die Seifensiederin, machte Seife, die Töpferin Töpfe, und die Schmuckherstellerin, die ihr kleines Atelier ganz hinten im Hof nur ganz selten geöffnet hatte, versuchte immer noch freundlich zu gucken, auch wenn Leute zwanzig Ringe anprobierten und keinen einzigen kauften.

Ich würdigte die Dinger sowieso keines zweiten Blickes. Tut mir leid, aber ich trage grundsätzlich nur echten Schmuck.

Friedrich Herlan tauchte ab und zu auf und nahm Leute mit in seine Werkstatt. Einmal folgte ich einer Gruppe und hörte, wie er die Balken, die Dachkonstruktion und die Mühlengerätschaften erklärte, wie er das Prinzip seiner Möbelrestauration beschrieb und wie er die Leute vorsichtig am Turmfalkennest entlangbugsierte, um sie in das Gästebuch einen lustigen Spruch schreiben zu lassen.

Er freute sich über jede Eintragung und nickte wohlwollend, wenn jemand eine kleine Zeichnung hinzufügte.

Ich seufzte. Hoffentlich hatte ich bald die Schlüssel zu jener Wohnung, in die ich ein Möbelstück des Herrn Herlan hineinstellen konnte. Alles andere war mir egal.

Draußen bellten Hunde und klirrten Kuchengabeln. Alberta war in ihrem Element, strahlte vor innerem sowie äußerem Glück und bot viertelstündlich Kräuterführungen an. Im Hintergrund des Mühlenhofes Richtung Fluss sah ich einen Esel mit stoischem Gesicht herumstehen. »Eselreiten: 1 Euro«. Dort wies auch ein Pfeil auf »Nachenfahrten wie damals« hin.

Hier war eigentlich alles wie damals.

Friedrich Herlan war auch damals. Marianne Mandel hatte diese Mühlenszenerie etwas modernisieren wollen, doch offenbar waren die Mühlenleute dem ewig Gestrigen treu geblieben. Wirklich seltsam, dass sie sich wiederum einer Öffnung des Verlages so konsequent widersetzt hatte.

Es wäre für den kleinen, regionalen Wendelinus-Verlag doch nur von Vorteil, wenn er die Strukturen eines größeren Verlages nutzen konnte. Dieses widersprüchliche Verhalten von Marianne Mandel passte nicht zu ihrem Charakter, wie ich meinte. Normalerweise würde ich ihn nicht beachten, doch im Laufe der Zeit hatte ich gelernt, dass Widersprüche in einem Mordfall immer von Bedeutung sind.

Ich schlenderte über den bunt geschmückten Mühlenhof. Gras und Unkraut sprossen zwischen den rohen und unregelmäßigen Steinen hervor. Die Kinder hatten überall Brotkrumen fallen lassen. Instinktiv sah ich nach oben. Ein großer schwarzer Rabe hockte auf einer der Dachkanten und beobachtete mich mit stechendem Blick. Als ich weiterlief, stürzte er sich lautlos und schnell auf das Brot. Ich spürte die Schwingen seiner Flügel als Windhauch. Ich mag keine großen Vögel. Ich habe Angst vor ihnen.

Ich runzelte die Stirn. Wieso schien mir dieser Gedanke wichtig? Bevor ich ihn zu Ende verfolgen konnte, umnebelte mich ein schrecklicher Dunst. Der Esel erschien mit einem rothaarigen Mädchen darauf neben mir und verbreitete seinen strengen Geruch, gegen den nicht einmal mein frischer Lacoste-Duft eine Chance hatte.

Neben der Weberin, in Richtung der Grenze des Grundstücks und nahe bei den Eseln, befand sich der kleine Raum, den Marianne als Lager genutzt hatte. Als die Polizei auf dem Hof herumgeschwirrt war und auch das Lager untersucht hatte, gleich nach dem Auffinden der Leiche, hatte ich aus dem Augenwinkel gesehen, dass Herlan den Schlüssel rechts oberhalb eines alten Balkons hervorgeholt hatte.

Ich blickte mich um. Keiner achtete auf mich. Das bunte Treiben war weit genug weg. Jetzt passte es. Tastend spürte ich, dass der Schlüssel noch da war. Hastig schloss ich auf, betrat den kleinen niedrigen Raum und legte den Schlüssel wieder zurück. Um nicht aufzufallen, schloss ich nicht hinter mir ab.

Es war tatsächlich kühl und trocken hier in dem Gewölbe. Regale über Regale mit sehr ordentlich aufgereihten Büchern. Schilder schufen Übersicht. Vorbestellt. Zweite Auflage. Pressestücke. Remittenden. Backlist.

Frau Mandel war offenbar ordentlich gewesen. Ich ging die Reihen entlang. Bildbände, Kinderbücher, Romane und Erzählungen. Ich suchte nach Raffaels Werken unter seinem Buchstaben, doch ich fand kein einziges. Zwischen V und Z, wo eigentlich seine Bücher hätten stehen sollen, klaffte eine Lücke. Sie verkauften sich gut, aber wenigstens einige müssten sie doch auf Lager haben. Eigenartig.

Mehr und mehr verfestigte sich bei mir der Gedanke, dass jemand Raffael auslöschen wollte. Vernichten. Gesellschaftlich und beruflich. Wegsperren. Welcher gespenstische Feind aus dem Dunkel konnte Raffael so sehr hassen?

Erneut kam mir der Gedanke an einen Rivalen um den törichten Mellenkamp-Goldfisch. Es wäre nicht schlecht, sich noch einmal etwas intensiver mit Fräulein Mellenkamp zu beschäftigen. Ich kannte eine Dame – und wenn ich sage Dame, dann meine ich Dame –, die im gleichen noblen Fitnessstudio trainiert wie sie. Ich notierte mir, dass ich baldmöglichst mit dieser Person sprechen müsste. Es war Samstag. Noch sechs Tage blieben mir, um irgendeinen Hinweis zu finden, der den Profis entgangen war.

Noch einmal fiel mein Blick auf die Lücke, wo Raffaels neuere Bücher stehen sollten. Bücher, die ihm nicht gerecht wurden, wenn man der Marbuse glauben wollte. Hatte sie Marianne Mandel hier getroffen, warum auch immer, sie umgebracht und Raffaels letzte Werke, für die sie nicht mehr verantwortlich gewesen war und die sie verachtete, mitgenommen?

Ich betrachtete den länglichen, kahlen Raum, in den nur wenig Licht durch die roh behauene Luke fiel. Und sah vor mir in Gedanken die Gestalt eines Mörders, wie er hier Bücher zusammenraffte. Doch er hatte kein Gesicht. Noch nicht.

Nachdenklich strich ich mit dem Finger über die unregelmäßigen Wände. Und dabei kam mir kein einziges Mal der Gedanke, dass der Mörder in diesen Raum zurückkehren könnte.

Vom Eingang her vernahm ich ein leises Geräusch. Als ich mich rasch umdrehte, sah ich, wie im Türrahmen langsam ein Mann erschien. Gegen das Licht war er zunächst ohne Gesicht. Als er näher kam, hatte er einen Namen.

Tom Lisecki. Er trat einen weiteren Schritt auf mich zu.

Ich widerstand der Versuchung, zurückzuweichen. »Was machen Sie denn hier? Haben Sie nichts in Ihrer Backstube zu tun an einem Tag wie diesem?«

Er machte noch einen Schritt. »Das geht Sie gar nichts an. Was wollen Sie überhaupt dauernd hier? Und wenn es Sie interessiert: Die Laibe sind gerade im Backofen, und in der Zeit darf ich wohl auch mal an die Luft, oder?«, versetzte er mit dem ihm eigenen Trotz und stand jetzt viel zu nahe vor mir. »Wer hat Ihnen erlaubt, in diesen Raum zu gehen? Das Lager von Marianne ist nicht frei zugänglich.«

Ich richtete mich auf und maß ihn von Kopf bis Fuß. Er hatte eine schwangere Freundin. Er brauchte wahrscheinlich Geld. Sein Job hier war gefährdet.

»Ach ja? Ich habe aber einen Schlüssel bekommen. Vom *Besitzer* dieser Mühle. Und überhaupt. Was interessiert das Lager *Sie* so sehr, und weiß Herr Herlan, dass Sie sich hier herumtreiben?«

Es war nur ein Warnschuss gewesen. Er wurde blass, und plötzlich wurden mir die Zusammenhänge deutlich.

Sein Paket auf der Post. Ein Typ wie er hatte nichts mit Büchern zu tun, außer man konnte Geld damit machen. Er klaute Bücher aus dem Lager, Stück für Stück, sodass man es nicht merkte. Und jetzt, da Marianne Mandel tot war, hatte sich das Ganze sogar zu einem risikolosen Unterfangen entwickelt. Vielleicht versteigerte er die Bücher bei Ebay oder bei Amazon und machte einen kleinen Gewinn damit.

Ich hatte schon von Menschen gehört, die auf diese Weise Geld verdienen mussten. Furchtbar. Fast könnte man Mitleid mit der miesen Gestalt haben. Tja, Marlies, dachte ich, das sind also deine Mühlengutmenschen.

»Sie stehlen hier also Bücher und verkaufen Sie übers Internet«, erklärte ich mitten in sein ausdrucksloses Gesicht hinein. Ich konnte unbesorgt sein. Es war schließlich heller Tag und Mühlenfest. Obwohl wir hier in diesem abgelegenen Winkel des Hofes im Moment ganz allein waren.

Plötzlich registrierte ich mit Unbehagen, dass die beruhigenden Stimmen der Besucher, das Lachen der Kinder, das Bellen der Hunde weit weg waren. Tom Lisecki trat wieder einen Schritt auf mich zu und zwang mich, zurückzuweichen, wenn ich nicht seinen Atem spüren wollte. Seine Augen funkelten.

Keine Angst zeigen. Denk an dein Vorbild, die Queen. Bei der im Buckingham-Palast saß sogar ein Fremder eines Nachts am Bett. Trotz Sicherheitskräften. Ich straffte mich. »Wie viel bringen die Bücher von Raffael Wiesinger, seit er unter Mordverdacht steht oder stand, Herr Brotbäcker, hm?«

Tom Liseckis Augen hörten auf zu glitzern und wurden stumpf. »Na und? Jeder macht doch mal ein kleines Geschäft nebenher. Von der Backstube kann ich nicht leben. Und wieso Wiesinger? Die Bücher von Raffael Wiesinger habe ich nicht verkauft«, murrte er. »Die sind zu neu. Noch zugeschweißt. Das fällt auf. Da können Rückfragen an den Verlag kommen, wenn man zu viele in Umlauf bringt. Außerdem gehen die nicht im Netz. Gar nicht. Ich«, er schniefte verlegen, »ich hab's ein- oder zweimal versucht.«

»Sie lügen. Natürlich gehen sie im Internet. Sie haben sie verkauft. Es müssten sonst noch Exemplare da sein. Mindestens hundert Stück.« Das war ein Versuchsballon.

»Ich hab sie nicht genommen«, erklärte er. »Mich hat auch gewundert, dass keine mehr hier sind. Es kamen doch immer welche neu hinzu.«

»Seit wann sind die Bücher verschwunden?«

»Seit dem Mord«, sagte Tom Lisecki widerwillig. Und dann so, als sei er selbst erstaunt. »Ja, seit dem Mord sind sie nicht mehr da.«

Der Bann war gebrochen. Ich hatte keine Furcht mehr vor ihm. Erhobenen Hauptes lief ich an dem kleinen Bäcker vorbei, legte den Schlüssel zurück. Er würde Herlan nichts sagen.

Er war eine Ratte.

Eigentlich war ich schon am Gehen, als mich eine stämmige Frau ansprach. »Ich kenn Sie doch. Sie ware bei den Mandels vor dem Haus gestande. Ich bin die Nachbarin. Die habe hier den beschte Käskuche weit und breit. Die Leonhards mache das ebe mit Leib un Seel, hier des Gewerbe.«

Jetzt erkannte ich sie auch. Weniger an ihrem Gesicht als an dem scheußlich gemusterten Kleid, das sie trug. Ich hasse Kleider, die aussehen wie Bilder russischer Konstruktivisten. Und das noch aus billigem Stoff.

Sie schob mich am Arm wie ein geübter Geheimagent unauffällig in Richtung der Sitzbänke, und ehe ich mich versah, saß ich neben ihr. Ich spürte ihren warmen Oberschenkel unangenehm nahe an meinem eigenen.

»Alle mache des mit so viel Leidenschaft. Aber der Herr Herlan kann die Leut auch begeistern. Die Mühle, die gehört zu unserer Kultur, verstehe Sie? Mir lebe hier auf uraltem Grund. Ob's die Pflanzefrau is oder die Seifesiederin. Un sag mir nix gege die Hugenotte. Die habe sich hier bestens eingelebt. Des is doch interessant, mit dene französische Name. Net dass die noch französisch spreche. Des net. Die Mandel, die hat, als sie jung war, französische Stunde gegebe. Die sprach perfekt französisch. Wisse Sie, warum die Marianne hieß? Weil die Nationalfigur von dene Franzose so heißt. Is überall an dene öffentliche Gebäude. Oberum fascht nackt. Des solle mir mal mache, da wär gleich mit der Schwarzer Alice was los. Ach, da kommt mein Sohn. Bleibe Sie sitze, bleibe Sie sitze. Mein Sohn is nämlich en ganz Luschtiger. Ich selbscht bin ja mehr so e Stille …«

Bei allem Bemühen um Volkstümlichkeit im Dienste der Sache, aber kann man mir übel nehmen, dass ich flüchtete?

***

Der Mietvertrag kam als PDF-Dokument, nachdem es mir doch zu riskant gewesen war, Marlies' Tochter Janine einzuweihen. Junge Mädchen kennen noch nicht die Bedeutung des Wortes Diskretion. Der Vertrag war in Englisch abgefasst, er war in Ordnung und ausgesprochen mieterfreundlich. Unten hatte McAllister eine eingescannte Kopie seines Personalausweises angehängt. Wieder blickte mich ein freundliches angelsächsisches Männergesicht mit Bart und runder Intellektuellenbrille an. Humor und Intelligenz sprachen aus seinen Zügen.

Offenbar hatte ich Glück mit dem Mann gehabt. Ich speicherte das Dokument auf meinem Desktop, unterschrieb es digital und schickte es zurück. McAllister bestätigte den Erhalt mit knappen Worten und teilte mir mit, er würde sich sehr bald melden und mir mitteilen, wann der Schlüssel käme.

Ich konnte es nicht erwarten. Von wegen lebensuntüchtig.

Wenn Hagen zurückkam, würde er ein fast eingerichtetes Liebesnest finden und vielleicht genau jene Spur zu einem Mörder, die seine Kollegen übersehen hatten. In der Zeitung stand nur noch ab und zu etwas über den Fall Mandel. Die SOKO verfolge verschiedene Spuren und Hinweise aus der Bevölkerung. Wer gesehen habe, wann Frau Mandel mit dem Fahrrad zur Mühle geradelt sei, solle sich melden.

Das war reine Hilflosigkeit in meinen Augen. Sie hatten nichts.

Obwohl – auch ich kam mir mehr und mehr vor wie in einem dieser englischen Irrgärten. *Maze* nennt man sie, und sie sind teuflisch. Als Austauschschülerin in einem teuren englischen Internat hatten mich meine Gasteltern einmal zu solch einem Irrgarten aus fein gestutzten Büschen geführt. Ohne einen nach oben gestreckten Regenschirm, natürlich von Harrods, hätte ich seinerzeit nicht mehr herausgefunden.

So erging es mir mit dem gewaltsamen Tod von Marianne Mandel. Es gab viele Spuren, viele Wege, doch wenn man ihnen folgte, endeten sie allesamt im Nichts.

Es wurde Zeit, sich noch einmal mit den Mellenkamps zu beschäftigen.

RASTATT. AM SCHLOSSPARK

In diesem Falle war Frau van Verden die richtige Adresse. Eine scharfsinnige alte Hexe, die seit Menschengedenken in der besseren Gesellschaft herumirrlichterte. Deshalb suchte ich das altgediente Society-Schlachtross unter dem Vorwand auf, den Fitnessclub wechseln zu wollen und mich nach den Qualitäten des »Fit-Exclusive« erkundigen zu wollen.

Sie empfing mich in ihrem Salon in einer alten Villa am Schlosspark. Groß, grauhaarig und kräftig, besaß sie das lang gezogene Gesicht eines intelligenten Pferdes. Ebenso bebten auch ihre Nasenflügel wie schnuppernde Nüstern.

Die Familie war in irgendeiner Weise mit dem Schloss und seinen früheren Herren genealogisch verbandelt, konnten angeblich ihre Vorfahren bis zum Türken-Louis zurückverfolgen. So war man aus Traditionsbewusstsein noch nicht in einen Ort mit größerem Wohlklang umgezogen, so wie etwa Baden-Baden oder das schmucke Rebland, sondern hatte das repräsentative Rastätter Anwesen gehalten.

Nachdem sie mir einen Tee angeboten hatte, deutete sie lässig mit einem Finger auf mich.

»Sie wollen also das Fitnessstudio in Ettlingen wechseln? Das können Sie irgendeiner der anderen Damen erzählen, einer von denen, die das Hirn einer Cocktailkirsche haben. Sie haben sich zusammen mit diesem interessanten Kripomenschen doch schon mehrmals als Laiendetektivin betätigt. Nicht wahr? Und jetzt war Ihr Neffe in Polizeigewahrsam wegen dieser hässlichen Sache mit seiner Verlegerin. Also, zwei und zwei kann ich noch immer zusammenzählen. Aber«, sie musterte mich ironisch, »da Sie so ein hübsches Ding sind, sage ich Ihnen trotzdem, was Sie wissen wollen. Ja, die sind verlobt, die Mellenkamp und der schöne Dichter.«

»Schöner Dichter? Alle sagen das. Ich sehe Raffael gar nicht so. Für mich ist er immer noch nur ein netter Junge«, murmelte ich.

»Er ist ja auch Familie. Da sind solche Gedanken sowieso tabu.

Aber der ist schon ein Bild von einem Mann und klug und kreativ dazu. Gut, ein bisschen kleinbürgerlich vielleicht, das kommt von der etwas fragwürdigen Herkunft, aber auf jeden Fall ist der Junge eine biblische Sünde wert.«

Sie lachte guttural. »Oh, Sie müssen nicht so schockiert schauen. Zumindest nicht in meinem Beisein. Ich bin eine alte Dame und kann mir denken, dass Sie auch kein Engelchen sind, oder? Habe meinen Sechzigsten irgendwann noch rauschend gefeiert, meinen Siebzigsten dann in Würde begangen und nun endgültig Abschied vom Vamp genommen. Aber wenn meine Tochter mit diesem armen Poeten nach Hause gekommen wäre, hätte ich nichts dagegen gehabt. Vorausgesetzt, er ist kein Windhund. So etwas wollen wir nicht für unsere Töchter, nicht wahr?«

»Nein!«, sagte ich wahrheitsgemäß und dachte genüsslich an meinen Schwiegersohn in spe aus ersten Kreisen. »Und …?«

»Ein Windhund ist er nicht. Obwohl er aussieht wie ein Götterliebling, scheint er anständig und treu wie Gold. Man hat in unseren Kreisen jedenfalls nie etwas gehört.«

Was sie wohl sagen würde, wenn sie von meiner Affäre wüsste? Die spielte sich auch nicht in unseren Kreisen ab, und deshalb übersah man sie.

Frau van Verden sann nach. »Na ja, er hat ja auch viel gearbeitet. Tagsüber in der Bank, am Wochenende geschrieben, und dann die vielen Lesungen. Die kleine Melli, wie ich sie nenne, hat ihn jedenfalls trotz eines nicht ganz astreinen Stalls gerne genommen. Der Papa, Sie wissen ja, die Leute sind nicht nur ein bisschen, sondern *richtig* reich, war skeptisch, aber er hat sich dann auch abgefunden. Die erste Generation schuftet und begründet den Wohlstand, die zweite baut ihn aus und die dritte verwaltet und genießt. Ein erfolgreicher Dichter macht sich im Stammbaum in der dritten Generation immer gut. Er war oft in der Zeitung, mit diesen Lesungen. So etwas kann man geschäftlich schon verwerten.«

»Hatte Melli noch andere Verehrer?«

»Möchte ich annehmen. Sie ist ja hübsch, aber etwas fad, so ein blutleeres Tennisclubgeschöpfchen der badischen Upperclass, aber von einem direkten Konkurrenten weiß ich nichts. Und glauben

Sie mir, die alte Frau van Verden hier würde es als Erste erfahren! Das Dingelchen wird vor ihm ein, zwei brave Liebeleien gehabt haben, nicht viel mehr.«

Ich war enttäuscht. Keine Skandale also, kein abgewiesener Liebhaber. Hier lag kein Motiv, Raffael in eine Falle zu locken. Keine dunklen Flecken auch auf Raffaels Seite. Zumindest keine, die van Verden mit ihren Adleraugen erspäht hatte.

Er war einfach clean. Und doch hatte jemand ihn zum Sündenbock erkoren. Seine Bücher verschwinden lassen, als wolle man ihn auslöschen, und seinen Kugelschreiber unter die Tote bugsiert.

Mit ihrem frischen Blut darauf.

Warum?

ETTLINGEN

Ich hatte also den Mietvertrag unterschrieben, weggeschickt und fühlte mich auf eine nicht näher bestimmbare Weise stolz. Meine erste eigene Wohnung. Sie kam zwar etwas spät im Leben, aber eine Ahnung, wie es wohl wäre, wenn man selbstständig wäre, überkam mich.

Den Schlüssel, so teilte mir mein freundlicher neuer Vermieter in einer E-Mail mit, würde ich bekommen, wenn ich ihm drei Monatsmieten Kaution und eine erste Monatsmiete überweisen würde. *»I hope it's not too much!«*

Ein sympathischer, humorvoller Mann. Ich würde ihn und seine Gattin einladen, wenn sie mal wieder in Karlsruhe wären. *Wir* würden sie einladen. Hagen hatte auch einen kauzigen Humor. Die beiden Männer würden sich vielleicht verstehen. Mein Mann hingegen hatte eigentlich gar keinen Humor. In seiner Branche verständlich. Steuerfachanwälte werden nicht dafür bezahlt, dass man mit ihnen gemeinsam lacht.

Insgesamt hatte ich also tausendzweihundert Euro zu überweisen. Warum nicht? Das war eine faire Summe. Ich nutzte eine der vielen ruhigen Minuten und setzte mich am Montagmorgen gleich an den Computer, um mit Onlinebanking eine Überweisung von meinem persönlichen Konto nach England vorzunehmen.

Mein Mann und ich, wir haben Gütertrennung. Ich bekam von ihm eine höchst großzügig bemessene monatliche Summe auf ein kleines eigenes Konto überwiesen, um den Haushalt und unser gesellschaftliches Leben zu bestreiten. Das Konto, so hatte mir mein Mann geduldig zu Beginn unserer Zusammenarbeit, sprich Ehe, erklärt, halte man absichtlich klein, denn es werfe keine Zinsen ab. Darüber hinaus hatte ich ja sowieso durch eine Vollmacht von ihm Zugriff auf unser Girokonto. Ich selbst besitze ein ebenfalls kleines persönliches Konto, dessen Daten nur ich kenne und auf das ich monatlich von meinem ererbten Vermögen Geld überweise sowie die Erträge eines gelegentlichen Verkaufs von Schmuckstücken, die mir mein Mann schenkte und die er niemals vermisste, wenn ich sie ein- oder zweimal getragen hatte. Dieses Konto benutzte ich jetzt.

Leider informierte mich die Bank online, diese Art des Transfers sei nach England nicht möglich. Ich teilte diese Tatsache per Mail meinem neuen Vermieter mit, der sich erstaunt und betrübt zeigte. Ich lächelte ein wenig über seine Mails. Obwohl doch Professor in Edinburgh, machte er manchmal Fehler im Englischen. Typisch Mann. Ungeübt im Schreiben.

Er wolle sich etwas überlegen. Ich könnte ihm vielleicht einen Verrechnungsscheck schicken. Natürlich dauere dann die Überweisung etwas länger und dementsprechend auch die Schlüsselübergabe. Ich wollte aber unbedingt den Schlüssel schon haben, wenn Hagen zurück war. Wir hätten dann noch keine Möbel, aber lieben könnten wir uns auch auf dem nackten Boden.

Die nächste Mail machte mir Mut. McAllister schrieb, er habe sich gerade bei einem Kollegen erkundigt, und dieser habe ihn gefragt, warum man den Transfer nicht mit MoneyGram mache. Dies funktioniere wie ein Telegramm. Man gebe das Geld in bar ab, nenne den Namen des Empfängers, erhalte eine Nummer, diese teile man dem Empfänger mit, und in Edinburgh bei der MoneyGram-Filiale könne er, McAllister, das Geld dann abholen.

Ich ging zur Bank und holte tausendzweihundert Euro ab.

LEIMERSHEIM. RHEINFÄHRE

Warum ließ ich mich eigentlich immer wieder von Marlies überreden, an Orte zu gehen, die ihrem Hund gefielen? »Es ist so schönes Wetter, und er liebt es, Schiff zu fahren«, hatte sie behauptet. Was sind das für Zeiten, in denen Menschen Ausflüge unternehmen, weil es einen Hund dort hinzieht?

Es ist nicht so, als ob ich Tiere nicht mag. Ich besitze eine teure Rassekatze, sie ist distanziert, kühl, verachtet mich vielleicht ein bisschen, und das gefällt mir an ihr. Sie trägt immer das gleiche silbergraue Fell, aber es passt zu allen Anlässen. Und vor allem ist es sauber.

Marlies' Hund hingegen besitzt diverse Geschirre mit pseudolustigen Texten darauf und schüttelt sich verdächtig oft. Für den Ausflug zum Rhein hatte sich Marlies für das Geschirr »Herzensbrecher« entschieden, was angesichts des struppigen Köters, der keiner erkennbaren Rasse zugerechnet werden konnte, lächerlich war. *Mein* Herz brach er jedenfalls nicht.

An der Rheinfähre Leimersheim herrschte ein scheußlich volkstümliches Gewusel von Touristen mit Kindern, Helmträgern in engen Anzügen und Fahrrädern, anderen Hunden, Motorradfahrern und alten Ehepaaren, von denen oft einer im Rollstuhl saß. Der Rhein glitzerte keck in einer warmen Sommersonne. Drüben lag die Pfalz. Dieser Rheinübergang war für viele das Sprungbrett nach Speyer. Dort gingen sie dann günstig Leberknödel essen.

»Komm, fahren wir mit dem Schiff. Du solltest sehen, wie ulkig die Hundeohren im Fahrtwind flattern.«

»Kein Bedarf an flatternden Ohren. Ich muss mit dir reden. Wenn mich nicht alles täuscht, ist in deiner Mühle einiges faul. Mir kommt es mehr und mehr vor, als ob jeder dort sein eigenes Süppchen kocht. Sie waren ein Team, doch jeder hat mit der Mühle höchst private Ziele verfolgt. Und würde vielleicht morden, wenn ihm jemand in die Quere käme.«

»Das wird nicht besser, wenn du es mehrmals sagst, Swentja. Du magst nur einfach das Milieu nicht. Diese Leute sind in Ordnung. Schwächen hat jeder.«

Unweit von uns fiel ein kleines Kind über einen Stein und fing an zu heulen. Marlies und ich, beide Mütter, sahen automatisch hin. Eine Frau hob das Kind auf, tröstete es – und ich erstarrte vor Schreck.

»Marlies, schau dort.«

»Was ist?«

»Diese Frau da.«

»Wer?«

»Die mit dem Kind. Das ist doch …«

Marlies sah hin. »Kenn ich nicht. Oder doch?«

»Das ist Marianne Mandel!«

Nachdem wir den ersten Schock überwunden hatten, näherten wir uns der Frau in kleinen, vorsichtigen Schritten. Je näher ich kam, desto mehr fiel mir die verblüffende Ähnlichkeit auf. Diese gleiche gelungene Mischung aus Iris Berben und Hannelore Elsner. Nur etwa dreißig oder fünfunddreißig Jahre jünger.

»Kann ich Ihnen helfen?«, fragte die Frau und wischte Kies von den Knien des heulenden Mädchens. Es muss seltsam ausgesehen haben, wie wir da vor ihr standen und sie anstarrten, ohne Anstalten zu machen, dem Kind zu helfen.

»Ja«, holte Marlies zu einer umständlichen Erklärung aus. »Sie erinnern uns an jemanden, den wir mal … das heißt, eigentlich nicht persönlich –«

Ich unterbrach sie: »Kennen Sie eine Marianne Mandel?«

Die Frau gab dem immer noch leise greinenden Kind ein Bonbon, das sie zielsicher aus ihrer Tasche kramte. »Aber natürlich. Sie war meine Mutter.«

Eine ganze Weile standen wir schweigend vor Mutter und Tochter. Vor Tochter und Enkelin vielmehr.

»Wir wussten nicht, dass Marianne eine Tochter hat. Es hieß immer, sie habe keine Kinder. Zumindest war niemals die Rede davon.«

Die Frau lächelte spöttisch. »In der Öffentlichkeit nicht. Die Polizei weiß von mir, und darauf kommt es an, oder?«

Wir schwiegen. Sie reichte dem Kind ein Taschentuch. »Da, Liebes, ist doch wieder gut.« Dann richtete sie sich ganz auf.

»Mit ihrem letzten Mann hatte sie keine Kinder. Er war ja auch schon betagt, der Gute. Ich entstamme ihrer ersten, frühen Ehe und bin bei meinem Vater in Mainz aufgewachsen. Wir wohnen jetzt in Germersheim. Der Rhein ist breit genug, um uns zu trennen. Woher kennen Sie meine ... Marianne?«

»Leider«, schluckte Marlies, »kannten wir sie nicht mehr von Angesicht zu Angesicht. Nur vom Hörensagen. Ich arbeite in der Mühle. Im Mühlenteam.«

»Ach da. Na ja.«

»Niemand hat jemals erwähnt, dass Marianne Mandel eine Tochter hatte.«

»Mama, noch ein Bonbon haben!«, nörgelte das Kind. Also ich würde ihm das mal gleich gründlich abgewöhnen. Überhaupt konnte ich es nie leiden, wenn meine Tochter zu oft und laut Mama sagte. Das Wort legt einen so auf eine bestimmte Generation fest.

»Nun, das ist kein Wunder, denn sie hat mich ganz gerne verschwiegen. Ich war ihr peinlich und ein bisschen zu alt. Vermute ich mal. Sie hat mich sehr früh bekommen. Aber Marianne war eitel. Und keine Mutter im sprichwörtlichen Sinne. Weihnachten ein Anruf, Ostern und am Geburtstag eine Karte. Mal eine E-Mail. Mehr nicht.«

»Aber warum denn das?«, fragte ich spontan. »Warum sind Sie ihr peinlich? Sie sind doch eine hübsche Frau.«

»Ja?«, erwiderte die Fremde. »Aber sie war viel schöner! Guten Tag.«

Und dann drehte sie sich um und ging auf die Fähre. Mit Marianne Mandels Enkelkind an der Hand.

»Was sollte denn das?«, schimpfte Marlies, als wir auf ihren Wunsch hin zu der stets gut besuchten Gaststätte mit Selbstbedienung liefen. »Die Frau wird mir nicht sympathischer. So was kann ich gar nicht verstehen. Die Tochter verleugnen, weil sie einen alt erscheinen lässt.«

Ich drehte mich um und sah der davonfahrenden Fähre nach.

»Ich schon«, sagte ich. »Irgendwie schon. Vielleicht geht es mir bald ebenso. Aber ich muss darüber nachdenken. Und, Marlies, eigentlich mag ich keine Selbstbedienung. Lass uns in den ›Löwen‹ in Eggenstein gehen. Sterneküche!«

»Also gut. Elender Snob!«,erwiderte Marlies.

***

Später am Tag lief ich versonnen durch meinen Garten. Mein Mann war um sechs Uhr nach Hause gekommen. Er las das Börsenblatt so intensiv, als sei er Pfarrer und bereite sich auf seine Sonntagspredigt vor.

»Wie geht es Raffael?«, fragte ich mitten ins Gedruckte hinein.

Er ließ die Zeitung sinken. »Nicht gut. Er sitzt nur zu Hause herum und grübelt. Armer Junge! Aber immerhin ist er auf freiem Fuß. Jetzt kann man nur hoffen, dass dieser Fall nicht zu den vielen gehört, die die Leute rund um deinen Freund zu den Akten legen. Ungelöst. Dann bleibt der Makel ewig an ihm hängen, und seine Ehe mit der Mellenkamp kann er knicken. Der Alte legt Wert auf korrekte Verhältnisse. Er sagt immer, wenn er Edelsteine ankauft, will er auch nur lupenreine Exemplare. Und da hat er recht.«

»Er ist nicht mein Freund«, murmelte ich beiläufig.

Mein Mann schob seine Brille nach unten und musterte mich. »Wir werden sehen«, erwiderte er nur.

Das gefiel mir gar nicht.

FRIEDRICHSTAL. DIE MÜHLE

Im Grunde genommen war ich tief drinnen sicher, dass ich einem Mörder oder vielleicht einer *Mörderin* schon sehr nahe war.

Es war keine Gewissheit. Ich hatte keine Beweise. Nur ein Gefühl. So, als ob einer dieser hässlichen Rabenvögel mit seinen schwarzen Schwingen so dicht über mich hinwegstrich, dass er mich fast berührte. Ich grübelte nach. Wieder erinnerte mich der Begriff Vogel an etwas Wichtiges. Doch ich konnte es nicht in Gedanken fassen.

Morgen, am Dienstag, würde ich in den Verlag gehen, doch zuvor besuchte ich noch einmal Friedrich Herlan. Irgendwie mochte ich den Mann mit seiner bescheidenen Ruhe. Er hatte etwas von einem Weisen an sich.

Er saß auf einem Stuhl und las, als ich in sein Möbellager kam. *»Un moulin et son histoire.«*

Ich sah mich um. Er machte mir einen staubigen Stuhl frei. Ich hustete. »Ich könnte nicht immer in diesem Staub arbeiten!«

»Man gewöhnt sich daran«, gab er in gewohnt ruhiger Weise zurück. »Es ist der Staub, den meine Vorfahren schon eingeatmet haben. Das ist in Ordnung. Sie haben ihn auch überlebt. Er ist nicht giftig. Sonst wären die Vögel nicht da und die Spinnen erst recht nicht. Spinnen sind nur da, wo es gesund ist.«

»Was lesen Sie da?«

»Die Geschichte einer Mühle bei Fontainebleau. Madame de Staël soll dort einmal genächtigt haben. Das war eine Frau! Sie war nicht schön, aber sie hatte Geist und Witz, und so vermochte sie, zahllose wesentlich jüngere Männer zu verführen. Sie musste sie nicht zwingen oder drängen, sie kamen von selbst. Sie muss faszinierend gewesen sein.« Er schmunzelte. »Ich hätte sie gerne kennengelernt.«

»Sprechen wir von einer anderen Frau, die Sie im Hier und Jetzt kennen, Herr Herlan. Was ist mit dem Hugenottenkreuz? Ich weiß mittlerweile, dass es Frau Bézier gehörte. Was hat sie hier nachts getan und warum haben Sie das Kreuz vor der Polizei versteckt? Es war ein Beweismittel.«

»Oh, Frau Bézier? Frau Bézier ist über alle Zweifel erhaben. Ich habe das Kreuz aufgehoben, weil es die Polizei nichts angeht. Es hat nichts mit dem Mord zu tun.«

»Das hätten Sie die Kriminalpolizei entscheiden lassen sollen. Es lag auf dem Hof, auf dem Weg vom Kräutergärtchen zum Fundort. Die Mörderin kann es verloren haben. Oder Marianne Mandel hat noch gelebt und es ihr vom Hals gerissen.«

»Ihre Phantasie ist recht lebhaft. Schreiben Sie doch ein Buch!«

»Das habe ich auch vor. Wo wir gerade von Büchern sprechen. Im Lager waren keine Bücher von Raffael Wiesinger mehr. Kein einziges.«

Herlan sah mich mit ehrlichem Erstaunen an. »Nicht? Ich war mit Marianne noch zwei Tage vor dem Mord dort, weil wir immer wieder die Feuchtigkeit der Wände überprüfen müssen, und da gab es noch mindestens fünfzig Stück. Nun, man wird sowieso sehen, was mit dem Lager wird, jetzt, wo sie tot ist. Der Verlag wird sich verändern. Modernisieren. Vielleicht in einen anderen Verlag übergehen. Es wird sich überhaupt vieles für viele ändern. Den Raum werden wir wahrscheinlich nicht mehr an den Verlag vermieten können.«

»Es gibt bestimmt andere Interessenten.«

»Ja, die Weberin hätte gerne mehr Platz. Eine Weberin um sich zu haben, ist wunderbar. Sie webt hier, wie Frauen seit Jahrhunderten gewebt haben.«

Er nahm die Brille ab und putzte sie. Ich beobachtete ihn, und plötzlich konnte ich mich nicht mehr zurückhalten: »Sie leben im Früher, nicht wahr, Herr Herlan? So wie Frau Bézier auch. Ist das die Verbindung zwischen Ihnen beiden? Sie jedenfalls sehen die Mühle immer noch, wie sie einst war.«

»Ja, ich versetze mich gern in die Zeit zurück. In das 15. Jahrhundert, als Mühlen das Zentrum der zivilisierten Gegend hier waren. Als Handwerk, Handwerkerfleiß und Tradition noch etwas galten. Als Korn und Brot noch etwas wert waren …«

»Als Leute mit vierzig gestorben sind, Frauen die Geburt ihrer Kinder nicht überlebt haben und ein König, Kaiser oder irgendein Landesfürst alles bestimmte. Etwa, wann man in seinem Krieg zu sterben hatte. Der auch die Religion vorgab. Das sollten

Sie als Hugenottenabkömmling doch auch nicht so wunderbar finden.«

»So kann man es auch sehen. Aber ich liebe die Geschichte dieser Mühle. Sie ist ehrlich.«

»Ehrlich? Diese Mühle birgt vielleicht einen Mörder!«, entrüstete ich mich.

»Nein, das tut sie nicht«, erwiderte er heftig.

Als ich mich umsah, bemerkte ich eine Gestalt, die unbemerkt die Holztreppe vom Erdgeschoss der Scheune heraufgeklommen war. Sie stand im Gegenlicht, von Staubpartikeln umkränzt.

»Sagen Sie so etwas nicht. Niemals mehr!«

Es war Karla Leonhard. Und in ihrer Hand glitzerte etwas. Ich erkannte das scharfe Messer, mit dem sie die Petersilie, den Schnittlauch, die Kresse und den Dill zerhackt hatte. Ihr Blick war böse. Warum hatte ich sie eigentlich nie auf der Rechnung gehabt?

Die unsympathische und unschöne Person kannte die Gegebenheiten der Mühle. Sie hätte sich nachts problemlos hier zurechtgefunden. Ihre Existenz war durch die Umbaupläne der Marianne Mandel bedroht gewesen.

Wer weiß, wie es um ihre Ehe stand, denn ihr Mann war deutlich interessanter und attraktiver als sie. Am Ende blieb ihr nur die Mühle.

Außerdem waren Karla und Marianne offenbar grundverschieden gewesen. Sie könnte sie unter einem Vorwand abends zum Kräutergarten gelockt haben. Um etwas zu besprechen, zu klären. Und dann war sie ausgerastet. Sie hatte für mich sowieso eine latent frustrierte und gewalttätige Ausstrahlung. Oder gab es ein noch stärkeres Motiv? Kurz erwog ich eine Beziehung zwischen Pascal Leonhard und Marianne Mandel, verwarf sie aber wieder. Der Mann musste mindestens fünfzehn Jahre jünger sein.

Sie stand immer noch da, mit angriffslustig vorgeschobenem Kinn.

»Was meinen Sie damit?«, fragte ich kalt.

»Lass gut sein, Karla. Die alte Geschichte …«, versuchte Friedrich Herlan zu schlichten. Doch Karla Leonhard war noch nicht fertig.

»Es hätte jedem passieren können. Ich bin nicht für den Kräutergarten verantwortlich, und wenn ich ihr sage, bring mir Kräuter für den Salat heute Abend beim Mühlenteamtreff, dann muss ich mich darauf verlassen.«

Ich wartete. Sie würde von selbst sprechen.

»Sie schreiben in der Zeitung, das Zeug greift um sich. Jetzt schreiben sie davon, aber damals hat kein Mensch davon gehört, und ich habe es auch nicht gewusst, und dass sie mir das Gesundheitsamt auf den Hals hetzen wollte …«

»Ich verstehe nicht«, wiederholte ich. Dann lächelte ich ein C-Lächeln, reserviert für arme Schweine. »Was ist denn passiert?«

Leonhard sprudelte es geradezu heraus, als habe man eine Flasche geöffnet, die lange gärend in der Wärme gestanden hatte. »Das Zeug heißt Jakobskreuzkraut. Es wächst gelb zwischen normalem Gras und zwischen Kräutern. Es ruft Vergiftungen hervor, vor allem bei Tieren, aber auch bei Menschen können sie vorkommen, vor allem, wenn man es öfters zu sich nimmt. Ich hab es ein paarmal verwendet, weil sie es mir gebracht hat.«

»Wer?«

»Alberta. Doch dann hat die Marianne das Zeug erkannt, weil es eben in der Zeitung stand, und ein Riesentheater gemacht. Wir sollten das Lokal aufgeben, denn wir kochten nicht hygienisch und vorsichtig genug. Ich … hasse sie und bin froh, dass sie tot ist.«

Leonhard rannte aus dem Raum, einen durchaus anregenden Hauch von Zwiebeln und Knoblauch hinterlassend.

Langsam wandte ich mich zu Herlan um. »So viel Hass! Könnte *sie* Marianne Mandel ermordet haben?«

Er hob zweifelnd die Hände, in einer fast orientalischen Geste. »Ich weiß es nicht. Ich weiß allmählich gar nichts mehr.«

»Alberta hat ihr das Kraut gebracht. Die sollte es doch eigentlich kennen.«

»Das hat sie nicht absichtlich gemacht. Nicht Alberta. Die kann keinem etwas zuleide tun! Gut, die Karla und sie mögen sich nicht besonders, aber das ist doch kein Grund.«

Das ist der beste Grund der Welt, dachte ich. Du armer Tropf. Was weißt du schon von Frauen? Vielleicht hat deine Alberta es absichtlich getan, vielleicht auch nicht. Dein Kräuterlieschen will mit dir hier in eine Wohnung einziehen. Und da will sie alle auf dem Mühlenhof loswerden, die sie nicht mag. Eine natürliche Beißerei unter Frauen. Oder ist sie noch weiter gegangen?

»Nicht meine Alberta!«, wiederholte Herlan. Doch er sah dabei todunglücklich aus.

FRIEDRICHSTAL. IM VERLAG

Sabrina Bauer und eine in weites Leinen gewandete Frau mit kurzem blondem Haar und Brille beugten sich über etwas Geschriebenes.

»Störe ich?«

Sabrina richtete sich auf und deutete abwechselnd auf uns. »Nee. Das ist Frau Victoria Niess, und das ist Carla Lotta. Sie schreibt den Preiswert-einkaufen-Ratgeber. Titel steht noch nicht genau fest. So was wie ›Preiswert kaufen, toll aussehen‹.«

Frau Niess, die sehr intellektuell aussah, tiefe Falten rechts und links ihres Mundes hatte und viel zu lange Ethno-Ohrringe trug, betrachtete mich kurz. »Nun, Sie selbst kaufen aber nicht preiswert ein. Ist das Fendi?«

»Respekt!«, sagte ich nur.

»Na ja, was Sie privat machen und was Sie schreiben, braucht ja nicht unbedingt deckungsgleich zu sein. Das ist bei den meisten unserer Autoren so. Wir hatten mal einen recht erfolgreichen erotischen Titel im Programm: ›Un-heimliche Liebschaften am Badischen Hof‹, und der Autor war ein uralter Archivar, der Sexuelles nur von seinen alten Kupferstichen kannte. Aber schreiben konnte er wie die verruchteste Kurtisane.«

Sabrina lachte anzüglich.

»Das Sachwissen ist zweitrangig. Wichtig ist nur, dass Sie so schreiben können, dass jemand anders es lesen will.« Victoria Niess seufzte. »Sie glauben nicht, wie selten das vorkommt. Sie finden ein Juwel und verlieren es wieder. Es kann ein Schüler sein, eine alte Bäuerin, ja sogar eine Hausfrau wie Sie.«

Ich lächelte säuerlich. Andererseits, was war ich denn anderes? Eine Hausfrau mit einem schöneren Haus als die meisten. Sonst nichts.

»Wir kleinen Verlage haben es schwer, allein zu überleben. Wenn man sich zusammenschließt, ist es leichter. Dann kann man auch die Autoren halten. Die guten fangen manchmal bei uns an, und dann wechseln sie ganz hurtig zu größeren Verlagen. So ist das eben.«

»Wie Raffael Wiesinger?«

»Oh, Raffael ist uns erhalten geblieben. Soweit ich weiß, hat er nie ein Angebot von einem größeren Verlag erhalten. Ich persönlich hätte ihn sowieso von Anfang an nicht genommen. Und vor allem hätte ich ihn nicht behalten. Mein Fall war er nicht. Zu schwülstig. Bilder abgenutzt. Ein bisschen aus der Zeit gefallen.«

Sie dachte einen Moment lang nach. »Aber ich muss der Mandel rückwirkend trotzdem ein gewisses Gespür bescheinigen. Er hat sich gut verkauft, und warum sollte er dann wechseln? So gut wie hier hat er es nirgends. So, Frau Lotta, ich muss weiter. Übrigens werde ich das Lektorat Ihres epochalen Werkes übernehmen. Achten Sie also ein bisschen auf die Syntax. Maximal ein Nebensatz, ja?«

»Ja!«, sagte ich.

»Und lassen Sie die Rechtschreibprüfung vorher mal drüberlaufen. Ich möchte nicht zweihundertmal ›dass‹ und ›das‹ verbessern müssen.«

Und weg war sie. Einen Duft von getragenem Leinen hinterlassend. Es wäre vielleicht nicht schlecht, wenn sie die Klamotten mal reinigen lassen würde.

Sabrina kicherte. »Ja, unsere Lektorinnen. Die Marbuse geht ja noch, aber die hier. Streng. Streng. Die Mandel und sie haben sich natürlich nicht besonders gut verstanden. Hier die Mandel: gut aussehend und immer schicki, und die dann mit ihren ewigen Leinensäcken. Na ja. Die zwei waren halt grundverschieden. Bei Niessi wär ich mir nicht sicher, für wen er sich entschieden hätte.«

»Wie meinst du das?«

»Na, die Mandel war eine, die gerne flirtete. Also ich sähe das ja nicht gern bei meiner Mama, aber die probierte halt mal, was noch geht.«

»Hat sie etwa mit Herrn Dr. Niess geflirtet?«

»Na ja, sie hat sich zu ihm auf den Schreibtisch gesetzt, mit kurzen Röcken, und hat ein bisschen geklimpert. Lass uns mal was besprechen, Burkhard. Wem's Spaß macht. Ich glaub aber schon, dass er auf so was stand.«

Ich hatte allmählich die Auswahl. Frau Niess – ebenfalls eine Mordverdächtige?

Jedenfalls hatte Frau Niess nichts dagegen, sich einem größeren Verlag anzuschließen. Schließlich stellt der Verlag ihre und ihres Mannes Existenz dar. Sie war anscheinend kein Riesenfan von Raffael, die Mandel hingegen trat als seine Gönnerin auf. Marianne Mandel flirtete offenbar ungeniert mit ihrem Mann Burkhard. Und sie hatte eindeutig auch heute noch besser ausgesehen als die Ehefrau.

Aber würde Frau Niess ihre Rivalin in der Mühle umbringen? Zugang zum Lager hatte sie sicherlich. Es musste im Verlag noch einen zweiten Schlüssel dafür geben. Sie konnte Raffaels Bücher verschwinden lassen, um ... ja, warum eigentlich? Damit er keine mehr verkaufen konnte? Damit sie ihn loswerden konnte? Das machte keinen Sinn. Ich seufzte.

Sabrina summte zufrieden vor sich hin. »Aber wenn Doktorchen Niess rausgekriegt hätte, was ich im Schreibtisch von der Mandel gefunden habe ... bei ihren Kontoauszügen, dann wären die alle beide erst recht sauer geworden.«

»Was denn?«

Sabrina setzte sich auf ihre Schreibtischkante und zündete sich eine Zigarette an.

»Also, wir arbeiten hier bei einem kleinen Verlag, okay? Und kleine Verlage sind darauf angewiesen, dass der lokale, der sogenannte stationäre Buchhandel ihre Bücher ins Regal stellt, okay? Und wer ist der Todfeind der kleinen Buchlädchen? Nicht nur Thalia und solche großen Ketten. Die liegen in den Innenstädten, wo man sowieso nirgends parken kann. Nee, der kleine Klick im Internet. Von zu Hause aus. Bücher bestellen. Heute geklickt, morgen steht DHL vor der Tür. Alles klar?«

»Ja«, erwiderte ich abwartend. Natürlich machte ich das auch. Jeder macht das.

Als hätte sie meine Gedanken gelesen, raunte Sabrina: »Und eigentlich macht das ja jeder, gell? Aber nicht, wenn man hier in diesem kleinen Verlag arbeitet. Da muss man brav im Buchhandel kaufen. Irgendwo vor Ort, wo sie unseren Vertreter kennen.«

»Und?«

»Nun finde ich auf den Bankauszügen der Mandel eine ganz nette Summe, die sie an Amazon überwiesen hat. Für Bücher! Sehe ich an der Referenznummer. Das heißt, Madame hat ihre private Lektüre, welche auch immer, wie wir alle Normalsterblichen im Internet bestellt. Tja, da sieht man mal wieder. Unsere Vorbilder.«

Sabrina schüttelte affig ihre beneidenswert schönen Haare zurecht, kicherte nochmals, drückte ihre Zigarette aus und schlenderte endlich zu ihrem Computer, den Duft von Jugend und Selbstsicherheit hinterlassend.

Ich öffnete meinen Laptop und schrieb meine Erlebnisse bei C&A nieder, wobei ich meinen ganz privaten Kaufrausch unterschlug. Doch meine Gedanken wanderten immer wieder zu Jeannette Bézier und ihrem Hugenottenkreuz. Ob sie es schon wieder durch ein neues ersetzt hatte?

»Ist Frau Bézier heute im Verlag?«

»Die? Weiß ich nicht. Wir sind ja kein Stechuhrenbetrieb. Sie bereitet ihr neues Buch vor, und da muss sie manchmal auch in die Archive. Da kann die sich tagelang vergraben.« Sabrina hämmerte auf ihrem Computer herum. Ihre Fingernägel waren heute schwarz-weiß.

»Ein Buch über was?«

»Oh, dreimal dürfen Sie raten, obwohl bei ihr eigentlich einmal schon reicht. Hugenotten, was sonst? Und die Idee zu diesem Werk kam zu ihr eines Tages wie der Heilige Geist zur Jungfrau Maria. Aber diesmal ist wenigstens der Titel gut: ›Die Mörder sind unter uns‹. Irgendwas von Leuten, die anno dazumal andere Leute umgebracht haben, deren Ideen aber weiterleben. Was weiß ich. Wen interessiert das heute noch?«

Sabrina erhielt irgendein Signal auf ihrem Handy, seufzte, warf mir einen genervten Blick zu und verzog sich auf den Gang, um in Ruhe mit jemandem zu telefonieren. Nach der Wortwahl (»Ich weiß schon, was ich mache. Ich bin doch kein Baby mehr! Kann sein, dass ich dir bald was sage …«) zu urteilen, konnte ich mir vorstellen, dass sie mit ihrer Mutter sprach.

Ich blieb nachdenklich zurück. Die Mörder sind unter uns. Jeannette Bézier war wie besessen von dieser Hugenottengeschichte. Marianne Mandel war offenbar kein Hugenottennachkömmling gewesen. Sie stammte aus Kehl. Sie hatte französische Nachhilfestunden gegeben, weil sie die Sprache gut konnte. Immer wieder war die Rede von ihrem französischen Schick und ihrer Eleganz gewesen. Man hatte sie Marianne genannt. Nach der französischen Nationalfigur, der *Marianne*, dem offiziellen Symbol Frankreichs. Wie mochte ihr Mädchenname gewesen sein? Was hatte die Nachbarin gesagt: Die hatten ein Hotel am Rhein, direkt an der Grenze. Das müsste doch herauszufinden sein.

KARLSRUHE. MONEYGRAM-FILIALE

Die MoneyGram-Filiale befand sich in der oberen Kaiserstraße und hätte nicht weniger vertrauenerweckend sein können. Unter normalen Umständen würde ich diesen Teil der Kaiserstraße nicht einmal betreten. Genau genommen hatte ich ihn noch niemals betreten. Was sollte ich auch da? Spielhöllen, billige Asienläden, die Stadtwerke, ein Wanderausrüstungsgeschäft.

Hinter der Theke des Ladens lauerte ein Mann arabischen Typs, der aussah wie die Idealbesetzung für einen Gangster aus dem Chicago der dreißiger Jahre. Goldzähne, Bartstoppeln, lauernder Blick. »He?«

»Ich möchte mit MoneyGram Geld nach England schicken, das heißt, nach Schottland.«

»Ja, Name? Empfänger?« Er schob mir ein Formular hin, wies unfreundlich auf ein Schild neben der Kasse, dem ich entnahm, dass das Versenden der tausendzweihundert Euro mich fünfzig Euro Gebühr kosten würde.

Im Hintergrund des Ladens saßen Männer aller Farbschattierungen von Braun bis zu richtig Tiefschwarz in Kabinen und telefonierten, vermutlich mit zu Hause. Manche studierten hastig das Internet. Es war ein Szenario, das Leute wie ich nur aus Filmen kennen.

Ich unterschrieb irgendein Formular und bekam eine vierstellige Nummer.

»Empfänger mitteilen, in eine Minute hat Geld!«, blaffte mich der Mann hinter der Theke an.

»Und ich habe den Schlüssel«, murmelte ich erleichtert.

»Von Schlüssel weiß ich nichts. Passe auf, dasse nicht wird betroge«, meinte der Mann und wandte sich dem nächsten Geldverschicker zu.

Betrogen?

Dieses Wort traf mich wie ein Blitz.

KEHL UND STRASSBURG

Ich war noch niemals wegen Kehl in Kehl gewesen. Mehrmals im Jahr fuhr ich durch die Stadt hindurch über die Europabrücke und steuerte Straßburg an, das wenige Kilometer entfernt von einer zumindest modisch anderen Welt kündete.

Straßburg bot schicke Boutiquen in kleinen Seitenstraßen für kleine Größen und große Preise. Hier sieht dich keiner schief an, wenn du stundenlang mit der Verkäuferin über ein Detail an den Schuhen diskutierst. Es ist normal, dass man so lange nachfragt, bis man genau das bekommt, was man will und für das man bezahlt. Das gilt auch im Restaurant. Da wird ein Salat eben nicht einfach so serviert. Er wird vorher ausgehandelt.

Auch diesmal plante ich, nach der Recherche in Kehl meiner Straßburger Lieblingsboutique unweit des Münsters einen Besuch abzustatten. Doch zunächst parkte ich mein Auto in der Nähe des Bahnhofs und suchte nach Anzeichen dafür, dass es hier überhaupt ein Hotel gab. Ich konnte mir keins vorstellen. Wer würde hier warum wohnen wollen?

Doch tatsächlich: Direkt am Rhein sah ich eine Gaststätte in einem der wenigen schönen Häuser, die ich in Kehl ausmachen konnte. Oben im zweiten Stock stand noch ganz verblasst das Wort »Hotel« in leicht bläulicher Schrift zu lesen. Heute war das Etablissement wahrscheinlich kein Hotel mehr.

Vor dem bürgerlichen Haus, das vom Stil her fast in Straßburg stehen könnte, lud eine sonnige Terrasse mit Blick auf den Rhein zum Kaffee ein. Ich setzte mich auf einen der Stühle an einem Zweiertisch. Ein junger Mann erschien. Ich bestellte, zahlte gleich und gab ein üppiges Trinkgeld. Er sah mich überrascht an. Angriff.

»Könnte ich ganz kurz mit den Besitzern sprechen? Nein, keine Beschwerde. Im Gegenteil. Ich habe nur eine kleine Frage.«

Der junge Mann sah auf die Uhr. »Muss ich schauen, ob die Chefin schon da ist.«

Er sprach sächsisch. Das war bestimmt auch eine Umstellung für ihn gewesen. Ganz aus dem Osten ganz in den Westen. Den früheren Erbfeind Frankreich direkt vor Augen. Gut, dass all das vergessen war. Ich dachte an Jeannette Bézier und ihren Hugenottenwahn. Kann man über Jahrhunderte hinweg immer noch stolz auf eine Herkunft und traurig über ein zugefügtes Leid sein?

»In fünf Minuten kommt sie. Sie ist auf dem Markt drüben in Straßburg und kauft Gemüse ein.«

Das konnte ich nun bestens verstehen. Normalerweise gehe ich in Ettlingen nur wegen des Gesehenwerdens über den Markt. Über den Markt zu schlendern, eine Basttasche am Arm, gehört irgendwie dazu und gibt einem so etwas Frisches und Natürliches. Die Märkte in Straßburg dagegen sind etwas anderes. Sie sind wirklich herrlich. Sie riechen nach Fremdheit im Vertrauten. Sie wirken wie der Orient ohne einen langen Flug.

Eine kleine Sekunde dachte ich an meine Vorfahren in Italien, die jahrhundertelang auf dem Markt eingekauft hatten. Nicht, weil sie gesehen werden wollten. Weil sie große, arme Familien zu ernähren hatten und weil es gegen Ende des Markttages vielleicht Tomaten oder Fisch günstiger gab. Ich schüttelte die Erinnerung ab. Sie lebten dort, ich war hier.

Ich versuchte zu entspannen. Mein geheimes Handy piepste leise in meiner Bree-Handtasche. War das nun endlich McAllister, der mir das Ankunftsdatum des Schlüssels ankündigte?

Nein, besser. Eine Nachricht von Hagen, jedoch diesmal eine vielversprechende: »Allmählich habe ich von sehr vielen kleinen Mädchen genug und würde sie gerne gegen ein großes Mädchen austauschen. Komme am Freitag. Leider wieder Hotel?«

»Lass dich überraschen!«, schrieb ich zurück und erwartete noch sehnsüchtiger die Nachricht, wann endlich der Schlüssel zur Sünde einträfe …

Ich musste etwa zehn Minuten warten, dann erschien die Chefin.

Sie war klein, rothaarig, ein bisschen nervös, mit blauen Augen und schlechten Zähnen. Die Person mochte um die vierzig sein, doch sie sah heute unattraktiv aus, und das würde sich auch in den nächsten zwanzig Jahren nicht ändern. Eine gewisse Konstante in ihrem Leben, die beruhigend wirken konnte.

Für schöne Frauen ist es schwerer, Abschied von der Jugend zu nehmen.

»Sie wollten mit mir sprechen?«

»Ja. Meine Mutter … also sie hat mir erzählt, dass hier früher ein Hotel war. Sie hat jetzt einen runden Geburtstag, und wir stellen ihr eine Art Kalender zusammen, als Geschenk, und da fehlt uns noch der Name der Leute …«

»Sie wollen also wissen, wie die Besitzer des Hotels hießen«, unterbrach mich die Frau unfreundlich und erstaunlich clever. Man darf Gaststättenbesitzerinnen nie unterschätzen. Sie führen täglich einen Kampf gegen schlechtes Personal und nörgelige Gäste. Das schärft die Sinne. Und sie sind Menschenkenner. Sonst brauchen sie gar nicht erst anzufangen, fremde Leute zu bewirten.

»Ich habe nicht viel Zeit. Muss arbeiten. Ich habe heute keinen freien Tag wie Sie!«

Oh, sind wir also ein bisschen sozialneidisch?, dachte ich.

»Also, das Hotel hieß Beau Rivage, und die Besitzer waren Franzosen. Ich glaube, die kamen ganz ursprünglich aus einer kleinen Stadt hinter Paris, Richtung Normandie, ja, ich glaube, es war bei Amiens. Fragen Sie mich nicht, wie das Kaff genau hieß. St. irgendwas. Jemand, den wir kannten, hat da mal Urlaub gemacht. Schlechtes Wetter.«

Bei dem Wort Urlaub guckte sie bitter. Wahrscheinlich war in ihrem Lebenskonzept kein Urlaub drin. Sie flocht sich nervös einen dünnen roten Zopf mit ihren spärlichen Haaren.

»Es sah aus … die hatten damals überall so Bilder vom Meer als Dekoration. Die Familie hatte aber schon ganz lange in Straßburg gelebt, und die sind dann hier herüber, weil sie das Haus irgendwie günstig bekommen haben. Kamen aber nicht aus der Gastronomie. Ja, ja, jetzt wollen Sie wissen, wie die hießen. Ich glaube Lerue oder so. Ja, Lerue. Ich habe nur noch die Tochter gekannt, und der war das zu mühsam mit dem Hotelgewerbe. Sie hatte einen Pächter drauf. Selbst hat sie irgendwie in Freiburg studiert. Die hieß aber nicht mehr Lerue. War verheiratet. Und geschieden. Flotter Feger. Und wieder neu geheiratet. Hatte mich gewundert, dass das so einfach ging. Die waren nämlich ursprünglich stockkatholisch. Papisten. Wer's mag.« Trockenes Lachen.

Ich wartete. Das Warten lernte ich allmählich.

Sie krauste die Stirne. »Aber ich muss jetzt hier weitermachen. Und das mit Ihrer Mutter, das können Sie wiederum Ihrer Großmutter erzählen.«

»Die ist tot«, gab ich zurück.

»Tot?«, fragte sie. »Nicht schlimm. Wer tot ist, hat es hinter sich. Wissen Sie, je länger Sie leben, desto länger wird die Liste der Enttäuschungen. Andere nennen es Erfahrungen, ich nenne es Enttäuschungen.«

Leider wusste ich ihr da nichts entgegenzusetzen.

***

Straßburg ist Paris für Reisemuffel. Je länger die Zeit zurückliegt, als das Elsass noch deutsch war, umso weniger gleicht Straßburg einer deutschen Stadt.

Mir war es recht. Deutsche Frauen mit Figuren wie Walküren hatten in den feinen, alten Läden von Straßburg sowieso nichts verloren.

Ich steuerte ein teures Schuhgeschäft am Münster an. Fast lustlos suchte ich zwischen den kostspieligen Schuhen nach einem Paar, das ich brauchen könnte. Entschied mich schließlich für Stilettos von Ted Baker. So was kriegst du in der deutschen Provinz nicht. Anprobiert, eingepackt. Die Kreditkarte erledigte den Rest.

Trank noch mal einen Kaffee, diesmal einen starken französischen, mit Blick aufs Münster, diesen mächtigen Zeugen des Glaubens. Und dachte endlich nach.

Die Geschichte war unglaublich.

Bézier stammte aus einem Ort bei Amiens im Norden Frankreichs. Die Ursprungsfamilie der Mandel auch. Konnte es etwa der gleiche Ort sein, aus dem die Béziers und die Mandels herausgespült worden waren?

Die Mandel, oder vielmehr Lerue, war katholisch gewesen, die Bézier eine fanatische Hugenottin. Die Mörder sind noch unter uns …

Was meinte sie damit? Waren die Vorfahren der Mandel-Lerue an der Ermordung der Béziers beteiligt gewesen? Direkt oder durch Denunziation? Es war eine unglaubliche Geschichte, wie aus einem Schauerroman, den man in der Buchhandlung amüsiert zur Seite legt.

Konnte Hass über vier Jahrhunderte hinweg anhalten? Der Gedanke war so unfassbar, dass er mir den Atem verschlug.

So sehr, dass ich nicht einmal bemerkte, dass mein Handy viel zu lange stumm blieb.

RASTATT. KIK-FILIALE

Niemals, niemals!, hätte ich unter normalen Umständen solch einen Laden betreten. Vielmehr wäre es geradezu eine Todsünde gewesen.

Wie betäubt wandelte ich zwischen dem bunten, billigen Angebot des Discounters KIK hin und her.

Alles, was es bei C&A an Kleidung gegeben hatte, zu niedrigen Preisen, gab es hier auch, lediglich noch wesentlich billiger und farbenfroher.

Ich griff nach einem hellbraunen Pullover mit V-Ausschnitt. Er fühlte sich nicht mal schlecht an. Ich suchte in seinem Inneren nach dem Materialschild: hundert Prozent Polyester.

Was sollte das gute Stück kosten? Ich schnappte nach Luft: eins neunundneunzig!

Ich wollte das sandfarbene Teil voll Abscheu zurückhängen, als hinter mir eine Stimme ertönte.

»Ach, die schöne Frau Tobler. Jetzt weiß ich wenigstens, wie Sie es schaffen, immer so toll auszusehen und dabei nicht Bankrott zu machen. Der Pullover da macht sich gut.«

Rita Altermann, klein, fett, mit aufmerksamen wasserblauen Augen, zitterte fast vor Triumph. Sie war ein mehr oder weniger doofes Mitglied in unserem Literaturkreis bei Frau Dr. Moosenvogel oben in Waldbronn. Meistens guckte sie nur von einem zum anderen und nickte. Jetzt erlebte sie eine seltene Sternstunde.

»Ich kaufe etwas für meinen Enkel. Die wachsen ja so schnell. Aber jeden hätte ich hier erwartet, nur nicht Sie. Na, dann habe ich im Lesekreis endlich auch mal was zu erzählen.«

Ich verzichtete auf eine Erwiderung. Jede Erklärung hätte mich nur noch interessanter gemacht.

»Guten Tag, Frau Altermann. Und schauen Sie da hinten. Da gibt es Kinderbücher für neunundvierzig Cent. Wäre das nicht was für Ihren Enkel?«

Ein guter Abgang, doch der würde sich rächen. Sie würde es

weitererzählen. Jede Bluse, die ich von nun an trug, würde beäugt werden. Na ja, sie kauft bei KIK.

Weiß Gott, eine Strafe.

***

Zu Hause kam es noch schlimmer. Meine Perle schüttelte den Kopf. Ich selbst sah sicherheitshalber noch einmal im Briefkasten nach. Auch kein Nachbar klingelte, um ein Paket abzugeben.

Der Schlüssel kam also heute nicht. Ich eilte zu meinem Computer und schrieb eine Mail an den netten Herrn McAllister. Wartete vor dem Schirm. Es kam keine Antwort. Bisher hatte er immer gleich reagiert.

Zu spät dachte ich daran, dass ich vorher im Internet entsprechende Suchbegriffe hätte eingeben können: McAllister. Wohnung. Geld voraus.

Jetzt waren sie nur noch eine Bestätigung meiner Dummheit: »Besonders primitive Masche. Wohnungen, die nicht existieren. Das oft ältere Opfer wird aufgefordert, Geld zu schicken. Meistens mit MoneyGram oder Best Western …«

Das oft ältere Opfer. Ich lief ins Bad zum Spiegel, der mich verlässlich schön und weich zeichnete. Und eine reife Frau blickte mir entgegen. Ich war einem Betrüger aufgesessen. Nein, gleich zweien. Herrn McAllister und mir selbst.

Ich hatte mich selbst betrogen. Nicht nur um eine Wohnung. Um eine Illusion. Die Illusion, dass es Hagen und mir gelingen konnte, ein eigenes Leben aufzubauen. Neben den Leben, die wir schon hatten.

KARLSRUHE. DIAKONIELADEN

So, dieser Laden machte mir jetzt wirklich endgültig ein schlechtes Gewissen. Die soziale Kluft, von der sie immer im Fernsehen sprachen, tat sich sperrangelweit vor mir auf.

In den Gesichtern von jenen, die mit mir zusammen die flachen, ausgetretenen drei Stufen hoch zu dem Geschäft schlurften, das jetzt um zehn gerade geöffnet hatte, lag eine trotzige Härte. So als wollten sie sagen: Ich kaufe hier. Na und?

Drinnen roch es undefinierbar nach Armut. Gürtel wanden sich wie lederne Schlangen in Kisten. Knöpfe aller Größen lagen unsortiert in Schachteln. Lange Reihen Blazer, darunter viele Markenstücke. Bettwäsche, Gardinen und Unterwäsche. Wer kaufte sich getragene Unterwäsche im Diakonieladen? Mein Gott.

Ich scannte die Röcke ab. Fand einen ausgestellten weißen Rock mit Stoffgürtel, Innenfutter, Knopfleiste bis unten. Hübsch. In meinem Buch würde ich herausstellen, dass ein weißer Rock im Sommer ein absolutes Muss war und man damit alles kombinieren konnte, sportlich mit Sandalen oder Slippern, abends elegant mit goldenen Sandaletten. Und diese modische Allzweckwaffe konnte man hier für drei Euro erstehen.

Ich dachte an den weißen Rock von Laurel, den ich mir im Frühjahr gekauft hatte. Er hatte sage und schreibe sechshundert Euro gekostet, was sogar für mich viel war, aber Taschen und Bund waren nun mal mit Nappaleder besetzt. Eine bezaubernde Kombination. Die Anschaffung hatte ich vor mir damit gerechtfertigt, dass ein weißer Rock die Zeiten überdauert und ich ihn theoretisch sogar eine zweite Saison tragen könnte.

Ich beschloss, diesen schlichten Rock hier zu nehmen. Er könnte neben meinem Sechshundert-Euro-Teil hängen, und ich könnte mit meinen feinen, reichen Freundinnen eine Art Ratespiel machen: »Na, jetzt ratet aber mal, wie viel der und wie viel *der* Rock gekostet hat.«

Als ich an der Kasse stand, bemerkte ich, wie die majestätische Frau van Verden, begleitet von einer schmalen Frau, vermutlich ihrer Haushälterin, hereinrauschte. Mit einem faltigen Zeigefinger deutete sie auf den Container für Abgabesachen, und die Schmale warf zwei Kleidersäcke hinein. Mit sanftem Plumpsen entsorgte Frau van Verden ihre diesjährige Saisongarderobe.

Natürlich sah sie mich. Es sprach für ihre Klasse, dass ihre Augen keinerlei Ironie oder mokantes Staunen reflektierten.

»Frau Tobler. Ein netter Rock!«

»Nicht wahr?«

Wir sahen einander an. Trotz allem musste ich wenigstens pro Forma eine Erklärung abgeben. »Ich will ausprobieren, wie es ist, wenn man preiswerter leben muss.«

Sie nickte. »Das könnte eines Tages praktisch sein, meine Liebe. *Davor* sind wir alle nicht gefeit. Auch Sie mit all Ihrer Schönheit und Raffinesse nicht.«

»Nein. Es kann passieren«, sagte ich und dachte, dass sie die Erste war, die das Thema offen ansprach. Wir waren finanzielle Ableger unserer Männer.

Sie lächelte amüsiert. »Nun, wenn Sie so offen sind, werde ich es auch sein.«

Sie zog mich ein wenig zur Seite, bis wir bei den Gläsern standen.

»Ich habe ein wenig ein schlechtes Gewissen. Nein, nein, das ist schon so. Also, ich habe Ihnen kürzlich nicht ganz die Wahrheit gesagt. Raffael Wiesinger ist bestimmt reingelegt worden. Vielleicht von den Mellenkamps, vielleicht von jemand anders.«

Ich starrte sie atemlos an.

»Schauen Sie nicht so. Er ist doch nur angeheiratet. Also, das Schaustück hatte nämlich – fragen Sie mich nicht, woher genau ich es weiß – ein kleines Verhältnis. Eigentlich ist es das falsche Wort. Er war ja noch nicht verheiratet. Noch hatte die Mellenkamp ja keinerlei Recht auf ihn. So ist das eben.«

»Und wer sollte das sein?«

»Kein Name, den wir kennen. Irgendeine aus dem Verlag, in dem er arbeitete. Eine junge, hübsche Person.«

Sabrina, dachte ich. Die muntere und bildschöne Sabrina. Lustig, intelligent. Die beiden hatten nichts anbrennen lassen. Man hätte es sich beinahe denken können.

Das würde den Mellenkamps nicht gefallen haben! In diesem Punkt verstand der alte Mellenkamp keinen Spaß. Ich musste meine Tochter warnen. Sie durfte ebenso wenig mit dem Feuer spielen wie Raffael.

Alles wurde immer verwirrender.

KARLSRUHE. KRIMINALPOLIZEI

Der Anruf kam nach Hause, und unpassenderweise war mein Mann anwesend.

Er hatte am Morgen eine seiner geliebten Poweraufbauspritzen mit diversen Vitaminen, allen voran B, von dem Modearzt seines Vertrauens bekommen, und nach diesen Spritzen sollte er sich immer einen Mittag lang ausruhen. Und nicht in die Sonne gehen, was er sowieso selten tat.

»Die Kripo hat angerufen.« Er hob die Hände. »Nein, nein, um deine Erwartungen gleich etwas zu dämpfen. Nicht die Polizei hier bei uns in Ettlingen. Die *richtige* Kripo in Karlsruhe. Sie erwarten dich heut Mittag um drei. Du sollst dich unten am Empfang melden und nach einer Frau Binder fragen.«

Nun ging es mir wie wahrscheinlich fast jedem Bürger fast überall. Ich erschrak und durchforstete mein Gedächtnis nach Missetaten. Und anders als fast jeder andere Bürger stieß ich gleich auf mehrere. Ich hatte ein Verhältnis mit einem Polizisten. Ich hatte mich in einen Mordfall eingemischt und Leute befragt. Ich hatte in einem zwielichtigen Büro Geldgeschäfte abgewickelt …

Dennoch beherrschte ich mich und legte hochfahrende Verärgerung in meine Stimme: »Fragen die nicht, ob man da überhaupt Zeit hat?«

»Normalerweise schon«, erwiderte mein Mann gleichmütig und griff wieder nach dem Börsenblatt, »aber in deinem Fall ist es aus ihrer Sicht offenbar nicht nötig, denn du gehst ja keiner Berufstätigkeit nach, nicht wahr? Hast also Zeit.«

Mit einem eher unbehaglichen Gefühl fuhr ich nach Karlsruhe. Ich hatte eine sehr schlichte schwarze Cambio-Hose sowie eine weit geschnittene graue Bluse von Opus gewählt, die etwas Mädchenhaftes an sich hatte. Flache Ballerinas von Natural Feet aus allerweichstem Hirschleder. Außer dem Ehering kein Schmuck. Ein Understatement-Outfit, das insgesamt nicht mehr als vier-

oder fünfhundert Euro gekostet hatte. Aber wir wollen ja nicht irgendeine kleine Polizistin neidisch machen.

»Eine Frau Binder hat um meinen Besuch gebeten! Betreffend des Mordfalls Marianne Mandel«, sagte ich zu der Frau am Eingang. Ich musste meinen Pass zeigen.

Sie studierte ihn ausgiebig, notierte die Nummer und hielt dann längere Rücksprache am Telefon. Sah mehrmals zu mir hin.

»Bitte warten Sie«, kam es schließlich sachlich. »Dort ist eine Sitzgruppe.«

Mit zunehmend schlechter Laune ließ ich mich auf einem der Besucherstühle nieder. Wenige Dinge hasse ich so sehr, wie in Wartezimmern sitzen zu müssen, bis ich gerufen werde.

»Frau Tobler?«

Eine sympathisch aussehende junge Beamtin erschien, um mich abzuholen. Sie sah aus wie direkt von der Kriminalpolizeischule, falls es so etwas gibt. Blaue Augen, sehr schöne Zähne, kaum geschminkt, ein paar Sommersprossen und kräftiges mittelbraunes Haar. Gute Figur in einer No-Name-Jeans.

»Ich bin Carolina Binder. Kommen Sie bitte mit.«

Ihr Büro war klein, doch es schien zumindest nur ihr allein zu gehören. Es stand nur ein einziger Schreibtisch drin, dafür gab es sehr viele Grünpflanzen, die Richtung Fenster wucherten.

»So, nehmen Sie doch Platz. Kaffee?«

»Nein, danke.«

»Kann ich verstehen. Unser Kaffee ist nicht besonders gut. Wenn Sie etwas anderes möchten …«

Ich sah, dass ein Aktenordner vor ihr auf dem Tisch lag. Wahrscheinlich über mich. Seltsamer Gedanke, dass mein Name in diesen Amtsstuben ein Begriff war. Kurz überlegte ich, wie sie wohl über mich redeten. »Das ist doch die reiche Tussi, die mit Hagen … Ja, dem Hagen aus Ettlingen …«

»Gibt es hier eine SOKO Mandel?«

Sie streifte mich knapp mit einem aufmerksamen Blick. »Ja, natürlich. Ich bin eine davon.«

»Sind Sie schon weitergekommen mit Ihren Ermittlungen?«

Sie lächelte wirklich freundlich. Fast zu freundlich, geht schon Richtung Mitleid, dachte ich einen Moment lang. Vielleicht denken die hier, ich sei verrückt. Ich richtete mich auf und versuchte, etwas herablassender zu wirken. In einem Büro der Kriminalpolizei auf einem Besucherstühlchen ist das immer ein sportliches Unterfangen.

»Sie wissen, dass ich dazu nichts sagen darf«, lächelte Carolina Binder immer noch höchst zuversichtlich. »Aber es ist uns zu Ohren gekommen, dass Sie offenbar ein gewisses Interesse an dem Fall hegen. Sie tauchen an den Orten auf, die mit dem Mord zusammenhängen, und stellen den Leuten Fragen zum Tathergang und zu ihren persönlichen Verhältnissen.«

Zur Untermalung blätterte sie jetzt in ihrem Ordner herum. Ich lehnte mich zurück und bemühte mich um eine hochmütige Miene.

»Ich bekenne mich schuldig. Doch ich habe durch diese Gespräche interessante Dinge erfahren. Dinge, die nichts mit dem Verlag und Marianne Mandels Arbeit dort zu tun haben. Und die Raffael Wiesinger entlasten.«

Sie lächelte geduldig und wartete ab.

»Zuerst habe ich gedacht, der Mord hängt mit den Leuten in der Mühle zusammen. Diese Kräutertante ist fanatisch mit ihren Pflanzen und dem Garten, und die anderen Pächter wollten auch die Mühle in dem Zustand erhalten, wie sie war. Friedrich Herlan natürlich auch, er hängt an der Mühle wie an einem Kind, andererseits braucht er das Geld, wenn er die Mühle wiederherstellen will. Seine Rolle«, sagte ich plötzlich nachdenklich geworden, »ist mir noch nicht ganz klar.«

Sie machte ein spitzes, bedauerndes Mündchen. Ich hielt inne.

»Frau Tobler.« Carolina Binder seufzte. »Ihre Bemühungen sind ganz umsonst. Wir ermitteln in verschiedene Richtungen. Die Mühle ist – nun plaudere ich doch ein wenig – auch Aufenthaltsort verschiedener Landstreicher, die dort gelegentlich übernachten. Gerade in regnerischen und stürmischen Nächten schätzen diese Leute die verfallenen Gebäude dort. Außerdem gibt es im Möbelstudio oben ein paar wertvolle Objekte, die man zu Geld machen könnte … Wissen Sie, die allermeisten Morde haben mit solchen ganz und gar alltäglichen Dingen zu tun.«

»Ja?«, sagte ich kühl. »Da habe ich bereits privat andere Erkenntnisse sammeln dürfen. Es sind schon ganz besondere Gefühle, die einen Mord auslösen.«

»In Kriminalromanen, ja. Wir haben Sie einmal eingeladen, da wir wissen, dass Sie gelegentlich unserem geschätzten Kollegen aus Ettlingen wertvolle Hinweise geliefert haben. Wir bestreiten nicht, dass Sie Menschenkenntnis haben. Doch in diesem Falle gibt es nichts zu tun für Sie! Hobbydetektive haben nur ganz selten Erfolg. Schauen Sie, wir hatten einmal einen Mann da, der behauptete, mit Hilfe altjüdischer Mystik und Kabbala und entsprechenden Namensanalysen Fälle lösen zu können. Er hat es ganz ernsthaft vorgetragen. Wir konnten kaum das Lachen unterdrücken. Für uns zählen nur handfeste Beweise.«

Sie lachen wahrscheinlich auch über mich, dachte ich.

»Nun, Frau Binder, ich habe natürlich auch keine Beweise. Aber ich gehe an Orte und spreche mit Menschen, die Sie nicht erreichen. Nicht erreichen wollen. Morgen früh treffe ich mich mit … nun mit jemandem im Hugenottenmuseum. Schicken Sie einen Ihrer Leute und sehen Sie es sich an! Ich glaube, dort könnten interessante Hinweise liegen. Nur kann ich es eben noch nicht beweisen.«

Carolina Binders Gesichtsausdruck nahm jetzt besorgte Züge an. Sie betrachtete mich wie eine Krankenwärterin ihre Patientin.

»Leider bleibt uns nicht die Zeit, tagsüber in Museen zu gehen. Sie, Frau Tobler, haben diese Zeit. Genießen Sie sie. Bis dahin darf ich Ihnen einen guten Tag wünschen, Frau Tobler.«

ETTLINGEN. ZU HAUSE

Ich war also aufs Primitivste betrogen worden. Es würde vorerst kein Zimmer geben, in dem ich Hagen triumphierend empfangen konnte: »Überraschung. Rat mal, wem *diese* hübsche Wohnung gehört!« Und dann hätte ich ihm einen Schlüssel gegeben.

Ich war einem nicht mal übermäßig geschickten Gangster auf den Leim gegangen. Sein schlechtes Englisch. Die aussagearmen Fotos. Und das, nachdem ich auf die angeblich so naiven Opfer von Helenes kleinkrimineller Mutter herabgeschaut hatte. Und der Gangster, der vermutlich irgendwo in Indien in einem Internetcafé saß, kam sowieso ungeschoren davon, da ich ihn nicht mal anzeigen konnte. Falscher Name, falsche E-Mail-Adresse. Ganz einfach, wie ich wusste, denn schließlich hatte ich es genauso gemacht.

Wie peinlich und wie unwürdig das alles war! Ich mochte meinem Mann nicht mehr in die Augen schauen. Nicht, dass er darauf irgendwelchen Wert zu legen schien. Mein Mann verhielt sich nach wie vor mir gegenüber höflich, doch erstaunlich abweisend.

»Wie geht es Raffael?«, erkundigte ich mich abends beim gemeinsamen Cognac am Kamin. Das Wetter war heute ein wenig schlechter gewesen; es war regnerisch, die Sonne hatte sich kaum gezeigt. Eine fast vorherbstliche Kühle lag in der Luft.

Wie immer, wenn von Raffael die Rede war, taute mein Mann auf. Wahrscheinlich hatte er sich doch insgeheim jenen Sohn gewünscht, auf den ich nach der Geburt unserer Tochter keine Lust mehr gehabt hatte. Nun, jetzt würde er wenigstens einen Schwiegersohn bekommen, und einen präsentablen noch dazu.

»Raffael? Nicht besonders gut. Er verhält sich wie ein Schuldiger. Er mag nicht nach draußen gehen oder Besuch empfangen. Dabei überwachen sie ihn gar nicht mehr. Haben anscheinend eingesehen, dass er unschuldig ist. Er könnte sich also nach Belieben frei bewegen. Der Junge macht mir trotzdem Sorge.«

Mit Überraschung registrierte ich, dass er sich wirklich Gedanken machte.

»Meine Güte, wenn er nur etwas abgebrühter wäre. Die Polizei hat sich geirrt, das kann vorkommen, und jeder weiß das. Ich habe ihm einen neuen Signierkuli schicken lassen. Sozusagen als Aufmunterung, dass es für ihn weitergeht.«

»Er könnte die Geschichte seiner Verhaftung vielleicht als Werbemaßnahme nutzen«, sagte ich nachdenklich. »Nach einem größeren Verlag Ausschau halten.«

»Es wird jedenfalls weitergehen«, verkündete mein Mann, als sei er das Naturgesetz persönlich. »Es geht nämlich immer irgendwie weiter. Für mich und für dich, Swentja.«

Da war er wieder, dieser Unterton, den ich nicht von ihm kannte und der mir immer weniger gefiel.

Tatsächlich war aber auch ich vorangekommen. Ich hatte mittlerweile trotz aller Widrigkeiten vier Kapitel meines Preiswerteinkaufen-Ratgebers verfasst. Mehr oder weniger heimlich an meinem zweiten Laptop oben in meinem Ankleidezimmer. Ich schrieb abends, wenn mein Mann schon im Bett war. Mit einigem Erstaunen hatte ich festgestellt, dass mir Schreiben Spaß machte.

Die Damen in meinen Kreisen würden die Köpfe schütteln. Schreiben hatte zu viel mit wirklichem Bemühen zu tun. In meinen Kreisen malte man, wenn man unbedingt kreativ sein wollte.

Mit Aufregung dachte ich an den bevorstehenden Mittwoch.

Ich war mir darüber im Klaren, dass es gefährlich war, mit Jeannette Bézier allein in dieses Museum zu gehen, wenn es ansonsten für die Öffentlichkeit geschlossen war. Doch ich hatte im Internet gesehen, dass es nicht einsam gelegen war, sondern sich mitten im Ort befand.

Überdies hatte sie keine Ahnung, dass ich Bescheid wusste über das Kreuz, das sie in der Mühle verloren hatte. Oder doch? Von Herlan? Wie war überhaupt ihre Beziehung zu Herlan? Herlan, der Ruhige, die zentrale Figur in diesem Fall.

Herlan, der die Gegebenheiten in der Mühle so gut kannte und wusste, dass Marianne Mandels Leiche in dem Raum unter dem Kaminturm gut aufgehoben sein würde und normalerweise niemals gefunden worden wäre. Wäre nicht ausgerechnet an diesem Tag der neue Hund zu Besuch gewesen, etwas, das Herlan nicht hatte wissen können. Doch andererseits hätte er Schuhe und Tasche doch über die Pfingsttage längst entfernt. Dann hätte keine

Blutspur mehr zur Toten geführt, und durch den angekündigten Regen wäre auch das Blut im Kräutergärtchen nur noch für die Mikroskope der Kriminaltechnik sichtbar gewesen.

Und die wäre niemals erschienen.

Weil man nämlich die Leiche niemals gefunden hätte in diesem kleinen Loch unter dem Eingang, das keiner je betrat und von dem fast keiner wusste.

Herlan, der auch ein Hugenottenabkömmling war. Der so tat, als bedeute ihm Herkunft und Glaube nichts mehr. Doch stille Wasser gründen tief.

Und alter Hass hat tiefe Wurzeln.

Ich beschloss, die bevorstehende Begegnung mit Bézier zu riskieren. Dieses Museum war kein wirklich einsamer und bedrohlicher Ort.

Dennoch schickte ich Hagen eine SMS, sollte ich niemals mehr auftauchen: »Ich gehe heute ins Hugenottenmuseum nach Friedrichstal …«

Für ihn würde dies nur wieder ein Beweis sein, dass ich mich in die Ermittlungen einmischte. Ein paar harmlose Worte würden ihn beruhigen. Worte über familiäre Frauenpflichten und Alltag. Von meinem Mann und meiner Tochter konnte ich ihm ja schwerlich berichten. Also fügte ich an: »Am Nachmittag besuche ich euren Justizirrtum. Und dann fange ich an, mich auf dich zu freuen. Leider Hotel, aber mit Champagner?«

Er schickte nur ein Smiley zurück. Der gelbe Kopf nickte.

Ich lag noch lange wach an diesem Abend und dachte darüber nach, wie sich ein scheinbar so einfacher Fall zu verzweigen begann wie ein Origami, das man faltete und wieder entfaltete. Dauernd ergaben sich neue Facetten.

Raffael hatte also eine Affäre mit der hübschen und kecken Sabrina gehabt. Man konnte es ihm nicht verdenken. Sie war munter, unkompliziert und nicht so mühsam auf vornehm getrimmt wie die Mellenkamp. Für die Mellenkamps – allen voran den alten Mellenkamp und diese langweilige Diana – wäre das ein Schlag ins Gesicht, den sie nicht hinnehmen konnten.

Geheiratet hätte Raffael Sabrina allerdings gewiss nicht.

Doch warum Marianne Mandel? Nicht mal dem skrupellosen alten Mellenkamp würde ich einen Mord zutrauen, der begangen wurde, nur um ihn dem untreuen Schwiegersohn in spe unterzuschieben.

Für den Mord musste es andere Gründe geben. Gründe, die nichts mit Raffael und dem Verlag und seinen kleinen Affären zu tun hatten.

FRIEDRICHSTAL. HUGENOTTENMUSEUM

Das Hugenottenmuseum war in einem ehemaligen Schulhaus eingerichtet. Der schöne lang gestreckte Bau mit dem Turm über dem Eingangsportal lag entspannt in einer ihn umgebenden Grünfläche.

Jeannette Bézier erwartete mich am Eingang. In ihrer Hand hielt sie einen Schlüssel.

»Ich freue mich, dass Sie sich für unsere Geschichte interessieren«, sagte sie. Sie schloss auf und ließ mich in das kühle, stille Innere des Gebäudes.

Unterschiedlich ausgestattete Räume öffneten sich rechts und links. Sie waren heute gespenstisch menschenleer. Ich finde immer, dass in einem geschlossenen Museum die ausgestellten Gegenstände ein seltsames Eigenleben entwickeln.

Bézier sprach, und ihre Stimme hörte sich in den hohen Räumen an, als spreche sie durch einen Telefonhörer.

»Hier sind in verschiedenen Bereichen die Geschichte von Friedrichstal und das Schicksal von uns französischen Protestanten dargestellt.«

Wir betraten Raum um Raum. Schautafeln, Modelle und Bilder. Figuren. Möbel. Ein Schulzimmer. Trachten. Dokumente. Ein Spinnrad, eine Uhr, ein alter Ofen, eine Feuerstelle. »Da hinten ist das Modell des Dorfplatzes aus dem 18. Jahrhundert«, erklärte sie. »Da waren unsere Vorfahren schon da. Sie haben den Ort 1699 gegründet und gleich die Ärmel hochgekrempelt.«

Wir gingen weiter. »Hier sehen Sie, wie unsere Leute damals eingerichtet waren. Küche, Wohn- und Schlafstube. Der Vorratskeller. Dies stammt aus der Zeit um 1900.«

Ein liebevoll gestaltetes Heimatmuseum. Bézier wandelte andächtig herum, ich folgte ihr eher vorsichtig. »Unsere Kirche war ursprünglich aus Holz. Später wurde sie in ein steinernes Gotteshaus verwandelt. Eine sogenannte Wegkirche, in der alles auf den Altar zuführt.«

»Ich verstehe«, sagte ich. »Ich gehe leider selten in die Kirche.«

Sie lächelte sanft wie ein Engel. »Das müssen Sie mit sich ausmachen. Unser Museum ist 1984 eröffnet worden. Wir sind ihm sehr dankbar.«

»Wem?«

»Dem Markgrafen von Baden natürlich«, sagte sie erstaunt. »Das heißt, von Baden-Durlach, der uns hier Asyl gewährte, als wir aus unserer geliebten Heimat fliehen mussten.«

»Das ist aber schon eine ganze Weile her. Hat denn das heute noch eine Bedeutung?«

»Natürlich. Sonst wären unsere Vorfahren alle umgebracht worden, und es gäbe uns überhaupt nicht mehr. Doch zum Dank sind wir gute Deutsche geworden. Haben sogar in allen Kriegen für Deutschland gekämpft. Ohne aber unsere Wurzeln zu vergessen.«

Sie stellte sich vor mich und deklamierte urplötzlich und feierlich: »Halte, was du hast, dass niemand deine Krone raube. *Noblesse oblige.* Seien wir der hugenottischen Väter wert. Und Gott segne den Bund.«

Ich betrachtete sie nachdenklich. Da war wieder dieses tückische Glitzern in ihren Augen. Wir gingen langsam mit hallenden Schritten weiter durch die Räume.

Das Museum war vielseitig eingerichtet und für die Betroffenen sicher interessant. Man lernte beispielsweise, dass George Washington, Edgar Hoover und Franklin Roosevelt amerikanische Präsidenten mit hugenottischen Wurzeln gewesen seien. »Alles tüchtige Leute«, stellte Bézier zufrieden fest, als bedürften diese Herrschaften rückwirkend noch ihrer Billigung.

Sinnend blieb sie vor einem Planwagen stehen. »Mit diesem Wagen sind sie aus Saint-Riquier gekommen. Das liegt in der Picardie. Bei Amiens. Wir verbringen dort jedes Jahr den Urlaub. Ich fühle mich wie zu Hause. Da spricht eben doch das Blut.«

Da war er. Der Beweis. Auch die Mandel, die einst Lerue geheißen hatte, war aus der Picardie gekommen. St. … irgendwas hatte die Wirtin in Kehl gesagt.

»Als das Edikt von Nantes, das uns Protestanten, die wir an die reine Lehre des Evangeliums glaubten, Religionsfreiheit gewährte, 1685 widerrufen wurde und wir durch Berufsverbot, Wegnahme der Kinder, Zwangsarbeit und schließlich Abschlachtung terrorisiert wurden, sind wir massenweise in die Nachbarländer geflohen.«

Das erinnerte mich jetzt stark an Geschichtsunterricht.

»Hier sehen Sie das Massaker der Bartholomäusnacht in einem Ölgemälde von François Dubois.«

Ich betrachtete das zeittypische Bild mit den kleinen gemalten Menschen, die einander eifrig umbrachten. Manche lachten dabei wie Teufelchen.

»Haft, Galeere oder der Tod drohte dem, der sich als Protestant zu erkennen gab. Oder von jemandem denunziert wurde. Die katholische Staatsmacht verteidigte ihre Vorherrschaft mit allen Mitteln.«

»Nun«, sagte ich, »auch das ist lange vorbei!«

»Ja?«, fragte die Bézier, und der Ausdruck in ihren Augen gefiel mir gar nicht. »Für Sie vielleicht, Frau Tobler.«

Der Atem stockte mir.

»Woher …?«

»Ach, das war so leicht. Sie sind doch immer mal in den Regionalblättchen zu finden, und weil Sie ja so schön sind, auch oft mit Bild. Sie sind auf der Suche nach einem Mörder, nicht wahr?«

Ich sagte nichts, denn ihre Augen funkelten wieder.

»Hier haben Sie jedenfalls Mörder genug! Massenmord verjährt nicht.« Und sie wies auf das Bild. Ich sah erneut diesen glühenden Hass in ihren Augen.

»Alle meine Vorfahren sind damals getötet worden. Nur ein einziger Junge überlebte in einem Schweinestall, bei den Schweinen hat er sich verstecken müssen, das muss man sich vorstellen. Es ist eine Schande. Mit Hilfe von gutmütigen Leuten, die heimliche Protestanten waren, sich aber nicht getrauten, es zuzugeben, gelang ihm die Flucht nach Holland, und von dort kam er mit einem Gewürzhändler über den Rhein und blieb hier im Badischen hängen, wo es schon eine Gemeinde gab. Mit einer Glaubensgenossin gründete er unsere Familie, doch es gab in fast jeder Generation nur ein Kind. Wir sind eine ganz kleine Familie. Und das ist traurig. Ich habe gar keine Kinder. Es bleibt also nichts von uns. Das hätte anders sein können. Es wäre anders gekommen. Wir wären weitverzweigt und stark. Wir wären am Leben!«

Ich schwieg. Ich hatte auch nur eine Tochter. Doch über die Zukunft meiner Sippe machte ich mir keine Gedanken. Die italienische Verwandtschaft meiner *Mamma* hatte für ausreichend Triebe an unserem Stammbaum gesorgt.

»Und alles wegen den Mördern, den Denunzianten!«

»Haben Sie deshalb Marianne Mandel umgebracht?«

»Was?« Sie sah mich verblüfft an.

»Herlan hat Ihr Hugenottenkreuz gefunden. Am Tag des Mordes. Auf dem Weg vom Kräutergarten zum Turm.«

»Ach je, Herlan! Nun, musste man dies aus dem guten Friedrich herauskitzeln, oder hat er es freiwillig erzählt? Er ist ein wenig eifersüchtig. Wir hatten … na ja, wir hatten mal ein kurzes Techtelmechtel miteinander. Er ist ein Suchender. Doch das ist lange her, und seit einiger Zeit bin ich mit einem anderen Mann zusammen. Wir treffen uns manchmal in der Mühle. Dienstags, wenn Ruhetag ist. Mag sein, dass mein Kreuz danach in der Mühle verloren gegangen ist. Ist Ihnen das noch niemals so gegangen?«

Ich wich ihrem Blick aus.

»Mit wem haben Sie ein Verhältnis?«

»Darüber werde ich nicht sprechen. Das geht Sie nichts an.«

»Sie sind die Mörderin von Marianne Mandel.« Ich war mir sicher.

»Und Sie sind verrückt!«

Sie näherte sich mir. Ich wich zurück, bis an das Bild von der Bartholomäusnacht.

»Ein netter Anblick«, stellte sie fest. »Sie stehen direkt vor einem Erstochenen! Und wenn es Sie interessiert – es ist Pascal.« Sie gluckste.

»Leonhard? Aber der ist verheiratet.«

»Ich auch«, sagte sie. »Willkommen im 21. Jahrhundert, meine Liebe.« Glucksen.

In dem Moment klingelte mein Handy.

Ich tastete danach, ließ sie dabei nicht aus den Augen. Sie gluckste immer noch amüsiert vor sich hin wie ein spielendes Kind. Es hatte etwas Unheimliches.

»Hallo?«

»Hallo, hier ist der Max.«

»Max?«

»Ja, der Gitarrist von Raffael Wiesinger. Sie waren im Laden und haben nach mir gefragt. Was wollten Sie denn von mir? Ich meine, mir tut es ja leid, dass sie tot ist, aber für ihn ist es – glaube ich – schon eine Erleichterung. Endlich ist er sie los, wenn auch auf eher unschöne Weise.«

»Wieso denn das?«

»Na, die war ja furchtbar aufdringlich. Musste bei allen Lesungen dabei sein, das konnte gar nicht weit genug weg sein, und natürlich hat sie dann Hotelzimmer gebucht und mich abends heimgeschickt, und dann sind sie noch was trinken gegangen. Das heißt, sie hat ihn eingeladen.«

»Was wollen Sie denn damit sagen?«

»Ich meine, dass diese Mandel hinter Raffael her war, und zwar ziemlich heftig. Sie hat alles eingesetzt, was sie hatte. Hat ihn quasi gekauft. Ich glaube, sie konnte nicht akzeptieren, dass er sie nicht wollte. Ich meine, mal ganz ehrlich, die war doch auch schon ziemlich verrostet. Er sah sie als Mutter oder Tante oder was weiß ich, aber in dem Alter doch nicht mehr als Frau! Ich meine als *so* eine Frau. Sie verstehen?«

Ich schluckte und begann erneut zu rechnen. Wie viele Jahre trennten mich noch von Marianne Mandel und der Geschlechtslosigkeit?

»Hat er ihr das denn je offen gesagt?«

»Ich glaube, das traute er sich nicht. Seine Bücher haben sich dort ja anscheinend sehr gut verkauft, viel besser als bei den anderen kleinen Verlagen, bei denen er vorher war, und das wollte er nicht gefährden. Schließlich hatte er einen Goldfisch an der Angel, und den will man ja nicht so ohne Weiteres vom Haken lassen, oder? Sein Schwiegervater hat schon ein bisschen angegeben mit dem Herrn Dichter. Ich kenn das von meinen Schülern. Die, die viel Geld verdienen, wollen immer auch ein bisschen Bildung und Geist dazubuchen.«

Er lachte, zu abgeklärt für sein vermutliches Alter.

»Und es war gar nichts zwischen den beiden?«

»Nee. Glaub ich nicht. Hey, das geht doch nicht. So 'ne ältere Lady und ein junger Kerl. Meiner Meinung nach war der Raffael einer, der nichts anbrennen ließ und sich dabei ganz clever anstellte, aber doch nicht mit der!«

Mir gefror das Blut in den Adern. Na wunderbar. Marianne Mandel war zehn, zwölf Jahre älter als ich gewesen. Eine schöne Frau. Gepflegt. Gut angezogen. Tolle Figur, tolle Frisur. Doch all das hatte nicht ausgereicht, um einen jungen Mann zu becircen. Der Zug war abgefahren.

Und er fuhr auch für mich weg. Nicht heute. Aber bald.

Mir kam ein anderer, furchtbarer Gedanke.

Ich wandte mich der Bézier zu, die mit ihrer üblichen funkeläugigen Boshaftigkeit gewartet hatte, bis mein Gespräch beendet war. »Frau Bézier, ich muss gehen. Bitte entschuldigen Sie mich.«

Sie schnaufte enttäuscht. »Aber ich habe Ihnen noch gar keine Details von der Geschichte unseres Volkes erzählt …«

»Ich verspreche Ihnen, dass ich mindestens ein Buch über Hugenotten lesen werde.« Hoffentlich kann ich dieses Versprechen einhalten, dachte ich.

»Ich kann Ihnen welche empfehlen!«, rief sie mir durch die menschenleeren Räume hindurch nach. Und gluckste.

FRIEDRICHSTAL. DIE MÜHLE

Herlan war da, wo er eigentlich immer war. In seinem Atelier. Staub wurde aufgewirbelt und tausendfach erhellt von den Sonnenstrahlen, die durch die kleinen Fenster drangen. Es war wie ein Schleier aus Licht, durch den hindurch ich seine schon vertraute Gestalt sah.

»Sie schon wieder? Nicht dass ich mich nicht freue. Schöne Frauen kommen zu mir meistens nur in Begleitung der Männer, denen sie gehören. Sie suchen sich ein Möbelstück aus, der Gatte bezahlt, und ich sehe sie nie wieder. Bedauerlich. Nur weil man sich mit Holz umgibt, ist man noch nicht tot.«

Atemlos ließ ich mich auf eine Bank ihm gegenüber nieder. »Herr Herlan, wo sind die alten Gästebücher, die von früher?«

»Da hinten, in meinem Ordnerschrank. Warum?«

»Weil ich glaube, dass wir in ihnen einen Mörder finden.«

Er hob die Augenbrauen.

»Wenn Sie früher Führungen gemacht haben, haben Sie dann auch den Kaminturm und den Raum unter dem Turm gezeigt?«

»Ja, bevor der Zugang und die Plattform davor eingestürzt sind, schon. Die Kinder sind von so etwas begeistert. Das ist ein Abenteuer zum Anfassen. Sie haben Leitern geholt und sind hoch- und runtergeklettert. Haben Steine reingeworfen. Doch es ist jetzt einfach zu gefährlich dort. Einsturzgefahr. Und all der Bauschutt. Also seit bestimmt zehn Jahren zeige ich den Kamin nicht mehr von innen.«

»Bitte geben Sie mir die alten Gästebücher! Sagen wir, die bis vor zehn Jahren. Nein, zwölf oder dreizehn Jahre!«

Er musterte mich. Schien zu überlegen, ob er mir schon wieder mehr anvertrauen sollte, als mich etwas anging.

»Sie sind eine seltsame Frau. Was wollen Sie denn? Also, ja, kommen Sie mit mir, aber Sie müssen vorsichtig sein. Sie wissen ja, die Vögel. Sie haben ihr Nest ganz in der Nähe und mögen es nicht, wenn Fremde kommen.«

In der Tat kreischten und plärrten die Raubvögel, als wir uns dem großen alten Schrank näherten. Die Szene hatte viel von Hitchcock. Flüchtig dachte ich, dass Hitchcock sehr viele Urängste von uns Menschen erkannt und für immer festgehalten hatte. Doch Herlan kannte die Tiere und wusste sie mit ein paar gurrenden Lauten zu beruhigen. Ich sah nicht genau hin. Ich mag keine Vögel. Umrisshaft erkannte ich nur einen aggressiven Schnabel und ein kleines böses Auge.

»Wenn jemand hierherkäme, vielleicht auch noch nachts, und würde hier herumsuchen, ganz in der Nähe ihres Nestes – wie würden die Vögel reagieren?«

»Je nachdem würden sie nach ihm schnappen. Vor allem, wenn sie Junge haben wie jetzt. Es sind sechs oder sieben, und die liegen auf dem Rücken und strampeln, mit offenem Schnabel. Also, die alten Tiere würden nach ihm hacken. In die Hand, ins Gesicht …«

Ich sah eine Hand vor mir. Eine Hand mit einer Narbe.

Herlan breitete die alten Gästebücher aus. Sie waren staubig. Keiner hatte sie berührt in den letzten Jahren.

Ich ging die Jahrgänge 1998 bis 2003 durch. Es war eine mühsame Arbeit. Manche Eintragungen, manche Unterschriften waren kaum zu lesen. Viele hatten etwas gezeichnet oder ein Gedicht geschrieben. Sehr viele hatten nur mit Initialen unterschrieben.

Ein Gedicht?

Ich suchte und suchte. Zwischendurch musste ich immer wieder husten, denn der Staub geriet mir in die Kehle. Herlan stand hinter mir, weit entfernt, und beobachtete mich. Er könnte mich jetzt umbringen, dachte ich. Wer sagt mir, dass nicht doch er es gewesen ist? Hatte er die Mandel vielleicht doch geliebt? Hat er sie umgebracht, weil ihre Gefühle einem anderen galten …?

Nein, das war es nicht. Es durfte nicht sein. Nicht dieser ruhige Friedrich Herlan.

Ganz zum Schluss, im letzten Gästebuch fand ich es. Das, was ich gesucht hatte. Es war ein Gedicht.

Ein schönes Gedicht.

Das Gedicht eines Mörders.

LEIMEN VOR HEIDELBERG

Raffael machte mir selbst auf. Er war dünn und blass geworden. Er wirkte Jahre älter, als er war.

»Hallo, Raffael. Keine Polizeiwache mehr vor der Tür?«

»Nein. Sie haben mich entlassen. Die Verdachtsmomente haben sich nicht bestätigt. Irgendein Kugelschreiber, den man zufällig findet, reicht eben in diesem Land doch nicht aus. Jeder kann ihn gestohlen haben. Ich frage mich allerdings seit Tagen, wer es war. Wollte man mich mit Absicht belasten, oder war es einfach ein Fan, der ihn gestohlen hat und dann später ausgerastet ist? Aber warum Marianne?«

Ich nickte. »Es ist seltsam. Jemand stiehlt deinen Kugelschreiber und führt ihn mit sich herum, wenn er deine Verlegerin umbringt.«

»Ja, Mörder denken wohl nicht rational. Furchtbar. Aber komm doch rein.« Er seufzte. »Warum das alles? Wer will mir einen Mord an einer Frau anhängen, die … ach, lassen wir das. Ich habe es so oft wiederholt. Keiner fragt, wie es mir geht. Jetzt, wo sie tot ist.«

»Wie ist es dir im Gefängnis ergangen?«

Er versuchte ein Grinsen. »Untersuchungshaft ist noch nicht das richtige Gefängnis. Du hast deine eigenen Kleider an, und man kann sich eigenes Essen bestellen, aber es schmeckt dir nicht, wenn es in einer Zelle serviert wird. Weißt du, man kennt das einfach nicht. Ein Raum, der sich nicht öffnen lässt. Ich würde sterben, wenn ich dort für immer sein müsste.«

Ich sah mich um. Es sah ordentlich aus. Raffael hatte einen guten Geschmack.

»Kümmert sich deine Verlobte um dich?«

»Ja. Ja, das tut sie schon. Sie ruft an. Immer wieder. Möchtest du etwas trinken?«

Er lügt, dachte ich. Sie lässt ihn fallen, die kleine Göre. Und die andere? »Und was ist mit Sabrina?«, fragte ich.

Er erstarrte in seiner Handbewegung. »Du weißt es also? Hat sie es dir gesagt?« Seine Stimme klang jetzt, als habe er Sand zwischen den Zähnen.

»Ach, Raffael, das brauchte sie nicht. Das spricht sich herum. Du bewegst dich auf dünnem Eis, weißt du?«

Raffael lief hin und her, die Hände auf dem Rücken gefaltet. Fast erinnerte mich diese Geste an seinen Onkel, meinen Mann. Jedenfalls war Raffael zu jung dafür.

»Sabrina ist einfach anders als Diana. So voll Leben und immer ein bisschen frech. Dabei ist sie gescheit, und sie weiß, was sie will. Sie ist nicht nur Tochter, sondern ein eigener Mensch. Glaubst du, dass Diana keine zwei Sätze sprechen kann, in denen nicht ›mein Vater‹ vorkommt? Sie liebt mich nur, wenn ihr Vater ihr erlaubt, mich zu lieben. Ich stelle mir vor, wie es ist, als Prinzgemahl bei den Mellenkamps. Ich muss einen Sohn zeugen, fürs Geschäft. Und dann darf ich teure Anzüge tragen und große Uhren und fahre ein schickes Auto. Trotzdem … Sabrina ist nur eine Affäre. Ich werde Melli nicht verlassen. Das kann ich ihr trotz allem nicht antun.«

»Da wird Sabrina aber nicht begeistert sein. Ich könnte mir denken, sie erwartet mehr. Und ich würde sie nicht unterschätzen.«

Raffael nickte nachdenklich und musterte mich mit einem abwesenden Blick.

»Und das mit den Mellenkamps – hast du denn nicht vorher gewusst, wie reiche Leute sind?«

»Weiß jemand wie ich das? Ich habe diese Welt nur bei euch gesehen. Und ich habe deine Tochter beneidet. Um den Luxus. Ich war der arme Verwandte, den man nur eingeladen hat, weil ihr ein Einzelkind zu Hause herumsitzen hattet. Stimmt's?«

»Ja, es stimmt. Doch das Leben der anderen, um mal so zu sprechen, ist nicht, wie du es dir vorstellst. Drei Mandanten meines Mannes, deines Onkels, haben sich in den letzten zwei Jahren das Leben genommen …« Ich dachte an den letzten Fall. »Einer hat sich aufrecht hingestellt, an die ICE-Strecke Basel-Karlsruhe. Die Arme weit ausgebreitet. Zumindest war es das, was der Lokführer gesehen zu haben glaubt, als der Zug ihn traf und in tausend Stücke atomisierte.«

»Warum …?«

»Schulden. Angst, die ehemalige Miss Weinbau Baden verlässt ihn. Angst, die Kinder verachten ihn. Viel zu verlieren.«

»Swentja, es ist nett von dir, dass du mich besuchst, aber ich muss mich jetzt ausruhen.«

»Nein. Nein, du wirst dich nicht ausruhen. Ich möchte erst noch etwas mit dir besprechen.«

»Also doch etwas zu trinken?«

»Raffael, ich weiß nicht, wo ich anfangen soll, aber ich weiß, dass mir ein Dichter gegenübersitzt, ein Autor, ein gut aussehender, charmanter Mann. Ein Verwandter. In gewissem Sinne. Ein Mann wie ich, wäre ich keine Frau. Nur jünger.«

»Und?« Raffael lächelte jetzt endlich wieder.

Ich atmete tief ein. Es kostete mich Mut, das zu sagen, was ich sagen musste. »Und es sitzt mir ein Mörder gegenüber. Du hast Marianne Mandel umgebracht.«

Raffael fuhr sich mit der Hand durch die Locken. Doch die Hand zitterte. Mit gefasster Stimme versuchte er den Bluff. »So weit war die Polizei auch schon. Ich habe nichts mit Mariannes Tod zu tun. Deshalb haben sie mich entlassen!«

»Du warst es trotzdem.«

»Und warum?« Jetzt lachte er nervös. Doch es war kein Charme und keine Freundlichkeit mehr in seinem Lachen. Das war ihm vergangen.

»Weil sie dich erpresst hat. Dir die Luft abgeschnürt hat mit ihrer Liebe. Der verzweifelten Liebe einer älteren Frau zu einem jungen Mann. Einer Frau, die früher alle haben konnte und die jetzt merkte, dass die Frauenkarte nicht mehr sticht.«

Raffael umklammerte das Glas, sodass ich dachte, es würde zerbrechen.

»Wie der Mord genau ablief, weiß ich nicht, doch du hast in einem entscheidenden Punkt gelogen. Du hast behauptet, du warst niemals in der Mühle. Das haben zu deinen Gunsten alle bestätigt, doch das stimmt nicht. Du warst schon mindestens einmal in der Mühle, du kanntest die Mühle gut. Du hast mit Herlan eine seiner ausführlichen Führungen mitgemacht, da warst du gerade sechzehn. Und er hat seinerzeit auch den Raum unter dem Turm gezeigt, der später verschüttet wurde und den er deshalb auch bei Führungen nicht mehr zeigt. Eigentlich kannte ihn keiner mehr außer dem engeren Mühlenteam. Das war dein Trumpf.«

»Was?«, fragte er schrill. »Sie haben alle bestätigt, dass ich niemals in der Mühle war.«

»Herlan konnte sich nicht mehr erinnern, es ist zu lange her, zumal er so oft Gruppen herumführt. Und die anderen sind alle relativ neu in dem Team. Natürlich kannten sie dich nicht. Sie kannten nur den erwachsenen Autor Raffael Wiesinger, und der tauchte tatsächlich niemals in der Mühle auf.«

»Dafür gibt es keinen Beweis!«

»Pech, Raffael. Deinen Namen hast du mit einem Gedicht ins Gästebuch eingetragen. Das wusstest du noch? Dieses Buch durfte nicht gefunden werden, und an dieses Gästebuch musstest du heran. Deshalb bist du nach dem Mord hoch ins Möbellager zu Herlan und hast versucht, das alte Gästebuch zu holen. Doch die verdammten Vögel hattest du nicht auf der Rechnung. Sie haben nach dir gehackt, bevor du die Seite heraustrennen konntest. Deshalb die Narbe auf deiner Hand. Es ist ein Schnabelhack.«

Raffael sah seine eigene Hand und dann mich an. Mit diesen wunderbaren Augen. So hatte er schon als Kind ausgesehen, wenn er etwas verbrochen hatte und wollte, dass man ihm verzieh. Jetzt traten Tränen in seine Augen. Er war kein eiskalter Mörder. Aber er war ein Mörder.

Als er jetzt sprach, klang seine Stimme fast ein wenig befreiter und lockerer. »Du hast recht. Ich habe sie umgebracht. Erst war es nur ein Flirt. So mit den Augen und mit ein paar Worten. Ich bin darauf eingegangen, warum denn nicht? Wenn es ihr guttat. Doch dann hat sie angefangen, sich hineinzusteigern. Sie wollte unbedingt ein Verhältnis mit mir haben. Aber das kam überhaupt nicht in Frage. Sie …« Raffael sah in sein Glas. »Sie war für mich keine Frau. Das hört sich grausam an, aber sie war ein Neutrum. Eine nette Person, ja, aber der Gedanke an Sex mit ihr kam mir kein einziges Mal.«

Zehn Jahre, dachte ich. Zehn, zwölf Jahre älter als ich.

»Sie hat mir versprochen, bei einem größeren Verlag ein gutes Wort für mich einzulegen. Danach hat sie mich regelrecht eingekesselt. Ist immer auf den Lesungen dabei gewesen, was gar nicht üblich ist. Sie wollte immer nach den Lesungen etwas trinken gehen, flirten und übernachten. Sie hat alles Mögliche probiert, oh ja, sie war immer schick angezogen. Ständig was Neues. Manchmal habe ich gedacht, Mensch, Raffael, sei doch nicht blöd, überwinde dich und schlaf einmal mit ihr, dann ist sie zufrieden, doch ich wollte meine Verlobung nicht gefährden. Wie hätte das ausgesehen – ich und eine so viel ältere Frau! Ich bin doch ein ernsthafter Autor und kein Lustknabe.«

Ich seufzte. »Es passt jetzt vielleicht nicht hierher, aber für manche Leute wäre es besser, wenn sie weniger gut aussehen würden, Raffael. Und dann?«

»Sie hat nicht lockergelassen, gedroht, sie setzt sich mit Melli in Verbindung und sagt ihr, da sei etwas zwischen uns. Etwas wie ein geheimes Band, das uns verbinde. Ich konnte sie davon abbringen und hab sie dann mal zum Essen eingeladen, hab ihr ein bisschen Sand in die Augen gestreut. Schau mal, hab ich gesagt, du hast doch eine Tochter in meinem Alter …«

»Und dann?«

»Daraufhin ist sie wütend geworden. Hat sie wirklich gedacht, ich weiß nicht, dass sie diese Tochter hat? Kann nicht rechnen, wie alt sie mindestens sein muss, wenn sie ein Kind von vierunddreißig Jahren hat? Als sie immer noch nicht einsichtig war, habe ich ihr von mir und Sabrina erzählt. Als Schocktherapie.«

»Und?«

»Das war das Schlimmste für sie. Dass ich Melli nicht betrügen und meine Zukunft nicht gefährden will, das konnte sie, glaube ich, gerade so noch akzeptieren, aber dass ich nun eine andere Freundin habe, eine Junge, die nur für den Spaß, nur für Sex da ist, das zeigte ihr deutlich, wie aussichtslos alles war. Ich habe dann gesagt, es ist besser, ich wechsele den Verlag. Ich bin erfolgreich, ich werde einen anderen Verlag finden. Einer, wo man professionell arbeitet und nicht Privates und Berufliches verknüpft. Erst dachte ich, sie nimmt es gut auf. Sie ist ganz ruhig geworden und hat freundlich gelächelt. Ich dachte, ich hab's geschafft. Es wäre vorbei.«

Er stand auf, trat ans Fenster. Sein Rücken sah noch so eckig und unreif aus wie der eines Jungen.

»Sie hat mich dann abends in diese verdammte Mühle bestellt, um etwas mit mir zu besprechen, wie sie sagte. Etwas, das mich sehr interessieren würde. Und vielleicht einiges ändern würde.«

»Und du bist hingegangen?«

»Ja, natürlich. Ich hatte ja eigentlich wirklich nichts gegen sie. Dann hat sie mir das Lager gezeigt. Es war ihr Lager, denn sie hatte ja vorher schon einen Verlag, und es waren darin die Bücher, die sie früher gemacht hat, und die, die sie bei Wendelinus betreut hat. Im Verlag platzt ja alles aus den Nähten. Da waren die froh, dass sie ihre Sachen ausgelagert hat, und warum nicht in die Mühle, wo sie ja Anteile besaß.«

Ich runzelte die Stirn. Das Ganze mit den Anteilen an der Mühle war kein gutes System. Es schürte Begehrlichkeiten. Es brachte Ungleichheit. Diese Mühle sollte Herlan allein gehören. Wie seit Generationen.

»Und da standen viele von meinen Büchern. Ganz viele. ›Da sind die, von denen du glaubst, du hast sie verkauft, du Narr‹, hat sie gesagt.«

Jetzt setzte sich das letzte Puzzlesteinchen an seinen Platz.

»Und all die anderen? Die vielen Bücher, die sie über Amazon und andere Internetanbieter verkaufen und die bestellt werden, von Privatleuten …?«

Raffael zuckte die Achseln. »Swentja, all das gab es nicht. Du glaubst es nicht, aber sie hat sie selbst gekauft. Unter anderem Namen. Nur, damit ich bei dem Verlag bleibe, wo es mir angeblich so gut ging. Und nicht irgendwohin wechsele, wo ich vielleicht bessere Chancen hätte. Oder das Schreiben aufgebe. Es war alles ein Trugbild. Eine Farce.«

Unglaublich. Deshalb wollte sie auch nicht, dass der Verlag übernommen würde. Spätestens dann wäre in den Bilanzen die Wahrheit ans Licht gekommen. Sie hatte gefürchtet, man wolle Rechnungen sehen. Belege. So konnte sie alles verbergen. Lisecki aber hatte die Wahrheit gesagt: Raffaels Bücher hatten sich nicht verkauft. Und Frank Hüglin hatte es auch bestätigt.

»Wir sind dann aus dem Lager rausgegangen. Ich bin in Richtung Kräutergärtchen gelaufen. Sie ist mir gefolgt, und es kam zu einem furchtbaren Streit. Sie hat gesagt, ich habe im Grunde gar kein Talent. Ich sei nur ein Schmierenschreiber. Da wurde in mir alles kalt. Unbeschreiblich kalt. Ich war auf einmal ganz ruhig und sah die Dinge glasklar. Ihr Gesicht vor mir. Mit den zugeschminkten Falten. Die fordernden Augen. Der böse rote Mund. Ich sah sie, wie sie war, und dann habe ich Marianne erschlagen.«

»Oh Gott!«

»Danach habe ich sie getragen, zu der Stelle im Turm, die ich noch von damals kannte. Ich habe eine Leiter geholt. Die stehen ja überall dort herum. Dabei muss mir der Kuli aus der Tasche gefallen sein. Ihre Schuhe sind ihr von den Füßen gerutscht. Und die Tasche habe ich unterwegs fallen lassen, sie war zu schwer. Jedenfalls habe ich die Sachen in Panik in die Truhe im Hof gesteckt, ich wollte sie später mitnehmen. Dann habe ich meine eigenen Bücher ins Auto geladen. Gott sei Dank war es eine stockfinstere und regnerische Nacht. Und dann wollte ich das Gästebuch holen und die Schuhe und die Tasche mitnehmen und irgendwann verbrennen, doch diese schrecklichen Vögel haben so heftig nach mir gehackt, dass ich blutete. Ich bekam Panik, dass ja kein Blut auf den Boden tropft, heute können die mit einem winzigen Tropfen Blut ja alles entschlüsseln, also habe ich die Schuhe und die Tasche eben dringelassen und bin weggefahren. Normalerweise wäre sie niemals gefunden worden. Zumindest nicht bald. Zum Turm kommt niemand mehr, seit die Treppe fast verschüttet ist. Zu gefährlich.«

»Raffael!«

»Ja. Ich hatte Glück und Pech. Glück, weil sie wenigstens nicht gleich gefunden wurde und es in diesem Raum so kalt war. So konnten sie die Todeszeit nicht genau bestimmen und es stellte sich die Frage nach dem Alibi nicht. Und Pech, weil sie nun doch gefunden wurde und du dabei warst.«

»Weiß Sabrina, was du getan hast?«

»Oh Gott, nein.« Er schüttelte verzweifelt den Kopf. Barg ihn in den Händen. »Endlich kann ich lieben, und dann das!«

War es dieser Satz gewesen, der den Entschluss in mir reifen ließ? Wahrscheinlich. Ich sah ihn an.

»Und jetzt?« Seine Stimme war ganz zart und leise.

»Jetzt müssen wir die Polizei rufen.«

»Swentja, bitte. Versuch, mich zu verstehen. Sie war eine verdammte Stalkerin. Nur weil sie alt war und weil sie Bücher verkauft hat, war sie doch nicht heilig. Sie durfte doch nicht mein Leben zerstören. Es war nur ein Ausrutscher. Du weißt, dass ich im Herzen kein Mörder bin.«

»Wir müssen die Polizei rufen«, sagte ich schwächer.

Er sah mich an.

Ich flüsterte. »Eigentlich.«

Die Polizei kam eine Stunde später. Von mir gerufen. Doch ich saß allein in der Wohnung.

Raffael hatte mich eingeschlossen, mein Handy an sich genommen und war geflüchtet. Ich wusste nicht, wohin.

Die Beamten, etliche Uniformierte und zwei Zivilbeamte regten sich furchtbar auf, rannten hin und her, nahmen Fingerabdrücke, machten Fenster auf und zu, warfen mir scharfe Blicke zu. Sie untersuchten alles, meine Handtasche, überprüften meinen Personalausweis und fragten mich immer wieder das Gleiche. Hatte er mich bedroht? War er allein? Hatte ich eine Waffe gesehen? Autogeräusche? Ihre Blicke waren zweifelnd, misstrauisch, aber auch irgendwie beleidigt.

Ich beantwortete alle Fragen, schüttelte an den richtigen Stellen verzweifelt den Kopf.

Nein, ich wisse nicht, wohin Raffael geflüchtet sei. Ja, er habe mich in die Küche gesperrt. Wohl, weil es dort kein Fenster und keinen Balkon gebe. Ich sei so schockiert, ich könne mich nicht mehr an den genauen Ablauf erinnern. Ich sei zu ihm gekommen, weil ich ihn fragen wollte, wie es ihm gehe, und dann sei er sehr aufgeregt gewesen und habe behauptet, ich unterstelle ihm den Mord. Er habe mich eingeschlossen und sei mit seinem Auto davongefahren. Es sei mir erst nach einer Stunde gelungen, den Schlüssel der Küchentür – ein einfaches älteres Schloss – von innen mit Hilfe meiner Pinzette so herumzudrehen, dass sich die Tür öffnen ließ, und dann hätte ich von seinem Telefon aus bei der Polizei angerufen. Ja, mein Handy hatte er mitgenommen.

Sie untersuchten die Zimmertür, probierten aus, ob sich der Schlüssel mit einer Pinzette drehen ließ. Es ging, wenn auch nur mit Geschick, wie sie feststellten. Ich lächelte bescheiden. Als Kind hätte ich das manchmal probiert, wenn meine Eltern mich einschlossen, erklärte ich.

Bis dahin war alles gut gelaufen, doch ganz zum Schluss hatte ich einen fatalen Fehler gemacht.

Ich sah, wie im Hintergrund eine vertraute Gestalt auftauchte.

Hagen.

Bevor ich mich freuen konnte, warf er mir einen vernichtenden Blick zu. »Darf ich Frau Tobler kurz sprechen?«, erkundigte er sich bei seinen eher genervten Kollegen. Sie telefonierten sowieso ständig. Es klingelte und summte um uns herum.

»Bitte!«

Er zog mich auf den Hausflur, vergewisserte sich, dass uns niemand hörte.

»Du bist zurück«, sagte ich. »Wie schön!«

»Schön? Um mir anzuhören, welche Märchen du den Kollegen da draußen erzählst! Du hast das Schlösseraufmachen geübt, wenn deine Eltern dich einschlossen? Niemals! Du hast mir tausend Mal erzählt, wie liebevoll deine Eltern zu dir waren, wie sie dich vergöttert haben, das einzige Kind, die Prinzessin. Niemals hätten solche Eltern ein Kind eingeschlossen. Das war also gelogen.«

Ich wollte etwas sagen, doch er brachte mich mit einer unwirschen Handbewegung zum Schweigen.

»Er hat dir dein Handy weggenommen. Oh nein, mein Kind, du hast es ihm vielmehr mitgegeben. Aber was ist mit dem zweiten Handy, von dem aus du mich immer anrufst? Sie haben dich nicht durchsucht. Hätten sie tun sollen. Du hast es irgendwo an deinem hübschen Körper versteckt, da bin ich sicher. Das hast du ihm ganz bestimmt nicht ausgehändigt. Er könnte ja doch erwischt werden, und die Nummern darauf könnten Fragen aufwerfen. Und«, er beugte sich vor und flüsterte mir ins Ohr, »der Rest ist auch gelogen. Du hast Raffael Wiesinger – wie auch immer – als Mörder entlarvt.«

»Ja!«, sagte ich hastig, überstürzt und stolz. »Ich habe sehr viele Puzzlesteine zusammengesetzt, Hagen.«

»Meine Kollegen haben ihn auch am Haken. Ein später Angler

ohne Angelschein, ein renommierter Gastwirt aus Dettenheim, der seine Schlüssel am Bachlauf verloren hatte, wurde von seiner erzürnten Frau abends noch zur Mühle geschickt. Er ist mit dem Fahrrad gefahren, weil er schon was getrunken hatte. Er hat Raffael gesehen, wie er die Mühle verließ. Hat sich natürlich nichts dabei gedacht …«

»Warum hat sich dieser angebliche Angler nicht gleich gemeldet?«

»Er wollte aus naheliegenden Gründen nichts mit der Polizei zu tun haben.«

Ich versuchte jenes Schmollgesicht aufzusetzen, das immer so wunderbar gewirkt hatte.

Hagen schüttelte den Kopf. »Swentja, ich hatte dich gebeten, dich herauszuhalten. Wir können Kriminalfälle ganz gut alleine lösen. Du hast nur Unheil angerichtet, und das ist mir mehr als unangenehm. Es ist gegen mein Berufsethos. Du hast einen Mörder entkommen lassen.«

Ich kam mir vor wie eine Idiotin.

»Willst du nicht wissen, wie ich draufgekommen bin?«

Er schwieg. Ich betrachtete ihn. Er war gebräunt. Das Haar etwas länger. In seinen Augen lag eine neue Dimension. Ich wusste noch nicht, was es war.

»Hagen, von Anfang an ging ein einziges Motiv durch die ganze Sache. Das verzweifelte Bemühen um Zuwendung und Liebe. Das hat Raffael gekannt, aus seiner Kindheit. Herlan kannte es ebenfalls, denn er hat ein kleines Mädchen, das sich ihm aufdrängte, in den Tod geschickt. Bézier kennt es, denn sie schläft mit einem verheirateten Koch, weil er ihren Hugenottenwahn teilt. Und seine Frau verliert ihn auf diese Weise Stück für Stück. Mandel kannte das Gefühl, als sie älter wurde. Sie saß plötzlich allein am Schwimmbadrand, und die anderen, die Jungen, badeten noch im Pool. Sie war abgeschrieben. Eine Oma. Doch Marianne wollte sich mit Gewalt zurückholen, was verloren war. Dieses Gefühl, begehrt und umschwärmt zu sein. Und so hat sie sich Raffael aufgedrängt. Auch an jenem Abend wollte sie es wieder versuchen. Sie ist mit dem Fahrrad zur Mühle gefahren, weil sie wusste, dass es regnen würde. Sie hatte damit einen perfekten Vorwand, mit ihm durch die dunkle Nacht nach Hause zu fahren, in der

Intimität seines Autos zu sitzen, sich vielleicht wie zufällig an ihn zu schmiegen. Diese Frau hat einfach nicht merken wollen, dass Raffael nichts mit ihr zu tun haben will.«

Mein Gott, dachte ich. Beschreibe ich mich selbst? Dränge ich mich auch auf?

»Er wird es nicht wieder tun, Hagen. Er ist kein Mörder. Ich musste das für ihn tun.«

»Närrin. Aber es ist noch viel schlimmer, als du denkst«, sagte er ruhig. »Er war vermutlich heute Morgen ganz früh in einem Wellnesshotel in der Pfalz. Und er hat eine gewisse Sabrina Bauer umgebracht, die dort angeblich einen Kurzurlaub mit einer Freundin machte. Wir vermuten, dass Frau Bauer wusste, dass er schuldig war, und ihn erpressen wollte.«

»Sabrina? Mein Gott. Warum? Ob sie ihn anzeigen wollte?«

Hagen breitete die Hände aus und stellte sich breitbeinig ans Fenster. »Das glaube ich nicht. Weißt du, was ich glaube?«

Ich schwieg.

»Er hat sie einfach vorsorglich umgebracht.«

***

Zwei Stunden später. Sie hatten mich ausgequetscht und dann gehen lassen. Ich hatte das Geräusch ihrer ständig läutenden Handys und ihrer knappen Kurzmitteilungen, die sie in Aufnahmegeräte und Telefone sprachen, noch im Ohr. Vor dem Haus standen drei Polizeiwagen, und zwei davon blinkten.

Hagen und ich saßen in seinem Auto. Er war bis zur nächsten Straßenecke gefahren und hatte dort auf mich gewartet.

Ich sah ihn von der Seite an. Sein Gesicht, das jetzt ernst und nachdenklich aussah. Jede Spur von lässiger Frechheit war daraus verschwunden. Das seh nur ich, nur ich allein, dachte ich.

»Wie war es im Landschulheim? Ist deine Tochter wieder mit zurückgekommen?«

»Ja«, antwortete Hagen kurz. »Natürlich.«

»Hagen! Das macht jetzt nichts mehr. Ich habe in der Zwischenzeit eine Idee ausgebrütet. Wir werden uns eine Wohnung nehmen. Eine Wohnung nur für uns beide.«

»Swentja, bist du eigentlich ein Kind, das spielt? Ein Mädchen, das herumtändelt? Wach endlich auf! Das hier ist die Welt der Erwachsenen.«

Welche schwachsinnige Fee gab mir die Worte ein, die ich jetzt sagte? »Ich bezahle sie natürlich.«

In dem Blick, den er mir zuwarf, lag ein Meer an Verachtung, an Kälte.

»Dass du mich so wenig kennst, Swentja. Ich hatte dir von Anfang an gesagt, was ich für dich empfinde und wofür ich nicht zur Verfügung stehe.«

»Was hast du denn für mich empfunden?«, wisperte ich.

Seine kühlen Augen streiften mich. »Zunächst einmal Begehren. Lust. Doch es hätte mehr daraus werden können, Swentja.«

Ich schwieg betroffen. Angst kroch in mir hoch und nistete sich in meiner Kehle ein.

Hagen strich mir sanft übers Haar. »Es ist aus zwischen uns. Das Einzige, was ich für dich tun kann, ist, dass ich deine ungeheuerliche Dummheit für mich behalte und dich nicht an die Kollegen ausliefere. Ich kann für dich nur hoffen, dass wir deinen schönen Günstling bald schnappen.«

Ich wollte etwas sagen, doch er stand auf, ging um den Wagen herum und öffnete mir mit ironischer Galanterie den Schlag.

Mit einer letzten Geste küsste er mir flüchtig die Hand.

Ich stand da und sah ihn davonfahren.

ETTLINGEN. ZU HAUSE

Zu Hause erwartete mich nichts Besseres.

Mein Mann wusste schon Bescheid über Raffael. Dr. Teuffel hatte ihn sofort angerufen. Ich sagte ihm nicht, dass ich es gleichzeitig mit der Polizei – wenn auch auf anderen Wegen – herausgefunden hatte. Und ich sagte ihm auch nicht, dass ich seinem Neffen die Flucht ermöglicht hatte.

Ich konnte die Gründe nicht einmal vor mir selbst mehr rechtfertigen: dass Raffael Opfer einer intellektuellen Stalkerin geworden war. Dass Raffael zu schön war, um im Gefängnis zu versauern. Dass Raffael wie ich war. Und Marianne Mandel war auch ich gewesen.

Doch Raffael hatte Sabrina kaltblütig umgebracht. Ein fröhliches Geschöpf, das wahrscheinlich keine andere Sünde begangen hatte, als ihn zu lieben.

Mein Mann sah mich ernst an, als ich mich erschöpft in meinen Designersessel fallen ließ.

»Ich möchte mit dir sprechen, Swentja. Gehen wir ins Arbeitszimmer.«

Ich folgte ihm.

Er bot mir einen Platz vor seinem Schreibtisch an. Ich zögerte. Doch er setzte sich, so nahm auch ich Platz.

Es war etwas wie eine späte Genugtuung in seiner Stimme, als er – seine Worte sorgfältig wählend – endlich Rache an seiner untreuen Ehefrau nehmen konnte.

»Ich habe mit der Detektei in Bruchsal gesprochen, Swentja. Warum? Nun, ich hatte mich schon gewundert, dass jemand dich beschatten lässt. Ich war es nämlich nicht. Und es war gar nicht schwer herauszufinden, wer der Mann mit dem Tattoo am Hals war. Ein ehemaliger Polizist, der rein zufällig früher mit Hagen Hayden zusammengearbeitet hat, als der noch in Kehl im Rauschgiftdezernat war. Sie haben ihn rausgeschmissen, weil er im richtigen Leben die Finger nicht von dem Zeug lassen konnte. Nicht ich habe dich also beschatten lassen, sondern es war dein

Hagen Hayden, der sich offenbar Sorgen um dich machte. Dass dir nichts geschieht. Ich denke, du hast eine intime Beziehung zu ihm. Seit wann, weiß ich nicht, aber sie besteht eindeutig. Und ich vermute stark, dass du ihn liebst. Denn warum solltest du die seltene Gunst deiner körperlichen Leidenschaften sonst an einen Habenichts wie ihn verschenken?«

»Ich …«

»Du brauchst nichts mehr zu sagen, Swentja, denn es ist alles gesagt. Ich werde mich scheiden lassen. Und du ziehst dich am besten warm an.«

Stunden später hob ich den Kopf von einem Block, auf den ich wie wild Zahlen geschrieben hatte. Wir lebten in Gütertrennung. Ich hatte ein bisschen beiseitegeschafft in unserer Ehe. Aber nicht viel. Denn ich hatte immer von seinem Konto abgehoben, seine Kreditkarten benutzt, ihm alle sonstigen Rechnungen zukommen lassen.

Die neue Rechtsprechung ließ mich nicht »einmal Anwaltsgattin, immer Anwaltsgattin« sein. Ich würde von meinen Ersparnissen und von dem, was mir als Zugewinn zustand, eine Weile leben können, doch die eine oder andere Immobilie, die wir besaßen, besaßen wir offiziell gar nicht. Clever, wie er war, hatte mein Mann vieles in undurchsichtigen Besitzverhältnissen versteckt. Vieles gehörte Strohleuten, der Firma, der Bank.

Keiner kannte sich besser aus als er, wenn es darum ging, eine Ehefrau günstig loszuwerden.

Ein Schreckgespenst, von dem ich manchmal auch in unseren Kreisen hatte munkeln hören, stand vor meinem inneren Auge. Ich war noch jung genug, hatte keine Kinder mehr zu versorgen – ich würde nicht mal Unterhalt bekommen: Ich würde arbeiten müssen.

Um Himmels willen. Arbeiten!

Ich hatte gedacht, ich hätte alles im Leben erreicht, dabei hatte ich gar nichts.

Im Grunde erging es mir wie Raffael.

Später rief meine Tochter an.

»Mama, wie geht es dir? Also, mein Verlobter und ich, wir

möchten euch, Papa und dich, auf das Landgut seiner Eltern einladen. Ein zwangloses englisches Wochenende mit Tennis, mit Cocktails, einem intimen Essen … eine Landpartie. Du kannst schon mal die Kleider zusammenstellen. Sie freuen sich natürlich besonders, auch Dad kennenzulernen, denn mein zukünftiger Schwiegervater ist ebenfalls Anwalt. Meine Schwiegermutter arbeitet natürlich nicht. So wie du auch nicht, Mum. Wir Frauen sind da ja nur ein hübsches Ornament in diesen Kreisen.«

Ein Ornament also. Ich war aber kein Ornament mehr, denn es gab niemand mehr, den ich schmückte.

Diese englischen Snobs, deren Nasen genauso lang waren wie ihre Stammbäume (und die ihrer hässlichen Köter), würden mich nicht einmal mehr empfangen wollen, und ich würde meiner Tochter Schande bereiten.

Mein Handy läutete.

Mechanisch ging ich dran. Es war außer mir ja niemand zu Hause, der abnehmen könnte. Nach seiner Kurzmitteilung, die wie eine Bombe in mein Leben gestürzt war, war mein Mann verschwunden. Der Putzfrau hatte ich abgesagt. Ich würde sie mir nicht mehr leisten können.

Diesmal war es Dr. Niess.

»Frau Lotta, hab ich Sie direkt? Also, meiner Frau gefällt das erste Kapitel, das Sie uns eingereicht haben, ganz gut. Man muss natürlich jetzt noch viel recherchieren, aber ich glaube, wir machen da ein ganz witziges Buch. Sie schreiben aus solch einer hochmütigen Perspektive übers Billigeinkaufen, dass es schon fast wieder satirisch ist. Und mit Hilfe Ihrer kleinen Finanzspritze werden wir das Büchlein schon auf dem Markt platzieren.«

Na also, dachte ich. Das hast du gut gemacht, Swentja Tobler.

Kein Mann mehr. Kein Liebhaber. Kein Geld und keinen Job, aber dafür kannst du Bücher schreiben, für die du selbst bezahlen musst.

Jetzt konnte es nur noch besser werden.

Voll Trotz atmete ich tief durch.

Doch der Schmerz um Hagen zerriss mir das Herz.

Und endlich weinte ich.

Danksagung

Für das freundliche und hilfsbereite Team der Waldmühle in Dettenheim-Rußheim, das mich immer mit Liebe empfangen und mich mit selbst gebackenem Brot und köstlichem Kuchen bewirtet hat.

Eva Klingler
TOD IM ALBTAL
Broschur, 304 Seiten
ISBN 978-3-89705-889-7

»Wie schon in ihren früheren Baden-Krimis präsentiert Klingler in munter-ironischer Schreibweise einen spannenden Plot, in dessen Verlauf sich die Protagonistin vom snobistischen Modepüppchen zur selbstkritisch reflektierenden Frau mausert. Empfohlen.« *ekz*

www.emons-verlag.de

Eva Klingler
ASCHENPUTTELS TOD
Broschur, 304 Seiten
ISBN 978-3-95451-084-9

»Heiter, spannend, unterhaltsam – ein grenzüberschreitender Fall mit überraschenden Wendungen« Kultur-Artour

»›Aschenputtels Tod‹ ist der neue badische Krimi von Eva Klingler, der durch seine bewährt munter-ironische Schreibweise und seinen turbulent-spannenden Plot überzeugt. Die Spurensuche führt vom Nordschwarzwald ins Elsass und besticht durch authentisches Lokalkolorit und französisches Savoir-vivre.« Der Eulenbrief

www.emons-verlag.de